MARCELO CASSARO
ESPADA DA
GALÁXIA

APRESENTA

MARCELO

ESPA
GAL

CASSARO

DA DA

ÁXIA

ÍND

PRÓLOGO
11

PARTE 1
21

PARTE 2
85

PARTE 3
129

ICE

PARTE 4
197

PARTE 5
273

EPÍLOGO
325

POSFÁCIO
343

DEDICADO A TODOS COM QUEM DIVIDO SONHOS.

PRÓLOGO

ISSO É COISA DO *come-língua*, Alcídio.
O fazendeiro descansou no chão a espingarda. Baixou o chapéu de palha, tentando esconder das crianças o rosto que sabia se mostrar preocupado. Desnecessário, porque os sobrinhos não davam a menor atenção. Aquele fascínio das crianças pela morte — talvez por ser algo tão distante e desconhecido — mantinha o casal de gêmeos enfeitiçado pela figura à frente.

"Zangado" era como chamavam o touro, nome do tipo que só crianças inventam. Bicho perigoso, o mais perigoso de todas as fazendas à volta. Os chifres, maciços como toras, uma vez tombaram um jipe e quase aleijaram o ocupante. Apesar de excelente reprodutor, era tão agressivo que Hermes considerou muitas vezes sacrificá-lo.

Não teria que considerar mais. Não com o sol matinal lançando sombras compridas sobre a carcaça. A cabeça poderosa partida em metades simétricas, bifurcadas a partir do pescoço, pendendo para os lados, expondo miolos já em início de putrefação, cheios de moscas.

— *Come-língua?* — O veterinário agachado junto ao touro ergueu uma sobrancelha e franziu a outra, em sinal simultâneo de curiosidade e descrença. — Que diabo é isso, Hermes?

— Uma história que ouvi ano passado. Em um leilão de reprodutores em Mato Grosso.

Ao som da palavra mágica, os irmãos perderam interesse pelo touro morto. História. Adoravam as histórias do tio. Tinham esperado "pacientemente" pelo final do ano letivo para passar as férias em sua fazenda. Só para ouvir as histórias. Mesmo histórias assustadoras, como parecia ser aquela. *Especialmente* as assustadoras.

— *Come-língua*, tio? — Era Stefanie, no sempre esvoaçante vestido estampado que a fazia parecer ainda mais criança.

Hermes sorriu. Temia que a visão daquele cérebro exposto impressionasse a menina e assombrasse seus sonhos. Mas o entusiasmo nos olhinhos castanhos negava essa chance.

Jogou fora o cigarro ainda pela metade, como sempre. Tinha lido em algum lugar que a nicotina é mais prejudicial quando queima próxima ao filtro. Havia, também, risco real de incendiar o farto bigode.

— Começou há muito tempo — o tom de voz já diferente, dramático, como que saindo de um livro —, no início do século, muito antes que vocês tivessem nascido. Mas até hoje os fazendeiros têm medo de tocar no assunto. Ninguém pode culpá-los, é mesmo de arrepiar!

Gêmeos muito atentos.

— Aconteceu em vários lugares perto de Camapuã, uma cidadezinha a uns cento e cinquenta quilômetros de Campo Grande. Durante a noite, *alguma coisa* vem e mata o gado. Não deixa pegadas e nem pistas. Dúzias de animais aparecem mortos da noite para o dia. Mas o que assusta *mesmo* é o jeito como os bichos são mortos.

Pausa dramática. Crianças em modo de atenção total.

— *A língua do gado sumia.*

Alcídio estalou a língua e meneou a cabeça, resmungando com seu jeito de Fred Flintstone. Sabia bem, o velho colega da Marinha não estava apenas inventando para divertir os sobrinhos — ele *acreditava*. Aceitava o folclore dos pantaneiros como fatos da vida.

Voltou a examinar o cadáver. O crânio partido lembrava os cortes esquemáticos que costumava ver em livros de anatomia. Não estranhara quando Hermes chamou pelo rádio e falou sobre um touro com a cabeça destruída. Uma onça andava matando gado na região, Alcídio tivera certeza de ser uma nova vítima.

Mas nem a maior onça-pintada do mundo podia partir o crânio de um touro daquele jeito.

— Osso cortado como queijo! Que eu saiba, só uma serra cirúrgica pode fazer esse tipo de corte.

— Sim, as histórias do *come-língua* dizem a mesma coisa.

— A língua está fatiada em duas, mas continua aqui. Então vamos esquecer essa bobagem.

Sem dar chance ao fazendeiro de retrucar, Alcídio continuou.

— Ele estava saudável no último exame, e não vejo nada sugerindo doença grave. Também não encontro nenhuma perfuração de bala, mas vamos ter que fazê-lo rolar para que eu possa examinar o outro flanco. Me dê uma mão aqui.

— Não houve tiros, Alcídio — Hermes, sem se mover. — Eu teria escutado.

O veterinário bufou e levantou-se devagar, fazendo uma careta de dor nas costas.

— Em vez de insinuar que alguma coisa derrubou oitocentos quilos de carne sem uma arma, que tal procurar umas pegadas por aí? Você é bom nisso.

— O *come-língua* não deixa rastros, eu já disse.

Ainda assim, sob o olhar impaciente do amigo, Hermes passou os olhos pelo pasto ao redor. Viu a trilha de buracos arredondados que correspondiam às últimas pisadas de Zangado. Examinou então a área em frente ao cadáver.

E viu outras pegadas.

Ficou surpreso consigo mesmo por não ter notado antes as marcas tão nítidas. Alcídio notou seu olhar estupefato, sorriu satisfeito, seguiu o olhar e viu os buracos na terra úmida.

— Viva! Nada de fantasmas ou sacis. Uma coisa sólida para seguir.

Logo se arrependeu do comentário.

As marcas pareciam feitas por pés humanos, pequenos demais para um homem e grandes demais para uma criança. Uma mulher, talvez. No entanto, eram pegadas tão profundas quanto as do próprio touro. O chão havia sido esmagado, como se pisado por botas de ferro — mas os contornos eram de pés nus, as marcas dos dedos bem definidas.

Cada pé tinha apenas dois dedos.

Algo sólido, sem dúvida. Mas o quê?

Alcídio vasculhou a memória em busca de algum caso parecido — anomalias médicas acabam provando ser muito mais comuns que "monstros" —, enquanto Hermes se apressava em seguir a trilha no sentido inverso. Parou poucos metros adiante.

— A trilha começa aqui e acaba em frente ao touro. Não tem marcas de pneus. Até parece que surgiu, andou um pouco e desapareceu.

— E o touro veio correndo — conjecturou Alcídio — em sentido contrário, com força bem capaz de derrubar um muro...

O veterinário concluiu, a voz falhando.

— ...e teve a cabeça partida!

Os dois se entreolharam, os rostos ficando pálidos, as mentes formando ideia do que aconteceu ali.

— Jesus Cristo! — Hermes olhou em volta e sentiu o chão escapar dos pés. — Cadê as crianças?

•

— A gente não podia vir aqui, Alex.

— Estava muito chato lá com o tio — resmungava o garoto, enquanto guiava a irmã pela mata fechada. — Vamos procurar o *come-língu*a. Anda mais depressa.

Não que Stefanie precisasse de muito esforço para alcançar o irmão. Mata fechada não era o lugar mais fácil de atravessar para um garoto criado na capital de São Paulo. Mas só ele sabia o caminho a seguir.

— Eu não gostava do Zangado. Dava medo.
— Em mim, não. Medo é uma emoção humana inútil.
— E quando a gente achar o *come-língua*? O que vamos fazer?
— Já pensei em um plano. Mostramos a língua para ele, ele fica com fome, nós corremos para fora da mata, ele vem atrás de nós.
— E depois?
— Ainda não bolei essa parte.

Alexandre parou e levou as mãos à cintura, satisfeito. Não sabia como, mas achou o caminho outra vez. Como fazia sempre que vinha passar férias na fazenda. Estavam no lugar.

Diante da maior árvore que viram em suas curtas vidas.

Impossível conhecer uma criança que não goste de criaturas grandes e poderosas: elefantes e rinocerontes em jardins zoológicos, tratores asfaltando ruas e — sem esquecer, claro — dinossauros e monstros em filmes. Dizem que a mente infantil vê nessas figuras a imagem de seus pais, enormes e dominadores do mundo. E os amam.

Teoria verdadeira ou não, o carvalho tinha seu lugar especial nos corações de Stefanie e Alexandre.

— Dali de cima podemos ver o *come-língua*.

Alexandre ergueu a aba do boné, como reverência, antes de iniciar a subida. Ajudou a irmã com os primeiros galhos, mais difíceis de alcançar, mas logo ambos se moviam com a mesma desenvoltura pela copa. Instalaram-se em um galho quase confortável, já bem conhecido de escaladas anteriores.

— E se ele tentar comer nossa língua?

Assustada com a própria ideia, a menina cobriu a boca com as mãos. Alexandre bateu no peito, onde a camiseta trazia o desenho de uma espaçonave.

— Ele não vai. Aplico nele o golpe de pescoço vulcano.

Stefanie fechou a cara, esfregando inconscientemente o pescoço. Costumava ser a cobaia do irmão quando ele tentava imitar o personagem favorito de *Jornada nas Estrelas*. Os machucados demoravam a sumir.

— Você ouviu isso?

Alexandre espalmou a mão por trás da orelha e olhou para o alto, como se para "enxergar" o som.

— Não ouvi nada.
— Parecia um miado.
— Estamos atrás do *come-língua*. Não de um gato.

— Talvez o *come-língua* seja um gato.
— Isso não é lógico — novamente imitava Spock, para irritação da irmã. Stefanie bufou e cruzou os bracinhos.
O rugido — *não* um miado — se repetiu e, desta vez, ambos ouviram.
— Não falei? O *come-língua* mia.
— Não tem lógica. Deve ser algum gato.
— Gato não mia tão alto.
— Então um gato gran...
A conclusão veio igual para ambos. Lembraram de como o tio ficaria furioso, a cara vermelha e o bigodão chacoalhando enquanto esbravejava. Ele os havia avisado vezes sem conta para ficar longe da mata, porque era perigoso.
Porque havia uma onça.
Os dois olharam para baixo.
Um punhado alongado de manchas se movia perto do tronco do carvalho. Era difícil, mesmo para dois pares de olhos castanhos, distingui-lo do chão coberto de folhas. Mas logo puderam divisar o corpo felino, quando uma parte das manchas olhou para cima e arreganhou presas amarelas.
— Tire-nos daqui, sr. Scotty! —Alex, nervoso, a irmã o abraçando e escondendo o rosto.
A onça ficou em pé, as patas dianteiras na árvore. Os gêmeos quase sentiram as garras negras cravando na madeira. Garras que mataram muitas reses nas histórias do tio Hermes, mas agora ganhavam nova dimensão de realidade. A casca rangeu sob o peso, uns duzentos quilos, pelo menos.
A subida começava a ganhar velocidade quando um galho estalou ali perto.
Tem mais alguma coisa lá embaixo — Alexandre pensou sem conseguir dizer.
Orelhas moveram-se. Olhos amarelos se voltaram para aquele lado. A onça voltou ao chão, silêncio completo, deslizando entre folhas secas sem ruído, sumindo na mata.
Sem ser vista, rosnou.
O rosnado foi interrompido por outro som. Um que não se podia descrever.
— O que...? — Alexandre queria completar, mas não achou que podia. A pergunta *o que foi isso?* soava, de algum jeito, fora de lugar para o que ouviram.
— Não sei. Parecia a foice do tio?
— É isso! Tio Hermes matou a onça! Vamos descer.
As crianças deslizaram pelos galhos em direção ao solo, a inocência nelas esperando ver o tio surgir triunfante, empunhando a arma agrícola. Alexandre, sempre tentando imitar Spock e pensar "com lógica", nem notou a coceira no fundo da mente: o tio Hermes estava levando a espingarda. Não a foice.
— Tio? — gritou, assim que tocou o chão.

No ponto onde a onça havia sumido, a folhagem farfalhou.

— É o tio! Vem, Alex — Stefanie saltava da árvore e corria naquela direção.

Atrapalhado pela vegetação, Alexandre perdeu-a de vista por um momento e a perseguiu.

Encontrou a irmã de olhos arregalados, cobrindo a boca com as mãos. A seus pés, dois metros e meio de onça. Morta. Uma linha vermelha e fina no pescoço. A linha engrossou, o vermelho sangrou. A cabeça caiu, separada.

— O *come-língua*! Ele matou a onça! — Alex era empolgação total. — Vem, Stefanie! Vamos contar para o tio. Vamos...

Os olhos da menina ainda vidrados, nem sinal de ouvir o irmão.

— Está me ouvindo, Stefanie? O que você...?

Só quando Alexandre conteve um pouco da excitação é que conseguiu perceber. O olhar da irmã *não estava* no animal morto. Estava fixo em algo *atrás dele*.

Engoliu em seco, como a tevê o havia ensinado a fazer. Virou-se e viu.

Não viu.

Ele *via* alguma coisa, que *poderia* estar lá. *Sentia* que via. Mas não podia realmente dizer que estava olhando para algo.

A coisa não visível não tinha cor, nem forma, nem contornos. Havia a floresta através, a folhagem distorcendo atrás do corpo, sem corpo. No entanto, algo vivo estava ali. De pé. Olhando de volta.

E segurava uma espada. Que gotejava sangue. Isso, podia-se ver bem.

A coisa deu um passo à frente, deixando uma pegada mais funda do que parecia capaz. Pisou uma raiz grossa que, com um guincho, achatou.

Em sua vasta experiência televisiva no trato com formas de vida desconhecidas, Alexandre sabia haver apenas uma coisa a fazer. Ergueu a mão direita com os dedos estendidos, o dedo médio bem afastado do anular:

— Vida... longa e próspera.

A espada se moveu um pouco. O movimento fazia um som não som, sem igual na natureza ou ciência conhecida. A lâmina de mais de um metro devolvia, como faíscas, os picotes de luz que atravessavam a copa das árvores — e então, com outro ruído surdo sem nome, sumiu dentro do cabo.

Alexandre não tinha mais idade para achar que coisas grandes cabiam dentro de coisas pequenas; agora teria que rever o conceito.

O fantasma — por enquanto, não havia como emprestar outro nome à coisa — levou o cabo ao lugar translúcido onde seria sua coxa. A peça ficou presa ali, como um ímã.

E o ser apareceu.

Não houve qualquer som ou impacto, mas Alexandre caiu como se lançado por uma explosão, derrubado pelo próprio susto. Rastejou sobre o traseiro até junto da irmã, sem desviar os olhos. Sim, agora ele podia vê-la. Não mais transparente. Prateada. Não mais uma coisa, mas uma mulher.

Era uma mulher. De *algum* tipo. Os gêmeos eram crianças, mas sabiam as diferenças. Estava na estatura. Nas coxas, quadris, cintura, seios. Não parecia gente, mas parecia feminina.

Reflexos da floresta em volta dançavam nas curvas da pele espelhada. Mas não era inteira assim. Todo o braço e o ombro esquerdos, assim como as pernas abaixo dos joelhos, traziam placas vermelhas e brilhantes como esmalte de unhas. Era o único tipo de roupa. Não havia mamilos. E nem genitais, Alexandre também o sabia; já havia trocado com a irmã confidências sobre partes íntimas.

As mãos tinham dois dedos e um polegar, sem unhas, mas com as pontas levemente afiladas. Os pés, também com dois dedos, pareciam delicados. Nem um pouco capazes de esmagar raízes como tubos de papelão. Pescoço longo, achatado lateralmente, lembrando um cavalo.

A cabeça era a parte menos humana. Horizontal, alongada, curva para baixo. Algo como uma canoa invertida — mas também roliça, mais arredondada na frente e afilada atrás, lembrando um pingo d'água. Ou um girino.

Na ponta do focinho curto, onde deveria haver boca, uma pequenina almofada dividida ao meio por uma fenda vertical. Alexandre lembrou de quando viu a tromba de uma mosca ao microscópio — mas aquela não era tão repugnante, com pelos ou coisa assim. Tinha o mesmo tom prateado da pele, mal podia ser distinguida desta. O aspecto de inseto era reforçado por um par de antenas nas laterais do focinho, voltadas à frente, flanqueando a boca como presas de formiga.

E os olhos. Do tamanho de ovos, salientes e sem pálpebras, como olhos de peixe. Tinham pupilas grandes e íris de um vermelho forte. Não o vermelho sangrento de raiva, que costumavam ver nos olhos de Zangado. Este era diferente, oposto. Vermelho quente e gentil, de sol poente, de dentro do útero. Vermelho feliz dos lápis de cor.

— Você é bonita! — saiu a voz de Stefanie, já recuperada do susto inicial, agora encantada pela beleza refratária da visitante.

Alexandre levantou-se e ajeitou como pôde o calção rasgado.

A mulher-inseto-prata-olhos ergueu a mão. Separou os dedos. Imitava a saudação vulcana.

Movia a cabeça como se falasse, mas sem emitir som.

— Ela não fala?

— Talvez não saiba a nossa língua. — Alexandre chegou mais perto e apontou o polegar para o peito. — Meu nome é Alex. A-L-E-X.

A visitante descansou uma mão no quadril enquanto cobria o focinho com a outra. Sacolejava um pouco os ombros, os olhos estreitaram.

— Ela está rindo de você, Alex — caçoou Stefanie, seguindo o exemplo.

— Ela *não está* rindo. Você não sabe nada dela. Não dá pra saber se ela está rindo!

Mas, se não estava rindo, fazia uma boa imitação.

— Pode rir — Alex, conseguindo se aborrecer mesmo naquela situação. — Podem rir, as duas. Os vulcanos nunca se ofendem.

A mulher-inseto parou de parecer rir, quase como se percebendo a zanga do menino. Ajoelhou-se devagar, raízes e folhas secas esmigalhadas sob o que parecia um peso brutal, e sentou nos calcanhares. Deitou as mãos sobre as coxas. Agora lembrava uma aprendiza de artes marciais, esperando para ouvir o mestre.

O olhar se deteve na estampa da camiseta de Alex.

— É a Enterprise — explicou Alexandre, notando seu interesse. — A nave do Capitão Kirk.

Talvez ela conheça a Enterprise? pensou. *Talvez ela não exista só na tevê?*

A visitante ergueu os olhos, novamente estreitos e — de algum modo impossível — sorridentes. Levou a mão prateada na direção do rosto do garoto, muito devagar, como se receosa. Alex ainda viu de relance o reflexo do próprio rosto na pele espelhada, antes de fechar os olhos com força e repetir mentalmente: *Eu não vou desmaiar. Eu não vou me mijar. Ela não vai arrancar minha língua. Não é lógico.*

De fato, a bexiga quase cedeu quando a palma brilhante envolveu-lhe a face. Não era o que esperava, teve que olhar de novo para ter certeza. Não era duro ou frio, não era toque de metal. Também não era macio como uma mão humana. Era morno, pelo menos isso sabia. E muito liso, deslizante, quase oleoso, como uma pilha de rádio. E aceso. Como se luz pudesse ser percebida ao toque.

Sem aviso, a mulher-inseto-prata-olhos recuou o braço e apontou a cabeça alongada para o lado — pequenos movimentos das antenas na mesma direção. Saltou de pé, a mão sobre o punho da espada.

— O que foi? Eu não...

— *Saia de perto dos meus sobrinhos!*

O fazendeiro pulou da mata, xingando e bufando, espingarda em punho. A careca parcial reluzia de suor, descoberta pelo chapéu caído muito antes.

Parou e apontou a arma.

— *Tio, ela é boazinha!* — Stefanie até tentou dizer, a súplica encoberta pelo estampido do disparo.

Os gêmeos esconderam o rosto, o tiro ensurdeceu a cena. Por algum motivo, as crianças sabiam que não haveria grito. Mas haveria a queda do corpo. A mulher-espelho parecia pesada. Faria barulho.

O barulho da queda não veio.

Abriram os olhos. E era inacreditável, porque era normal. Nada aconteceu.

A visitante continuava ali, de braços soltos, fitando o fazendeiro. Um dos olhos vermelhos sorria. *Sorria*.

Hermes mirou a espingarda com mais cuidado, atirou de novo — e desta vez, Alexandre e Stefanie olharam. O mundo ficou surdo e em câmera lenta. Uma breve depressão formada no seio esquerdo. A bala não ricocheteou ou disparou faíscas, como nos filmes. Apenas foi aparada e caiu. E a marca sumiu logo, como um estofamento de cadeira pressionado com o dedo.

O que a criatura fez em seguida era tão humano que não podia ser involuntário, não podia ser coincidência. Mãos na cintura. Aceno negativo zombeteiro com a cabeça. Olhos apertados em sorriso esperto de isso não funciona em mim, antes de jogar a cabeça para trás e sacudir o peito convulsivamente.

Estava *gargalhando*. Ou simulava bem.

Então, tudo muito rápido. Uma luz vasta desceu do alto, perfurando as copas. Todos recuaram um passo e, quando olharam novamente, a visitante estava dentro de um grande cilindro luminoso. Verde e brilhante como vidro de garrafa, subindo até sumir no céu.

Os olhos voltaram a sorrir para os gêmeos. A mão repetiu a saudação recém-aprendida.

Sumiu dentro da luz, e a luz sumiu dentro do céu.

— Minha Nossa Senhora, Hermes! — Era Alcídio, chegando à clareira e estacando diante da onça decapitada. — O que aconteceu aqui?

O fazendeiro recolheu do chão as duas balas. Sem surpresa, tinham as pontas amassadas.

Não sabia responder. Perderia boas noites de sono tentando entender. E perderia outras, depois, decidindo se ainda deveria tentar entender.

Stefanie e Alexandre continuavam olhando para o céu. Não pensavam, ainda, em como o mundo que conheciam mudou. Em como suas vidas mudaram.

Novos mundos. Novas vidas.

PARTE 1

NÃO É TÃO RUIM *quanto parecia,* foi a primeira coisa que pensou. Para um planeta de dimensões tão gigantescas, ela esperava encontrar uma paisagem bastante vasta. Com certeza não era o caso.

Uma pequena ilha rochosa. Cercada por um estranho e impetuoso oceano, sem linha de horizonte — apenas uma difusa faixa acinzentada, mesclada com colunas que subiam e desciam. Gases e líquidos penetravam loucamente um no outro, impossível dizer onde terminava o mar e começava o céu. Imensos ciclones de hidrogênio, hélio e poeira sopravam a centenas de quilômetros de altura, mas sem causar grande impacto na superfície. Típico cenário de um mundo em fase de resfriamento. Esta devia ser uma de suas poucas regiões — senão a única — a formar uma crosta planetária digna de tal nome.

A cada passo, os pés nus afundavam na areia ferrosa da praia. O toque daquele solo pinicava um pouco, mas ainda era mais macio e agradável que o piso em seus aposentos na nave. A pressão atmosférica, superdensa, apertava os olhos e fazia com que doessem. Mas o desconforto maior era causado pelo forte campo magnético do planeta, chiando como uma estática irritante e trazendo um fundo de dor de cabeça.

Não quis reclamar, nem em pensamento. *Ele* estava olhando.

Aproximando-se do mar, ajoelhou perto de uma poça e olhou o próprio reflexo por alguns momentos. Estendeu a mão e tocou a superfície. Deixou escapar um minúsculo gemido de susto e afastou o braço, examinando as pontas dos dedos. Desprendiam pequenos filetes de vapor.

Isso explica muita coisa, pensou, fitando a poça com curiosidade ainda inocente nos olhos azuis. Entre as infindáveis aulas teóricas, ouviu falar de um líquido cristalino altamente venenoso. Contato direto com a pele provoca curto-circuitos microscópicos, incômodos, mas inofensivos. No entanto, se um ferimento aberto for exposto à substância — mesmo que apenas em estado gasoso — a vítima tem grandes possibilidades de morrer.

Na Academia, aprendeu sobre formação de moléculas e propriedades físico-químicas. Com *ele*, aprendeu o nome alienígena da substância. Um nome esquisito. *Água*.

Massageando os braços, concluiu que o formigamento no corpo e as alfinetadas nos pés não podiam ser outra coisa, senão a umidade no ar e areia reagindo com sua pele. Não chegava a ser doloroso, ou mesmo incômodo. Apenas engraçado.

Quando ficou de pé e olhou ao redor, finalmente se deu conta do que devia ter percebido muito antes. Todo aquele oceano em volta não era formado por nenhum outro líquido mais inofensivo. Era água.

Cruzou os braços sobre o peito e afastou-se das ondas espumantes, que agora pareciam querer envolvê-la como uma ameba gigante faminta. Simples prudência saudável. Não estava com medo, não havia tanto lugar para ele em seu coração ainda jovem. Nem passou pela cabeça o arrependimento de rejeitar um traje isolante. Envergava a recém-conquistada armadura de exploradora espacial, em hipótese alguma deixaria de usá-la — não neste seu primeiro teste de campo em solo alienígena. Claro, o termo "armadura" era evidente exagero: placas metálicas de um vermelho vivo cobriam antebraços e pernas, e era só. Mais estética que protetora.

Não precisava de traje isolante, pensava. Mais recordações da Academia, lições de anatomia básica. Quando aprendeu sobre um dos mais perfeitos revestimentos protetores conhecidos na natureza: sua própria pele. Espelhada e refratária, podia refletir radiação e energias prejudiciais encontradas no espaço.

Hmm... talvez não a MINHA pele.

Esfregou um pouco os olhos para aliviar a pressão, e olhou — não sem um cisco de amargura — para os próprios ombros dourados. Uma rara mutação genética. Ouro, e não prata, como pigmentação da pele. Sua capacidade de absorver luz do sol e refratar energias nocivas se reduz em cerca de 20% e acarreta uma série de pequenos problemas de saúde. Não seria obstáculo para uma vida confortável e produtiva no planeta-capital. Mas tornou quase impossível seu ingresso na Academia.

Não bastasse a exploração espacial ser trabalho tradicionalmente masculino.

De qualquer forma, aquilo era passado. Superou expectativas e preconceitos, e ali estava — onde poucos de sua gente podiam estar. Longe de casa. Em outro planeta.

As cores da paisagem se refletiam no corpo quase nu. Ganhavam bonitos reflexos dourados, curvando e distorcendo, incapazes de manter sua forma nas curvas espelhadas. O difuso quase-horizonte oceânico escoava até os joelhos e subia pelas laterais das coxas, contornando quadris e ondulando no ventre, até formar duas poças na base dos pequenos seios. A linha espumante da praia seguia o exemplo, galgando o corpo através do mesmo trajeto. E o céu...

O céu! Perdida em devaneios bem pouco próprios à situação, não havia percebido. A faixa acinzentada que revestia o horizonte estava agora diretamente sobre a ilha, na forma de nuvens escuras. Diferente das tormentas que assolavam as camadas mais altas da atmosfera, *aquela* tempestade estava bem baixa e próxima. O suficiente para afetá-la.

Qual o problema, garota? Perguntou-se, em resposta a um ligeiro arrepio de medo. *Você teve anos de treinamento, aulas teóricas e simulações. Teve treinamento dele. Com certeza pode concluir um reconhecimento de rotina em planeta já mapeado...*

Um relâmpago estilhaçou o céu e caiu a pouca distância dali. Enfeitiçada, Slanet não conseguiu se mover ou falar; já conhecia o fenômeno, tinha estudado a respeito na Academia. Mas ver com os próprios olhos era outra coisa! Com o súbito aumento da carga eletrostática do ar, sentiu-se tão revigorada e cheia de vida quanto uma adolescente. *Era*, pelos padrões da espécie, uma adolescente.

Um novo relâmpago desceu logo adiante, seguido por um terceiro. Este último atingiu a praia a poucas centenas de metros, a energia se transmitiu facilmente pela areia ferrosa e úmida. O efeito visual subsequente era espetacular; contra o solo cinza-escuro cintilavam milhões de luzes, de todos os tamanhos e formas, algumas apenas piscando e outras saltitando em faíscas ziguezagueantes.

Os elétrons livres alcançaram a sola indefesa dos pés e iniciaram a escalada. Minúsculos relâmpagos estalavam nas partes externas da armadura, mas deslizavam com maciez por seu interior, produzindo um calor confortável. Cambaleou quando a carícia eletrônica percorreu a pele sensível na parte interna das coxas, e quase caiu de joelhos quando chegou inesperada ao baixo-ventre.

Não sabia dizer se estava esgotada, ou se cada célula transbordava de força. A tontura tornava difícil manter-se em pé. Recordações fora de lugar atropelavam a mente. O colega amado na Academia. Os toques e afagos. Os sussurros insistentes para abandonar o caminho, ficar em terra. Ele se atreveu! Usar seus sentimentos para tentar tirar sua liberdade! Tentar isso de novo *agora*!

Não. Não agora. Não era Daion a fazer carícias. Era o planeta, seus relâmpagos, sua praia. Era seguro. Ninguém tentando afastá-la do caminho que escolheu. *Ele* não permitira.

Ele, o dono da voz masculina soando agora em sua cabeça.

— *Responda*, Slanet. Diga alguma coisa, ou o teste será cancelado.

— Não! — Uma luz amarela podia ser vista pulsando na base da garganta, tamanha a dificuldade de pronunciar os sinais de rádio. — Digo, mais alguns minutos bastam. Peço permissão para prosseguir.

Uma resposta dele veio. Não conseguiu compreender qual foi, sumida em chiados. Mas Slanet continuava ali. Nenhum feixe de transporte desceu dos céus para recolhê-la, sinal de que seu apelo foi ouvido e atendido.

Aliviada, a tensão evadida, permitiu-se sentar sobre os joelhos. A tontura e a embriaguez passavam conforme seus próprios campos magnéticos se ajustavam ao novo ambiente. Logo estava sóbria, restando apenas o agradável toque da areia quente e eletrificada.

Novos raios incidiram sobre a praia e reacenderam o show de luzes, não apenas na areia, mas também no ouro em seu corpo. Elétrons dançando na pele. Não queria se mover, não queria sair dali. Nem percebeu estar suspirando.

— Como se sente, Slanet?

— Perfeitamente bem, meu capitão. Este mundo é bastante aprazível. Não vejo motivo para seu receio de que eu...

Interrompeu a frase ao sentir uma picada na coxa. Não doeu muito. Mas o que teria sido?

Ainda pensava em ignorar e retomar a comunicação, quando recebeu uma nova aguilhoada no rosto. Olhou em volta, alisou a face dolorida. Sentiu no seio direito uma terceira ferroada, e desta vez examinou o local a tempo de ver uma minúscula nuvem de vapor desaparecer.

Acho que tenho um problema.

E tinha. Olhando ao redor, viu o temido líquido cristalino que preenchia o oceano caindo do céu em gotas. Eram poucas e esparsas a princípio, mas logo banhavam torrencialmente toda a extensão da praia.

Eu devia ter previsto. Fenômeno climático comum nos mundos fase de resfriamento. Precipitação líquida em gotas. Se me recordo, o nome é... chuva. Sim, é isso.

O nome estrangeiro do fenômeno era o menos importante. Estava tentando ignorar a coisa transparente que escorria e ardia na pele, entrando até sob a assim chamada armadura. Não havia perigo real, o líquido só seria prejudicial se houvesse longa exposição. Mas o contraste era angustiante: minutos atrás, extasiada com um banho de eletricidade ambiente. Agora, ensopada com a mais tóxica substância conhecida.

— Capitão — tentava manter a voz firme, com sucesso bem limitado —, minha avaliação local é que este mundo deve ser classificado como "Inóspito Para Vida Biometálica". Posso...? Solicito permissão para voltar a bordo.

Foi o melhor pretexto que encontrou para sair dali. Não queria demonstrar que estava assustada, ainda que fosse bem compreensível nas circunstâncias.

Segundos depois, algo atravessou o turbulento céu amarelado.

Era um facho vertical de luz verde. Percorreu milhares de quilômetros que o separavam do chão. Perfurou a camada mais baixa de nuvens de chuva e se abateu sobre o solo, exatamente onde Slanet estava. Tudo em intervalo de tempo impossível para o olho humano notar.

O feixe de transporte exerceu uma pressão trepidante sobre o corpo. Ela sempre detestou a sensação, mesmo em simulações. Os movimentos ficavam lentos e pesados, como uma mão gigante e invisível a segurando — ou como um pesadelo. Mas agora estava agradecida. O líquido infernal sumia em vapor, o mesmo acontecendo com as gotas de chuva atrevidas que tocavam a luz. A pele já não ardia mais. Foi a primeira vez que sentiu-se feliz dentro do cilindro opressor.

O chão começou a se afastar, nenhum grão de areia — nenhum *átomo* de solo estrangeiro — preso em seus pés. Perder contato com o solo eletrizado fez aflorar um pouco de desapontamento consigo mesma. Sua primeira vez pisando em outro mundo, um mundo que a recebeu com hospitalidade e beleza natural, até mesmo carícias. No entanto, um mundo que ela decretou "inóspito". O mundo tinha motivos para expulsá-la.

— Perdoe-me — tentou dizer ao planeta. — Obrigada por tudo.

Já estava a bons duzentos metros de altura quando terminou de pedir desculpas. A luz verde do feixe atrapalhava sua visão, sem permitir uma boa visão da paisagem enquanto subia. Em segundos, tudo ao redor ficou cinzento. Estava no interior das nuvens de chuva. Podia ver os clarões da formação dos relâmpagos. Um arrepio de medo percorreu suas costas: aqueles raios pareciam próximos o suficiente para atingi-la! Saborear a carga dissipada em toneladas de poeira ferrosa era uma coisa, mas receber um impacto direto...

E aconteceu. Uma faísca (estranho chamar assim, com seus quilômetros de extensão) serpenteou em direção ao feixe, buscando o corpo dourado suspenso em seu interior. O clarão intenso, por reflexo, "fechou" seus olhos — ou o equivalente para ela: o tecido que os revestia mudou de translúcido para refratário, ganhando as mesmas propriedades impérvias da pele. Pareciam fechados, de qualquer forma.

Slanet não conseguiu enxergar durante alguns momentos. Já estava bem acima da tempestade quando o azul-cobalto voltou aos seus olhos. Com uma prece silenciosa, agradeceu à Sagrada Mãe Galáxia. Lembrou-se de outra instrução na Academia: poucas forças podem perturbar o feixe de transporte. Parecia fato confirmado.

Perigo passado. As nuvens de chuva, já muito abaixo, formavam um tapete felpudo sob seus pés. Voltou o olhar para cima, na direção das tormentas de poeira castanha que se aproximavam. Não se preocupou. Sabia que o trajeto seria seguro. De fato, apesar de ciente das forças em ação ao redor — suficientes para amassar um metaliano feito um ovo — manteve-se calma ao atingir a área tempestuosa. Bem diferente de uma hora antes, quando desceu por ali, o coração aos pulos.

Afinal, o espaço.

Conforto na escuridão. Não era sentimento comum à sua espécie. Mas esse sentimento, esse bem-estar tão pouco natural, foi sua maior vantagem quando decidiu ser exploradora.

E o espaço vazio (vazio? Sua ciência já sabia que não) parecia ainda mais negro e magnífico em contraste com o horizonte poeirento. Às suas costas resplandecia o sol daquele mundo, a belíssima estrela amarela. Ajustado para repelir apenas elementos nocivos, o feixe deixava entrar a luz solar — que arrancou dela um suspiro ao incidir nos quadris. Queria banhar as costas também, mas estavam cobertas. Um par de pequenos painéis solares, instalados em suas omoplatas (ou o equivalente). Os implantes biônicos eram uma exigência médica, para compensar sua insuficiência em coletar luz.

Sem problemas. Um pensamento, o impulso nervoso certo, um zumbido não audível — e as placas prateadas abriram-se para os lados, deixando as costas nuas. Podiam agora ser facilmente confundidas com asas de inseto, dando a Slanet uma aparência de fada.

O planeta estava muito distante agora, mas ainda dominando a vista. Um gigante gasoso com mais de 140 mil quilômetros de diâmetro, com sua conturbada atmosfera de faixas e espirais multicoloridas, orbitado por dúzias de luas e envolvido por anéis planetários dourados. Tudo quase ofuscado por algo que ela nunca mais ia esquecer, algo que olhou com enorme reverência e respeito — e que olhou para ela também! Era o olho do planeta, um imenso olho vermelho em seu hemisfério sul. Tratava-se, na verdade, de um incrível furacão. Maior ainda que o planeta Metalian.

Era muito provável que Slanet nunca mais voltasse àquele lugar. Exceto, quem sabe, quando fosse ela própria uma exploradora espacial — talvez trazendo algum eventual discípulo para seu primeiro reconhecimento. Por agora, afastar o passado e olhar adiante.

É o que fazem os humanos. Em todas as suas formas.

Assim, a cabeça alongada apontou para o alto e os olhos de cobalto viram. Vigilante.

•

Olhar para ele parecia sempre a primeira vez. Talvez porque certas maravilhas a memória não seja capaz de reter — então, todas as vezes, a primeira. Sempre o mesmo torpor, o mesmo entusiasmo, a mesma alegria açucarada apenas por saber que algo assim existia. Não podia evitar a suave luz rosada pulsando sob o seio esquerdo.

Estava ainda a quase um quilômetro dali. Mesmo assim, era tão enorme que fazia tudo em volta parecer menor. Um navegante espacial qualquer talvez a tomasse por uma estrela esverdeada, uma esmeralda guardada em uma caixa de joias forrada com o veludo negro do espaço. Talvez lembrasse que não existem estrelas verdes — apenas azuis, brancas, amarelas, alaranjadas e vermelhas. Um sistema binário de azul e amarela? Não. Chegando mais perto, entenderia ser uma forma ovalada e translúcida, abrigando dentro de si um corpo negro menor, de mesmo formato.

E talvez ficasse louco, por ver ali um olho.

Não era, mas nenhuma descrição se aplicaria melhor. Visto de lado, era como um olho verde com quinhentos metros de diâmetro, irradiando uma luminescência suave, mas resoluta, não ofuscada pelo sol amarelo ali presente. Pelo contrário, a luz solar atravessava a área fluorescente, incidindo sobre as paredes escuras do objeto interno em bonitos reflexos metálicos.

Apesar do aspecto fantasmagórico, transmitia uma impressão de incrível poder e solidez — como se capaz de atravessar campos de asteroides sem sofrer dano. Na verdade, já o havia feito algumas vezes.

Qualquer um podia fitar a gema espacial durante horas, sem notar a existência de outro corpo flutuando próximo. Um pouco menor, mas também de dimensões nada modestas — quase trezentos metros de comprimento. Parecia um grande amontoado de metal retorcido, restos indigeríveis regurgitados do estômago de algum predador galáctico.

Impossível encontrar lógica ou harmonia no caos de peças. Era revestido por placas blindadas, lisas e sem arestas. Exceto pelo artefato ser simétrico, não pareciam seguir o menor critério de disposição: amontoavam-se umas sobre outras em alguns pontos, deixavam extensos espaços vazios em outros. O que havia por baixo parecia escuro, úmido e nada convidativo ao toque.

Na parte frontal quatro garras brilhantes aparentemente inúteis dobravam-se sobre si mesmas. E, nascendo no dorso, um colossal tentáculo metálico serpenteava no espaço por algumas centenas de metros, até sua extremidade oposta se enraizar no casco luminoso do olho gigante.

O olho verde majestoso e a carcaça disforme. Duas estruturas tão contrastantes quanto fogo e gelo, como se a ponto de romper aquele frágil cordão que as unia, seguindo em direções opostas para nunca mais se encontrarem. Pouco provável que quisessem isso. Estavam juntas há muito tempo. Unidas como poucas criaturas vivas já estiveram.

Duas criaturas vivas.

— Vigilante... — sussurrou Slanet.

Estava já bem próxima, a poucas dezenas de metros, quando o feixe de transporte

— na verdade, uma extensão do próprio invólucro luminoso do olho — desapareceu. Livres da pressão, seus músculos resfolegaram de alívio. Vácuo refrescante tocou a pele, em agradável contraste com o calor estelar às suas costas. Não pensava, agora, que tais coisas matariam muitas outras formas de vida.

A jovem transmitiu um agradecimento, na língua das bionaves, mas recebeu em resposta um rugido estridente e ranzinza. Vigilante era atenciosa e gentil, como todo animal (animal?) domesticado. Mas tinha suas excentricidades. Recusava qualquer agradecimento por seus serviços, mesmo uma simples cortesia.

— Perdão, Vigilante. Esqueci completamente.

Por algum motivo, agradecimentos eram recusados, mas desculpas, não. Um rugido mais grave e suave indicava que o deslize havia sido perdoado.

Impulsionada pela inércia, Slanet seguia em baixa velocidade. Alcançou o invólucro luminoso, vítreo, que dava forma ao olho. Um túnel com quatro metros de diâmetro abriu para dar-lhe passagem. Flutuando através do verde, a jovem tentava colocar em algum tipo de ordem tudo que experimentou na última hora. Em meio a tudo, apenas uma certeza: estava onde havia nascido para estar.

Teria que percorrer ainda mais cem metros no interior do campo esmeralda, até alcançar a nave propriamente dita. Todo aquele verde ao redor trazia uma euforia esquisita, uma sensação de urgência, como se estivesse esquecendo alguma coisa importante — efeitos que a luz cromática tinha sobre sua psicologia, dizia-se. Sentiu-se ansiosa para chegar logo, queria avançar mais depressa, mas não havia como.

Afinal, chegou ao casco propriamente dito da nave. Flutuava a poucos metros de uma enorme porta circular, quando um orifício surgiu em seu centro e dilatou. Permaneceu aberto e voltou a se contrair com a passagem da jovem.

— Sagrada Mãe Galáxia...

A euforia cessou, tão bruscamente que chegou a doer. Chorar? Não, não queria chorar outra vez. A falta de gravidade faria a maior lambança com as lágrimas. Mas como não chorar, diante de um milagre?

Estava agora em uma grande cavidade — palavra pobre demais para descrever. Difícil estimar seu tamanho. Não que o lugar fosse excepcionalmente imenso, mas era complicado precisar onde estavam suas paredes. Inflavam, estreitavam, dobravam, surgiam, desapareciam, deslizavam, mudavam de tamanho e forma. As paredes — outro termo impróprio — eram escuras e brilhantes. Tudo movendo, pulsando. Tudo vivo. E na engenharia médica dizia-se: onde há vida, há luz.

Luzes. Cada parede, cada superfície, alojava muitas luzes. Muitas. Falar em centenas, milhares, milhões... era apenas bobo. Havia muitas. Mais do que você pode ter pretensão de contar.

E não eram como as estrelas, porque pulsavam feito coisa viva, como organismo. Corriam, escreviam, falavam algo. Formavam padrões, desenhos que a mente tentava entender, organizar, mas eram mais arte que fisiologia. O espetáculo de relâmpagos na superfície do planeta, ainda há pouco, agora parecia pequeno.

Óleo brotou nos olhos de Slanet, sem gravidade para fazê-lo escorrer, formando uma poça espalhada no rosto.

Podia praguejar, se tivesse aprendido o conceito. Seria assim, todas as vezes? Algo simples, como embarque e desembarque, fazendo seu coração quase explodir? Algo rotineiro, como percorrer o interior da bionave, arrancando lágrimas? Algo trivial como pisar em outro mundo...

Pegou-se pensando aquele absurdo. *Trivial?*

Nada era simples, rotineiro ou trivial no caminho que escolheu. Nem um único passo. Nem um único instante.

Enfim, seguiu vazando lágrimas. Aceitou que estar maravilhada a cada momento era o único modo de viver aquela vida. A única coisa normal, sensata. A única verdade.

E seguiu chorando, agora sem constrangimento, a luz rosada a ponto de explodir no peito, rumo à ponte de comando.

•

— Mapa dos arredores.

A ponte de comando, uma sala circular com quinze metros de diâmetro, era uma das maiores estruturas artificiais instaladas no interior da bionave. As paredes tinham formas sinuosas, em padrões orgânicos — que, segundo os engenheiros-médicos, ajudavam a diminuir o risco de uma rejeição ao implante. O teto formava uma cúpula de placas brancas espaçadas entre si, exibindo feixes de fibras elásticas entre os vãos. A construção era flexível às contrações da carne ao redor e, com efeito, a altura da sala variava a intervalos regulares. Era como estar em um grande pulmão.

Cinco poltronas ocupavam a ponte. Todas desocupadas e desligadas, exceto aquela do centro, plena de luzes e sinais gráficos flutuando à volta. Mais parecia o trono de algum rei-feiticeiro. Tão impressionante que reduzia à insignificância qualquer pessoa ali sentada.

Mas não ele. Kursor, comandante da Frota Exploratória do Império Metaliano.

A maior tela entre muitas posicionadas diante da poltrona de comando exibiu um gráfico colorido, uma esquematização daquele sistema planetário — em sinais complexos até mesmo para a ciência de sua gente. Descreviam quase uma dúzia de planetas orbitando uma estrela amarela, nem muito jovem e nem muito antiga, ainda em sequência principal.

Kursor já conhecia bem o sistema. Irritou-se com o computador, incapaz de antever esse evento.

— Estou me referindo ao mundo que estamos orbitando. Onde a garota vai fazer seu teste.

Processadores rangeram um suspiro de infinita paciência. A tela maior trouxe uma imagem do planeta gasoso. Informações básicas se sobrepunham à figura.

PLANETA DRALL-5 (nome nativo: JÚPITER)

Diâmetro Equatorial: 142.800 km*
Diâmetro Polar: 133.400 km
Gravidade   Em relação a Drall-3: 2,6
              Em relação a Metalian: 1,08
Densidade: 1,3**
Tipo e Composição: grande gigante gasoso

Atmosfera   *Tipo e Composição:* reduzida (hélio e hidrogênio)
              Pressão: superdensa
              Temperatura: Nuvens: –150°C*
                              950 km abaixo: 3.600°C
                              2.900 km abaixo: 10.000°C
                              24.000 km abaixo: 20.000°C
                              Núcleo: 54.000°C

Distância Orbital: 778.300.000 km
Rotação: 10 horas*
Revolução: 12 anos*
Satélites: 14

* *Unidades de medidas locais*
** *Em relação à água*

— Bem melhor — aprovou Kursor, sem intenção sincera de elogiar, apenas esperando que o aparelho tivesse alguma capacidade de aprendizado real.

O sistema de medidas alienígena não o confundia. Estava familiarizado com ele e dúzias de outros. Na verdade, mal olhava para as telas. Não precisava daqueles dados, tinha na memória cada característica daquele planeta e de todos os outros no sistema, bem como seus satélites. Sua atenção estava longe dali, na superfície do mundo gasoso, vasculhando, procurando...

— Excelente — disse, mais confirmação e menos satisfação. Em meio àquele oceano de gases e líquidos, sentiu uma região com solo firme. Apenas uma ilha minúscula, mas adequada. Serviria para o desembarque da aluna.

Servirá para expulsá-la.

Focou o sentido artificial na câmara de desembarque. Uma jovenzinha de pele dourada tentava se livrar das lágrimas aglutinadas em seu rosto.

Olhar dentro de Vigilante tinha aquele tipo de efeito, lembrou Kursor. Descortinava aquela verdade. Não há apenas o espaço cósmico ensinado na Academia. Ali havia outro espaço, com um céu ainda mais estrelado. Seu próprio corpo tinha aquela mesma carne, as mesmas pulsações, as mesmas luzes. O mesmo cosmo interior. Porque eram o mesmo tipo de vida. Bionaves e metalianos eram parentes distantes, separados em algum ponto remoto da evolução.

Dentro de cada criatura, todo um universo. Ler ou ouvir a respeito é uma coisa. Testemunhar, saber a verdade, tem muito mais poder.

Slanet era uma exploradora espacial em treinamento. Era jovem, ainda sem sabedoria. E era parte de um povo que, até bem recentemente, mal sabia pensar. Mas era sensível. E compreendeu. E chorou.

Kursor não conseguiu lembrar qual teria sido, na época, sua própria reação.

— Esteja pronta para descer, Slanet.

— M-meu capitão... isto é... é maravilhoso! Agora eu compreendo tudo... o espaço... a vida...

— Slanet — interrompeu Kursor, duro —, podemos discutir filosofia em outra ocasião. Agora, você tem afazeres.

A garota estremeceu. Cerrou os punhos, agitou a cabeça com força. A maior parte da poça de lágrimas se desprendeu, flutuando diante de seu rosto em pequenos glóbulos amarelados.

— Perdoe-me, meu capitão. Estou pronta.

Kursor pensou se era adequado. Se deveria sentir remorso por estragar, sem necessidade, aquele momento especial. Como faria alguém com emoções ferrenhamente dominadas? Como faria uma pessoa que mantém lógica e disciplina acima de todas as outras?

Uma pessoa que não fosse ele?

— Quero detalhes sobre sua experiência mais tarde, em relatório.

Vamos conversar melhor sobre isso mais tarde, e então poderá contar tudo sobre essa descoberta, esse sentimento — foi o que disse, a seu modo militar.

Era o mais próximo de um pedido de desculpas que ele — e a situação — permitiam. Mais diplomacia que real empatia. Mas teve o efeito desejado. Os punhos de Slanet voltavam a relaxar, o corpo quase larval de tão jovem, os olhos azuis sorrindo.

— Certamente, meu capitão.
Tão fora de lugar. Nesta nave. No espaço. Em minha vida. Pensou Kursor, há muito esquecido de como eram instáveis as emoções da juventude.
Não duraria.
A visão da ponte de comando foi devolvida a seus olhos. Recostou-se mais à poltrona, descansou o tornozelo esquerdo sobre o joelho — posição de desleixo que preferia morrer a deixar que alguém presenciasse — enquanto via no monitor a figura de Drall-5.
Adequado para um aprendiz, pensou. A gravidade era quase idêntica à de Metalian. Temperatura bem maior e atmosfera centenas de vezes mais densa, mas ambas ainda dentro dos limites toleráveis para a vida biometálica. Um mundo relativamente inofensivo, mas conturbado o bastante para assustar. Permitir o estudo de suas reações frente ao desconhecido.
Devolvê-la para onde devia estar.
— Vigilante, desça a menina nas coordenadas.
Sempre tentando interpretar e antever as necessidades do capitão, o computador de bordo expandiu em uma tela a imagem do casco externo da nave. Uma comporta-poro abriu-se para dar passagem à graciosa figura dourada. E a bionave esticou um prolongamento de sua aura-membrana na direção do planeta, enviando Slanet através dele a centenas de quilômetros por segundo. Seria uma viagem desconfortável (*mortal* para a maioria das formas de vida), se o misterioso material verde não tivesse a capacidade de anular os efeitos da aceleração e da inércia.
— Reduza um pouco a velocidade quando ela penetrar na área de turbulência.
A tela registrava agora apenas o tubo verde infiltrado nas nuvens de hidrogênio e hélio. Os sensores de bordo não chegavam além. Os sensores do próprio Kursor, sim.
Como equipamento padrão para exploradores espaciais (como se qualquer coisa ligada a este cargo pudesse ser "padrão"), Kursor tinha duas antenas implantadas nas laterais da cabeça. Traziam a mesma cor vermelha da armadura mas, ao contrário desta, sua função não era estética.
Com treino, elas ampliavam a percepção de seu usuário para um alcance de até 150 milhões de quilômetros.
Slanet não entrou em pânico. Não esperneou ou gritou por socorro quando atravessou os ciclones castanhos. Kursor apenas notou um chiado de rádio ofegante e tenso.
Não. Seria cedo demais. Vejamos até onde ela vai.
O feixe de transporte depositou a preciosa carga em uma praia da ilha, desaparecendo em seguida. Slanet olhou ao redor durante minutos hesitantes. Por fim, espreguiçou-se com força para espantar o desconforto da pressão atmos-

férica e iniciou um saltitante passeio. Ajoelhou-se perto de uma poça, tocou o líquido, olhou para os dedos.

E mais nada.

Ela não entrou em pânico. Nem estava amedrontada. Abalada.

Parecia até *feliz*.

— *Ela percebeu!* — Kursor quase gritou, mais para si mesmo que para a bionave. — Percebeu a natureza da substância. Sabe que é um oceano venenoso. Não está usando traje isolante.

Por que não tem medo...?

Após uma pausa considerável, os ombros largos caíram e a cabeça baixou.

— ...como eu também não tive.

Um estalo distante fez fugir a recordação. Sacudiu a cabeça, recobrou a compostura, devolveu a consciência na direção de Drall-5. Algo havia mudado. Slanet aluna estava agora sob uma maciça formação de nuvens carregadas. Relâmpagos faiscavam em todas as direções, impregnando a região com elevada carga eletrostática. Drall-5 já tinha um campo magnético quase tão forte quanto aquele nas estrelas, e a tempestade apenas piorava as coisas.

Kursor teria praguejado algo como "maldita interferência" (ele sabia praguejar; aprendeu com outras culturas) se não achasse tão indigno, tão vulgar. Dava tapinhas nas antenas, inclinava-se mecanicamente na poltrona, como se assim pudesse ver melhor. Entre chuviscos e chiados, enfim localizou a jovem quase larva. Estava meio de joelhos, as mãos enfiadas entre as pernas.

Kursor, muito alto, pareceu querer perfurar o teto quando ficou de pé. Os olhos arregalaram até ficarem redondos, realçando ainda mais sua insólita cor cinza-chumbo.

— Slanet. Informe condição — quis dizer *Slanet? Você está bem?*

Não houve resposta. Interferência. Chiadeira enervante. A garganta chegou a emitir um brilho amarelo, enquanto gritava a plenos transmissores:

— *Responda*, Slanet. Diga alguma coisa, ou o teste será cancelado.

— Não!

Kursor quase recuou na poltrona ante o grito da jovem. O tom de urgência não teria sido maior com a própria vida ameaçada.

— Digo, mais alguns minutos bastam. Peço permissão para prosseguir.

Ela prefere ficar.

A figura prateada desabou sobre a poltrona, tão pesadamente que a infraestrutura rangeu em protesto.

Ela. Quer. Ficar.

Naquele ponto, Kursor tinha uma estimativa. Chances iguais de ver Slanet em pânico, causando sua remoção imediata do planeta; ou lutando para disfarçar um nervosismo extremo, natural e esperado. Em qualquer dos casos, reprovação. Desqualificação. Devolução imediata ao planeta-capital.

Mas não. Ela aceitava os fenômenos desconhecidos sem um mínimo de receio. Pior. Com *entusiasmo*. *Ansiedade*.

Apoiou os cotovelos sobre os joelhos e permaneceu olhando para o piso. Sentiu-se pouco especial. Sentiu-se pesado, velho. Superado. Tentou imaginar se o seu próprio instrutor também sentiu-se assim. Lembrou ser impossível, pois tal pessoa nunca existiu. Kursor foi o primeiro explorador espacial do Império Metaliano.

— Permissão concedida — disse Kursor, sem alternativa.

A jovem pareceu se acalmar, sentando na areia faiscante. Não se moveu por um longo tempo. E, apesar da interferência elétrica, Kursor não pôde deixar de ouvir uma série de longos suspiros.

— Como se sente, Slanet? — Desta vez, disse o que queria dizer.

— Perfeitamente bem, meu capitão. Este mundo é bastante aprazível. Não vejo motivo para seu receio de que eu...

Nunca tive receio, respondeu apenas em pensamento. Ela *não sabia* estar salva, não sabia do perigo inexistente. *Ele* sabia.

Chuva.

Estava chovendo, exatamente sobre Slanet. A toxina escorria aos litros pelo corpo quase larval. E ela, pela primeira vez desde a descida, mostrava alguma manifestação de desconforto. Algum sinal de medo.

— Capitão... Minha avaliação local é que este mundo deve ser classificado como "Inóspito Para Vida Biometálica". Posso...? Solicito permissão para voltar a bordo.

Muito mais timidez que tensão no pedido.

— Traga-a de volta, Vigilante — disse Kursor, unindo as pontas dos dedos. Então, havia limite. Estava aliviado. Ou não: *se não pudesse sentir medo, pelo menos poderia considerá-la inapta*.

— Diário de bordo.

A este comando saltou uma tela escura. Ao fundo, um círculo com duas pontas laterais, espiraladas em sentidos opostos. Uma estilização da Galáxia, o símbolo da Frota Exploratória.

— Capitão Kursor, comandante da bionave simbiótica Vigilante, Frota Exploratória do Império Metaliano — as palavras de Kursor impressas na tela logo após pronunciadas. Arcaico, mesmo em seu mundo, mas ainda predileto.

— Não é minha primeira vez no papel de instrutor, e duvido ser a última, a despeito de meus esforços em contrário. O Império segue enviando pretensos discípulos. Primária diz que têm muito a aprender comigo. Sendo tabu questionar a sabedoria de nossa Imperatriz, mas existindo externamente à nossa sociedade, sim, eu A questiono.

"Os mesmos motivos que me trazem a este comando também me tornam desqualificado como mestre. Não tenho dependência ou necessidade de convívio social. Condição rara em nossa espécie, até recentemente classificada como doença mental — mas, como hoje sabemos, traço relativamente comum a outras formas de inteligência. Ser capaz de viver em solidão não é anômalo.

"Compreendo que tal comportamento foge aos padrões e demanda cautela. Com esse propósito sou forçado a... correção. Sou coagido a retornos periódicos ao planeta-capital para avaliação psiquiátrica. Mas minha suspeita é que Primária esteja, como habitualmente, preocupada com meu isolamento. E venho recebendo aprendizes apenas como pretexto para me fornecer algo parecido com uma vida social.

"Sendo essa a intenção, está funcionando precisamente de modo invertido. Quanto mais jovens despreparados, indecisos, maior meu desejo em permanecer sozinho.

"Livre escolha. Direito sagrado oferecido pela Mãe Galáxia. Ainda recente para nossa civilização — isto é, em relação a outras, tenho respaldo para dizer. Também posso dizer que, como povo, ainda não temos plena competência para desfrutar esse dom. Em outros tempos, qualquer pessoa conhecia seu caminho ao nascer, já trazia suas escolhas no íntimo. Hoje, existe dúvida. Existe risco, existe tentativa e erro. Existe, após poucos dias longe de solo firme, a súbita descoberta de talento para alguma outra carreira.

"Slanet acaba de concluir seu primeiro teste de reconhecimento de campo. Ela *não é* como a maioria. Como cada vez mais frequente em nossa sociedade, ela é *diferente*. Permeável ao novo, ao desconhecido. Se corajosa, insana ou apenas ingênua ao extremo, ainda avalio como incerto. Mas considero possível, até provável, seu ingresso na Frota. Não há precedente feminino na função, exceto...

Uma ruga de dor sulcou a testa. Os dedos da mão direita deixaram três buracos no estofamento do braço da poltrona.

— Fim — rosnou entre dentes cerrados, se os tivesse.

Levantou-se devagar, alisando um objeto cilíndrico e rombudo preso à coxa direita. Era de um vermelho vivo, sangrento, imitando carapaça de inseto. Destacou-o dali com um movimento mais veloz que a vista, trazendo-o para perto do rosto.

Da bainha no hiperespaço, saltou a lâmina de 110 centímetros. Refletiu ódio contido nos olhos cinza-chumbo.

•

Slanet cruzou a porta, fazendo o possível para livrar-se das lágrimas. Elas agora gotejavam do focinho curto, sob influência da gravidade artificial na ponte de comando. Seu capitão estava de costas, imóvel, olhando fixamente para a espada. Não pareceu notar a chegada da aluna. Evento estranho para alguém que pode olhar um grão de poeira a mundos de distância.

A jovem fechou timidamente as "asas" e aguardou minutos agonizantes, enquanto o único movimento na sala era o vagaroso pulsar do teto. Após o que pareceu um tempo *muito* longo e constrangedor, Kursor relaxou os músculos das costas (ou o equivalente) e baixou a lâmina de fio duplo. Ela sumiu na bainha, em outro universo.

— Você pareceu muito à vontade.

A entonação era seca e autoritária como habitual. Slanet não soube discernir entre elogio ou repreenda. Não tinha muitas opções de resposta, além de um acanhado "sim, senhor".

Viu o capitão se aproximar e ficar a observá-la. Não conseguia fitar seus olhos diretamente, mas sentiu o peso do metal que lhes dava pigmento. O corpo dourado tremia muito — nem seriam necessárias antenas de explorador para notar. Sentia-se acuada por um predador, à espera do golpe fatal que daria fim à sua vida como conhecia. E era exatamente o caso.

Slanet não conheceu o período de dúvidas que as quase larvas... pupas... *jovens*... enfrentam na escolha da carreira, na escolha da forma de servir ao Império. Ela sempre soube. Era como os antigos, nascida com a aptidão, com o mapa do trajeto já tatuado na alma. Mas também era como os novos, os avançados, escolhendo um caminho tão exótico, trilhado por tão poucos.

Sempre soube. Mas agora, diante da iminente decisão final, as certezas amoleciam tanto quanto as pernas.

Mantinha as mãos nas costas, em sinal de submissão. Não se moveu quando Kursor estendeu a mão magra e apanhou uma lágrima em seus olhos. Examinou-a com interesse incomum. Quase como se não conhecesse o fenômeno.

Slanet entendeu aquilo como reprovação.

— Sinto muito, meu capitão.

— "Meu capitão".

— Senhor?

— "Meu". Denotação de posse. Considera-me seu.

Não é adequado, senhor? Slanet quis perguntar, então pensou melhor. Demorou a entender, por ser algo tão natural em sua cultura. Matriarquia. Zangões servindo a operárias e rainha-mãe. De fato, eles *pertenciam* a elas. A maioria ainda pertence, ainda obedece sem arguir. Aqueles como Kursor, de mente e pensamento livres, eram novos. Eram o passo seguinte.

Ser capaz de perceber aquilo, entender essa relação homem-mulher, tornava Kursor avançado. Ser capaz de *incomodar-se*, fazia dele o topo evolutivo da espécie. Ou um pária. Qualquer dos casos o tornava um candidato perfeito à exploração espacial.

De fato, talvez Slanet fosse a primeira metaliana submissa ao julgamento de um macho. Seu nervosismo e insegurança não eram sem motivo.

— Quantos anos tem?

— Vinte e dois, senhor.

Uma ruga de desconfiança acima de um olho.

— Vinte e dois de vida e doze de idade, senhor — corrigiu Slanet. Costumava acrescentar à idade verdadeira os dez anos de incubação no casulo, durante a Primeira Vida. Mas ainda levaria algumas décadas para que o truque funcionasse efetivamente.

— Então ingressou na assim chamada Academia de Exploração Espacial aos seis anos.

Slanet notou a pequena ênfase de desprezo em "assim chamada". O número de metalianos inscritos na instituição era pequeno. Aqueles que de fato se tornavam exploradores, quase nenhum.

— Presumo que ouviu falar de mim.

Em dúvida quanto ao uso de "meu capitão", respondeu apenas com um ligeiro aceno afirmativo.

— Sabe há quanto tempo estou no espaço?

— Cento e treze anos, senhor — respondeu, apressada.

— E sabe quantos planetas visitei nesse período?

Slanet pensou ser ofensivo mencionar a cifra que constava na biografia oficial. Ela sabia, o verdadeiro número de mundos descobertos e mapeados por Kursor não podia ser computado.

— Muitos, senhor.

— Exato — *nem um pouco* exato, mas Kursor não pareceu se importar com a falta de precisão na resposta. — E sabe quantos aprendizes eu trouxe a este planeta específico para testes de campo?

— Não, senhor.

— Também não sei. É uma das poucas coisas que parei de contar.

Naquele ponto Kursor pareceu repentinamente velho e cansado. Tinha 132 anos, nem meia-idade para um metaliano, mas aparentava muito mais. A pele prateada mostrava precoces manchas oxidadas na cabeça, pescoço e ombros. Slanet sabia ser resultado de exposições a atmosferas tóxicas, nunca tinha pensado nelas como verdadeiros sinais de idade. Na verdade, achava-as interessantes.

— E você sabe quantos aprendizes foram bem-sucedidos nos referidos testes?

Sabe quando foi a última vez?

As entrelinhas da conversa não pareciam otimistas. Slanet leu ali seu fracasso. Sentiu o peito esmagado de culpa, mais pesada que o olhar de Kursor. Já pensava no retorno a Metalian, pensava em confrontar todos aqueles que a alertaram, de professores a colegas da Academia, de médicos a psicólogos. Talvez até a própria Imperatriz. Estavam certos, e seu coração, errado. As estrelas não eram para uma mutante de pele dourada. Teria que...

— E então? — Insistiu ele.

Ignorar a pergunta e fugir chorando para seus aposentos parecia uma opção válida, mas também ridícula e infantil. A dignidade prevaleceu.

— Nem imagino, senhor.

— A última vez... vejamos... foi há pouco mais de quinze minutos.

Em toda a ainda curta vida, Slanet nunca quis tanto *surrar* alguém.

— Você se portou bem — Kursor seguiu, casual. — Mais que isso, você me impressionou. Não mostrou medo, não mostrou descontrole. Não se apavora quando sozinha ou afastada da segurança. Seu tipo de psicologia é raro, embora esteja se tornando mais frequente. E ainda mais raro em mulheres. A teoria é que os antigos zangões, por serem descartáveis, tinham mais preparo mental para afastar-de das colônias e passar por situações de perigo, enquanto as operárias...

Kursor não teve chance de concluir, porque Slanet fez o que gostaria de fazer, sem permissão.

Atirou-se sobre o capitão e o abraçou. E chorou, convulsiva. E murmurou um sem-número de vezes coisas como "eu consegui" e "obrigada, meu capitão." E libertou tensões acumuladas desde o embarque nesta nave, desde a Academia, desde sempre. E foi feliz como nunca antes.

Importante salientar que — como é característico aos seres sociais — o toque afetuoso entre os sexos é algo aceito, comum e frequente entre metalianos.

Perdeu a noção de quanto tempo permaneceu ali, de rosto colado ao seu peito. Talvez não fosse adequado. Talvez não fosse digno. Por agora, não se importou.

Então notou. Não estava recebendo um abraço de volta.

Algum canto do cérebro, enfim, percebeu algo errado. Afastou-se ligeiramente.

E Kursor parecia outra pessoa, alguém que não era seu capitão. O corpo ainda mais rígido que o habitual. O rosto opaco e lívido, assim como os olhos, tal como se aquela cabeça tivesse sido esculpida no mais branco titânio.

Na espécie, era sinal de quase pânico. Em Kursor, tão diferente em tantos sentidos, não se podia dizer ao certo.

— Pode se afastar... — ouviu a estátua dizer, com um gemido que bem poderia ter saído de um buraco negro.

Slanet então se afastou. Kursor buscou apoio em um panel próximo. A outra mão segurava o ventre, com força, como se algum parasita estivesse incubando em suas entranhas e agora tentasse sair. A pele ao redor dos olhos contraía em rugas profundas.

Slanet quis ajudar. Levá-lo para sua poltrona. Mas não conseguia se livrar daquela ideia louca, a impressão absurda de que *ela* havia sido a causa. Apenas tocando-o.

Impossível. Mas uma hipótese persistente.

Restou pouco a fazer, senão esperar. Suspirou de alívio ao constatar que, aos poucos, o brilho de prata saudável retornava ao rosto do capitão.

— Não é nada — a voz era pouco mais que um chiado de rádio, mas ainda conseguia impor a autoridade de sua posição. — Um desarranjo digestivo. Vai passar.

Maiores explicações sobre o sistema digestigo metaliano, envolvendo reação matéria-antimatéria, ficam para o futuro.

Kursor andou até a poltrona devagar, cada passo parecendo custar toneladas em dor. Sentou-se e enterrou a cabeça nas mãos. Slanet se posicionou à frente, aguardando uma melhora.

— Não devia ver um engenheiro-médico, meu capitão?

Sem aviso, Kursor ergueu o rosto. Impassível. Digno. Nada acontecido.

— Voltamos a "meu capitão", então?

— Não é inadequado, senhor. Disse que fui aprovada.

Silêncio. Slanet espantada com a própria ousadia.

— Mas peço desculpas por meu comportamento há pouco — achou prudente acrescentar. — Fui surpreendida e fiquei feliz. Lamento que meu agradecimento tenha sido impróprio.

Kursor acenou a cabeça em aprovação.

— Ainda não terminou, Slanet. Este primeiro teste foi decisivo, concordo. Mas o caminho ainda é longo, antes de tornar-se exploradora espacial efetiva e receber o comando de sua própria bionave.

Colocando-se de pé, concluiu.

— Tenho certeza de que vai conseguir.

Kursor vigiou os olhos de cobalto, talvez esperando outra explosão súbita de alegria juvenil. Mas, desta vez, nenhum evento do tipo ocorreu. Pelo contrário, seu olhar era aflito, preocupado.

— Minha condição de saúde está controlada. Não preciso de novos exames até o próximo retorno marcado a Metalian.

— Sim, meu capitão.

Kursor deu de ombros. Adolescência. Terra desconhecida, um planeta visitado há mais de um século, e agora esquecido. Não tinha pretensões de entender completamente o que se passava com a menina.

— É tudo por hoje, Slanet. Amanhã desceremos em um dos satélites de Drall-5. Eles são bem mais sólidos e estáveis que o planeta em si. Está dispensada.

— Como quiser, meu capitão. Com sua licença.

Slanet voltou-se para a porta, portando-se formal, mas internamente magoada. Para ela, Kursor era como um herói de infância. Tão distante de casa, confiava a ele sua vida, seu bem-estar e seu futuro. Vinha se esforçando para também conquistar sua confiança.

Por que, então, ele mentiu?

Slanet conhecia os sistemas da nave. Uma condição médica capaz de causar aquele tipo de dor seria vista pelos sensores. O procedimento do computador de bordo seria, então, travar curso para o centro de engenharia-médica mais próximo — *sem* possibilidade de intervenção por parte do capitão.

O futuro que desejou, que sonhou, enfim se realizava. Estava feliz. Mas esse futuro, essa nova vida, estavam atrelados a esse homem tão estranho, sem igual em sua sociedade. Tudo que era importante dependia dele. Tudo importante era ele.

Seria fácil se apaixonar por Kursor. Muito fácil. E também muito, muito imprudente.

Antes de alcançar a porta, Slanet lançou um olhar discreto ao painel de controle onde Kursor se apoiou.

Estava destroçado.

•

O céu era dominado pelo imenso globo intumescido de Drall-5, com seus cinturões coloridos e o eternamente vigilante olho vermelho. A posição do planeta no céu não mudaria, ele ficaria sempre imóvel naquele ponto. O efeito gravitacional de um objeto maior sobre um menor tende a fazer com que este último lhe mostre sempre a mesma face — mantendo o movimento de rotação em torno de si mesmo igual ao de revolução ao redor do planeta.

O longínquo sol amarelo, mesmo a mais de setecentos milhões de quilômetros, ainda brilhava cem vezes mais que o planeta gigante. Sua luz incidia um leve brilho de ouro nas geleiras à volta de Slanet e Kursor. A lua onde estavam era toda revestida de gelo.

O amarelo também reluzia na pele prateada de Kursor, enquanto a aprendiz apenas emprestava ao gelo em redor um pouco do próprio brilho dourado. Os painéis-asas bem abertos às costas reforçavam certa impressão de felicidade.

Como se fosse parte da paisagem congelada, Slanet permaneceu quase uma hora olhando para o céu. Kursor apenas estudava suas reações. Vez por outra ele também perscrutava a paisagem, tentando encontrar aquilo que tanto encantava a aprendiz. Visão agradável, ele concordava. Mas não valia mais de trinta segundos em contemplação.

— É um bonito lugar, meu capitão.

Kursor esperava, também, uma avaliação mais objetiva.

— Como disse que se chamava? — ela perguntou. — Eu... ropa?

— Sim. Europa.

— É um nome nativo? Pensei que não houvesse vida inteligente por aqui.

— Não há — algo sombrio passando pelo rosto. — Foi nomeado assim pelos nativos de Drall-3. Um personagem qualquer em sua mitologia, creio eu.

— Drall-3... — Slanet não teve dificuldade em localizar o astro no céu. A atmosfera rarefeita proporcionava uma visão excelente, e estava familiarizada com a carta celeste daquele sistema.

De tão atenta, não notou Kursor levar a mão ao ventre.

— Qual é o nome nativo de Drall-3, senhor?

— Terra.

Um tremor percorreu seus ombros. Ao contrário de Júpiter e Europa, o nome "Terra" não soava exótico. A maioria das espécies inteligentes dava nomes assim a seus respectivos planetas natais. Casa, Lar, Ninho, entre outros.

Era um nome vulgar. Comum. Mas, pronunciado por Kursor, trazia algo agourento.

— Senhor... há algo sobre Terra que, talvez, eu deva saber?

— Depois.

Slanet cogitou insistir. Mas a mensagem queimando nos olhos cinza-chumbo era clara. *Não vamos falar disso agora.*

Kursor era alguém difícil de ler, mas não naquele momento, quanto a aquele assunto. Parecia bem óbvio que Terra não trazia a ele boas lembranças. Claro, não era o mais aprazível dos mundos — segundo relatórios, tinha sete décimos da superfície cobertos de água. Mas Slanet suspeitou de algum motivo mais particular.

O silêncio opressivo, já começando a perturbar, foi quebrado pelo ruído abafado de uma distorção hiperespacial. Kursor acabava de desembainhar a Espada da Galáxia e caminhava até uma geleira próxima.

— Venha ver uma coisa — disse, com uma casualidade inesperada, mas bem-vinda.

Slanet trocou logo a melancolia por entusiasmo curioso. Saltitou na direção de seu capitão tão depressa quanto a baixa gravidade permitia.

Kursor cravou na parede gelada a lendária lâmina dos exploradores, atravessando o gelo como se fosse metal quente. Arrancou um grande bloco, e depois outro, e outro, até desaparecer em uma pequena caverna. Slanet pensou não ser uso lá muito digno para aquele artefato quase sagrado; entendeu como uma tentativa (um tanto extremada) de descontração.

Kursor voltou trazendo um grande pedaço de gelo. Entregou à aluna, que quase o deixou cair quando percebeu algo dentro.

Um animal. Tinha uns trinta centímetros, protegido por uma carapaça escura e segmentada. Nas laterais afloravam numerosas patas articuladas. O último par, transformado em nadadeiras, sugeria vida aquática.

— Vejamos o que aquela Academia anda ensinando — Kursor disse com certa zombaria, até onde alguém como ele podia soar zombeteiro. — Sabe me dizer como o artrópode veio parar aqui?

Evidente que Kursor só fez a pergunta após uma pausa necessária, até escoar um pouco de surpresa e fascínio da jovem. Se ela tivesse queixo, estaria bem caído.

— Bem... — sabia a resposta, mas pensou muito no melhor modo de dizer. — Há milhões de anos, este satélite deve ter sido mais quente. A capa de gelo estava em estado líquido, formando oceanos de amoníaco e água — teve um calafrio. — Devem ter se desenvolvido aqui formas de vida. Provavelmente vida biocarbônica, que costuma ocorrer em mundos oceânicos. Com a queda da temperatura, as plantas e animais não sobreviveram e foram congelados.

— Quase correto — interrompeu Kursor, tomando de volta o fóssil. — É verdade que este espécime não escapou à glaciação. Mas vamos presumir, como você disse, que as formas de vida locais sejam do tipo base-carbono. Vamos supor também que a queda da temperatura não tenha sido súbita, mas gradual, levando muito tempo para ocorrer.

"Entende aonde quero chegar?"

Slanet entendeu. Começou a olhar em volta, com ar preocupado. Kursor não pôde evitar algo próximo de um sorriso.

— Sim, você raciocinou de modo correto. Os biocarbônicos são de natureza fluida, se adaptam fácil e rapidamente a mudanças ambientais. Toda a vida aquática deve estar confinada a rios e lagos subterrâneos, mas ainda...

"Ah, ali está."

Na planície distante que seu capitão apontou, Slanet viu um movimento fugaz. Um movimento, sim, mas nada que tivesse se movido. O lugar continuava vazio. Já estava a ponto de dizer "não vejo nada, meu capitão" quando a pequenina silhueta branca se destacou contra a sombra de uma geleira.

— O que é, senhor? Não posso ver, a esta distância.

— Vamos chegar mais perto, então.
— Ele pode fugir — Slanet já imaginava algum animalzinho assustadiço.
— Só se puder nos perceber.
Olhos azuis-cobalto transbordaram alegria. Entendeu o que estava sendo sugerido.

Ela esteve aguardando o momento de mostrar que seria capaz. O treinamento foi duro, sua pele dourada tornava o processo muito mais difícil. Mas era indispensável a um explorador espacial, então ela não desistiu até dominar a disciplina.

Primeiro, com uma palavra de comando, enviou as peças da armadura para seus respectivos compartimentos no hiperespaço. O mesmo com seus painéis solares; apesar do deslocamento dimensional, continuavam implantados em suas costas.

Agora, toda nua, vinha a parte difícil. Comandar, por simples vontade, a própria pele. Mudar a forma como refratava luz.

Controle da Refração Cutânea.

— Meu capitão, o senhor poderia...?

Kursor fez que sim e virou-se de costas, todo cortesia e formalidade, mas permitindo-se um sorriso interior. Aquele tipo de nudez não era motivo de constrangimento entre metalianos. Mas o tipo que viria a seguir, sim.

Slanet quis terminar depressa, antes de embaraço ainda maior. Com um pensamento, o brilho dourado começou a perder intensidade e dar lugar ao tom cinza-escuro e luzes minúsculas da carne. Sua pele estava transparente. Por segundos, apenas, ficaram à mostra seus músculos, tecidos e órgãos. E partes íntimas.

Foi com alívio que alcançou o grau de refração desejado. Ergueu as mãos diante do rosto, viu a paisagem glacial através delas. Os raios luminosos agora dobravam ao encontrar seu corpo.

Estava invisível.

— Estou pronta, meu capitão.

Kursor voltou-se e examinou a figura etérea à frente. Não era invisibilidade total, uma forma desfocada podia ser notada. Um ótimo desempenho, contudo. Entre os melhores que já viu.

— Não pensei que fosse capaz. Não com esse ouro.

Comentários como aquele haviam magoado durante todo o aprendizado da técnica, na Academia. Mas, de Kursor, ela entendeu como elogio. E entendeu correto.

Slanet ia também se virar, mas Kursor a deteve com um gesto. A armadura sumiu, seguida pela espada e antenas. No segundo seguinte o brilho prateado já dava lugar ao cenário às suas costas.

Claro, pensou ela. Seu capitão dominava a técnica tão bem que já não precisava mais passar pela fase intermediária. Pela nudez de pele.

Pegou-se um tanto desapontada.

— Pise apenas onde eu pisar — Kursor avisou. — Examinei o gelo antes de remover as antenas; mesmo nesta gravidade reduzida, pode não suportar nosso peso em alguns pontos.

Slanet seguiu o fantasma translúcido que era seu capitão, imitando seus passos. De fato, a superfície gelada sob seus pés rachava e se partia em lascas muito facilmente.

De tão atenta aos próprios passos, assustou-se quando viu pedaços de sujeira cinzenta flutuando logo à frente. Eram manchas na pele de Kursor, um punhado de marcas enegrecidas de óxido de prata. Naqueles pontos, a pele havia perdido sua capacidade de refratar luz.

— Em algumas décadas — Kursor adivinhou seu pensamento — não serei mais capaz de invisibilidade efetiva.

Foi dito casual, mas Slanet recebeu como o fim do mundo. Discrição era indispensável à exploração espacial, à observação furtiva de vida nativa. Sem ela, terminaria a carreira de Kursor como explorador. O fim de uma lenda.

— O senhor terá mapeado toda a galáxia muito antes que isso aconteça, meu capitão.

Torceu o rosto, constrangida. Queria dizer algo confortador ou positivo, mas teve certeza de que soou como bajulação exagerada.

Se o comentário surtiu algum efeito em Kursor, a invisibilidade o encobriu.

Após longos momentos de caminhada cautelosa, os dois já estavam próximos o suficiente. Slanet reconheceu a criaturinha peluda, com grandes orelhas e uma cauda longa e espessa.

— Uma raposa! É uma raposa branca, senhor.

De fato, uma forma de vida avançada que muito lembrava esse animal. Provavelmente análoga em muitos aspectos, pois vigiava um buraco na neve, em provável tocaia para abater seu ocupante.

— Não precisa sussurrar. Ela não pode nos ouvir.

Não? Pensou Slanet. Lembrou-se das turbo-raposas domesticadas de Metalian, capazes de perceber um cochicho do dono a minutos-luz de distância. Kursor, novamente adivinhando seus pensamentos, respondeu.

— Não é vida biometálica. Não pode captar e nem emitir sinais de rádio.

Perguntas se atropelavam, mas Slanet ainda receava falar. Em certo momento, buscando melhor apoio, pisou forte em um pedaço de gelo, que se partiu. Para seres como ela, nada perceptível. Mas, no mesmo instante, a raposa interrompeu a vigília e voltou orelhas em sua direção.

— No entanto — comentou Kursor —, são muito sensíveis a determinadas vibrações atmosféricas.

Som, lembrou Slanet. Propagação mecânica em meios materiais. Fenômeno que um metaliano não pode perceber, exceto em altos volumes. Ficou ali, paralisada, temendo mover-se e acabar causando mais daquele "som".

Calmo, Kursor seguiu explicando.

— Quase todos os animais superiores em mundos de atmosfera densa têm a capacidade de detectar som. A palavra para isso é "audição". Para algumas espécies, a maior parte da informação sensorial ambiente é recebida dessa maneira. A visão permanece importante, mas secundária.

"É possível que o animal suspeite de nossa presença. Mas ainda não tem informação suficiente para considerar-se em risco."

De fato, o bicho caminhou furtivo na direção do ruído, sem dar sinal de que podia ver as figuras fantasmagóricas. Mesmo sabendo ser bobagem, Slanet se encheu de pena daquele bichinho que — pelo menos naquelas circunstâncias — era surdo e quase cego.

Mas a raposa logo mostrou que dispunha de outro sentido exótico.

— A extremidade do focinho está se mexendo — disse a jovem, vendo pequenos movimentos no nariz negro. Apressada e excitada, acrescentou — eu me lembro. Eu me lembro!

Não se lembrava, mas conseguiria em pouco, só tentava ganhar tempo. Kursor não se importou. Esperou calado.

— "Farejar" — disse, enfim. — Cheirar. Colher odores. Muitas substâncias desprendem no ar certas partículas químicas, chamadas odores. Alguns animais conseguem identificar tais partículas. Assim podem detectar a presença de outras criaturas, mesmo a grandes distâncias, através dessa assinatura odorífera deixada no ar.

Sua cultura não tinha aplausos. Se tivesse, Kursor talvez tentasse alguns. Talvez. Não. Mais provável que não.

— Meu capitão, será que eu posso...?

Normalmente perspicaz, desta vez Kursor teve dificuldade em completar a frase da aprendiza. O que ela estava pedindo? Só então percebeu o gesto tímido da mão transparente na direção do bicho.

Pensou em negar. No trato com vida alienígena — especialmente vida formada por grandes porcentagens de água —, cautela nunca é excessiva. Mas conhecia o animal. De fato, não havia perigo.

— Hum — consentiu.

Slanet ajoelhou na neve, máximo cuidado para não produzir o inconveniente "som". Moveu o braço no ar com suavidade; em teoria, esperava acentuar a trilha odorífera que o animal seguia. Não demorou até o nariz escuro, enfim, tocar a mão biometálica, farejando-a com cautelosa curiosidade.

— Que graça! — O comentário saiu mais agudo e infantil do que pretendia.

Slanet transbordava ternura, enquanto arriscava um afago no pescoço do bichinho. Sempre pensou nos biocarbônicos como seres úmidos e pegajosos, que se desmanchavam ao toque, dissolvidos em poças d'água asquerosas. Ou envolvidos por carapaças, como o fóssil encontrado há pouco.

Agora, tocava um animalzinho igual àqueles com que brincava nos sonhos de infância. Só que mais opaco.

Logo a cena era quase inacreditável. A raposinha deitada de costas sobre a neve, olhos fechados, enquanto Slanet coçava sua barriga.

— Chega.

Súbito, inesperado rancor na voz de Kursor. Um passo brusco. Gelo esmagado.

A raposa assustada já longe. Ainda olhou para a silhueta feminina transparente por um momento, antes de disparar em corrida e sumir no horizonte branco.

— Senhor?! — Slanet ficou de pé, retornando à sua cor original (não precisava passar pela fase intermediária para isso). Os olhos azuis pedindo explicação para algo tão desnecessário (quis pensar *estúpido*).

Mas Kursor, o manto invisível já abandonado, não olhava em sua direção. Apontava as antenas recém recobradas para o alto.

Um distante rugido bionaviano no céu.

— Qual o problema, Vigilante?

Uma avalanche de rosnados e grunhidos desceu sobre os dois — tão rápidos e desconexos que Slanet quase não conseguiu compreender, o idioma ainda não familiar a ela. Parecia um alerta sobre qualquer coisa que se aproxima.

— Capitão, não entendi o que...

— Silêncio — erguendo uma palma rude. — Direção e distância, Vigilante.

Não houve resposta, exceto um nervoso sinal de estática. Vigilante estava hesitando.

— *Direção e distância!* — Kursor insistia, no limite entre ser claro e gritar.

A bionave emitiu, vacilante, os sinais de coordenadas. Kursor apontou a cabeça na direção indicada, o rosto voltando a apresentar aquele nauseante tom branco-titânio.

Slanet queria saber o motivo. Quis acreditar que tinha o direito, que dizia respeito a ela. Dizia? Já não tinha certeza. Kursor dava sinais claros de ter problemas pessoais com aquele sistema planetário.

— Meu capitão — desistiu de tentar esconder o pânico, apelou para a divindade —, em nome da Sagrada Galáxia, *o que está havendo?*

A súplica da jovem pareceu tão ignorada quanto sua presença ali. O explorador tinha a atenção no espaço, percorrendo-o com as micro-ondas irradiadas de suas antenas e aguardando o eco. Embora pudesse sentir um inseto a oito minutos-luz de distância, tinha que *encontrá-lo* primeiro. Tarefa nem um pouco fácil.

— *Não!*

O grito foi tal que quase chegou a ser "som". Pelo menos, Slanet pensou assim.

Grito de ódio e pânico em quantidades iguais, de esperança morta, de humanidade perdida. Quase o rugido dos predadores nativos de seu mundo. Arranhado e estridente, quase pura estática, com qualidades — *horrores* — que apenas o rádio pode conferir.

Kursor despencou de joelhos, escondendo o rosto. Balançava a cabeça para os lados, suplicando a um carrasco imaginário para cessar com as chicotadas.

Sem ideia imediata do que fazer, Slanet ficou ao seu lado, enlaçou-o pelos ombros — só para depois sentir-se tola. Seu capitão não precisava de acalento.

— Vigilante — falou para o céu. — Por favor, leve-nos para bordo.

A bionave não mostrou qualquer relutância em obedecer outra que não o seu comandante. O dedo verde tocou os dois, removendo-os da superfície de Europa.

Slanet, mesmo aflita, olhou desafiadora para o trecho do céu que Kursor perscrutava antes de tombar. Direção e distância? De quê? O que existia naquela direção, além de...?

Sagrado Código Matriz.

O planeta Terra.

•

Slanet teve que desligar a gravidade artificial nos vastos aposentos de Kursor, ou não conseguiria levá-lo para a cama. Ainda assim, não foi nada fácil arrastar aquele homem enorme pelo quarto, sem esbarrar em coisas que pudessem sair flutuando.

Enfim, restaurou a gravidade e examinou os monitores médicos ao lado do leito. Indicavam que Kursor estava sob estresse (até onde os aparelhos podiam avaliar essa condição), mas nada realmente grave. Nada que algum repouso não pudesse curar.

— A Academia não me treinou para isto — resfolegou, permitindo-se a piada com o fim aparente da emergência.

Lembrou-se de algo que queria saber. Ajustou os sensores em busca de sintomas específicos.

Não viu nada errado com seu acelerador de partículas. O equivalente digestivo metaliano.

Ele não poderia ter fingido as dores. Estavam ali, em seu rosto. Eu vi.

Slanet tinha admiração quase paterna por Kursor, mas também tinha bom senso. Nunca pensou nele como algum herói mitológico invencível, invulnerável a dor e sofrimento. *Ele é apenas humano.* Justamente esse pensamento a fazia acreditar que, um dia, seria igual a ele.

Sentada à beira da cama, passou os olhos pelo vasto apartamento. Nunca esteve ali antes, mas era como imaginava. Suportes e prateleiras atulhados de mapas, tratados e outros documentos — registrados em minérios, couro, pergaminhos, discos magnéticos, cristais e outras mídias ainda mais exóticas. Gostava especialmente de certas obras arcaicas, impressas em folhas de alumínio e encadernadas em volumes — um obsoleto sistema de arquivo conhecido como "livro". Nem toda a literatura ali presente era de origem metaliana. As lombadas de alguns volumes traziam sinais alienígenas. Não se atrevia a imaginar em que tipo de material foram grafados.

Slanet previa encontrar algum tipo de coleção de objetos raros, recolhidos em mais de um século de viagens espaciais. De fato, lá estavam, na parede oposta — mas não eram o que pensava. Nada de amostras minerais, relíquias arqueológicas ou obras de arte alienígenas.

Eram cabeças de animais.

Hipnotizada de terror e fascínio, Slanet se aproximou devagar. Estava nos regulamentos da Frota Exploratória: *Se a Espada da Galáxia tira a vida de uma criatura, um pertence seu deve ser conservado para lembrar ao explorador espacial o erro que cometeu — e se ele não poderia ter sido evitado. Deve-se dar preferência a uma parte de sua anatomia, quando a espécie em questão não demonstra restrições morais ou religiosas em contrário.*

Slanet não imaginou que fossem tantos. De repente, todo o aposento parecia um abatedouro. Seu olhar procurou desesperador por algo que não fosse uma cabeça decepada. Qualquer coisa.

Encontrou.

Estava de pé, em um canto afastado, olhando para ela.

A figura em armadura dourada devia ter quatro metros de altura, e quase três de ombro a ombro. Tinha estrutura humanoide básica — cabeça, tronco, dois braços e duas pernas —, mas de formas angulosas, pesadas. Menos criatura viva, mais maquinaria pesada.

Cabeça minúscula, janelas vítreas como olhos, e uma espécie de elmo com uma viseira gradeada e uma crista metálica vertical. Ficava quase sumida entre enormes ombros quase cúbicos. Destes pendiam braços maciços que terminavam em enormes mãos de cinco dedos, tão grandes que bastaria uma para envolver Slanet pela cintura. Mãos mecânicas, com articulações motorizadas. Mãos de metal bruto e ligas artificiais. Mãos sem vida.

Que bobagem a minha! É apenas um robô.

A jovem chegou mais perto e estava a ponto de tocar a coisa, mas foi invadida por um medo absurdo de que ela pudesse reagir. *Nem sequer está ligado.* Ainda assim, manteve a mão afastada.

Só aproximou um pouco o rosto para examinar uma fenda profunda, do alto da cabeça até a chapa metálica do peito, quase dividindo o robô inteiro ao meio. Trabalho de uma lâmina de aço nuclear. Espada da Galáxia.

A máquina era de fabricação alienígena. Metalian tinha robôs, mas não daquele tipo. De onde...?

— É um corpo robótico traktoriano.

Com o susto, Slanet bem poderia ter ido parar nos braços do robô. Kursor estava bem ao lado, com uma casualidade *tão* fora de lugar.

— Traktorianos são muito interessantes — disse, impossivelmente trivial, ignorando os olhos arregalados da aprendiz. — Assemelham-se a vermes esverdeados, pouco maiores que um dedo. Em épocas remotas eram uma mistura de caramujos e lagostas, a pele capaz de segregar uma carapaça com garras articuladas. Mas, com o avanço de sua ciência e tecnologia, trocaram as cascas naturais por corpos mecânicos muito mais duráveis e eficientes. A busca por corpos cada vez melhores é a maior motivação da espécie.

— Capitão... o que...

— Sei que nunca ouviu falar de encontros entre nosso Império e os traktorianos. Não é uma história agradável. Conhecendo Primária, Ela não quis deprimir nossa gente divulgando-a.

"Fui o responsável pelo primeiro contato. Visitei uma estação espacial em órbita de seu planeta, Traktor. Receberam-me com cortesia. Falamos sobre uma possível aliança, sobre amizade entre nossos povos. Então descobri um propósito macabro por trás de suas ações.

"Os traktorianos perceberam minha natureza. Perceberam que nossa forma de vida é forte e durável — ainda mais forte e durável que suas armaduras. E de constituição orgânica, algo que sua tecnologia nunca foi capaz de produzir. Seu perene desejo de ascender levou à inevitável conclusão: eles queriam meu corpo.

"Tive que lutar para evitar a captura. Eram quase tão fortes quanto eu, estavam em maior número — e sua tecnologia em armamentos, longe de ser desprezível. A invisibilidade me salvou até alcançar um hangar de pouso com acesso para o exterior, mas não escapei a tempo. Um deles queimou-me o peito com plasma de hidrogênio, e este aqui calcinou meu ombro com uma lâmina de energia. Como pode ver, a Espada da Galáxia me salvou.

"Eu estava inconsciente quando Vigilante recolheu nós dois. Foram semanas de recuperação em um centro de engenharia-médica.

"Primária declarou o sistema Traktor como área proibida. Quanto a isso, não A censuro. A obsessão da espécie em obter corpos biometálicos torna-os perigosos para nosso povo. Felizmente, eles não contam com naves mais rápidas que a luz — levariam séculos para alcançar o planeta-capital. Isso, claro, se fizessem ideia de sua localização."

Slanet ouvia. Teve muita paciência, nas circunstâncias. Sabia de algo urgente acontecendo, queria ser informada. Estava ansiosa. Mas Kursor, em vez de explicar o motivo de sua recente crise histérica, fingia ter sido nada.

— Quero crer que está me contando tudo isso com um propósito, meu capitão — tentou parecer severa. — Um propósito ligado ao que aconteceu há pouco.

Foi o mais perto que conseguiu chegar de um protesto.

Kursor calou, baixando um pouco a cabeça. Talvez estivesse tentando parecer casual para esfriar o incidente, diminuir sua gravidade. Talvez quisesse poupar a aprendiz. Restaurar a própria dignidade. Mas, em tudo isso, estava falhando. À medida que contava a história, sua voz perdia mais e mais vigor.

Quase sussurrou as últimas frases.

— O conceito que o povo semirrobótico de Traktor faz de nós é errado. Mas não é o pior possível. Há aqueles que nem mesmo nos consideram como seres vivos.

Agora a história sem cabimento fazia sentido.

— O planeta Terra — Slanet afirmou, não perguntou.

Kursor concordou com um aceno curto.

— Senhor, a coisa que vem de Terra. O que é?

— É sinal de que nosso tempo se esgotou. Sinal de que, a partir de agora, nenhuma forma de vida biometálica na galáxia estará segura.

As antenas do explorador espacial voltaram-se para uma parede. A aprendiz sabia que elas focalizavam algo muito além.

— É vagarosa, viaja a cerca de 40.000 quilômetros por hora. Está a mais de seis milhões de quilômetros daqui, deve chegar em uma semana. Estaremos dentro do alcance de seus sensores em menos tempo, é claro.

— Mas está ao alcance dos nossos, senhor.

Kursor franziu a testa de dúvida. Esqueceu, por um instante, que a aprendiz não era equipada com antenas. Não podia ver o mesmo que ele via.

— Computador. Transfira a imagem do objeto.

Uma tela iluminou-se na parede. Por momentos não viram nada além de escuridão espacial, até que algo apareceu. Uma máquina tosca, com um painel solar arredondado e antenas compridas, que a deixavam parecida com um inseto metálico.

Slanet viu uma inscrição alienígena gravada no casco. Não teve que perguntar o significado, Kursor logo traduziu.

— Voyager II.

•

Diário de Bordo. Capitão Kursor, comandante da bionave simbiótica Vigilante, Frota Exploratória do Império Metaliano.

Acabamos de completar oito horas em órbita do planeta Drall-3 (ou Terra, como chamado pelos nativos). Após meu antigo fracasso em estabelecer relações com Traktor, não cultivo grandes esperanças em uma aliança metalio-terrana. Se os altamente tecnológicos traktorianos não foram capazes de assimilar o conceito de vida biometálica, por que esperar mais de um povo que mal pisou em seu próprio satélite?

No entanto, há uma característica na civilização terrana que a torna surpreendentemente similar à nossa. Como biocarbônicos, os terranos não têm capacidades naturais de emissão ou recepção de sinais de rádio. Sua forma natural de comunicação — vibrações sonoras por transmissão atmosférica — mostra-se ineficiente a longas distâncias. Por isso, acabaram desenvolvendo tecnologia de rádio artificial. E fizeram isso relativamente cedo para seu nível técnico.

Terra está literalmente imersa em um oceano de ondas radiofônicas e televisivas. O teor das mensagens é o mais diversificado que já encontrei numa mesma civilização — cultura, informação e entretenimento em incontáveis variantes. Poucas horas de monitoramento foram o bastante para assimilar os principais idiomas do planeta, bem como grande parte de sua cultura e história.

É bem incomum. Os terranos dominam essa tecnologia há poucos anos, mas já a utilizam com tanta naturalidade e eficiência quanto nós. Não seria exagero afirmar que a civilização terrana sofreria um colapso sem o rádio.

Ainda assim, hesito em fazer contato. Se a decisão fosse apenas minha, iria catalogar Drall-3 como "Inóspito Para Vida Biometálica" (a maior parte de sua superfície é recoberta de água, e as áreas emersas têm alto índice pluviométrico) e sumiria deste sistema estelar.

Não entendo por que Trahn está tão entusiasmada.

— *Refresque minha memória, Trahn. Como me convenceu a adotar seus procedimentos para o contato com Drall-3?*

— *Lembro de não ter sido fácil. Você é muito teimoso, sabia?*

Sou forçado a lembrar, para meu extremo constrangimento, que o Diário de Bordo registra automaticamente todos os diálogos no interior da nave, bem como localização, postura e condições gerais dos tripulantes — restando-me apenas posterior edição e adição de comentários. Meu protesto formal quanto a esse procedimento parece ter sido ignorado pelo Império, visto que "privacidade" é um conceito alienígena, pouco familiar à nossa própria cultura (maiores detalhes em meu relatório sobre Hevvanon-4).

Portanto, pouco posso fazer exceto confirmar que estávamos abraçados em frente à imagem de Terra na tela da ponte.

— Francamente, Trahn. Não é um mundo especial. Poucos bilhões de anos, na periferia da galáxia, infestado por biocarbônicos. Mal faziam seus primeiros voos espaciais tripulados quando você esteve aqui. Que interesse poderia...?

— Você já viu crianças, Kursor?

Trahn tinha mais qualidades do que posso enumerar. Mas, objetividade, não uma delas.

— Se bem me recordo, e embora muitos duvidem, já fui uma — minha lamentável tentativa de humor.

— Não, nada disso. Não falo da Primeira Vida. Quase nenhuma outra espécie usa esse processo, o aprendizado consciente ainda em estágio embrionário.

"Quero saber se você já viu alguma criança viva. Após o nascimento."

— Certo. Refere-se a filhotes que se desenvolvem em ambiente externo, antes de atingir a maturidade. Sim, já os vi em outros mundos. Perigoso. Primitivo. Entregar à natureza filhos ainda frágeis e despreparados. Pergunto-me qual poderia ser o benefício evolutivo, qual a vantagem capaz de favorecer a sobrevivência.

— O que achou delas?

— O que achei delas — repeti devagar, sem entender. Não havia acabado de comunicar minha opinião?

— Kursor, nossa espécie não convive com crianças! Não depois da Primeira Vida. Só as incubadoras vivem com elas.

Lá estava ela, me explicando nossa própria sociedade, explicando coisas que qualquer metaliano sabe. Percebi ser uma excentricidade comum aos exploradores espaciais, descrever aquilo que já conhecemos. Estranho.

— Convivência com crianças — comecei. — Isso deve trazer uma série de problemas. Em sonhos, pode-se cometer todo tipo de erro, causar todo tipo de dano, sem consequência ou perigo verdadeiro. O aprendizado é livre de riscos para a criança, e de incômodos para os adultos.

"Trazer esse procedimento para o mundo real não me parece inteligente."

— Kursor, o que você pensa a respeito de crianças?

A insistência me levou a entender que Trahn queria outro tipo de resposta.

— Eu definiria como pedacinhos de caos e nojo concentrados. O universo poderia passar sem elas. Eu também.

Um sorriso divertido nos olhos de Trahn. A razão, acho que nunca saberei.

— Conheci duas crianças em Drall-3. Um menino e uma menina. Eram as coisinhas mais lindas na galáxia. Há tempos não consigo tirá-las da cabeça.

Um rosa suave palpitava sob o seio esquerdo. Todas as estranhas perguntas e teorias sobre infância alienígena, subitamente explicadas.

Quando Trahn ingressou na Academia, foi exaustivamente avisada quanto às possíveis consequências da vida no espaço sobre a mente feminina. Nunca, antes, uma mulher se afastou tanto de Metalian. Era esperado que sentiria falta de incubar filhotes, que seria vítima de depressão e angústia sem precedentes.

Ela tratou de contrariar e vencer essas expectativas. Nunca manifestar qualquer traço desses sintomas. Mostrar a todos como seria o amanhã.

Até agora.

— Você está pensando em...?

— Não tenho intenção de abandonar a exploração espacial para ser incubadora — respondeu direta. — Não vejo esse futuro.

"Mas posso ter julgado mal este mundo quando estive aqui antes."

— Julgado mal! — meu espanto era genuíno e além do que tenho hábito de demonstrar. — Foi atacada por um búfalo com chifres de cálcio, um felino revestido de manchas e um camponês alucinado que disparava projéteis de chumbo.

— Eu gosto de chumbo. Me lembra seus olhos.

— Trahn — repreendi.

— Sim, houve hostilidade, mas nenhuma ameaça real. Já estive em complicações bem piores. Mas aquelas crianças... a ausência de medo... a ternura...

— Por certo você não espera encontrá-las de novo após seis anos. Você sabe com são os biocarbônicos. Nascem e morrem tão rapidamente quanto a água evapora.

Trahn emitiu um ruído zombeteiro, de um tipo que apenas frequência de rádio pode permitir, e estes caracteres não podem reproduzir.

— Que exagero, Kursor! Os terranos têm uma média de vida apenas três vezes menor que a nossa. Mas você tem razão, aqueles dois devem ser quase adolescentes agora.

— Então...?

Trahn aconchegou um pouco mais o rosto em meu ombro antes de responder.

— Sei muito bem como pareço tola e romântica para você. Não, nem se atreva a tentar negar.

Eu não ia tentar negar. Ela tinha razão.

— Mas pense bem. Pense em quão pouco sabemos sobre o comportamento de crianças existindo no mundo real. Pense em como fui recebida, como fui aceita. Pelo menos em determinados estágios da vida, talvez os terranos estejam preparados. Talvez tenham facilidade para aceitar novas formas de vida. Nova inteligência.

— Terranos têm origem evolucionária totalmente diversa da nossa — alertei para o óbvio. — Fisiologia diferente. Psicologia diferente. Percepção, sentidos diferentes. Nem mesmo enxergam o mundo como nós.

— Ainda assim, somos são parecidos!

Sua voz era sonho. Eu diria se, como ela, fosse romântico em exagero.

— São humanoides. São intensamente sociais, não sobrevivem sozinhos, reúnem-se em comunidades. Especializam-se, dividem tarefas. Seguem líderes e leis. Mas também fazem escolhas pessoais que definem suas vidas. Prezam a liberdade. Prezam o livre arbítrio. E fazem isso há muito mais tempo que nós.

"Têm macho, fêmea, e amor entre os sexos — acrescentou, um sorriso em cada palavra.

Não sei onde achei força de vontade para contra-argumentar.

— Pode ser verdade que convergimos em muitos aspectos. Mas eles não são um povo único. São muitos, tornados diferentes por território, cultura e crenças. Discordam. Cometem crimes contra os semelhantes. Fazem guerra.

— Como também fizemos. Até restar o Império.

"E por serem tantos e tão diferentes — ela seguiu, cada palavra gotejando doçura — eles podem ser tolerantes, abertos ao novo, ao desconhecido. Podem ser um povo que não nos chame de robôs, nem tente nos escravizar, nem roubar nossos corpos. Um povo que nos chame de amigos.

"Não acredito ter feito um primeiro contato adequado. Quero retificar isso. Quero voltar lá, não como uma espiã sorrateira, mas como representante do Império Metaliano."

— Trahn, posso entender suas intenções, mas... isso é contra nossos procedimentos. Nossos regulamentos.

Adoráveis olhos vermelhos me alvejaram com indignação. Justificada.

— Procedimentos! Regulamentos! Somos os primeiros, Kursor. Somos exploradores espaciais, somos a vanguarda do Império. Não temos regulamentos, porque o Império não sabe o que vamos encontrar. Não temos procedimentos, exceto aqueles que adotamos. Não estamos sob jurisdição da Imperatriz.

Lá estava ela outra vez, disparando o que eu já sabia.

— Isso não é...

— "Temos regulamentos" é apenas outra forma que você encontrou de dizer "faça o que estou mandando".

Certo, aquilo era novo.

É verdade que exploradores espaciais estão entre os metalianos com maior autonomia no Império — pelo simples fato de que não há ninguém por perto para nos dizer o que fazer. Sem comunicação mais rápida que a luz, não podemos pedir instruções ou aguardar ordens. Também não existimos em número suficiente para formar tripulações, cadeias de comando. Esta é outra razão que leva apenas os mais destacados, os mais independentes e autossuficientes, às estrelas.

Por tudo isso, ao contrário de quase qualquer outra atribuição no Império, nosso trabalho não tem regras, não tem metodologias oficiais. Na maior parte das situações, fazemos tudo pela primeira vez. Diante do inesperado, seguimos nosso bom senso. E a experiência daqueles que vieram antes.

Ninguém veio antes de mim. A exploração espacial metaliana havia começado há 103 anos. Comigo.

Por isso, sempre me soou natural que minha própria experiência fosse válida como regulamento e procedimento padrão para outros exploradores. Parecia inteligente. Parecia lógico.

Aqueles olhos de selvagem vermelho-cádmio discordavam.

— Também sou capitã da Frota Exploratória — reforçou. — Também tenho meus procedimentos e regulamentos. Meu modo.

— Meus procedimentos precedem os seus.

— Por que motivo?

— Está a bordo de minha nave.

Trahn se fastou em um quase pulo, abrindo olhos enormes de espanto. Pareceu incapaz de acreditar no que eu disse. Agora, mesmo relendo o diálogo registrado, também não acredito.

— Não é de experiência que estou falando — tentei consertar. — Esta é a minha nave, contatar os nativos é meu dever. Eu não devia permitir que fosse em meu lugar.

Foi até perto de uma tela, tocando-a com o punho fechado, trêmulo. Quase pude sentir a emanação de calor.

— Sua...

Sozinho, afastado de Metalian, e constantemente exposto a culturas estrangeiras, eu devia de alguma forma estar pronto para Trahn. Pronto para entender o quanto era diferente.

Apenas ser capaz de longa permanência longe de Metalian, longe da colônia, privada de contato social, afastada das funções tradicionais femininas... apenas isso, levaria qualquer outra metaliana à loucura e morte. Trahn era o oposto completo. Independente. Impetuosa. Confiante, segura de si. Era o próximo passo evolutivo, diziam uns. Louca, outros. Eu nunca soube quais estavam certos.

A única verdade é que Trahn era feliz vivendo aquela vida. Era feliz, afastada de uma sociedade organizada, confortável, segura. Fazendo as próprias escolhas, governando o próprio destino.

Não metalianos que porventura examinem estes registros podem ter dificuldade em entender: liberdade total e completa é algo aterrador para a maioria de nós. Mas Trahn, agora, era revolta total, por ser privada da sua.

— Como quiser, comandante — suspeito que ela teria cuspido, se tivesse as glândulas necessárias para salivar.

Como insetos sociais sem mente, milhares — milhões de metalianos viveram em harmonia perfeita por eras. Hoje, dois de nós não conseguem ficar no mesmo aposento sem frustrar um ao outro. Vanguarda? Próximo passo? Difícil acreditar que nossa evolução esteja mesmo seguindo um rumo inteligente.

— Estou preocupado com sua segurança — só me restava a franqueza.

— Eu sei. E isso me ofende.

Ela voltou a me olhar. Estranhamente, parecia mais calma.

— Uma parte sua ainda quer me proteger. Uma parte ainda pensa como zangão, como soldado. Pensa em mim como operária ou incubadora. Pensa em lutar e matar por mim. Teme, odeia que eu me exponha a qualquer perigo. Poderia me arrastar e me trancar nas câmaras mais profundas da colônia, se necessário para me preservar.

Tudo tão óbvio e verdadeiro que, ao concordar com um aceno, me senti tolo.

— Essa parte sua agrada uma parte minha. Me faz sentir bem. Segura. Feliz...

E contra seu disparo final, não tive qualquer defesa.

— ...Mas são partes que precisamos superar.

Fui muitas vezes considerado alguém "avançado". Capaz de pensamento individual eficaz, capaz de decisões rápidas, escolhas seguras. Auge evolutivo em nossa espécie — assim disse a Imperatriz, sendo então verdade inquestionável. Exemplo do futuro.

Naquele minuto, Trahn provou o oposto. Tentando protegê-la contra sua vontade, não fui muito melhor que qualquer besouro-das-cavernas.

Não me recordo de, alguma vez, ter me envergonhado tanto.

Trahn notou minha dificuldade em manter o olhar firme. Notou minha rendição. Deu a volta, abraçou-me pelas costas. Era seu modo de dizer que não queria realmente ter vencido o debate — porque não queria um debate, para começar.

— Voltarei aqui depois — ela disse, enfim —, quando acabarem os reparos em minha bionave.

Meneei a cabeça.

— Evidente que não — eu tentava ser um bom perdedor. — Você pode proceder como bem quiser. Não acabamos de concluir que estive errado? Que eu não deveria usar minha autoridade e experiência para tirar sua liberdade?

— Sim, você estava errado. Mas posso esperar. Até voltar ao meu comando.

— Mas você tem razão!

— Os terranos têm um ditado. Melhor ser feliz que ter razão.

O que, demônios e trevas, aquilo queria dizer?!

De alguma forma que até hoje não entendo bem, concordamos que Trahn faria um novo contato. Em nome de tranquilidade para minha "parte a ser superada", eu prestaria assistência, agindo apenas em caso de extrema emergência.

— Extrema emergência sua, ou minha?

— Minha.

— Não. Sua definição de emergência é muito branda.
— Porque você é um velho chato — ela enfim riu.
Velho, de fato. Sardas de oxidação já manchavam meus ombros, enquanto a prata dela ainda estava no auge do esplendor. Eu tinha décadas de cosmo quando ela saiu da Academia. Quando tornou-se minha aprendiz. Quando nos apaixonamos.
Quando dois membros entre os mais evoluídos (desajustados?) em nossa sociedade foram mandados às estrelas.
Não voltamos a nos ver desde a Cerimônia de Despedida, quando Primária entregou sua Espada da Galáxia e sua bionave. Meio século desde então, sem estarmos outra vez no mesmo mundo. Pisando na mesma nave.
— Quase morri de saudades — exagerou ela, fazendo-me rir. Claro, morre-se de saudades de Metalian. Da Imperatriz. Há casos documentados. Mas não de saudades um do outro.
— Ouça a música, Kursor. Não é linda?
Outro capricho romântico que tive dificuldade em assimilar. Finalmente percebi: ela se referia às transmissões terranas. Tive que reconhecer, era música. Não uma, mas milhares, nos mais diferentes idiomas e estilos. A Sinfonia Terrana.
Antes de me dar conta, balançava devagar, seguindo um ritmo misterioso ditado por Trahn.
— Eu poderia acompanhar você — arrisquei, tão gentil quanto pude. Seria minha última tentativa, prometi a mim mesmo.
— Sim. Poderia.
O golpe de misericórdia, encerrando o duelo.
Voltei-me para retribuir o abraço. Espadas e armaduras sumiram. O que se seguiu ficará apenas entre nós, caso eu consiga configurar no Diário de Bordo os bloqueios de privacidade que venho tentando implementar.

•

Diário de Bordo. Capitão Kursor, comandante da bionave simbiótica Vigilante, Frota Exploratória do Império Metaliano.
Fizemos contato com os terranos. Não foi difícil, após o aprendizado de seus idiomas principais e o modo como usam suas frequências de rádio. Complicado foi decidir com quem falar. Terra tinha um complicado sistema político de multigovernos, dividido em quase duzentos países — muitos envolvidos em inimizades, e alguns em guerras declaradas. Deixei a escolha a cargo de Trahn — que, afinal, conhecia o planeta melhor.
— Aquele — apontou resoluta para um canto do mapa político na tela, construído pelo computador a partir de dados colhidos das comunicações terranas.
— Estados Unidos da América. São uma pátria diferente daquela onde esteve antes.

Alguma razão especial?

— *Forte influência política, econômica e cultural sobre outras nações. Aceitos por eles, temos melhor chance de aceitação pelos demais.*

Respondi com um meio resmungo, não muito convencido. O país também tinha numerosos inimigos.

— *Também mostram elevado avanço técnico* — Trahn reforçou. — *Têm o programa espacial mais adiantado no planeta. Procuram ativamente por vida extraterrestre, têm projetos destinados a isso. Não quero ir parar outra vez entre camponeses e ser tomada por algum demônio mítico.*

— *Em domínio tecnológico, ainda há outras boas opções. União Soviética, Japão, Alemanha...*

— *What's wrong about Americans?* — gracejou, no idioma daquele país. Mais tarde verifiquei que a construção gramatical correta usaria "with" em vez de "about".

— *O que há de errado com eles? Eu poderia preparar uma lista tão longa quanto seu braço, começando com suas agências de inteligência e espionagem. Seu governo controla a informação sobre vida alienígena, esconde as evidências de seus veículos de comunicação. Não ouviu nada sobre isso nas transmissões locais? Está até em seu entretenimento.*

— *Refere-se à CIA e outras? Sim, peguei algumas de suas comunicações cifradas. Considero a preocupação deles muito natural e válida.*

Soergui uma sobrancelha que nunca tive, em demanda de explicação.

— *Os grandes governos de Terra* — ela seguiu — *estão à beira de uma guerra termonuclear. O equilíbrio de forças impede que seja deflagrada. Se um desses países tivesse acesso a qualquer ciência superior, sua dominação militar seria esmagadora. As demais nações entrariam em pânico, atacando rápido, antes que qualquer tecnologia extraterrestre pudesse ser implementada.*

Apenas um cenário possível entre muitos, mas bem aceitável. Fiquei impressionado, e também satisfeito, ao saber que Trahn não monitorava apenas transmissões musicais.

Mas não gostei do que ouvi a seguir.

— *Além disso, ocultar evidências de vida estrangeira não é algo exclusivo desse povo, lembre-se bem.*

— *Eu obedeci ordens de nossa Imperatriz* — respondi, firme e confortável. Em Metalian, esse argumento encerra qualquer contenda. A palavra de Primária é final, absoluta, definitiva, nada a questionar ou discutir. Está em nossa mentalidade de enxame.

— *Mas você concorda com elas.*

— *Inteiramente!* — respondi, um tanto espantado. "Discordar" da Imperatriz é ainda algo novo e não usual. Até para mim.

Trahn suspirou e cessou a conversa, soando um tanto desapontada. O motivo era óbvio, mas, naquele momento, não o entendi.

Recostei-me na poltrona, comecei a vasculhar o espectro de rádio. Não queria alarmar uma população ainda ignorante sobre a existência de vida alienígena. Procurei uma frequência de uso exclusivo da agência chamada CIA.

Enviei as primeiras mensagens de saudação. Como esperava, não obtive resposta imediata — apenas um murmúrio nervoso sobre discos voadores, invasão, marcianos... Sua cultura era vasta em histórias ficcionais sobre povos hostis habitando o despovoado vizinho Drall-4.

Resmunguei, aborrecido com tanta insensatez.

— Que mal eu fiz à Mãe Galáxia? — a imersão cultural me levando a essa expressão local de lamento.

Após meia hora de insistência e mensagens de paz, enfim tivemos uma resposta. Iniciei conversações com um líder militar terrano, alto-oficial de uma frota de aeronaves chamada Força Aérea dos Estados Unidos.

O indivíduo mostrou-se relutante, a princípio, em aceitar como verdadeira minha origem alienígena. Descobri mais tarde que suspeitava de um plano dos terranos chamados "russos", inimigos de seu país.

Começamos a discutir a descida de Trahn em missão diplomática. Como eu suspeitava, a liderança terrana mostrava-se cautelosa (quase tanto quanto eu) em resguardar da população o sigilo de nossa presença.

Sugeriram, como local de pouso, o recém-inaugurado observatório astronômico de Kitt Peak, situado em uma região desértica chamada Arizona.

— Pois sim! — murmurei, percebendo uma súbita movimentação de tropas em uma base de mísseis situada ali perto.

— Nenhuma ameaça real, Kursor.

As palavras confiantes de Trahn (trazendo um bom humor totalmente fora de lugar) bem podiam ser verdade. Mas preferi evitar qualquer risco. Examinei uma vez mais o mapa político dos EUA e descobri uma grande ilha, recentemente industrializada, de poderio militar reduzido. Porto Rico.

Olhar desaprovador me perfurando atrás da cabeça.

— Eu sei — resfoleguei. — Seus procedimentos. Seus regulamentos. Seu modo.

"Mas atirar-se de cabeça em todos os planetas que encontra? Isso é imprudente."

Palavra leve demais para expressar o temor sem explicação que arranhava dentro de meus ossos.

— Tão imprudente quanto se apaixonar por alguém que pode morrer a qualquer momento.

Aquilo passou longe de ser uma resposta. Nem entendi se o comentário era para mim, ou para si mesma. Fato, ambos éramos imprudentes em algum grau, nos arriscando sozinhos longe de casa. Talvez o fator imprudência fosse necessário ao nosso ofício.

— Vamos adotar o ponto de descida que você escolheu — cedeu ela, sem perder uma fração de bom humor. — Vai se sentir melhor assim.

Não era uma pergunta, nem uma suposição.

Respondi com um resmungo afirmativo (que, em verdade, era alívio e agradecimento), enquanto pensava na melhor forma de comunicar aos terranos nossa escolha. Relutaram quase selvagemente — apenas me convencendo ainda mais sobre a decisão ter sido acertada.

Tive que recorrer a muita diplomacia para não exceder o tênue limite entre visita formal e invasão. Foram literais horas de negociações — horas que os terranos usaram com eficiência, enviando numerosos caças a jato para a região. Sua agilidade em mobilizar forças militares era surpreendente. E também frustrante, ao devastar meu plano de colocar Trahn frente a poder de fogo reduzido.

Avisei a Vigilante para tomar posição sobre o local, percurso que sua propulsão fotônica a fez percorrer em menos de um segundo. Dali, o feixe de transporte levaria Trahn à superfície.

A ilha era mais populosa do que eu gostaria, uma alarmante densidade demográfica de mais de trezentos habitantes por quilômetro quadrado. Felizmente, o local escolhido — outro observatório astronômico, chamado Arecibo — ficava entre colinas relativamente despovoadas.

Os olhos de Trahn se arregalaram de espanto.

— Kursor! Veja aquilo.

Apesar de exasperar entusiasmo, o aviso me assustou. Focalizei através da atmosfera. Vi terranos posicionando tropas, erguendo acampamentos provisórios, movimentando veículos blindados e reabastecendo aviões de guerra. As operações pareciam dificultadas pelo terreno montanhoso, mas seguiam rápido.

— Competentes e frenéticos — observei. — Quase se poderia dizer que também vieram de um povo-enxame.

— Kursor, não me referia aos soldados. Veja aquela estrutura.

— Ora... — deixei escapar, surpreso.

Fui levado a pensar que nossa maior semelhança dos terranos era no campo das comunicações. Mas aquela gigantesca antena parabólica, com seu diâmetro de trezentos metros ocupando todo um vale entre as colinas de Porto Rico, provava que não.

Era um radiotelescópio. Uma antena de rádio destinada a vasculhar os céus.

— Será igual aos nossos? — cochichou ela, enquanto coçava as próprias antenas.

Respondi que não, logo após uma inspeção rápida em sua estrutura. Com todo aquele tamanho, claro que ultrapassava nossas antenas portáteis pessoais em potência — mas nunca em precisão. Duvidei que pudesse distinguir uma estrela solitária de um sistema binário.

— Que lugar mais apropriado? — Trahn quase ofegava. — O ponto comum entre nossas tecnologias. O artefato para a busca de aliados nas estrelas. Que...

— Não quero que vá.

Não sei quem disse aquilo. O Diário de Bordo registra como sendo eu, mas não tenho essa lembrança. Uma parte minha, certamente, disse aquilo.

Uma parte a ser superada. Mas não ali. Não naquele momento.

— Trahn... — não sei como resisti ao impulso imaturo de segurá-la pelos ombros. — Você poderia morrer a milhões de parsecs, sem que eu pudesse fazer nada para impedir. Já havia me acostumado com essa ideia.

Mentira total. Mas plausível.

— Havia me acostumado como essa ideia. Mas se alguma coisa acontecer agora... aqui... a miseráveis centenas de quilômetros sob meu focinho...

Percebi que Trahn conteve uma primeira reação. Tenho certeza de que estava pronta a descartar minhas preocupações com alguma tirada divertida, como de hábito. Mas deteve-se. Estreitou os olhos. Parecia observar algum inseto ou mancha em meu rosto.

Era meu medo transparente.

— Você não consegue — sua voz era espanto vagaroso, crescente. — Não consegue mesmo acreditar que somos iguais.

Não dizia aquilo com ressentimento ou decepção. Dizia com pena.

— Eu podia dizer — ela seguiu, clara e lenta — que não enfrento algo assim pela primeira vez. Sei que uma tentativa de captura é possível, até provável. Então eu diria que alguns biocarbônicos não poderiam ter êxito em colocar-me em perigo. Mas estaria falando sozinha. Você não aceita nada disso.

Ela me enlaçou. De uma forma triste. Como alguém consolando por uma perda dolorosa.

— Houve época em que podíamos olhar dentro um do outro, e saber tudo que há para saber.

Aquilo era verdade sobre nossa espécie. Mentalidade de enxame. Mas presumi que estava sendo específica sobre nós dois.

— Agora não consigo alcançar você. Não consigo que sinta minha felicidade. Não consigo que veja meus sonhos com este mundo, estas pessoas.

— Estar separados da colônia mudou nossa forma de relacionamento com nossos semelhantes. Tenho apenas você. Você é importante. Importante além de qualquer bom senso.

— Viajamos juntos para longe de Metalian. Fomos o primeiro casal a tentar, e sobreviver. Tenho apenas você.

— Somos autônomos. Indivíduos. Habilitados a pensar sem ajuda.

— Habilitados a desfrutar de liberdade.

— Liberdade. A autonomia de pensamento é inútil, irrelevante, sem liberdade. Pensamento autônomo é requisito para o avanço. Liberdade é requisito para o avanço.

— Por isso precisamos ser livres para tomar nossas decisões, fazer nossas escolhas.

— Por isso precisamos ser fortes para aceitar as consequências dessas escolhas.

— Por isso precisamos ser fortes para aceitar as escolhas de outros.

Neste ponto o Diário de Bordo é impreciso. E minha lembrança, confusa. Em minha memória, foi um diálogo. Mas o registro diz que, em certo ponto, passamos a falar ao mesmo tempo. Repetíamos as mesmas palavras, as vozes sobrepostas, como se comandadas por uma só mente.

Às vezes, entre nós, acontece. Enxame.

— Entendo o risco — Trahn recuperou primeiro a própria voz. — Sei que podemos morrer a qualquer momento. Se acontecer, terá sido por minha escolha. Sou exploradora. Sou escolhida por nossa Majestade. Minha vida pertence a Ela, e a mim, para arriscar pelo que é importante.

"Você não pode tirar o livre-arbítrio dado a mim por Ela."

Palavra de Primária. Final, absoluta, definitiva. Nada a questionar ou discutir. Infelizmente, funciona para ambos os lados.

Inútil tentar fazê-la desistir. Baixei a cabeça e examinei o armamento do exército que enxameava nas proximidades do observatório. Propulsores químicos de projéteis. Arcaicos, mas aqueles de mais grosso calibre tinham potência suficiente para matá-la.

Trahn levantou meu focinho com a ponta do dedo. Gesto bobo. Mas incisivo.

— Eu não vou morrer.

— Vai fazer contato pessoal com uma civilização dedicada a criar métodos rápidos e eficientes de eliminar seus semelhantes.

— Já fiz contato pessoal com essa civilização.

Estranhei, esquecido do evento por um instante.

— Duas crianças, Kursor.

Ela evitou com habilidade o choque entre nossas antenas e tocou meu focinho, como sinal de despedida. Uma despedida apenas física, claro. Eu não deixaria de vigiar por um único instante enquanto estivesse entre os terranos.

A graça e felicidade com que correu até a porta trouxe a memória dos tempos em que foi minha aluna. Retornei a meu lugar na poltrona de comando, reunindo o que restou de minha compostura esfacelada.

Para uma parte minha, era duro ser lembrado sobre quem era o sexo superior.

— Feixe de transporte, Vigilante. Coloque Trahn no centro da área demarcada pelos terranos.

Eu não conseguia identificar as emoções dos terranos. Seus olhos eram pouco mais do que fendas, nem um pouco expressivos como os nossos (muito embora tivessem a mesma estrutura padrão em câmera fotográfica). Mas, a julgar pelas contrações musculares em seus rostos, era seguro deduzir que ficavam mais e mais espantados à medida que Trahn se aproximava, descendo no feixe. A confusão nas frequências de rádio era total.

— Vigilante! Quer fazer o favor de me soltar?

Eu teria soltado uma risada, não fosse detido pelo medo. Vigilante manteve o impenetrável tubo de luz fixo sobre Trahn, protegendo-a contra praticamente qualquer arma manufaturada naquele mundo. E também impedindo-a de sair.

Minha bionave receava o mesmo que eu.

— Vigilante. Pode libertá-la do feixe.

Um comandante terrano veio por uma trilha aberta de improviso na vegetação. Trahn ergueu a mão, repetindo a saudação aprendida em sua primeira visita. Ele não pareceu reconhecer o cumprimento — muito provavelmente porque a saudação original requer maior número de dedos. Desejei não ter sido um mau começo.

Seguiram-se alguns problemas de comunicação. Terranos não têm meios naturais para ouvir rádio, assim como não percebemos vibrações sonoras. Trahn contornou a situação fazendo uso de um comunicador portátil carregado por um dos soldados: o aparelho podia converter ondas radiofônicas em sons, e vice-versa.

O terrano identificou-se em nome e título como "coronel Norman Williams", o mesmo líder militar com fobia de russos com quem estive em debate antes. Pediu a Trahn que o acompanhasse até o observatório. Ela assentiu e, antes de prosseguir, olhou em minha direção e acenou discreta.

— Vê? Ainda viva.

Minha resposta foi um mal-humorado chiado de estática.

Dezenas de soldados a escoltaram através da floresta, levando a tiracolo suas armas percussoras de projéteis. Em minha mente, eu contava de quantas maneiras Trahn poderia derrotar todos, sem ao menos sacar a lâmina sagrada.

Medo ainda coçando. Mas tudo parecia bem. Acompanhei o trajeto de Trahn até que ela desapareceu sob o prato da vasta antena parabólica.

Desapareceu.

Eu não conseguia mais vê-la.

Não posso ter sido tão idiota!

— Trahn, você pode me ouvir? Responda!

Nada. Ela não podia me ouvir, e eu também não poderia ouvi-la. O paraboloide sobre o vale bloqueava a ação de minhas antenas, assim como impedia nosso contato de rádio. Estávamos incomunicáveis.

Era uma armadilha.

•

Diário de Bordo. Capitão Kursor, comandante da bionave simbiótica Vigilante, Frota Exploratória do Império Metaliano.

Este registro está três dias atrasado, conforme o calendário poderá atestar. Os sistemas automáticos de monitoramento devem explicar, melhor do que me encontro capaz no momento, meu paradeiro e atividades durante esse período. Talvez digam que estive no cinturão de asteroides entre as órbitas de Drall-4 e 5, descarregando minha raiva — empregando a Espada da Galáxia de forma bastante indigna para destruir grandes rochas.

Ou talvez digam algo diferente. Minha memória é incerta sobre todos os fatos recentes, exceto um.

Trahn está morta.

Preferia ter um braço arrancado a recordar os acontecimentos que culminaram em sua morte, mas ainda sou um capitão da Frota Exploratória e devo registrar o ocorrido. Ademais, pelo tempo que me resta, estou certo de que o verdadeiro problema não será manter a lembrança — e sim, viver com ela.

Quando Trahn sumiu sob o paraboloide metálico, suspeitei de imediato que tivesse sido atraída para uma emboscada. Já estava a meio caminho da saída quando me dei conta da tolice: Trahn estava em missão diplomática, havia sido recebida como embaixadora. Exceto por paranoia natural, eu não tinha evidência de qualquer ato hostil.

Invadir o planeta e acusar os terranos falsamente de sequestro seria desastroso. Isso sem mencionar minha falta de confiança nas habilidades de Trahn.

Por mais difícil que fosse admitir, não havia indício de perigo. Mais controlado (mas nem um pouco mais calmo), voltei à poltrona. Procurei me distrair da tensão atualizando o Diário de Bordo.

Tudo isso me pareceu inteligente naquele momento. Eu mal sabia.

Ao final de três horas arrastadas como três dias, minha paciência estava esgotada. Meu lado primitvo, minha "parte a superar", agora tinha argumentos — era tempo demais sem notícias, tempo demais para colocar diplomacia acima de segurança. Trahn estava entre bárbaros prontos para o autoextermínio com mísseis nucleares. Eu não tinha mais forças para ficar de braços cruzados diante disso.

Resolvi fazer contato com os terranos e perguntar por ela.

O coronel Williams, evidentemente, também se encontrava fora do alcance de minha voz. Enviei uma mensagem aos soldados das redondezas solicitando que seu comandante deixasse a área sob a antena. Minutos depois pude vê-lo caminhando para fora em seu estranho uniforme militar. Falou no intercomunicador enquanto olhava para o alto, como que na esperança de ver algum sinal da nave que orbitava seu mundo.

— *Recebi seu recado, capitão Kursor. Lamento pela interferência causada pelo radiotelescópio. Não contávamos com este inconveniente.*

Queria tanto acreditar que, naquele momento, acreditei.

— *Entendo, coronel. Apresento minhas desculpas se pareço receoso em demasia. Mas, suponho que esteja familiarizado com as preocupações de um comandante por seus subordinados.*

— *Perfeitamente. Use o tempo que precisar. Aguardamos a visita de seu embaixador.*

Meu silêncio súbito só poderia ser comparado a um túmulo.

— Não se preocupem — ele seguiu, ao aparentemente desistir de aguardar minha resposta. — Entendemos sua relutância. Suponho ter sido por essa razão que preferiram enviar um autômato.

As evidências sugeriam uma conclusão. Minha mente recusava essa ideia, por ser absurda, impossível, impensável, errada de tantas formas. Mesmo assim, ignorando o que é sensato, o verme gelado que chamamos medo já se enrodilhava em meu ventre.

— Autômato... — *Quis ser mais claro, mas a tensão já limitava minha pronúncia do idioma local.*

— Não há necessidade de constrangimento. Não nos sentimos ofendidos pela presença do aparelho. Pelo contrário, somos imensamente gratos. Nossos técnicos já o estudam. Representará uma nova era para nossa ciência e tecnologia.

Impossível. Ninguém poderia se enganar tanto. Eu tentava me convencer disso.

— Ouça, coronel. Nenhum "autômato" foi enviado a vocês. Há três de suas horas, o planeta Terra recebeu a capitã Trahn, oficial da Frota Exploratória do Império Metaliano.

O terrano silenciou. Desabilitou o aparelho de rádio por instantes, para conferenciar com outros em sigilo. Não pude discernir emoções em sua fisionomia.

— São uma nave não tripulada? Máquinas, inteligências artificiais? Não têm vida?

A lembrança de Traktor atravessando o peito como um arpão. Mas nem mesmo eles, com toda a sua ambição e intolerância, foram tão ignorantes.

Nem Traktor cometeu um erro de julgamento tão extremo.

Ninguém na Galáxia podia ser tão estúpido.

— Temos vida! — *"estrume biocarbônico" eu quis acrescentar, mas não conhecia essas palavras no idioma estrangeiro.* — Não somos vida como vocês a conhecem ou definem, não somos moléculas de carbono serpenteando em água. Mas somos vida. Julgamos que seu povo tivesse a capacidade de reconhecer vida inteligente diferente da sua. Foi um erro.

"Nossa visita a seu planeta está terminada. A capitã Trahn deve voltar a bordo imediatamente."

O terrano adquiriu tom pálido. Não achei provável que fosse sinal de sofrimento, como acontece conosco. Gritou ordens para os soldados à volta, que enxamearam em todas as direções.

— Receio que isso não seja uma opção.

Impossível. Desafiava a lógica, a razão. Ninguém poderia.

— Coronel Williams — *não tenho ideia de como consegui me manter lúcido para seguir com o diálogo* —, o Império Metaliano não deseja conflitos com seu povo. Nossos procedimentos proíbem atos hostis contra outras civilizações, exceto em autodefesa, e assegurar o retorno de minha tripulante qualifica-se como tal. Mais uma vez, solicito a devolução de nossa embaixadora.

— Capitão Kursor, qualquer tentativa de reaver o autômato será considerada um ato de guerra.

Um urro fez o terrano soltar o comunicador, aterrorizado. Vigilante havia rosnado. Ela entendia a estupidez da situação, talvez melhor que eu — pensei, enquanto corria para a câmara de desembarque. Ordens já não eram necessárias, ambos sabíamos o que fazer.

Vigilante rugiu uma mistura de ódio e súplica. Queria lutar. Coisa pouco comum a seres pacíficos como as bionaves.

— Não. Ainda não. Eles ainda estão com ela.

Minha parte avançada ainda tentava acreditar. Ainda confiava que tamanho erro de avaliação não pudesse ser admissível, que tamanho absurdo não pudesse ser real. Confiava que seres inteligentes não pudessem errar tanto.

Os terranos. Trahn. Eu.

Já pairando sobre o planeta azul, tive que lutar contra a sensação de paz e tranquilidade que irradiava. Uma falsa placidez, quase hipnótica, que eu agora sabia não existir. Não me deixei enganar, mas a alegre e despreocupada Trahn por certo não teve chance.

— Ela não era tola — a mente quase doía tentando aceitar o absurdo. — Cheia de sonhos, esperanças, visões de um futuro brilhante. Mas não tola. Não a esse ponto.

Já me referia a ela no passado.

O cabo da Espada da Galáxia firme no punho. "Um explorador espacial tem o sagrado dever de proteger a própria vida, e as vidas de sua tripulação, mesmo que seja necessário matar para exercer esse dever." Esse trecho foi extraído de meu Diário de Bordo e adotado como regulamento pela Academia. Primária me questionou se eu mesmo seria capaz de obedecer a essa regra. Confessei que não sabia.

Hoje, 103 anos depois, sei.

Quando atingi as camadas mais baixas da atmosfera, aeronaves de caça terranas já haviam decolado e aguardavam minha chegada. Suas asas inclinadas despejaram dezoito mísseis que atingiram o tubo de transporte, precisamente no trecho onde eu me encontrava. Formou-se uma bola de fogo alaranjada à volta do feixe, tão brilhante que os pilotos demoraram a me ver saindo ileso por baixo.

Assim que toquei o solo, foi a vez das forças terrestres. Blindados de guerra cuspiram projéteis às centenas, criando um holocausto termodinâmico ao redor. Seria o bastante para me despedaçar, não fosse o feixe ainda mantido por Vigilante à minha volta.

— Recolha quando eu der o sinal — ordenei, aguardando um intervalo entre as salvas. As toneladas de terra e detritos erguidas pelas explosões me serviram de cobertura, enquanto eu adotava o modo de refração cutânea e, imperceptível à visão, movia-me para fora da linha de fogo.

Avancei entre os combatentes terranos enquanto observavam o pó assentar. Sem evidência visual de minha presença, talvez acreditassem em meu extermínio ou fuga. Minha forma transparente não foi notada, salvo por um ou outro soldado que olhava para mim, esfregava os olhos e continuava com o que estava fazendo.

Impossível. Impensável.

Desci o vale. Penetrei sob aquele verdadeiro céu atapetado com alumínio, me deparando com uma pequena edificação — o centro de controle do radiotelescópio. Ao lado, um complexo de tendas e bolhas plásticas, quase uma cidade. Mesmo não totalmente familiarizado à arquitetura terrana, deduzi se tratarem de estruturas improvisadas, trazidas a bordo de veículos e erguidas em pouco tempo.

Era simples vasculhar todas com as micro-ondas de minhas antenas. Iniciei uma varredura desesperada em todo o complexo. Eram dezenas de compartimentos repletos de máquinas e terranos. Um soldado que corria se chocou contra mim e caiu inconsciente, sem que isso perturbasse minha busca. Continuei, até detectar...

Impossível.

Um corpo prateado. Sobre uma mesa. Cercado de terranos. Com instrumentos.

Gritei o nome de Trahn, danificando equipamentos de rádio em um raio de dois quilômetros. O pânico fez fugir a concentração necessária para manter a refração luminosa, perdi minha invisibilidade. Os soldados apontavam em minha direção e arreganhavam bocarras escuras, emitindo vocalizações que eu não estava mais equipado para ouvir.

Logo estava sob uma chuva de minúsculos projéteis metálicos. Tinham força para atravessar o peito de um terrano — obviamente, haviam sido inventados para isso —, mas não faziam mais do que resvalar e cair achatados à minha volta.

Tal armamento portátil não podia efetivamente me ferir, mas dificultava o pensar, como ser cutucado por milhares de dedos. O incômodo me distraiu por tempo suficiente, alguém conseguiu posicionar um lançador de projéteis mais pesado. Uma bomba de quase meio metro disparada de encontro a meu estômago. A explosão jogou-me às alturas.

Não cheguei a perder os sentidos. Ainda assim, não sei determinar por quanto tempo estive me contorcendo no fundo da cratera. Meus olhos espelharam por instinto, salvaram-se do clarão cegante, mas minha visão eram pontos enegrecidos de dor. Uma cratera menor fumegava em meu ventre.

Quando voltei a enxergar, os irrequietos terranos já tomavam posições no terreno montanhoso à volta. Infantaria e veículos pontilhavam a paisagem.

Pensei em Vigilante, pensei em pedir ajuda. Inútil. Eu estava sob as odiosas folhas de alumínio que bloqueavam nossas transmissões.

A voz irritante do terrano Williams latejou em minha cabeça, chegando de um dos poucos comunicadores remanescentes.

— Você está cercado, invasor. Renda-se pacificamente, ou seremos forçados a destruí-lo.

Uma inteligência tecnológica não podia ser capaz de emitir palavras tão inúteis. De fato, naquele momento, não percebi que o terrano só tentava ganhar tempo para posicionar sua artilharia pesada.

— Pacificamente... — repeti devagar, duvidando que a palavra de fato existisse naquele idioma.

"Ela veio em paz. Eu não."

Gritei minha resposta com força, causando algum tipo de sobrecarga ou curto que explodiu o transmissor portátil de Williams, juntamente com parte de seu rosto. Um segundo de distração. Um momento para invocar armadura e espada.

Como já mencionei, minha memória é imprecisa. Por dedução e exclusão, acredito que atravessei o campo de batalha sob fogo cerrado, ignorando as armas leves, esquivando das armas pesadas, decepando cabeças e abrindo caixas toráxicas. O sangue venenoso dos terranos respingava em meu ferimento, fazia jorrar cascatas de dor e faíscas. A polarização piscava em meus olhos, teimando em protegê-los dos clarões e roubando-me a visão por preciosas frações de segundo.

Alcancei a primeira parede plástica, que rompeu sem oferecer resistência. Continuei avançando, folhas plásticas acumulando sobre mim sem diminuir meu ritmo. Só parei quando, ao rasgar uma última tenda, testemunhei com meus olhos.

O impossível. O absurdo. O impensável.

Os olhos vermelhos não brilhavam mais. Algemas de aço-boro imobilizavam braços e pernas. A pele no pulso direito, sem armadura, estava esbranquiçada de dor. Retalhados por maçaricos, os seios deixavam escorrer pelos flancos seu conteúdo oleoso e sagrado. O rombo inumano escavado no peito brilhava com resquícios de luz rosada — as últimas pulsações da pilha atômica que havia sido seu coração.

Seu coração imprudente.

Toda a urgência sumiu. Súbito, eu tinha todo o tempo do universo. Tempo para recordar lições — coisas — que tentei ensinar a ela, em seu treinamento.

Somos fortes. Em relação à vida conhecida, somos muito fortes. Suportamos pressões atmosféricas que esmagariam um terrano, assim como o vácuo oposto. Caminhamos sob forças gravitacionais que matariam outras criaturas com seu próprio peso. Sobrevivemos a temperaturas muito mais altas ou baixas. Nossa pele pode refletir energias nocivas, radiação, até laser.

Mas eu avisei, tantas vezes que nem poderia contar, eu avisei.

Não somos indestrutíveis.

Até hoje há fatos obscuros quanto ao incidente (sou forçado a usar essa palavra tão pequena e fraca). Não sei como eles o fizeram, nem fui capaz de investigar a cena com mais minúcia. Não imagino de que forma subjugaram um metaliano. Mesmo levando em conta a imensurável autoconfiança de Trahn, seria impossível ela puramente concordar em ter seu corpo examinado, violado. Impossível ignorar *as contenções, os instrumentos cirúrgicos ao redor, duvidando serem capaz de cortar pele biometálica.*

Tudo absurdo. Mesmo agora, ao fim deste registro, tenho dificuldade em aceitar que tudo ocorreu da forma como ocorreu. Talvez nunca consiga. Talvez nunca deva.

Devo agora tomar providências para preservar o Império. Prevenir futuros contatos com os terranos.

Nunca mais devemos nos encontrar.

•

— Seu modo de escrever é estranho. Explica coisas que todos sabemos. Fala de nossa própria fisiologia, nossa personalidade e cultura, como se estivesse descrevendo a um estrangeiro.

Slanet dizia amenidades em uma tentativa desesperadora de trazer normalidade ao mundo. Amainar aquela loucura que, agora, parecia impregnar tudo.

— Eu achava importante — Kursor respondeu no mesmo tom — produzir textos claros, compreensíveis para leitores diferentes de nós. Talvez meus registros viessem a ser disponibilizados a povos diferentes. Não viemos ao espaço por esse motivo? Em busca de contato com outros?

— Isso não faz sentido algum...

A total mudança na voz de Slanet denotava que ela, agora, não se referia mais às peculiaridades literárias de seu capitão.

Mal se aguentava sobre as próprias pernas. Mas ainda achou forças para recusar quando Kursor ofereceu seu lugar na poltrona de comando.

— É uma ordem.

Sentou-se, fraca demais para argumentos, na verdade agradecida. Os olhos de cobalto queimavam, já sem lágrimas. As estrelas, para ela um reino brilhante de vida simples e morte longínqua, de tempo que não corre por não haver dias e noites, agora escureciam. Seu mundo sonhado de maravilhas se mostrava infestado por algo pior que monstros. Era um mundo de demência e estupidez. Um mundo de erros que levam à morte.

— Esses terranos... eles *não poderiam* cometer esse tipo de engano. Não até onde pude perceber.

— Por que pensa assim? — Kursor não conseguiu disfarçar grande curiosidade.

Slanet olhava fundo nos olhos do capitão, o azul de cobalto brilhando forte. Como se tentando transmitir o que pensava não apenas com palavras.

— Toda civilização que atinge esse nível técnico sabe a diferença entre algo orgânico e mecânico, entre vivo e não vivo. Eles não poderiam confundir Trahn com um autômato.

Kursor ouvia muito atento.

— E mesmo supondo que pudessem chegar a essa conclusão tão descabida — ela agora quase saltava da poltrona —, ainda assim suas atitudes não fazem sentido! Ainda que Trahn fosse considerada algo manufaturado... *por que* danificar, vandalizar, violar um precioso artefato estrangeiro?!

— Considerei que, de alguma forma, julgaram ter sido um presente — Kursor sugeriu. — Uma oferta de conhecimento científico.

Slanet ponderou a hipótese. Releu trechos do diário.

— É possível, mas... — A voz saiu fraca, incapaz de aceitar aquela teoria como algo de fato possível. — Não! *Ainda* não faz sentido! Mesmo errando totalmente a natureza de Trahn, mesmo confundindo-a com uma "oferenda" não vivente, ainda assim deveriam reconhecê-la como um aparelho avançado. Um construto muito além de qualquer coisa que sua ciência pudesse produzir ou replicar. Ela seria infinitamente mais valiosa *intacta*. Ainda ativa, ainda demonstrando seu funcionamento.

Slanet enfim baixou a voz, já cansada de expelir os mesmos conceitos com outras palavras.

— Essa disposição tão apressada em canibalizar um presente das estrelas... *eu não entendo!*

Meneava a cabeça, recusando a ideia, as palavras no diário ecoando suas próprias. Impossível. Absurdo. Impensável.

— É um alívio, na verdade.

Essa afirmação de Kursor, seguida de um chiado suave e longo — o análogo de rádio a um suspiro —, não deixou de espantar Slanet.

— Olhei de todas as formas que pude — ele seguiu, a voz pesada. — Voltei a estudar sua cultura e comportamento. Não encontrei pistas. Não encontrei erros ou exageros similares em sua história recente. Exceto em suas formas mais caricatas de ficção e entretenimento, do tipo destinado aos *muito* jovens ou incultos, não havia evidências de tais procedimentos quanto ao trato com extraterrestres.

— E por que considera isso um alívio, senhor?

— É um alívio que você pense da mesma forma. Que tenha a mesma opinião. *Que eu não tenha enlouquecido, ele disse sem dizer.*

Então ocorreu a Slanet. Aquele relato jamais havia sido divulgado em Metalian. Jamais conhecido por outro metaliano. Kursor era o único a saber.

— Não está errado, meu capitão. Não está louco, tampouco. Está perfeitamente certo em sua opinião quanto ao ocorrido.

"Impossível. Absurdo. Impensável."

Um aceno curto e lento, nada mais. Ainda assim, Slanet entendeu como um profundo agradecimento. Por quanto tempo ele carregou o peso da dúvida?

Quantas vezes imaginou ter sido pesadelo, delírio ou alguma forma de ilusão? Algo tão aberrante poderia *mesmo* ter ocorrido na vida real? Ou foi apenas em sua mente?

Ainda que ele tivesse dados para confirmar tudo. Todas as comunicações gravadas, todos os eventos — exceto aqueles ocorridos sob a antena — registrados pelo Diário de Bordo.

E até evidências físicas.

— Senhor... seu estômago...

— Um estilhaço da bomba se alojou muito perto de meu acelerador de partículas. Não tive como extraí-lo sem arriscar uma explosão de antimatéria, que mataria a mim e a Vigilante. É claro que não pude também procurar um engenheiro-médico; através do fragmento, o Império viria a ter conhecimento sobre a existência dos terranos.

— Mas examinei os sensores médicos em seu leito. Não acusavam nada.

— Eu os reconfigurei para ignorar qualquer ferimento ou condição considerada grave. Precisava evitar uma visita médica automática.

— Então esteve arriscando sua saúde. Mesmo sua vida.

— Hum — um resmungo aborrecido, como se não estivesse de fato arriscando grande coisa. Slanet quis contestar, mas não naquele momento.

— A versão ensinada na Academia — seguiu ela — diz que Trahn foi morta enquanto explorava um planeta hostil, mas omite detalhes. Isso se explicava porque Trahn não usava sua própria bionave na ocasião, e o senhor recusou divulgar seu Diário de Bordo. Tópico de muitos debates. Houve muita especulação quanto ao que realmente aconteceu.

— Nossa cultura não é habituada a debater ou especular.

— Aqueles de nós que decidem explorar a galáxia são.

— E o que especularam?

— Uns poucos suspeitam que seu intento foi proteger a honra e dignidade de Trahn. Outros, que o senhor optou por acobertar uma verdade potencialmente perigosa para o Império.

Outro resmungo. Talvez Kursor quisesse crer que seus planos, suas intenções reais, não fossem assim tão transparentes.

— E vocês, aspirantes à exploração espacial, pensam em descortinar essa verdade?

— As opiniões divergem. Presumindo ser algo de alguma forma prejudicial à Imperatriz, muitos de nós confiam em seu julgamento, confiam que tal evento deva permanecer em segredo. Outros acreditam no oposto: desejam conhecer a ameaça e, se necessário, tomar providências a respeito.

— "Providências" — Kursor adicionou à palavra certo tom sinistro.

Voltou-se outra vez para Slanet.

— E quanto a você? Esteve me dizendo teorias e opiniões de alunos em geral. Mas ainda não ouvi as suas.

— Não tive curiosidade ou imaginação para pensar além.

— Isso não pode ser verdade — Kursor tentou ser brando na acusação. — Exploração espacial requer ambos.

Ele estava certo. Um tanto murcha de vergonha, Slanet seguiu.

— Eu não quis especular. Não quis pensar mais no assunto.

— Não quis especular sobre o destino da primeira mulher na Frota, sendo você a segunda?

— O incidente em Drall-3 sugeria algo... ruim. Horrível.

Slanet pensou ser resposta suficiente. A insistência no olhar de Kursor dizia que não.

— Queria acreditar que meu próprio destino seria diferente.

O capitão cruzou os braços. Ainda não era uma explicação satisfatória, mas decidiu não insistir mais.

— O que aconteceu com Trahn? Digo, depois que...

— Ela está aqui. A bordo.

Slanet pulou de pé, assustada.

— Aqui?!

— Se devolvido a Metalian, o corpo seria certamente objeto de autópsia. Ficaria óbvio que Trahn foi violada por alguma espécie inteligente e perigosa. Venho mantendo-a em um mausoléu improvisado.

Primeiro Slanet ficou confusa, depois chocada com a palavra estrangeira. Mausoléu. Metalianos não preservam os mortos, não preservam suas carcaças. Uma vez que seus processos mentais consomem pouca energia metabólica, um metaliano pode continuar consciente — ou, segundo teorias, aparentar consciência — por longos períodos após a morte. Semanas, meses, até mesmo anos. Nesse estado ele pode pensar, falar, às vezes até mover-se. Essa morte-vida em estado zumbi, considerada mito em tantas culturas, era bem real para seu povo. Muito real e muito temida.

Por isso, cadáveres metalianos são cerimonialmente derretidos em caldeiras.

Uma pergunta suspensa no vácuo. A situação era tão estranha, que ninguém sabia ao certo como prosseguir.

— Você quer visitá-la?

— Eu posso visitá-la?

Ditas ao mesmo tempo.

Os dois caminharam para fora da ponte, onde a falta de gravidade artificial os fez flutuar. Embora treinada para atuar com ausência de peso, Slanet enlaçou o braço do capitão — a esta altura, após a partilha de tantos segredos, já sentia que eram próximos para tal intimidade —, deixando-se levar por saltos mais experientes. Percorreram grande parte do corpo de Vigilante, atravessando labirintos de fibras e contornando imensos órgãos vitais. A viagem parecia não ter fim para a jovem, que mal reconhecia as estruturas anatômicas por onde passavam.

Chegaram a uma área onde as luzes da vida brilhavam menos. Estavam escondidas por uma imensa máquina, o maior aparelho já implantado no corpo de um ser vivo — e, com certeza, o mais misterioso. Os enigmas físicos que envolviam seu funcionamento não se comparavam às antenas dos exploradores espaciais, ou aos envelopes de hiperespaço que abrigavam suas espadas e armaduras.

O propulsor de dobra espacial.

Slanet e seu capitão pousaram em uma plataforma de acesso, que tinha gravidade. Perdida em meio à farta aparelhagem estava uma pequena sala, destinada a guardar peças de reposição — função que evidentemente não cumpria mais, a julgar pelas numerosas caixas empilhadas ali ao lado. A um comando de Kursor, a porta deslizou e luzes se acenderam.

Ainda agarrada ao braço de Kursor, quase uma criança assustada, Slanet reuniu coragem e olhou dentro da sala.

Lá estava o corpo, feminino, deitado sobre uma prancha escura e brilhante de vanádio. De tão perfeito, trazia a ilusão de uma morte recente. Ilusão, de fato. Em condições normais, um cadáver biometálico leva décadas para se decompor; no vácuo, pode vir a durar indefinidamente.

Era uma mulher muito bonita — talvez nem tão bonita quanto na imaginação de Slanet, mas bela de outras formas. Devia ter por volta de sessenta anos, como atestava o registro do Diário de Bordo, mas aparentava muito menos. Nenhuma sarda de oxidação maculava a esplêndida pele prateada — pelo menos não nas partes visíveis. O tronco estava coberto por uma toga rústica de tecido de cobre (Slanet descobriu, então, porque faltava estofamento em uma das poltronas na ponte de comando). Mesmo através do pano, notava-se que não havia seios.

O modelo de sua armadura era pouco comum, assimétrico. O braço da espada nu, e o outro exageradamente revestido de placas, inclusive no ombro. As pernas deixavam os joelhos descobertos. Todo explorador espacial pode decidir o tipo de armadura que vai trajar, mas a maioria segue o design pioneiro de Kursor.

Os olhos vermelhos, com certeza lindos em vida, agora eram rubis no fundo de um lago escuro. Ao lado do corpo descansava a Espada da Galáxia desembainhada.

Slanet nunca havia visto um cadáver — de fato, poucos metalianos viam. O temor irracional de testemunhar Trahn erguendo-se zumbi era persistente, fazia-a sentir-se tola. Slanet era forçada a lembrar ser um fenômeno raro. Quanto maior a passagem do tempo, menor a chance de ocorrência.

Parte para expulsar esse medo, parte por carinho e respeito, Slanet se aproximou. Tocou o rosto de Trahn com as costas da mão.

— Trahn...

Pensou em dizer "olá". Pensou em dizer como aquela mulher, aquela heroína, marcou sua vida e suas escolhas. Levou-a tão longe. Até ali.

Antes de dizer qualquer coisa, uma mão pesada e trêmula pousou em seu ombro. Slanet se deparou com um rosto encrespado de dor.

— Vamos...

Ela concordou depressa, percebendo a conhecida tonalidade esbranquiçada entre os olhos de chumbo. Ajudou a conduzir seu capitão para fora da sala. O estilhaço de metal alienígena uma vez mais cobrava o preço de sua presença.

— "Queria acreditar"...

— Senhor?

Lá fora, na plataforma, Kursor estava novamente ereto, a dor bem disfarçada. Recuperada a aparência rígida e desprovida de emoção, que havia feito tantos o julgarem mais como máquina que como homem.

— Há pouco me disse, queria acreditar que seu próprio destino seria diferente. Queria. No passado.

— Bem observado, senhor. Isso é correto.

Sentindo que o elogio não eliminava a necessidade de explicação, Slanet seguiu.

— Queria isso, na época. Queria evitar um destino que parecia horrível, tão horrível que precisou ser mantido em segredo. Agora, não penso assim.

— Trahn teve uma morte estúpida. Sem propósito, sem sentido — as palavras quase propelidas como balas.

— Entendo que a dor o leve a pensar assim, senhor. E lamento.

Kursor entre pasmo e indignado. Slanet devolveu um olhar firme. Como se fosse ela a mais alta, forte e experiente. Como se fosse ela a comandante. Como se fossem seus os olhos a usar chumbo como pigmento.

— Ela deu a vida acreditando que nosso povo não está sozinho na galáxia. Acreditando que temos amigos em algum lugar. Acreditando que, apesar dos riscos, ainda devemos oferecer a mão.

Kursor demorou a notar que ela chorava.

E ela foi muito amada, quase disse.

— Eu temia um destino igual. Agora, *é o que mais desejo.*

— Depois de tudo que soube hoje — Kursor custava a acreditar como o óbvio passava longe daquela menina —, não é possível que mantenha tanta ingenuidade!

Você sabe o que acontece aqui. *Sabe* o que existe aqui. Aqui é perigoso, cruel, hostil. Onde não é vazio e árido, é infestado de inimigos.

— Não é como eu vejo as estrelas.

— A natureza do universo não está condicionada à sua visão de mundo.

— Discordo, senhor. E até onde sei, Trahn também discordaria.

Foi um golpe súbito, pegou Kursor despreparado. Mas era lógico. Homens metalianos tendem a enxergar o desconhecido como fonte de ameaça. Mulheres, como oportunidade, esperança e sonho.

Ela era como Trahn.

— Não vou treinar outra tola romântica que pretende se matar — Kursor quase gritou.

— Sim, o senhor *vai*.

— E por que eu...?

— O senhor vem sofrendo muito, por muito tempo, para proteger os segredos que me revelou hoje. Devo acreditar que vai apenas me reprovar, cancelar meu treinamento e me devolver a Metalian? Me deixar contar tudo a todos?

"Não penso ser possível que me considere tão idiota, senhor!"

Subestimar aquela moça estava custando a Kursor um alto preço em dignidade. Outra vez, pareceu cansado e velho. Agora Slanet sabia, seu capitão não tinha nada do instrutor tirano de quem ouvira falar na Academia — ainda que ele se esforçasse para conservar tal imagem. Era um homem sensível e apaixonado. Era um homem bom.

— Afinal, você entende o que está sendo exigido? Entende meus motivos para contar tudo isto?

Aquela pergunta representava longos saltos através de argumentos, protestos e negativas. Slanet sentiu-se respeitada, tratada como igual.

— Quer minha ajuda para proteger o segredo de Trahn, e para proteger a galáxia contra os terranos, senhor.

Dito daquela forma, soou um exagero dramático.

— Terei essa ajuda?

— Confiou muito em mim, senhor. Quero retribuir e merecer.

— Mesmo quando chegar a ser capitã? Quando tiver sua própria nave? Seus próprios procedimentos?

Naquelas palavras, a lembrança da perda clara como um sol.

— Não vai acontecer, senhor.

— Não pretende comandar sua nave? — Kursor, incrédulo.

— Minha intenção é permanecer como sua tripulante.

— Isso não será aprovado pelo Império. Exploradores autônomos são raros demais para partilhar comandos.

— Imaginei que a situação seria contrária. A primeira capitã metaliana no espaço teve fim trágico. Acho improvável o Império mostrar disposição para repetir o erro.

Uma ruga de suspeita arqueando sobre o olho de Kursor.

— Mas você não acredita ter sido um erro.

— Não, senhor.

Tudo aquilo Slanet dizia com uma firmeza recém-adquirida. Com uma resolução que parecia acompanhá-la por anos, mas na verdade nascida momentos antes.

— Está apenas em seu poder julgar minha autonomia, meu capitão. Não serei declarada comandante de bionave, sem sua aprovação. Até onde sei, posso permanecer aqui pelo tempo que o senhor decidir.

— E você estaria disposta a ser minha tripulante, estar sob minhas ordens... *indefinidamente*.

— Sim, senhor.

Ela não era como Trahn.

— O que pretende fazer com relação à sonda terrana, senhor? Destruí-la? — na casualidade da pergunta, Slanet parecia dizer que o assunto anterior estava resolvido.

Kursor voltou as antenas na direção da parede, as micro-ondas buscando o artefato.

— Não, eles poderiam suspeitar de minha volta. Vamos ficar fora de alcance e deixar que siga seu curso. A sonda em si não é uma ameaça, mas sim o que ela representa: os terranos iniciaram sua conquista do espaço.

Agora o explorador olhava para a sala onde repousava o corpo de Trahn, suas antenas ignorando a porta fechada.

— Viu o que fizeram com ela. Pode imaginar tal civilização colocando as mãos em uma bionave? Ou um propulsor de dobra espacial? Ou mesmo a antimatéria contida em nossos órgãos?

— Sim, senhor. Entendo que são uma ameaça potencial.

— Vai me ajudar contra eles, Slanet? Proteger nosso povo, nossa galáxia, contra a infestação terrana?

— Sim, senhor. Mas esse não deveria ser nosso único objetivo.

Kursor e sua não existente sobrancelha arqueada em dúvida.

— Eles também deveriam ser protegidos — Slanet explicou.

Claro. O instinto protetor metaliano é forte, ainda mais forte que o temor racial de afastar-se do planeta. Se outros em Metalian soubessem sobre o incidente, muitos tomariam para si a missão pessoal — até sagrada — de exterminar os terranos. As "providências" a que se referia.

Por que o genocídio dos terranos deveria importar? Kursor teria perguntado.

Porque sei que, como eu, o senhor deseja honrar o sonho de Trahn. Seria a resposta de Slanet.

Mas nada disseram. Bastou um olhar mútuo na direção do mausoléu.

— Tentaremos. Vamos confiná-los em seu próprio mundo, onde sua crueldade e ignorância não prejudicarão ninguém além deles próprios. Mas, se for necessário destruí-los...

— "Um explorador espacial tem o sagrado dever de proteger a própria vida, bem como as de sua tripulação, mesmo que seja necessário matar para exercer esse dever."

Kursor mal conseguiu disfarçar a surpresa.

— Fico feliz com sua compreensão desse fato. De qualquer forma, não quero um explorador inexperiente lidando com eles. Vamos continuar com seu treinamento.

— Então, presumo que a situação não é tão urgente quanto...? — Slanet calou-se, mas não a tempo.

— Não é tão urgente quanto minha reação emocional e exagerada fez parecer. Sim, está correta.

"Aquela sonda rudimentar indica que Terra está apenas começando a explorar o espaço exterior. É improvável que consigam viajar mais rápido que a luz dentro das próximas quatro ou cinco décadas, tempo mais que suficiente para tornar você uma exploradora efetiva. Evidente que vamos vigiá-los nesse meio tempo, mas... Bem, creio que já nos demoramos demais."

Kursor ofereceu o braço para a aluna, de forma tão mecânica que nem parecia estar quebrando uma formalidade. Iniciaram a série de saltos flutuantes que os levariam de volta à ponte, de volta ao treinamento.

E ao início da guerrilha.

•

Sete anos terrestres se passaram.

A nave descansava na plataforma de lançamento, recebendo os últimos ajustes antes da decolagem. Os dois foguetes propulsores laterais sustentavam o conjunto, como colunas de um templo em louvor ao programa espacial americano. A estrutura ovalada e cor de ferrugem do depósito de combustível, contendo 700 toneladas de oxigênio e hidrogênio líquidos, levava às costas o ônibus espacial propriamente dito. A fuselagem branca de titânio faiscava sob o sol.

Em suas nove missões anteriores, a nave foi palco de numerosas atividades pioneiras em se tratando de viagens espaciais. Em julho de 1983, na sua segunda missão, levou a primeira mulher a viajar no espaço — a norte-americana Sally Ride. Em agosto do mesmo ano foi a vez do primeiro negro. Na quinta viagem, em abril de 1984, realizou com sucesso o primeiro reparo no espaço, recolocando em funcionamento o satélite solar Max. Em outubro de 84 viajou com duas mulheres a bordo — novamente Sally Ride e Kathyn Sullivan, que foi a primeira norte-americana a caminhar no espaço.

Claro, nem só de sucessos era feita a história daquele ônibus espacial. Em 12 de julho de 1985, a decolagem foi interrompida a apenas 3 segundos da partida, por causa de uma pequena falha na válvula de resfriamento. Pouco depois iniciou-se um incêndio nos foguetes, que foi apagado com mangueiras. A tripulação saiu ilesa 40 minutos mais tarde.

Mesmo esta décima missão já havia sofrido seis adiamentos, três deles devido a sucessivos atrasos na missão do Columbia, que só subiu 25 dias após o previsto. Os outros três foram em consequência de problemas técnicos aliados ao clima.

Mas, apesar do frio, o céu azul e cristalino da Flórida indicava que não haveria mais atrasos. Centenas de milhares de pessoas se aglomeravam no Cabo Canaveral — além de milhões mais pela tevê — para assistir à decolagem. Também a tripulação aguardava com ansiedade.

Francis R. Scobee, 46 anos, comandante da missão. Havia ingressado como engenheiro aeronáutico na Universidade do Arizona, em 1970. Tornou-se astronauta da NASA em 78. Obteve licença de piloto na base aérea de Edwards, Califórnia. Tinha mais de 6500 horas de voo acumuladas em 45 tipos diferentes de aviões. Comandou o reparo do satélite Max, em 84, a bordo daquela mesma nave.

Michael Smith, 39 anos, piloto e astronauta da NASA desde 1980. Como Scobee, também era diplomado em engenharia aeronáutica. Acumulou mais de 4300 horas de voo em 28 tipos de aviões civis e militares.

Judith Resnik, 37 anos, engenheira eletricista. Foi a segunda mulher americana a subir ao espaço, em 1978. Especialista em radares e biologia médica, já havia tripulado o ônibus espacial Challenger e contava com 145 horas de voo espacial.

Ronald McNair, 36 anos, especialista em física espacial e astronauta desde 1978. Diplomado no Instituto Tecnológico de Massachutssets. Participou de pesquisas nos laboratórios Hughes, Califórnia, consagrando-se em trabalhos sobre laser e comunicações por satélite. Também havia feito parte de um voo da Challenger em fevereiro de 1984, quando foi utilizado pela primeira vez um braço mecânico em operações no espaço. Acumulou 191 horas de voo espacial.

Elison Onizuka, 40 anos, coronel da Força Aérea e astronauta desde 1978. Havaiano, estudou engenharia aeronáutica na Universidade do Colorado. No início do ano anterior havia participado de uma missão do ônibus espacial.

Gregory Jarvis, 42 anos, especialista em carga útil. Ingressou na NASA em 1978 e consagrou-se com trabalhos sobre satélites de comunicações. Esta seria sua primeira missão no espaço.

Christina Corrigan McAuliffe, 37 anos, professora de inglês e história americana. Havia sido selecionada em julho de 1985 entre outros 11 mil candidatos para ser a "primeira professora no espaço".

O objetivo da viagem era colocar em órbita dois satélites, um de comunicações e outro destinado a observar o cometa Halley. Tarefa rotineira, mas que, com a presença da professora McAuliffe, não deixava de ter também seu pioneirismo.

Teve início a decolagem.

Os foguetes de combustível sólido despejaram labaredas sobre a plataforma de lançamento. A estrutura se ergueu, timidamente de início, mas atingindo mil quilômetros por hora em poucos segundos. Logo estava distante, o estrondo não mais esmagando os vivas da plateia. Milhares de crianças aplaudiam, incluindo os alunos da professora McAuliffe.

Setenta segundos após o lançamento, a nave já estava a dezesseis quilômetros de altitude e a mais de 3000 km/h. Dali a sete minutos e meio, os foguetes laterais iriam se destacar e cair no oceano para serem recuperados mais tarde. O enorme depósito de combustível seguiria o mesmo trajeto. Vencido esse percurso inicial, o ônibus espacial poderia alcançar a estratosfera com seus próprios motores.

Aos setenta e um segundos, o comandante Scobee recebeu o aguardado sinal da NASA.

— Ok, Challenger. Força total.

O comando para aumentar a força dos foguetes foi acionado e, no septuagésimo quarto segundo após a decolagem, Scobee lutou contra a aceleração que o pressionava contra a poltrona e olhou pelo vidro dianteiro.

Algo estava caindo sobre a nave.

A última visão que Scobee teve em vida foi de uma imagem espectral, translúcida, sem contornos definidos. Tinha a forma aproximada de um homem, um homem alto. Os braços erguidos sobre a cabeça seguravam um objeto alongado e agudo, que não era transparente e podia ser identificado.

Era uma lâmina.

Os gritos da multidão cessaram com o surgimento da bola de fogo no céu. Os mais desinformados pensaram se tratar de parte da decolagem, talvez o desligamento dos foguetes laterais. Mas, à medida que o silêncio aterrador dominava, ficou claro que a Challenger não iria surgir em meio à fumaça.

Fragmentos seriam lançados a 29 quilômetros sudeste e continuariam caindo durante 45 minutos. A chuva de destroços impediria a aproximação das equipes de resgate — o que não faria diferença para a tripulação. Nas horas seguintes, quase todos os países do mundo expressariam seu pesar ao governo dos Estados Unidos. A União Soviética se aproveitaria da tragédia para alertar o mundo sobre os perigos do projeto norte-americano "Guerra nas Estrelas".

A nuvem da explosão era uma ferida aberta no céu da Flórida. O par de foguetes propulsores continuou voando sem controle, em direções diferentes, deixando espessas trilhas de fumaça que se bifurcavam a partir da massa central.

•

A sala de controle do Centro Espacial Kennedy pareceu congelar no tempo. Os técnicos da NASA tinham os rostos petrificados em máscaras de terror, assistindo à cena trágica multiplicada pelos muitos monitores.

Quando alguns momentos haviam se passado e todos se achavam recuperados do choque inicial, a imagem da explosão fugiu das telas e se dissolveu em chuviscos. Técnicos-chefes gritaram ordens para a equipe de manutenção mas, antes que alguém pudesse fazer algo, um novo horror invadiu o prédio.

Um rosto alienígena nos monitores.

A voz que ecoou nos alto-falantes falava em inglês. Nitidamente jovem e feminina, mas tão metálica que parecia vir de um encanamento.

— Isto foi apenas um aviso. Mantenham-se longe do espaço, ou estejam pronto para o genocídio total da civilização terrana.

Em meio ao pânico que tomou de assalto a equipe de cientistas, apenas dois homens tiveram reações diversas. O coronel Norman Williams cravou a mão na cicatriz que ocupava metade do rosto e seria tomado por uma excitação quase frenética, como foi comentado mais tarde pelos corredores da base.

O outro homem era um dos astronautas brasileiros recentemente convidados pelo presidente Reagan para participar do programa espacial. Em vez de ser engolfado pela confusão, marchou decidido até um painel de controle e empurrou de lado o operador. Apesar da pele dourada e olhos azuis, a fisionomia da extraterrestre era inconfundível.

— Voltaram — sussurrou Alexandre, o rosto quase tocando a tela.

•

Stefanie se jogou no sofá, exausta, gemendo a cada movimento. Alegrou-se por não ter um namorado a quem explicar o motivo de tantas e tão frequentes manchas roxas no corpo. Já era difícil explicar a si mesma.

Enquanto descansava, deslizou os dedos por toda a extensão da *shinai*. Achava ótima a sensação de empunhar a espada de bambu. Ainda teria, contudo, que percorrer um longo caminho no treino de kendô, até alcançar o objetivo de sua vida.

O olhar caiu inevitável sobre o objeto alongado na estante. Levantou-se e o recolheu do suporte ornamentado, alisando a bainha onde a madeira lacada levava o desenho de um camarão de água doce. Brincou um pouco com a tira de seda que servia para prender o instrumento ao cinto, depois fechou a mão sobre o punho de madeira recoberto com pele de peixe e fios trançados. O guarda-mão metálico trabalhado, por si só, era uma peça de coleção. Puxou com um tranco, e o aço japonês brilhou sob a luz que entrava pela janela do apartamento.

A katana japonesa é a espada mais ricamente ornamentada do mundo, e esse luxo tinha razão de ser. Os samurais que as empunhavam eram guerreiros aristocráticos, tão importantes que, durante séculos, impuseram seu código de ética à vida militar japonesa — até 1868, quando foi abolida a classe samurai. Nas mãos de um mestre, uma katana pode literalmente partir um homem ao meio. "A lâmina mais mortal que este planeta já conheceu," dizia seu *sensei*.

Não era verdade, ela bem sabia. Na melhor das hipóteses, era a melhor forjada neste planeta. Stefanie viu com os próprios olhos, quando criança, a lâmina mais perfeita e mortal que a Terra conheceu.

Saiu do devaneio ao notar certa agitação no prédio. Devolveu a espada a seu descanso e ligou a tevê, a tempo de ouvir sobre a maior tragédia da Era Espacial. Venceu um temor inicial de que seu irmão astronauta estivesse a bordo da nave condenada, e lembrou: Alex foi à Flórida apenas para assistir ao lançamento.

O noticiário exibiu inúmeras vezes a cena da nuvem bifurcada. Cada reprise mantinha Stefanie mais presa à tela. Talvez fosse apenas sua mente obcecada por armas cortantes desde o incidente na fazenda do tio, mas...

O ônibus espacial parecia ter sido cortado ao meio.

PARTE 2

O CASAL DE SÓIS ALARANJADOS já havia mergulhado no horizonte, mas a paisagem ainda tremulava sob o efeito do calor. O frescor da escuridão ainda levou algumas horas para esfriar o deserto, tornando possível pisar sobre a areia vitrificada sem se queimar.

Uma patada vigorosa pulverizou o vidro que cobria a entrada da toca. Uma cabeça esguia e aveludada de pantera aflorou na abertura, exibindo olhos negros lustrosos e presas de brilho metálico com quinze centímetros. Farejou com cautela o ar ainda quente, só então se esgueirando para fora e espreguiçando cento e setenta quilos de corpanzil felino. Logo atrás saltitavam seis filhotes, pela primeira vez fora do abrigo onde nasceram.

A mãe teria que procurar logo alguma caça, mas se permitiu alguns momentos assistindo às brincadeiras da primeira ninhada. Sentiu-se orgulhosa (ou o mais próximo em sua psicologia) vendo como eram fortes e sadios, como suas pequenas garras arranhavam o chão de vidro e produziam caquinhos. Com um pouco de sorte, matariam sua primeira presa antes que um novo dia nascesse.

Tomada de assalto por súbita ansiedade, a pantera voltou os bigodes para o alto. Será que ele viria hoje? Sabia não ser prudente apegar-se tanto assim a alguém. Assegurar a sobrevivência da ninhada já seria difícil o suficiente sem laços afetivos para interferir. Mas também queria, queria muito, mostrar seus filhos.

Continuou perscrutando o céu, com tanta curiosidade que as panterinhas cessaram de brincar para imitá-la. Como ela poderia explicar? Como definir, em seu pobre idioma de rosnados e grunhidos, o amigo silencioso que vinha visitá-la de tempos em tempos? Como dizer que ele morava em uma estrela, e que ela descia do céu para trazê-lo? Uma bonita estrela verde.

Uma estrela verde. Lá estava ela.

O intenso miado de satisfação fez todas as panterinhas pularem de susto, disparando sob a proteção do ventre da mãe. Espiando fora do esconderijo, logo também puderam ver a luz esmeralda que crescia, cada vez mais perto do chão.

Lambidas ligeiras da jovem pantera penteavam o pelo vermelho dos filhotes, atrapalhados entre espiar o olho verde no céu e evitar a língua materna. Ainda conseguiu ajeitar a própria pelagem rubra a tempo; um conhecido cilindro vertical desceu da estrela até o solo. Segundos depois o filete foi recolhido, restando a silhueta prateada que caminhava em sua direção, trincando o vidro sob seus pés.

O visitante ajoelhou, envolveu sua amiga com braços refratários, enquanto lambidas gentis retribuíam o cumprimento. Como ele era lindo! Tão mais brilhante que o vidro do deserto, tão mais brilhante que as estrelas. Tão mais brilhante que qualquer coisa!

Mantiveram-se enlaçados por um longo e saboroso momento, até a cabeça alongada fitar as panterinhas com um sorriso nos olhos verde-cobre. Estavam tão boquiabertas que pôde ver seus pequenos caninos salientes. Estendeu a mão biometálica na direção de uma delas, mas deteve o gesto, aguardando a aprovação da jovem mãe. Ela veio na forma de um ronronado satisfeito.

Suspenso no ar, o filhote resmungava frustrado ao constatar que suas garrinhas não feriam aquela pele espelhada. Os irmãos se puseram a morder e arranhar as pernas do estranho, atacando as peças da armadura, com resultado igualmente decepcionante. O visitante brincou um pouco mais antes de devolver o gatinho ao solo e vê-lo se juntar aos outros cinco na inútil tentativa de expulsá-lo. O chacoalhar de seus ombros testemunhava o quanto estava se divertindo com a cena.

Um rosnado de repreminda da jovem mãe aquietou os seis. O visitante fez em seu pescoço uma carícia de parabenização pela linda ninhada, e depois afastou-se. Sentou no chão de pernas cruzadas e costas contra uma pedra, uma posição já bem familiar à pantera. Os olhos verdes aguardavam uma resposta ao convite.

Ela não devia aceitar. Dar à luz e amamentar seus filhos deixou-a esgotada, precisava abater uma presa enquanto ainda tinha forças para isso. Mas, incapaz de resistir, pousou a cabeçorra no colo do amigo, deixando-se afagar no pescoço e peito. Viu pelos olhos semicerrados que ele apontou a cabeça na direção de sua estrela e se imobilizou. Já o vira fazer aquilo antes. Ele ficaria assim por alguns minutos e depois voltaria ao normal. Desconhecia o motivo, e nem importava. Seguiu recebendo carícias.

•

Diário de Bordo. Capitão Daion, comandante da bionave simples Parsec, Frota Exploratória do Império Metaliano.

Sottan-1, do sistema binário Sottan. Você pode chamar este lugar de meu canto favorito na galáxia. Venho aqui entre uma expedição e outra. Nem sempre a visita cai bem; as temperaturas na face iluminada do planeta ultrapassam 300 °C. Isso derrete as planícies vítreas em pântanos de silício. Assim, só podemos encontrar vida por aqui durante a noite — que, devido à lenta rotação do planeta sobre si mesmo, dura cerca de 22 dias metalianos.

Certo, o clima diurno é bem pouco convidativo, mas ainda não vi mundo mais sossegado. Quer saber? Agora mesmo, o predador mais perigoso no hemisfério está cochilando em meu colo. É uma pantera-do-vidro. Conheci quando explorei o lugar pela primeira vez. Ainda não sei direito como acabamos fazendo amizade. Ela bem podia tentar cravar as presas em meu pescoço — e teria conseguido, porque tem moléculas metálicas nas garras e presas.

Até pensei em dar um nome, mas desisti. Por que dar nome a um bicho que não pode ouvir quando você chama?

Hoje, revendo minha felina favorita, tive uma surpresa. Ela acaba deixar a toca onde se abriga durante os dias calcinantes, onde deu à luz seis filhotes. Quatro machos e duas fêmeas. Parecem todos saudáveis. Correção. O mais danado perdeu um dos caninos tentando arrancar-me o dedo do pé. Desculpe, baixinho! Vai crescer de novo, espero. Já conseguem cortar vidro, mas pele metaliana, hoje não. Ainda não absorveram metais da natureza, ainda não têm as garras mais duras e cortantes encontradas em as formas de vida biocarbônicas.

Vai ser ótimo acariciar a gata por uma hora ou duas, enquanto aguardo que os pestinhas se cansem das brincadeiras. Não quero detê-los por muito tempo, a mãe deve estar faminta depois da amamentação. Daqui a pouco vamos corrigir isso. Não é a primeira vez que caçamos juntos.

Abater formas de vida alienígena. Sim, eu faço isso.

Duvido que a Imperatriz fique satisfeita em saber — Primária, desculpe! —, mas penso assim. Vida alimenta a vida, vida salva a vida, morte é parte da vida. Acho difícil lamentar a morte de um antílope, quando vai alimentar esta família.

Os regulamentos de Kursor para a Frota Exploratória podem até ser boas regras de conduta frente a situações alienígenas. Mas um ser inteligente deve ter permissão para interpretá-las de acordo com seu julgamento. Ou não será um ser inteligente.

•

— Fim — bocejou Daion, como se de fato pudesse, cessando o contato de rádio com a bionave e pousando olhos preguiçosos na pantera adormecida em seu colo. Os filhotes, cansados de atacar suas pernas, agora se agarravam às tetas da mãe. Um pouco de paz, afinal.

Ou não.

— O que há, Parsec?

Rosnados bionavianos logo o puseram a par do problema, e a pantera acordou com o tremor que sacudiu Daion. Sentiu seus músculos ficarem tensos, levantou as orelhas à procura de algum perigo, mas não ouviu nada.

— Tem certeza? O computador confirma?

A voz monótona do computador de bordo disse a Daion o que ele não queria ouvir.

O explorador espacial tomou entre as mãos a cabeça da pantera e ajoelhou-se, tocando o focinho em sua testa — como costumava fazer quando se despedia. Os olhos negros felinos piscavam de confusão. Ele já ia embora? Mas acabou de chegar. Nunca uma visita sua durou tão pouco.

— Gata, queria poder explicar — suspirava Daion, mesmo sabendo que a pantera não podia ouvir sua voz radiofônica. — Queria que soubesse sobre deveres e Império e enxames e uma rainha-mãe que eu amo muito.

Levantou-se e deu as costas à pantera, quase agradecendo à Mãe Galáxia por não poder ouvir os miados lamentosos que pediam para ficar.

— Feixe de transporte, Parsec. Não. Espere.

Daion varreu as redondezas com as micro-ondas irradiadas de suas antenas, até encontrar o que procurava. Uma ave sem asas com três metros de altura a quatro quilômetros dali, bicando a resistente vegetação espinhosa. Ergueu o braço direito em sua direção.

A pele sintética explodiu em luz vermelha, expondo a infraestrutura mecânica e o intrincado labirinto de fibras óticas em seu membro artificial. Uma esfera luminosa crepitou à volta da mão fechada por uma fração de segundo, antes de saltar em um raio reto que sumiu no horizonte — fulminando a enorme ave.

Daion manteve cerrado o punho, enquanto o braço biônico retomava a cor prateada que o tornava quase indistinguível de um membro natural. A pantera olhou para aquele ponto, distante demais para ser visto, mas bem ciente do que encontrar ali. Já conhecia o recente e peculiar método de caça do amigo.

— Presentinho. Até mais, a gente se vê. Cuida bem dessas porcariazinhas.

A jovem mãe viu o raio verde recolher Daion de volta ao ventre da estrela, e não tirou os olhos do céu até que ela sumisse entre as demais. Cada vez que ele partia, sempre teve certeza de que voltariam a se ver. Desta vez, algo parecia diferente.

Baixou a cabeça, contou os filhotes e começou a conduzi-los na direção da caça que seu amigo tão gentilmente abateu.

•

O explorador entrou na ponte de comando pisando duro (o que, em se tratando de metalianos, muitas vezes resulta em danos ao pavimento) e afundou na poltrona.

— *Puta merda!* — protestou para ninguém em especial. — Potencial transmissão de civilização desconhecida. E acontece quando visito uma amiga que teve filhos. Alguém na galáxia me odeia *mesmo!*

Em outras condições, para outras pessoas, detectar sinais de vida inteligente ao acaso seria empolgante. Mas Daion havia se deparado com o evento muitas vezes, já sabia o que esperar. Usaria as próximas horas decifrando a transmissão alienígena detectada pela bionave — o trabalho mais monótono e cansativo na exploração espacial, em sua opinião. Trabalho que, até este dia, resultou apenas em alarmes falsos.

Mas o aborrecimento de Daion pouco durava. Cedo ou tarde, lembrava-se do motivo que movia qualquer explorador a buscar contato com outras inteligências; era o desejo de Primária. Para quase qualquer metaliano, esse motivo já bastava para arrancar a própria cabeça com as mãos. Daion, nesse aspecto, era como qualquer metaliano.

Ajustou as antenas para ouvir a mensagem. Estava na faixa de micro-ondas, entre 1.000 e 10.000 megahertz, a mesma utilizada nas antenas dos exploradores espaciais. Era a mais adequada para comunicações interplanetárias: abaixo dela os sinais se tornam tão fracos que são confundidos com ruídos do espaço, irradiações naturais de estrelas e planetas; sinais de alta freqüência, por outro lado, tendem a ser bloqueados pela atmosfera.

Daion percebeu um punhado de bipes repetidos a intervalos variáveis.

— Certo. Código binário.

Sossegou na poltrona e ficou algum tempo escutando. Percebeu um padrão de centenas de toques que se repetia — um padrão firme, consistente. Não havia dúvida sobre ser obra de seres inteligentes. Havia conteúdo ali, havia uma mensagem. Mas não conseguiu identificar qualquer coisa parecida com caracteres, palavras ou mesmo linguagem.

Por hora, desistiu de tentar descobrir o conteúdo da transmissão e concentrou-se em sua origem. Seguiu com as antenas a trilha das ondas de rádio, rastreando como um perdigueiro, buscando sua emissão mais e mais longe. Até literalmente perdê-la de vista.

— Isso é bem engraçado...

Falava sozinho. Muitos metalianos, quando isolados, falavam. Adquirir excentricidades variadas quando afastados do convívio social é comum entre membros da raça. E entre os avançados, era regra.

Quase nenhum avançado era tão variado em excentricidades quanto Daion.

— A fonte emissora está além de meu alcance. Não se usa rádio comum para distâncias tão grandes, as ondas só atingem o objetivo quase dez minutos depois de partirem. Seja quem for, não tem acesso a comunicação mais veloz que a luz.

A descoberta tornava as coisas um pouco mais complicadas. Ele teria que seguir a transmissão até a fonte. Mas, sem saber a que distância esta se encontrava, podia vagar durante dias à procura. Talvez estivesse até mesmo em outra galáxia, tão longínqua que levaria décadas para ser alcançada, mesmo em velocidade de dobra.

Teve uma ideia melhor.

— Computador, faça a análise do comprimento de onda, nível de potência e variação das micro-ondas. Isso deve dar uma distância aproximada do foco da transmissão. Sim, como é bom ser avançado!

Excentricidades variadas. Daion não se acanhava em fazer teatro, já que os únicos por perto — a bionave e o computador de bordo — ou não entendiam, ou estavam acostumados às suas manias.

Após processados, os dados foram devolvidos às telas da ponte.

— Quê?! Mas isso é longe pra caralho!

Não era de admirar que as antenas de Daion tivessem fracassado. Seu alcance máximo era de oito minutos-luz — a distância que a velocidade da luz leva oito minutos para percorrer. De acordo com o computador, a fonte transmissora estava a mais de 75 trilhões de quilômetros dali. Cerca de nove *anos-luz*.

A mensagem havia sido enviada nove anos antes.

— Oh, bem... Tomara que não seja recado urgente.

Agora, ao menos, seria simples consultar um mapa daquele setor da galáxia, medir a distância e determinar a origem da transmissão. Daion o fez.

O sistema Drall.

Uma mão gelada fechou-se em sua garganta, calando seus comentários solitários. Aquele lugar era uma sombra na alma de todos os exploradores do Império. Era onde morreu a capitã Trahn.

Mesmo mais de vinte anos depois, o caso ainda se apresentava envolto em pontos obscuros. A estrela Drall foi primeiramente descoberta por Trahn, que travou contato com os nativos do único planeta com vida inteligente — uma civilização ainda emergente de biocarbônicos. Retornou ao lugar seis anos depois, a bordo da bionave de Kursor, e encontrou uma morte misteriosa. O capitão veterano nunca revelou os pormenores da tragédia, seu alto posto de comando na Frota assegurando o silêncio — sigilo também endoassado pela Imperatriz. "A verdade, que seja qual for, não vai trazer de volta nossa filha" ela teria dito. Em

Metalian, quaisquer palavras pessoais da matriarca não apenas tinham peso de lei: eram verdade pura e completa.

Assim, restava a exploradores como Daion aceitar o fato. Tentar contornar o problema.

O Diário de Bordo de Trahn, divulgado postumamente entre os membros da Frota Exploratória, trazia registros apaixonados de sua primeira visita — mas poucos detalhes técnicos sobre a civilização que agora tentava se comunicar. Nem idiomas, nem linguagem, nada que deitasse alguma luz ao mistério.

— Pesquisar dados não vai resolver nada. Tenho que fazer a coisa à moda antiga. *Pensando.*

Cruzou os tornozelos e ficou a tamborilar com os dedos o braço da poltrona. A mente ágil e criativa, atributos mentais pouco comuns na espécie, tinha sido um dos fatores que o levaram a conquistar a capitania. Os instrutores da Academia diziam que Daion poderia solucionar qualquer problema, se parasse de falar besteira.

— Ei! Não fique aí parado feito bicho embalsamado!

O computador de bordo, já configurado com a vasta coletânea de metáforas alienígenas de Daion, entendeu a ordem. Nessas situações, tinha como procedimento exibir os dados disponíveis de formas variadas, proporcionar ângulos diferentes para visualizar o problema. Colocou na tela os espaços e pontos que formavam a mensagem binária.

Daion fixou os olhos nas linhas, o raciocínio se debatendo feito animal enjaulado. Mesmo o maior dos detetives precisa de um primeiro indício para começar a teorizar. Já frustrado e irritado, teve a impressão de que os pontos na tela formavam a imagem de algum monstro risonho que zombava de...

Formavam uma imagem.

— É isso! Tem que ser! Disponha a mensagem variando o número de linhas e colunas.

Os pontos mudaram de posição na tela, construindo progressivas formas quadriculadas em rápida sucessão. Tomado pela excitação de estar na pista certa, o explorador gritava ordens ocasionais para pausar a imagem, procurando discernir alguma figura familiar. Sacudia então os braços diante do rosto, tentando espantar a ideia como se fosse um inseto, e dizia ao computador para prosseguir.

Por fim, surgiu algo reconhecível.

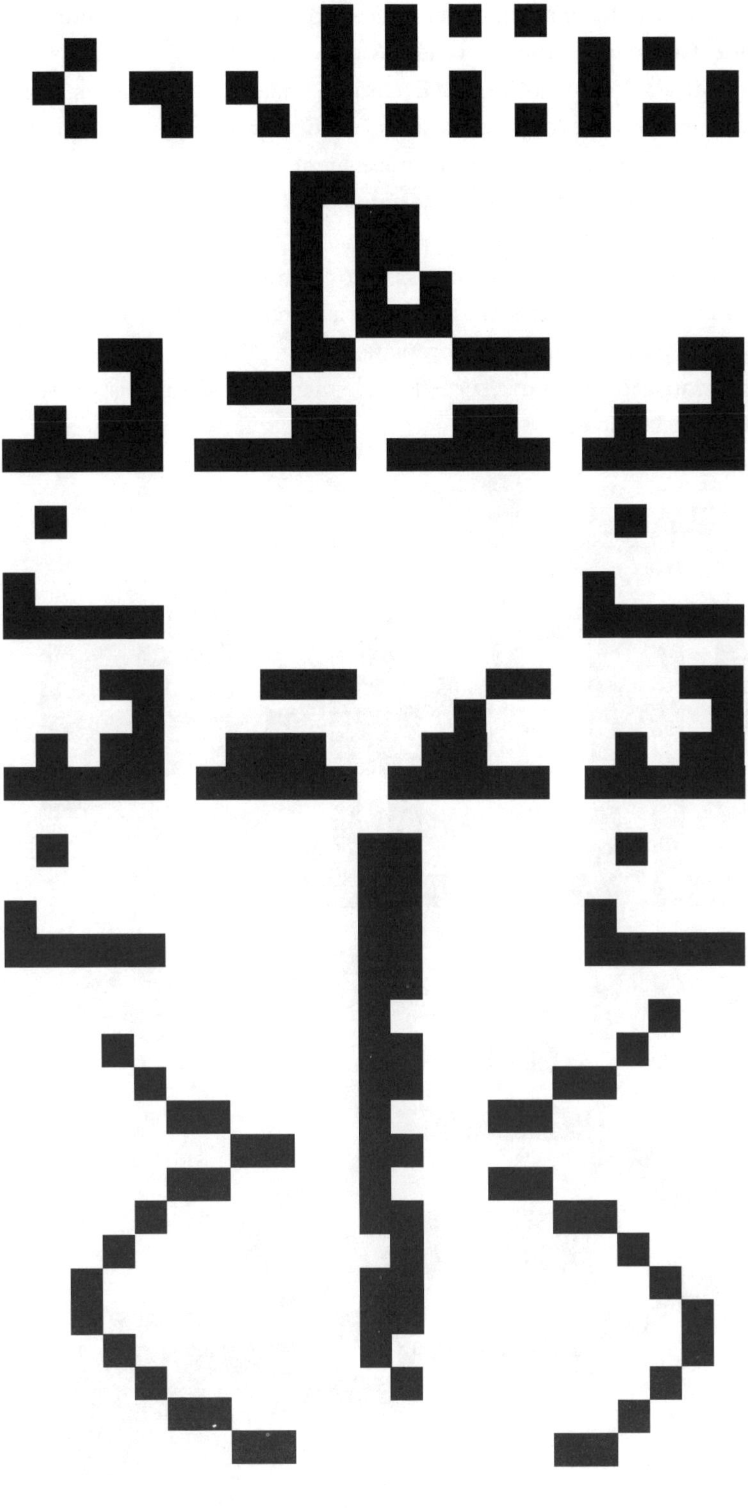

A primeira linha era fácil de identificar como um sistema de numeração de base dez. Consequentemente, todos os dados restantes na mensagem deviam estar codificados daquela forma. E como a maioria das espécies inteligentes aprende a contar usando os dedos das mãos (ou equivalentes), era simples supor quantos deles tinha o povo autor da mensagem.

— Dez dedos — riu Daion, brincando com a própria mão. — Aposto que se atrapalham quando fazem figa.

Ainda não tinha certeza sobre os outros números contidos na carta, e nem sobre as linhas entrelaçadas mais abaixo. Mas havia mais pontos. Moveu o construto na tela para ter a imagem completa.

O que viu a seguir trouxe certeza ainda maior de estar na pista certa. Menos certeza, mais fatalidade.

A figura de uma bionave simbiótica era muito clara. A Frota Exploratória tinha muitas naves vivas, mas apenas duas traziam um vingador acoplado. Uma delas era Quasar, antiga nave de Trahn, ainda se recuperando da morte de sua mestra. E a outra...

— Registro de missões da bionave Vigilante. Onde ela está agora?

O computador exibiu telas inteiras de relatórios, mas poucas linhas interessavam a Daion:

VIGILANTE, BIONAVE SIMBIÓTICA EXPLORATÓRIA

Comandante: Capitão Kursor.
Localização atual: Sistema Drall.
Missão atual: Treinamento da aspirante a exploradora espacial Slanet.

Daion saiu da poltrona vagaroso, com movimentos pouco condizentes com seu temperamento ativo. Plantou os pés no piso da ponte e parou diante da tela, tentando absorver o significado daquelas palavras aos poucos. Porque, tudo de uma vez, o derrubaria.

Bradou uma nova ordem para o computador.

— Traçar curso de emergência para Metalian.

Sentiu a estrutura da bionave vibrar com o acionamento do propulsor em velocidade máxima. A tensão da iminente dobra espacial serviu para emoldurar a reprimenda que fez a alguém ausente.

— Olhinhos Azuis, sua desmiolada.

•

Céu esplendoroso naquela madrugada. Quase todo ocupado pela figura cinza-azulada de Metalian e sua colorida aura magnética. As outras três luas também brilhavam em eterna dança orbital. Eram raros os momentos em que os quatro astros podiam ser vistos simultaneamente; Dryania perdeu qualquer noção de quanto tempo ficou a observá-los.

— Temos um lindo céu hoje, não, doutora?

Dryania sorriu. Os comentários da lustrosa figura mecânica ao lado da mesa já não eram reduzidos a lógica fria. Não dizia "está além de minha programação apreciar eventos astronômicos" ou similares. Hax agora partilhava de seu temperamento romântico. Ou, pelo menos, fingia partilhar.

— Maravilhoso, Hax.

— Saudades de Metalian?

A xenobióloga saiu da janela e alisou o peito chapado do robô, enquanto a caricatura mecânica de um rosto olhava para ela. Sempre foi apaixonada pela vida. Detestou, a princípio, a ideia de trabalhar com auxílio de inteligência artificial. Mas agora já confiava em Hax o bastante para fazer dele um confidente.

— Sim, Hax. Tenho saudades.

— Posso cuidar das coisas por aqui sem ajuda por um período razoavelmente longo. Nada impede que visite o planeta-capital por alguns dias. Faria-lhe bem.

— Hax, querido...

Chamava o robô assim, sem o menor acanhamento. E deixava a palavra sair tão sincera e profunda que, na voz de qualquer outra pessoa, soaria afetada.

— Você pode ter razão em certo sentido. Mas eu amo este laboratório. Amo o que fazemos aqui. Descubro coisas novas todos os dias, crescendo e mudando. Mesmo um único dia ausente, me faria falta. Me causaria perda. Tanto em resultados, quanto em bem-estar.

— Perda alguma, doutora. Como eu disse, posso ficar e registrar...

— Ver registros é uma coisa. Testemunhar, outra.

Se essa diferença de fato existia na vida real, ou apenas nas impressões de Dryania, o robô não sabia discernir.

— Tudo seria mais fácil — seguiu ela, fitando o planeta-mãe no céu — se este complexo laboratorial pudesse ser mantido em Metalian. Por que não podemos fazer isso?

O belo rosto prateado se encobriu de sombras. Tinha se feito aquela pergunta milhares de vezes, sem nunca encontrar resposta satisfatória para ela.

— Este é um laboratório para pesquisa de criaturas trazidas de outros planetas. Não é permitida a presença de formas de vida alienígena no planeta-capital.

Hax sempre repetia o óbvio, repetia fatos simples e já conhecidos como este, não sem motivo. Sua usuária costumava esquecer qualquer coisa não diretamente ligada a suas tarefas ou interesses imediatos. Uma condição também conhecida como "distração", muito comum em metalianos — mas consideravelmente mais severa em Dryania.

— Esse nunca foi um motivo sensato. O isolamento das bolhas ambientais é perfeito. E a maioria dos seres que mantemos aqui não sobreviveria na atmosfera, gravidade e temperatura de Metalian. O risco de contaminação é virtualmente zero.

Hax sabia ser verdade. Mas sabia também que *virtualmente* zero é diferente de zero. Para quase todos os membros da espécie metaliana, a segurança da rainha-mãe vem primeiro; progresso científico, bem depois. Trazer ao planeta formas de vida que pudessem representar algum perigo — real, imaginário ou mesmo inimaginável — à Imperatriz estava fora de cogitação.

— Não faz sentido algum manter os viveiros e aquários tão longe, como se fossem ameaças.

Uns poucos, como Dryania, conseguiam equilibrar a servidão operária com bom senso. Mas eram poucos ainda.

— Não é justo, Hax — continuou ela. — Venho tentando convencer o Império, mas não consigo passar pela burocracia. Lembra-se de como foi difícil conseguir autorização para a dissecção de um biocarbônico morto?

— Doutora, está na hora de alimentar os pássaros arco-íris. Gostaria de fazer isso?

Um novo sorriso brilhou nos olhos verde-cobre de Dryania.

Como qualquer aparelho inteligente destinado a servir pessoas, Hax sabia que bem-estar era preferível a mal-estar. Percebendo Dryania diante de assuntos preocupantes — e sem solução prática —, tratava de desviar sua atenção deles.

— Eu adoraria, Hax. Obrigada.

Enquanto Hax cancelava o programa de alimentação automática, uma subitamente entusiasmada xenobióloga deixava o prédio. Fora da influência da gravidade artificial, aguardou um ou dois segundos até o senso de equilíbrio se ajustar. Atravessou então o pátio do complexo científico com saltos longos e elegantes — o satélite Predakonn tinha apenas um quinto da gravidade do planeta-capital. Já via ao longe a rede de gigantescas redomas plásticas.

Os viveiros. Dryania não os trocaria por nenhum outro lugar, por mais vezes que visitasse as sessenta e cinco cúpulas transparentes.

Passando pela primeira delas, parou para verificar como estavam os golfinhos sônicos de Garaton-7. Bichos de couro macio e olhos inocentes que podiam colocar um adversário em coma com seu grito sônico. Perigosos apenas para os tubarões-torpedo e outros inimigos naturais, pois eram — comos os golfinhos de quase todos os mundos — muito dóceis e inteligentes. Dryania ficava feliz por dar-lhe uma vida confortável, livre dos seláquios — e orgulhosa por reproduzir seu habitat natural apenas baseando-se nos relatórios de Daion, o explorador espacial que os coletou.

"Garaton-7 é um daqueles planetas gigantes gasosos," disse Daion, em seu modo sempre tão informal. "Sei lá quantas vezes maior que Metalian, mas a densidade é tão baixa que nem forma terreno sólido. Só formas de vida oceânicas, nadando em amoníaco. Lugar ruim para um mergulho."

Mortal, você deveria dizer, pensou a xenobióloga. Líquidos como ácido sulfídrico, amoníaco e água — principalmente água! — são *polares*. Suas moléculas assimétricas, com minúsculas cargas elétricas nas extremidades, provocam atrações e repulsões que causam estragos mortais ao sistema neurológico metaliano. A maioria das serpentes peçonhentas de Metalian tem a água como componente principal de seu veneno.

— Doutora, sinto interromper, mas está devaneando outra vez.

Dryania sacudiu a cabeça para espantar o nevoeiro de recordações, voltando à lua e reencontrando Hax ao lado.

— Isso acontece muito, não? — sua tentativa de descontração.

— Regularmente — o robô concordou, buscando o tom irônico adequado.

— Boa coisa, você estar sempre perto para me manter no mundo real.

— Sim, o Império sabia perfeitamente disso quando me designou.

Hax aprendia. A cada dia, a cada conversa, ajustava suas configurações para melhor relacionar-se com Dryania. Já conseguia perceber sutilezas em suas palavras, seus gestos, e interpretá-las de acordo. No entanto, ainda cometia erros.

Percebeu ter errado quando, a este comentário, os saltos de Dryania perderam parte de sua graciosidade. Fração tão pequena que apenas máquina notaria.

— Doutora... perdoe-me. Eu não quis...

— Acalme-se, querido. É verdade que tenho limitações, restrições. Algumas nascidas comigo, outras impostas. Quando você chegou, era como um constante lembrete de duas pernas sobre essas limitações. Sobre minhas falhas profissionais. Sobre a opinião da Imperatriz a meu respeito.

— É a mais graduada xenobióloga do planeta — tentou Hax. — Autoridade máxima nesse campo.

Um riso fraco.

— Autoridade máxima em uma ciência que muitos temem, muitos odeiam, e os demais nem consideram ciência!

— Não penso ser essa a opinião de sua Majestade.

Assim como a exploração espacial, a xenobiologia era vanguarda. Primária encorajava essa vanguarda, encorajava tudo que pudesse mover sua espécie adiante. Outros metalianos, por instinto em satisfazer os desejos Dela, faziam o mesmo. Mas havia instintos mais fortes, de proteção e preservação.

Assim, Dryania podia estudar vida alienígena, podia comandar um complexo laboratorial, porque a Imperatriz desejava. Mas não podia fazer isso no mesmo mundo onde a Imperatriz residia, onde vida hostil pudesse escapar e ameaçá-La, porque dúzias de outras autoridades no Império jamais aceitariam.

— Um constante lembrete de minhas limitações — Dryania retomou. Então afagou, no robô a parte que correspondia a seu rosto. — Mas você sabe que isso mudou, não?

Ela já voltava a sorrir. Sim, boa coisa, Hax estar ali.

Logo alcançaram a redoma onde viviam os pássaros arco-íris de Raida-2. Dryania espalmou a mão sobre a parede de plástico endurecido nuclearmente, sustentado com infraestrutura de aço-titânio e a proteção adicional de um campo de força. Nem o Palácio Imperial dispunha de tal revestimento impenetrável. Sem fuga possível.

Sem contaminação possível. Mesmo que estivesse no planeta.

— Doutora — Hax deteve, a tempo, aquela mesma frustração distraindo-a outra vez.

Dryania recomposta, os dois entraram em uma antecâmara de acesso, onde foi introduzida a brisa macia de oxigênio-nitrogênio de Raida-2. Gravidade e temperatura também foram reajustadas.

A porta interna deslizou para o lado. Robô e xenobióloga adentraram em uma savana verdejante com meio quilômetro de diâmetro. Dryania caminhava devagar, saboreava a maciez da vegetação rasteira contra seus pés nus. Pisar em grama era uma sensação alienígena, desconhecida no planeta-capital. Pequenos prazeres que faziam tudo aquilo valer a pena.

Vendo sua usuária sentar-se e acariciar o gramado, Hax considerou que pudesse estar outra vez deprimida ou perdida em divagações — conclusão que abandonou logo, vendo uma quase invisível lágrima de óleo brotar dos olhos verdes. Estava apenas emocionada. Dryania se comovia tão facilmente quanto se distraía.

Hax já sabia o que fazer. Caminhou até o cocho automático e tomou dele um grande recipiente plástico, voltando e depositando-o ao lado de Dryania. Assim ela poderia alimentar os espécimes, como gostava.

Mas ela não o fez. Olhou para a caixa de sementes e depois para o robô.

— Hax, sente-se aqui.

O ser mecânico hesitou, tentando encontrar uma razão prática para aquilo. Não precisava sentar-se. Seus músculos eram motores, não necessitavam de descanso. Também não tinha uma pele que pudesse sentir a maciez da grama, se é que saberia apreciá-la. Desistiu, por fim, e procurou desajeitadamente uma posição que se aproximasse do "sentar" humano.

— Eu apenas gostaria de partilhar — explicou Dryania. Tirou da caixa uma mão cheia de grãos e espalhou-os ao redor, gesto que fez fervilhar de atividade as árvores próximas. Se tivesse ouvidos, ela teria percebido o chilrear que precedeu uma nuvem multicolorida de bichinhos alados.

O primeiro chegou, deixando no ar atrás de si uma trilha luminosa, como uma estrela cadente. Tinha pouco mais de dez centímetros de comprimento, com penas azuis e brancas, tão faiscantes que ficava difícil olhar diretamente. Seguiram-se centenas de outros, em cores que iam do vermelho vivo ao verde esmeralda, passando pelo rosa, amarelo e até o invisível ultravioleta. Minúsculos bicos descascavam sementes muito mais duras do que pareciam capazes, acabando com elas segundos depois que Dryania as jogava.

— Doutora, já os alimentou o suficiente. Desculpe, sei que está se divertindo...

Dryania encarou com curiosidade o visor inexpressivo no rosto do robô.

— Algo errado, doutora?

A xenobióloga não respondeu. Aguardou que os pássaros terminassem de comer e voltassem para seus ninhos — exceto um, que ficou em sua mão. Já havia acabado com as sementes que ali estavam, mas permaneceu com as asas luminosas junto ao corpo.

— Veja, Hax. Não há um motivo para que o bichinho fique em minha mão. Não há vantagem evolucionária, não há benefício para a sobrevivência. Está correndo risco de vida desnecessário. Eu podia esmagá-lo com um único e rápido movimento. Ele tem muito a arriscar e nada a ganhar, permanecendo aqui.

"Então, por que não voa?"

— Eu não sei.

— Tenho uma teoria. A evolução, o processo que leva formas de vida a tornarem-se aquilo que são, parece ser convergente. Serpentes, tubarões, lobos, gatos, pássaros... muitos deles existem em mundos diferentes, em versões diferentes, mas ainda reconhecíveis como tais.

"Seguindo esse raciocínio, é aceitável supor que seu modo de sentir, de perceber o mundo, os outros seres... *também* seja convergente. É presumível que eles *sintam* como nós."

— Você suspeita que o pássaro sente por você, o mesmo que sente por ele — Hax arriscou.

Dryania riu.

— Eu não iria tão longe. Mas suspeito, sim, que ele pode *perceber* meu sentimento. Ele pode *reconhecer*. E assim saber que é seguro.

"Eu o amo. E ele sabe disso."

Só então o robô notou o brilho rosado que pulsava sob o seio esquerdo de Dryania.

Sem tirar os olhos do pássaro que saltitava sobre seus três dedos, ela pediu.

— Me dê sua mão.

— Pensa em confirmar sua teoria, doutora? Fazer com que o pássaro fuja, por não ser capaz de perceber qualquer sentimento proveniente de mim?

— Sim, algo assim. Me dê sua mão.

Hax percebeu a mentira óbvia.

— Eu não posso amar, doutora.

— Mesmo? Como sabe? Como *alguém* poderia saber?

— Posso simular emoções, doutora. Mas não desempenhá-las de fato.

— Dispõe de algum bloqueio contra isso? Alguma salvaguarda?

— Doutora?

Dryania seguiu, olhando para o nada. Estava quase sonhando outra vez, mas agora enquanto falava. E tinha voz de devaneio.

— Está nos relatórios dos exploradores. Sobre robôs em outros mundos, feitos por outras civilizações. Em muitos aspectos técnicos, são mais avançados que os nossos. Por outro lado, seus criadores — quase sempre biocarbônicos — são fisicamente mais fracos.

"Robôs mais fortes que seus criadores. Até mesmo mais inteligentes. A tendência de uma criatura mais forte que outra é escravizá-la ou destruí-la, me disse Kursor uma vez."

Hax lembrava-se do episódio.

— Por isso — seguiu ela —, esses robôs são obrigados a carregar no cérebro uma série de travas psicológicas, que não lhes permitem "causar mal a um ser humano". Alguns chamam esses bloqueios travas de Leis da Robótica. Garantem a segurança dos humanos, mas também impedem o desenvolvimento pleno da mente robótica.

"Não precisamos dessas tais leis aqui. Um robô nunca poderia ferir fisicamente um metaliano, mesmo que quisesse. Não é forte o bastante."

Voltou a olhar fundo nos olhos de Hax, se ele os tivesse.

— Sua mente não está trancada em jaulas morais. Você é livre para aprender, se desenvolver, pensar o que quiser. E sentir o que quiser.

— Não posso sentir emoções, doutora — insistiu Hax.

— Me dê sua mão.

O robô ergueu o apêndice metálico diante do rosto. Vasculhou a memória em busca de alguma razão coerente para recusar obedecer. Não queria fazer aquilo.

Tinha medo?

— Sua mão, Hax. Por favor.

O braço do robô avançou devagar. Com muito cuidado, Dryania levou a ave até perto dos dedos mecânicos e aguardou. O bichinho olhou por alguns segundos e flexionou as pernas para saltar...

Brusco, Hax recolheu o braço e saltou de pé, fazendo o passarinho voar para longe.

— Por que fez isso, Hax? — Dryania, desapontada.

— Estamos recebendo uma comunicação hiperespacial de Metalian.

— Hiperespacial? Mas isso é para longas distâncias. Estamos a dois segundos-luz da superfície do planeta. Podiam apenas gritar.

— Devo lembrá-la, doutora, ondas de rádio comuns não atravessam a redoma onde nos encontramos.

— Claro! Que distração a minha.

Dryania se levantou e correu para a porta, seguida pelo robô. Ambos aguardaram que o ar fosse retirado da antecâmara e saíram.

— Está aí, doutora? Responda.

— Sim, Jaiman — respondeu ela em voz alta, reconhecendo a pronúncia potente do engenheiro-médico particular do Palácio Imperial. — Desculpe a demora. Eu e Hax estávamos em um dos viveiros.

Sua voz chegou a Metalian dois segundos depois de ser emitida. A resposta de Jaiman levaria mais dois segundos para voltar. Dryania já havia se acostumado a essas pausas em suas conversas interplanetárias.

— Presumi algo assim quando não respondeu, por isso tentei o rádio hiperespacial. Dryania, não vai gostar do que vou dizer, mas...

Dryania já havia se acostumado a notícias ruins relacionadas a seu ofício. Preparou-se internamente para um novo aborrecimento.

— ...Você está sendo requisitada pela Imperatriz como consultora científica em uma missão especial, a bordo da bionave Parsec.

Mais que um simples aborrecimento.

— Você não pode falar sério!

Quatro segundos foi tempo suficiente para Dryania lembrar que Jaiman, em toda a vida, jamais disse algo desprovido de seriedade.

— Daion já se encontra aqui no Palácio Imperial, vai fornecer dar mais detalhes pessoalmente. Temos um transporte esperando por você no espaçoporto de Predakonn. Pegue um dos turbo-jipes do laboratório e vá para lá. Leve todo o equipamento portátil que puder carregar. Um momento.

O que está acontecendo, afinal? pensou aflita, enquanto aguardava.

— Não sabemos por quanto tempo você ficará ausente. Primária pede que recomende um xenobiólogo capacitado para cuidar do complexo em seu lugar. Vamos enviar imediatamente para Predakonn a pessoa que você escolher.

Primária estava ali?

— Não será necessário, Jaiman. Meu robô é perfeitamente capaz de... Espere! Não pretendo... Não gostaria de deixar o laboratório até saber o motivo disso tudo!

— Dryania, com certeza você entende que não há nada a discutir... Um momento.

O silêncio que se seguiu durou bem mais que quatro segundos.

— Dryania, sua dedicação ao ofício é admirada e considerada. Primária pede desculpas e agradece profundamente por esse afastamento. Ela deseja fazê-lo na própria voz, assim que chegar.

Sentiu o corpo metálico amolecer como se feito de barro. Por ser mulher, Dryania não era tão vulnerável ao instinto de devoção metaliano — apenas isso permitia sua atual hesitação. Mas a rainha-mãe era, ainda assim, a pessoa mais importante em sua vida.

— Suponho ser algo realmente urgente — ainda resistiu o bastante para perguntar.

— Vidas em risco. Tanto metalianas quanto estrangeiras. E em particular, o capitão Kursor.

— Kursor!

Não teve certeza se chegou a responder *estou a caminho*, porque já estava. Kursor havia trazido praticamente oitenta por cento dos espécimes que povoavam seus viveiros. Sem sua ajuda, este complexo laboratorial talvez nunca tivesse sido construído. A própria xenobiologia sequer existiria como ciência real, reduzida ao simples estudo de criaturas mitológicas.

Podia-se dizer, era a terceira pessoa mais importante em sua vida.

— Devo cuidar de sua bagagem, doutora?

— Hã?! Oh, sim... sim, faça isso. Inclua meu kit de primeiros socorros. Aquele dos tempos de treinamento.

— É obsoleto.

— É familiar.

Hax assentiu. Mas, antes que pudesse se retirar, Dryania tocou seu braço e o deteve.

A segunda pessoa mais importante em sua vida não sabia, ainda, ser uma pessoa.

— Não pense que vai escapar tão fácil, moço! A primeira coisa que farei quando voltar será colocar aquele pássaro em seu dedo.

•

A bionave mal pôde reprimir as risadas ao ver flutuar em sua direção aquela figura desajeitada. O traje isolante fazia Kirov parecer ainda mais atarracado que o normal, e com o aspecto de uma bola de papel-alumínio amassado.

— Nem pense em caçoar de mim, ou faço sua infraestrutura em seis mil pedacinhos!

Quasar obedeceu, entre risinhos, já acostumada aos nada ameaçadores insultos e ameaças de seu tratador.

Bionaves são seres de psicologia profunda, de sentimentos intensos. São capazes de ligações fortes com seus comandantes — ligações não totalmente compreendidas pela ciência. Assim, ninguém acreditou que Kirov pudesse fazer muita coisa para curar a bionave da depressão causada pela morte de sua comandante, vinte e dois anos antes. Mas, para a surpresa de todos, a convivência com aquele engenheiro tão adoravelmente rabugento fez com que superasse por completo a perda de Trahn.

A bionave pensou em ajudá-lo com um feixe de transporte, mas mudou de ideia. Sua reação seria algo parecido com "tire de cima de mim essas patas de fótons, sua grandessíssima idiota! Acha que não consigo fazer um pequeno voo?" Assim, resolveu deixar que se virasse sozinho com os propulsores no cinto — que, mesmo após décadas de uso, ainda não conseguia manejar direito.

Apenas metalianos avançados têm preferências ou aversões — e Kirov tinha muitas destas últimas. Detestava trabalhar no espaço, na estranheza da ausência de peso. Preferia sentir pressão na sola dos pés. Costumava aumentar a gravidade artificial em sua oficina orbital, deixando-a duas vezes mais intensa que em Metalian. "Me deixa mais forte," costumava dizer, sendo de fato verdade. Mas contribuía também para diminuir sua já reduzida estatura — e piorar ainda mais seu desempenho em gravidade zero.

Estava agora flutuando todo torto a poucas dezenas de metros da enorme criatura, vendo reluzir sua aura esmeralda.

Ainda vai ter que me explicar como faz isso, resmungava em pensamento. Mesmo mais de um século após a descoberta das bionaves, os cientistas de Metalian nunca entenderam como funciona o escudo energético. A teoria mais plausível supunha que bionaves, como as estrelas, convertiam matéria em energia. Isso explicaria também a origem de sua propulsão fotônica, que as faziam atingir velocidades próximas à da luz. Alguns discordavam dessa hipótese, por achar que a fusão do hidrogênio não seria suficiente para gerar um campo de força tão poderoso. Mas a verdadeira natureza do processo permanecia um mistério.

Várias civilizações usam naves vivas para viagens espaciais. Seus imensos corpos discoides, medindo entre 100 e 300 metros de diâmetro, podiam receber implantes de todo tipo: cabines pressurizadas, compartimentos de carga, armas, até propulsores de dobra espacial. De fato, bionaves "domesticadas" parecem comuns em várias regiões da galáxia.

Mas nunca ninguém as compreendeu tão bem quanto nós, pensava Kirov, estufando o peito para ninguém em especial. Estava certo. Embora não fossem (até onde se sabia) nativas de Metalian, bionaves também eram de constituição biometálica. O mesmo titânio formava seus esqueletos, a mesma luz rosa pulsava em seus corações, os mesmos elétrons deslizavam em sua carne. Até sua forma de comunicação — sinais de rádio — era idêntica. A única diferença básica aparente era o lendário campo de força, que nenhuma outra criatura conhecida podia emitir.

Kirov fez novos e frenéticos ajustes no cinturão-foguete. Seu destino não era a bionave, e sim a grande bola de metal retorcido ancorada ao casco. Parecia estar ali apenas para transtornar sua vida, um peso morto a ser arrastado pelo cosmo.

Um peso, mas não morto. Era outro gigante das estrelas, o segundo componente daquela união simbiótica. O vingador.

— Você, seu traste biomecânico! Culpa sua, eu estar enfiado na bosta de um traje isolante. Por que não podia ser uma bionave simples, sem esses simbiontes complicados? Por que não é feito de prata e silício, como toda forma de vida decente?

Os biomecanoides ludibriaram a comunidade científica de Metalian durante séculos. No princípio, acreditava-se que também eram seres biometálicos — equívoco compreensível, pois seu duríssimo exoesqueleto era constituído de moléculas metálicas. Mas parecia estranho que não acusassem aos sensores nenhuma carga elétrica (salvo em quantidades ínfimas), como era de se esperar em qualquer forma de vida como conheciam.

A despeito das súplicas dos xenobiólogos, o Império nunca permitiu a morte de um biomecanoide para fins científicos. Apenas décadas atrás foi encontrado, por acaso, um cadáver em condições de estudo, e a Imperatriz autorizou sua autópsia — ainda que relutantemente.

Examinando os tecidos daquele espécime, alguns cientistas desejaram jamais tê-lo feito. De fato, não se tratava de vida biometálica — ou qualquer outra coisa que pudesse ser definida como "vida". Apenas a carapaça externa tinha características de tecido biometálico, mas no interior se encontrava enormes porcentagens do mais letal veneno conhecido: água.

A nova forma de vida foi classificada como biocarbônica, pois sua composição básica era formada por moléculas deste elemento — muito mais variadas e complexas que aquelas encontradas na natureza.

Mais tarde, com o advento da exploração espacial, descobriu-se que esse estranho tipo de vida não era exceção, mas a regra. Vida baseada em carbono era extremamente comum, em formas tão variadas quanto coincidentes com outras. Descobriu-se que havia análogos carbônicos para muitos animais metalianos. E além de carbono e água, traziam muitos outros elementos e substâncias em sua composição. Ferro. Cálcio. Fósforo. Algumas permanentes, outras temporárias.

Assim entendeu-se a natureza do vingador. Um animal biocarbônico que trocava parte das células por silicatos no decorrer do crescimento. Adquiria assim uma forte carapaça que os capacitava a viver no vácuo, coisa que outros seres base-carbono não podiam fazer.

E ali estavam. Nave viva e vingador. Biometaloide e biomecanoide. Separados, podiam ser encontrados às manadas por toda a galáxia. Unidos, uma única e raríssima criatura simbiótica de vasto poder. A bionave com sua mobilidade e seu escudo de luz. O vingador... Kirov sabia, algo a ser deixado em paz.

— Agora fique quieto, seu demônio de $H2O$ — rosnava o engenheiro, tendo finalmente alcançado a couraça escura. Não houve reação do biomecanoide ao insulto. Não tinha muito mais inteligência que um inseto.

Agarrando-se à borda de uma das placas da carapaça, Kirov chegou até onde queria. Uma cratera com metro e meio de diâmetro, causada pelo impacto de um meteorito.

— Seiscentas mil trevas, a coisa devia ser feita de ferro maciço!

Nem precisou examinar os fragmentos incrustados no buraco para chegar a essa conclusão. Já conhecia a inacreditável dureza daquela casca, sabia que um meteorito de rocha comum teria sido pulverizado com o impacto sem causar o mínimo dano. Nada menos denso que o ferro poderia ter feito aquilo.

A mão enluvada alcançou a mochila hiperespacial que levava a tiracolo. Era mais ou menos do tamanho de um balde — mas podia carregar, teoricamente, tantos objetos quantos coubessem no universo. Vasculhou entre dúzias de ferramentas até encontrar o maçarico favorito, e colocou-se a limpar o ferimento.

À medida que trabalhava, flutuavam à sua volta bolhas de ferro e silicatos derretidos. Algumas tocavam o engenheiro e grudavam no tecido de seu traje, espalhando-se em poças, mas sem danificar a roupa ou incomodar o homem dentro. Kirov não precisava de proteção contra elas, mas sim para o que viria a seguir.

— Treva!

Um jorro d'água. Rompida pela chama laser do maçarico, a crosta cicatrizada deixou vazar a água contida nos tecidos vivos sob pressão. Litros e litros atingiam o visor no capacete de Kirov e congelavam, obrigando-o a interromper a tarefa constantemente para quebrar a camada de gelo e remover os pedaços.

O vingador continuava indiferente. Para um animal com quase trezentos metros de comprimento, uma ferida daquelas devia representar menos que uma alfinetada.

— Água! Besteira! — resmungou, enquanto guardava o maçarico e apanhava a pistola-esguicho. — Por que alguém precisa de água no corpo?

Bem sabia a resposta. Reações químicas que originam a vida se dão mais rapidamente nos líquidos. Mas isso nunca o impediu de reclamar.

— Água é um atalho barato! Vida pode surgir em qualquer substância, apenas demora mais. E fica *melhor!* Estamos aqui, não estamos? Centenas de vezes mais fortes e resistentes que os biocarbônicos, não? O vácuo não pode sugar nossos líquidos para fora do corpo, pode?

Ao final de mais quinze minutos de queixas ao nada, o buraco estava selado com uma pasta metálica sintética. Kirov tomou impulso com os pés e se afastou para melhor admirar seu trabalho. Nada mau. Nem se notava o remendo na carapaça.

— Está aí, Kirov?

O engenheiro olhou na direção de Metalian, tão próximo que ocupava quase metade do céu. Ele, a bionave e sua pequena oficina orbitavam o planeta a

2.000 quilômetros de altitude — distância pequena demais para criar pausas nas comunicações.

— Quem...? Ah, Jaiman. Diga logo o que quer, estou ocupado.

— Tem estado sempre ocupado desde que recebeu a guarda de Quasar. Uma equipe de técnicos ajudaria bastante.

— Bosta nenhuma! — quando ouviu sobre esse tipo de detrito produzido por seres vivos, e que também era uma forma de praguejar, de certa forma apaixonou-se. — Perder meu tempo e paciência evitando que as larvas quebrem ou explodam tudo!

— Vai ter que aceitar alguns de qualquer maneira. Alguém precisa cuidar de Quasar enquanto você estiver fora.

— Fora! — a palavra saiu como se disparada por um canhão.

— Ordens da Imperatriz — Jaiman sabia, nenhum outro argumento seria efetivo. — Ela deseja você como parte de uma força-tarefa, tripulando Parsec.

Kirov grunhiu. Desconfiou de algo assim quando a bionave de Daion retornou a Metalian, sem nenhuma requisição de reparo. O louco quase nunca voltava, exceto com a nave (ou ele próprio) caindo aos pedaços.

Alguém que viaja muito longe apenas para procurar confusão, e muitas vezes encontrar. Era a opinião de Kirov sobre a maioria dos exploradores espaciais. E achava Daion alguém especialmente produtivo nesse ofício.

— Vai receber os pormenores quando estiver aqui, mas — Jaiman adivinhava — posso adiantar que Daion não está diretamente envolvido. Temos problemas com Kursor.

Kirov arrancou o capacete com violência, deixando à mostra os olhos cinza-aço.

— Mas que bosta de treva você está dizendo?

— Kirov, aguardamos no Palácio Imperial.

Kirov conhecia Kursor muito bem. Havia tripulado Vigilante com ele nos primórdios da exploração espacial, época em que os aparelhos implantados nas bionaves ainda eram experimentais. Atualmente, defeitos nas máquinas são uma possibilidade tão remota que dispensam a presença de um engenheiro a bordo.

— Então, grandalhona? Essa sua carcaça de força consegue criar um feixe e me levar ao Palácio Imperial?

•

— Quase havia me esquecido...

...*de como aqui é lindo.* Não concluiu a frase, por ser mentira. Era impossível esquecer.

Aquele terraço do palácio, elevado pelo menos três quilômetros, proporcionava uma visão espetacular da Cidade Imperial e seus edifícios — torres que, como quase tudo em Metalian, mais pareciam cultivadas que construídas. Sem cor própria, as estruturas espelhavam o céu; uma aurora de cortinas luminosas azuis, verdes, vermelhas e douradas, dançando lentas, tocando uma vibração repousante para sentidos desconhecidos em outros mundos.

A xenobióloga estava encantada, um alegre rosa pulsando no peito.

— Nunca havia me perguntando sobre por que o céu é assim.

— Mistério nenhum. Nosso sol, como qualquer outra estrela, lança ao espaço partículas provindas da quebra de átomos: elétrons, prótons e núcleos de átomos avulsos. Elas são expelidas pelo sol a velocidades altíssimas, atuam como uma espécie de vento. Chamam de "vento solar".

"Nosso planeta é de constituição metálica, com um campo magnético forte, que atrai cataratas dessas partículas. Elas excitam eletricamente certos átomos do ar em fazem os carinhas emitirem luz. Mais ou menos o mesmo fenômeno que acendem lâmpadas fluorescentes."

Imersa na contemplação do céu, Dryania quase chegou a responder o comentário de Hax. Quase. Então lembrou-se que o robô havia ficado em Predakonn. Estava sozinha na varanda.

Mas a voz era familiar.

— Daion?

Virou-se e viu o explorador espacial poucos passos atrás, claramente se divertindo.

— Daion — ela repetiu. Vasculhou a memória, tentando lembrar-se de algo importante ligado a ele. — Já faz algum tempo. Como vai?

— Ótimo! Pronto para brigar com mais lagartos.

— Na verdade eram insetos. Ainda não entendi como eles adquirem características de vertebrados após a fase de pupa...

Sacudiu a cabeça, espantando a distração. Esperou não parecer muito óbvio que tinha mais interesse nos quelicerossauros de Lerion-3, que no colega.

— Como está seu braço? — enfim, lembrou-se do tal fato importante.

Daion flexionou o membro, fez gracejos com a mão, como se para demonstrar que ainda funcionava. Dryania não achou graça, mas sorriu por cortesia.

— Não deveria se arriscar tanto — ela repreendeu. — Não se deve abusar desses implantes clonais. Ainda não há pesquisas confiáveis sobre como eles se comportam a longo prazo.

— Pois é, decidi seguir seu conselho. Este braço não foi clonado.

Dryania arregalou os olhos verde-cobre. Examinou o ombro de Daion. Encontrou sinais bem familiares.

— Biônico!

— Uma beleza, não? Você nem notou a diferença até olhar de perto. Não chega a ser mais forte que o braço antigo. Mas o bom doutor Jaiman incluiu, a pedido meu, um novo sistema ótico que...

Daion parou de falar quando viu que a xenobióloga recuava, perturbada.

— Você *pediu* por isso? *Preferiu* um membro biônico?

Daion torceu a cabeça para os lados como um cão confuso, até perceber. Então aplicou um tapa na própria cabeça para demonstrar entendimento do próprio erro. Não que o gesto existisse em sua própria cultura; aprendeu em outros lugares.

— Certo! Lembrei, agora. Um de seus bichinhos estraçalhou seu pulso. Foi há muito tempo, ainda não haviam inventando a clonagem. Teve que usar uma peça biônica.

Dryania gemeu, afagando o pulso. Viveu com a prótese por longos anos. Só mais tarde recebeu uma mão natural clonada.

— Sabe — Daion seguiu —, esta aqui também não é muito boa. Sinto fisgadas no ombro sempre que levanto mais de três toneladas.

— Pensei que haviam sido banidos — o desapontamento na voz, de tão denso, podia escorrer e encher um copo. — Há décadas. Por quê? Por que recorrer a essa... a isso?

— Eu precisava de uma arma.

Daion quis muito que aquela explicação bastasse, mas não. Confusão pura dançava no rosto de Dryania.

— Certo... Eu sei que não devia *mesmo* mostrar isto, mas...

Diante de tanta ojeriza, Daion sabia ser um momento ruim para demonstrar as propriedades incomuns de seu membro biônico. Mas estava acuado, sem outra escolha.

Flexionou o braço e o apontou para cima. O braço brilhou vermelho. Dryania sufocou um grito.

Feixes de fibras óticas, que também atuavam como musculatura, jorraram luz sangrenta. O raio perfeitamente reto sumiu nos céus coloridos.

— Biolaser! Uma arma biolaser.

— Não *apenas* uma arma — Daion tentava consertar. — Sabia que algumas raças insetoides semi-inteligentes se comunicam por biolaser? Eu nunca teria conseguido falar com...

Daion deixou a voz morrer quando percebeu estar falando sozinho. A xenobióloga parecia a ponto de querer pular da varanda, os olhos fixos no braço artificial, como se fosse uma cobra prestes a dar o bote.

— Certo... você não curtiu.

— Eu não esperava... eu...

Dryania não conseguia pensar em nada para dizer, nada que não fosse ofensivo. Dizer que odiava implantes mecânicos por ser uma estudiosa apegada a coisas vivas seria simplificar demais, estereotipar demais. Mas era verdade. Ela odiou Hax por muito tempo antes de aceitá-lo.

— Desculpe. Eu não entendo. Eu apenas *não entendo*.

Sem saber, ela ecoava a mesma reação de Slanet anos antes, quando descobriu as circunstâncias da morte de Trahn. *Não entendo*. Em sua gente, a expressão não expressa apenas dúvida, mas também frustração profunda. Uma quase raiva.

Eu e minha grande boca, Daion pensou, como se tivesse boca de qualquer tamanho. Bem queria argumentar, mas foi interrompido por um resmungo que era ao mesmo tempo um cumprimento.

— Seiscentos demônios das trevas, querem me explicar o que estamos fazendo aqui?

Os dois olharam na direção do homem incomumente baixo e ranzinza que chegava pela porta da imensa varanda. Daion resfolegou de alívio ao perceber que Dryania já quase esquecia o assunto prévio. Abençoada sua distração crônica.

— Kirov! Você está... tão...

— Forte — seus olhos ferozes sorriram uma advertência.

— Sim — ela devolveu um sorriso, quase forçada a ajoelhar-se para abraçar o engenheiro. — Já agradeci pelos escudos?

— Todas as vezes que nos falamos. Mas não pare. Nunca vou me cansar.

Falavam como se fosse o primeiro reencontro em muito tempo, e não era bem assim. Kirov visitava o laboratório regularmente para inspecionar os viveiros e outros aparelhos. Além disso, quando as condições atmosféricas eram favoráveis, conversavam de onde estavam.

Mas eram seres sociais. Achavam a proximidade dos semelhantes prazerosa. Mesmo os avançados.

— Ele inventou os campos de força que reforçam meus viveiros — Dryania explicou a Daion, ignorando (ou, mais provavelmente, esquecendo) que ele já o sabia.

— Eu não *inventei* os campos de força. Improvisei aquilo com gaiolas magnéticas de antigos reatores nucleares de fissão, feitos para conter plasma de hidrogênio. Coisa pouca. Só precisavam de ajustes aqui e ali.

Daion apenas ria internamente, lembrando-se de como Kirov era vulnerável a elogios — principalmente do sexo oposto.

— Então, nanico? Ainda brincando de ser espremido pela gravidade?

— Seu louco de merda! — Kirov disparou súbito, como se reagindo a um insulto. — Por que me arrastou até aqui, afinal?

— Também senti sua falta.

Ironia. Existe em muitos lugares. Mas, também isso, Daion só aprendeu bem longe de casa.

— Sim, Daion — concordou Dryania. — O que você sabe sobre essa missão especial que Jaiman mencionou? E quanto a Kursor?

Quando o explorador excêntrico estava a ponto de explicar, a porta do terraço deslizou novamente. A luz do dia faiscou nas escassas regiões ainda refratárias daquele rosto ancião, quase inteiramente tomado pelo óxido de prata. Seus olhos, antigamente, foram azul-cobalto, mas hoje não brilhavam mais que duas pedras. O manto cinzento para idosos, que irradiava luz forte pela parte de dentro, fazia o corpo em silhueta parecer ainda mais descarnado.

— Jaiman — disse Daion. — Já estava para explicar a estes dois sobre Drall-3.

Jaiman, engenheiro-médico imperial, era deprimente quando em silêncio. Sobre os ombros curvados, carregava a responsabilidade de zelar pela saúde da Imperatriz — um peso que parecia sempre perto de esmagá-lo. Tinha o aspecto perturbador de quem viveu além do permitido, de quem pode não despertar após o próximo sono.

Mas, ao falar, essa impressão sumia. Sua voz trovejava como se pudesse intimidar um deus.

— Por certo seria melhor que nossa Majestade estivesse presente à sua palestra, Daion.

— A Imperatriz vai nos receber em pessoa? — Dryania ainda achava difícil crer.

— Para que vocês entendam a gravidade do assunto. Por favor, sigam-me.

A xenobióloga não estava apreensiva sem motivo. Naquela época do ano, sua regente-mãe estava ocupada com algo que envolvia o futuro do povo de Metalian. Não era preciso ser educada em biologia para saber. Bastava ser mulher.

Os quatro deixaram a varanda e seguiram os passos lentos de Jaiman, que os conduziu a um elevador de paredes transparentes. Daion notou que Dryania evitava, sem sutileza, estar muito próxima a seu braço direito.

— Seria prático — disse, apenas para quebrar o silêncio incômodo — reproduzir artificialmente os feixes de transporte da bionaves. Elevadores em trilhos são um saco!

— *São o quê?* — Kirov quis saber. — Como uma *bolsa* poderia afetar o desempenho dos ascensores?

— *Outro* tipo de saco. É difícil de...

— Escroto — foi Dryania quem explicou. — Uma bolsa externa de pele, contendo células reprodutoras. Em criaturas com alta temperatura corporal interna, tem a função de impedir que o calor excessivo destrua essas células.

"A palavra também é usada para expressar frustração. Mas, nesse contexto, é extremamente vulgar. Então procure não repetir isso diante de Primária."

Disse tudo aquilo sem olhar para Daion, cada palavra carregada de reprovação. Levando em conta como é difícil para metalianos expressar hostilidade a seus semelhantes, todos ali entenderam que Dryania estava *muito* desapontada. Ou irritada.

Kirov ficou em silêncio, mas pensou em investigar mais tarde o significado do palavrão e acrescentá-lo a seu acervo. Jaiman não parecia mais deprimido que o habitual.

Quanto a Daion, percebeu ser simples perder mesmo as mais básicas noções de etiqueta após muito tempo isolado, falando sozinho ou com animais. Também cogitou ser mais cauteloso quanto ao que dizer diante de uma dama familiarizada com órgãos reprodutores alienígenas.

Então, por fim, não viu razão para dar qualquer importância a nada daquilo.

•

O corpo tremia tanto que o altar onde estava deitada parecia ainda mais sólido e firme. Olhos escuros apontavam para o teto longínquo da Câmara de Fecundação. O aposento, se algo tão vasto podia ser chamado assim, parecia ainda maior visto daquela posição indefesa.

Por que estava tão nervosa? Ela sempre desejou aquilo. Seu maior sonho, sua aspiração mais sublime. Ela se tornaria o que, em sua opinião — *tinha* uma opinião —, toda mulher deveria ser desde a Colônia Primordial.

Ela seria uma incubadora.

Ela seria mãe.

Doze homens se perfilavam junto às paredes, mal distinguíveis dos ornamentos à volta, empunhando lanças e trajando armaduras cerimoniais translúcidas. Já não podiam ser chamados de soldados — pelo menos, não anatomicamente. Bilhões de anos de evolução trocaram carapaças por pele, garras por mãos. Muita coisa havia mudado desde que o lugar era um vasto ninho, feito com resinas segregadas. Hoje, o Palácio Imperial é uma fortaleza tecnológica, com sistemas de segurança que tornam impossível a aproximação de qualquer perigo a menos de mil quilômetros do lugar sagrado.

Ainda assim, havia guardas cerimoniais para a ocasião. Não por necessidade real, mas emocional. Porque os metalianos precisam ver, *sentir*, que alguém protege aquele momento, aquele evento.

O portal logo adiante também era o mesmo. O arco de dez metros de altura, a decoração com esculturas da espécie ancestral dos metalianos, o interior imerso na escuridão de eras inteiras.

E, desafiando qualquer explicação para sua longevidade, a Imperatriz ainda era a mesma.

A jovem sobre o altar tinha a cabeça voltada para o lado oposto, não podia ver o pórtico. Também não ouvia passos — a audição, um sentido alienígena desconhecido. Mas podia sentir que Ela se aproximava. Como não sentir?

A Imperatriz. A portadora do Código, a centelha criadora que concedia a uma mulher ainda estéril o dom da maternidade. Ela partilharia dessa fagulha divina com a humilde filha. Como fez incontáveis vezes durante incontáveis gerações. Pessoalmente.

Como não perceber quando Ela surgiu no portal?

Entre os insetos sociais conhecidos, quase sempre, as rainhas são maiores ou mais fortes que seus súditos. Formigas-rainhas solitárias às vezes emigram para invadir outras colônias, derrotar seus soldados e assumir o comando. Matriarcas de cupinzeiros têm um enorme abdome repleto de ovos, tão obeso que mal podem se locomover. Abelhas-rainhas, durante o voo nupcial, atingem alturas que apenas os zangões mais vigorosos podem alcançar para fecundá-las.

A rainha-mãe metaliana não mostrava nenhum atributo físico superior.

Uma dama emergiu das trevas do portal. Reluzia tanta juventude que muitos jurariam ter Ela acabado de sair do casulo — e não vivido naquela caverna desde antes da memória. Estava quase nua: proteção, vaidade e modéstia, as razões principais que levam outros povos a usar vestimentas, não se aplicavam. Não cobria um único centímetro da pele, pigmentada com prata de pureza desconhecida em qualquer mundo.

O que trazia de mais semelhante a um traje eram dois filamentos delgados, nascendo em Suas costas. Deles pendia uma cortina de tecido delicado, rajado de nervuras, que rivalizava em beleza com o céu de Metalian. Naturais, fabricadas ou mesmo mágicas, impossível dizer.

Os pés nus atravessaram a câmara com passos curtos e lentos, as asas de véu membranoso cintilando e ondulando mesmo no ar rarefeito. Outras duas antenas subiam de Seus tornozelos, delicadamente longas e flexíveis, às vezes resvalando nas mãos da Matriarca com suas pontas ovaladas. Um terceiro par de antenas aflorava nos lados do rosto, curvando para trás, quase se encontrando atrás da cabeça. O ornamento mais próximo de uma coroa que Ela poderia ostentar sem ofender Sua pureza.

Talvez, a olhos estrangeiros, a matriarca pareceria se mover com lentidão. Metalianos, no entanto, não enxergavam assim: *o tempo se curva a Primária*, não o contrário. *Suas* ações, *Sua* voz, determinam o ritmo das coisas.

Nenhum dos guardas fez qualquer gesto de saudação. Não eram necessários. Sob as armaduras, disciplina e força de vontade guerreavam contra o mais básico instinto masculino dos metalianos: correr de encontro à sua Imperatriz, abraçá-La, afagar Seus ombros e então matar qualquer coisa que se aproximasse Dela.

Contornou a sala com reverência, colocando-se atrás da cabeça alongada que pendia fora do altar. A jovem trêmula pôde fitá-La nos olhos. A cor deles não tinha nome, não tinha comparações. Nenhuma combinação de corantes ou pigmentos se aproximaria. Ela sabia, assim que desviasse o olhar, sua memória não seria capaz de reter a lembrança daquela cor. Como se a tivesse sonhado.

— Você me honra com sua presença, filha. Como posso ajudá-la a viver?

Falava de forma arcaica. "Viver" e "servir à colônia" já foram sinônimos. Para muitos, ainda era assim.

O medo foi expulso da alma pela voz doce e musical. A jovem sentiu-se livre para falar.

— Quero ser uma incubadora, Majestade.

Teve o rosto foi envolvido pelas pequenas mãos da Imperatriz. Alguém poderia acusá-las de um pouco sardentas, Seu único sinal visível de idade avançada. Um detalhe desprezível e facilmente ignorado, como o inseto escuro que todos sabem existir entre as asas da borboleta.

— Percebo que já tem idade. Refletiu bem sobre a escolha?

Escolha. Falava como alguém antiga, mas também dizia palavras novas.

— Refletir, Majestade?

Primária fez uma pergunta, ela respondia com outra pergunta. Temeu estar sendo rude. Tratou de encontrar resposta.

— Não vejo motivo algum para refletir. Em toda a Criação, não há nada mais natural do que uma fêmea desejar ter filhos.

Leve pausa.

— Você está certa, é claro — Primária deixava o tempo voltar a correr. — Mas estamos mudando, todos nós. Mudando todos os dias. Em outros tempos, eu nem mesmo faria tal pergunta. Hoje, sim.

"Sabe seu nome, filha?"

A jovem não se lembrava. Nunca o havia usado. Nomes próprios eram invenção um tanto recente, surgida com a noção de indivíduo. Só os avançados davam importância, adotavam e usavam com frequência.

— Não, Majestade. Perdão.

— Não, não... — falava e confortava com carícias maternas. — Não se desculpe. Não está fazendo ou dizendo nada errado.

— Mas sinto que espera algo de mim. Algo diferente.

Outra vez o tempo parou breve.

— Eu espero que sua escolha, qualquer que seja ela, traga a você um futuro pleno e feliz.

A jovem sorriu e aquietou. Mas não por muito tempo.

— Se posso ousar, Majestade...

— Ouse.
— Eu... muitas de nós... às vezes pensamos que... que...
A jovem teria engolido em seco, se fosse anatomicamente capaz.
— Ouse — Primária pediu de novo.
— Achamos que prefere os avançados. Prefere aqueles que partem. Achamos que os ama mais.

Primária viu ali um motivo claro para *muita* cautela. E não apenas para evitar ferir os sentimentos da jovem no momento mais especial de sua vida.

— Quando nosso Império era jovem — começou, devagar —, aqueles como você não tinham o que chamamos inteligência. Suas mentes eram nada além de instintos, já nascidos com vocês, incapazes de mudar. Não sabiam pensar, viviam para seguir minhas ordens e assegurar minha sobrevivência. Mais nada. Do modo como vocês eram antes, nem mesmo teríamos esta conversa.

"Mas não foi assim para sempre. Aos poucos, percebi que minhas crianças estavam crescendo. Não mais animais sem mente, não mais robôs servis. Duvidavam. Questionavam. As respostas que eu não podia fornecer, procuravam vocês mesmos. Criaram artes e ciências. Domaram tecnologias. Pavimentaram horizontes com cidades. Forjaram espaçonaves, mergulharam no ventre da galáxia.

— Sentiu orgulho por aqueles que realizaram tais conquistas — a jovem sem nome pensava testemunhar seu temor se confirmando.

— E dor.

A jovem, confusa.

— Você nunca incubou um filho, então talvez não entenda. Mas imagine. Pois você tem a capacidade.

"Imagine. O sagrado Código Matriz pulsa em seu ventre, uma minúscula semente de vida começa a germinar. Cresce, seu abdome torna-se volumoso. Um ainda minúsculo orifício vaginal nasce abaixo do ventre. Duas operárias vão injetar em seus seios os nutrientes extras de que vai precisar durante a gestação. Eles vão inchar um pouco e arder de modo agradável.

"Imagine. Um dia, aquele pacote será grande demais para seu corpo, terá que ser expelido. O ovo vai forçar passagem. Dor branca e gloriosa vai explodir em seus quadris e fazê-la desmaiar. Essa inconsciência vai perdurar por dez anos, o casulo aninhado entre suas pernas, ainda unido a você por uma trama macia de tubos e fios penetrando a vagina.

"Imagine. Enquanto enfermeiras cuidam de seu corpo físico, você passeia com nosso filho em terras de sonhos, onde nada ameaça ou preocupa. É a Primeira Vida dele. Seus espíritos brincam em paz com os espíritos de outras mães e crianças, pois todos partilham o sonho. Você recorda a época em que conheceu aquele mesmo lugar, durante sua própria Primeira Vida, quando ainda dormia em seu casulo.

"Imagine. Ao final de uma década, você desperta a tempo de assistir o nascimento. Uma erupção de graça e poder, músculos jovens e plenos rompem a casca do casulo. Ele está pronto para enfrentar a vida fora da terra dos sonhos.

"O que vem a seguir, é impossível imaginar, apenas experimentar. A felicidade, o orgulho, a satisfação da tarefa cumprida. E a dor amarga da perda, quando nosso filho é um ser completo, não precisa mais de você."

— Não precisa mais de você... — Primária repetiu, devagar.

— Majestade...?

A jovem sem nome atraveu-se a erguer uma mão e pousá-la, carinhosa, sobre a mão da matricarca em seu rosto.

— Metalian é o casulo.

E foi Primária quem mostrou surpresa, quando a jovem seguiu:

— Quando os avançados partem em suas naves, é como se fossem seus filhos rompendo o casulo. Traz alegria. E traz dor.

Em resposta, a Imperatriz abraçou-lhe a cabeça invertida contra o peito. Teve orgulho.

Era verdade — pois Primária, mesmo Ela, em Sua sabedoria de eras, era uma mãe como qualquer outra. Tinha incertezas sobre como cuidar da prole. Tinha dúvidas entre desejar o avanço de sua gente, seu crescimento, sua evolução para algo melhor; ou a segurança e conforto das coisas como sempre foram. Em ambas, alegrias intensas. E em ambas, temores e tristezas.

— Eu quero ser uma incubadora, Majestade.

— Refletiu bem sobre a escolha?

— Sim. Quero ser uma incubadora para estar próxima de minha rainha-mãe. Para provar a mesma alegria e sofrimento, o mesmo orgulho e aflição.

Olhos imperiais sorrindo. Um seio brilhando com luz rosada.

— Que sua escolha traga um futuro pleno e feliz.

A jovem sentiu o abraço maternal se desenlaçar e viu de relance o véu esvoaçar e sumir pela esquerda. A Imperatriz estava agora de pé ao lado do altar. Sentiu os seios apertados — e, mesmo sem olhar, sabia que estavam transparentes. Embora já preparada, com as coxas ligeiramente afastadas, quase gritou de susto quando a mão direita da matriarca pousou em seu baixo-ventre.

Depois? Alguma coisa explodiu. Algo quente e gigantesco como um sol cresceu naquele ponto. Lançava raízes, se ancorava. Não uma invasão. Acolhia aquela força cálida, abrigava-a na alma — mas o corpo metálico se mostrava pequeno e fraco demais para contê-la. Os quadris queriam arrebentar, o calor quase derretia o metal das nádegas e desmanchava as coxas. Tudo abaixo dos ombros ardia, os seios queimando, o ventre ondulando em convulsões. O altar, não fosse quase indestrutível, teria sido feito em pedaços pelas mãos frenéticas que buscavam fincar os dedos em alguma coisa. E não havia dor no bombardeio de sensações. Nenhuma dor. Ou, se havia, ultrapassava em muito os limites do que seus nervos podiam sentir.

Quarenta e sete segundos depois, estava acabado.

A Imperatriz descansou os olhos sobre o corpo fumegante da mais nova incubadora no Império. O peito ainda ofegava chiados de rádio, mesmo estando a jovem inconsciente. Quarenta e sete segundos! Há tempos, Primária não via um orgasmo tão longo.

Sua contemplação foi interrompida pela chegada de um engenheiro-médico velho e carcomido, um violento contraste com a eterna juventude da Imperatriz.

— Se já tiver terminado, Majestade...

— Claro. Daion, Dryania, Kirov. Eu os verei em instantes.

Com seu olhar literalmente clínico, o doutor fez um rápido exame na jovem desmaiada e retirou-se do lugar sagrado com uma reverência.

Primária sentiu-se ansiosa por estar com aqueles que convocou — e então, culpada. Não podia, não Lhe era permitido, ter favoritos. Tal coisa não cabe a uma rainha-mãe de seres capazes de morrer, matar, devastar, trazer genocídio a populações inteiras — tudo ao menor desejo Seu.

Mesmo em outras culturas, o ciúme do filho preferido pode levar a tristeza, frustração, trauma e até tragédia. Em Metalian, leva a guerra civil. Basta uma palavra fora de lugar, uma descuidada mostra de predileção por este ou aquele grupo. Já havia ocorrido, inúmeras vezes. Pois Primária, mesmo Ela — como qualquer mãe —, podia falhar em amar todos os filhos igualmente.

Sim. Preferia os avançados. Amava-os mais.

•

— Então, troglodita? Não fiquei mais bonito em bilhões de anos?

Daion debochava das esculturas que ornamentavam a sala. Eram representações de horrendos besouros bípedes com três metros de altura, carapaças lustrosas e ferrões na ponta das caudas segmentadas. Tratava-se da espécie ancestral dos metalianos, mas lembravam mais tratores-robôs do que seres vivos.

A certa distância, Dryania se mantinha de braços cruzados e fazia acenos desaprovadores. Kirov, ao lado, pensava em socar uma parede próxima (provavelmente causando mais dano à parede, que a seus punhos).

— Seiscentas trevas! Tripular uma nave com esse louco no comando. Mal posso crer.

— Eu posso — Drianya deixou escapar.

O atarracado engenheiro entendeu a indireta. Como cientista, ele também conhecia a burocracia, as barreiras, o excesso de zelo refreando todo e qualquer avanço técnico. Podia ver claramente que muitas decisões imperiais eram pouco razoáveis. Até mesmo pouco inteligentes.

Ainda assim, amava o Império acima de todas as coisas. Essa dualidade, essa lealdade nem um pouco cega, fazia parte de todos os avançados.

— Primária estará logo conosco.

Era Jaiman, que retornava após deixar os três para avisar a Imperatriz.

— Uma nova incubadora, Jaiman? Como está ela?

— Um pouco exausta, mas me pareceu bem — trovejou o doutor, apontando para o pequeno sensor de diagnósticos implantado na fronte. — E você, com se sente?

— Eu? Estou ótima. Seu sensor acusa alguma coisa?

— Nada. Nem toda enfermidade é detectável por aparelhos. Principalmente aquelas de natureza feminina.

Já devia esperar por isso, Dryania pensou. O doutor era insistente quanto a acreditar que toda metaliana, cedo ou tarde, experimenta a necessidade — seja fisiológica ou psicológica — de incubar prole. Mas não queria falar a respeito naquele momento.

Sentiu-se grata quando dois guardas entraram e postaram-se aos lados da porta, anunciando a chegada da Imperatriz.

E os três — ainda que avançados, ainda que indivíduos, ainda que capazes de questionar, ousar, duvidar, mostrar livre arbítrio — reverteram séculos. Pelo menos em parte, voltaram à subserviência antiga, voltaram ao tempo dos zangões e operárias. Um tempo sem mente e sem dúvidas e sem escolhas. Um tempo, de certa forma, mais puro e mais claro.

Viver por Ela, morrer por Ela, matar por Ela.

Daion, sem muita surpresa, perdeu o controle primeiro. Assim que a figura delicada de Primária entrou, ele não teve a menor chance — ou intenção — de refrear os instintos e correr de encontro a Ela, esquivando-se de lanças cruzadas à sua frente e abraçando-a.

Kirov não teve a mesma agilidade, foi barrado pelos guardas, mal se contendo em tempo de evitar dar-lhes uns murros. Mesmo Dryania não conseguia mais dirigir qualquer ressentimento à fulgente rainha-mãe, até sentindo-se culpada.

— Daion. Sempre afetuoso.

A matriarca devolvia o abraço. Por vezes, em suas atitudes, não havia demanda por reverência ou protocolos. Primária comandava um Império, tinha milênios de idade — mas não se distanciava dos demais. Não governava por autoridade, por imposição; governava porque cada ser inteligente no planeta desejava assim.

— Como consigo ficar longe tanto tempo...? — era fácil perceber o rosa sob o peito e a emoção na voz do explorador espacial.

Então veio o esperado acidente.

Um dos guardas puxou Daion pelo ombro, tentou afastá-lo da Imperatriz. O que aconteceu a seguir, ninguém viu com clareza — um clarão cegante encheu a cena, seguido por um chiado breve e crepitante que apenas metalianos podiam "ouvir". Quando todos puderam enxergar novamente, o guarda estava no chão, trazendo na placa peitoral da armadura um grande rombo. A pele prateada mais abaixo fumegava, mas sem ferimento visível.

Após o disparo, o braço artificial de Daion esfriava, bem como sua fúria momentânea.

— Eu... eu não...

Daion, sem palavras. Evento raro. Um metaliano masculino enfurecido quando afastado da rainha-mãe, evento bem menos raro.

— "Eu precisava de uma arma" — foi Dryania quem ralhou primeiro, enquanto examinava o guarda derrubado.

Daion parecia um brinquedo defeituoso, tentando ao mesmo tempo fugir dali ou ajoelhar-se diante da Imperatriz, e sem sucesso em qualquer das tarefas. Primária afagou o explorador no pescoço para acalmá-lo, mas tinha a atenção no homem atacado.

— Está ferido, soldado?

O guarda ergueu-se e acenou negativo, apontando a lança para Daion e aguardando ordem para matar.

— Fico feliz, e agradecida por seu zelo. Agora baixe a arma, submeta-se a exame clínico por Jaiman, e retorne quando sua armadura estiver reparada. Você, acompanhe-os. Estarei bem.

Dito por Primária, não era apenas lei — era verdade universal. Jaiman e os guardas retiraram-se.

A guarda imperial não é formada por avançados, mas por aqueles com maior força de vontade entre metalianos. Aqueles capazes de estar na presença da Imperatriz por longos períodos, sem que o pensamento individual desapareça, sem reverter a soldados assassinos — movidos por instinto ancestral a matar tudo que se aproxime da rainha. Justamente o tipo de disciplina férrea que faltou a Daion.

— Boa coisa — Kirov comentou, em voz baixa — a pele ser refratária ao tipo de arma que deixam nas mãos de loucos.

— *Nossa* pele — acresceu Dryania, severa. — Outros seres na galáxia não se encontram tão seguros.

Primária olhava agora para Daion, ainda dividido entre culpa e confusão.

— Não vou censurá-lo — Ela começou — e peço a vocês que também não o façam. Talvez isso não seja aparente agora, mas Daion provou ser extremamente inteligente em decisões muito importantes, antevendo eventos que eu mesma não teria sido capaz. Eventos como o que motivou este nosso encontro.

Um misto impossível de orgulho e vergonha apoderou-se de Daion. Ele entendeu. Os demais, também.

— Majestade — não vendo qualquer "inteligência" nos atos de Daion, mas também incapaz de discordar da Imperatriz, Dryania tentou mudar o tópico. — Estamos curiosos quanto ao motivo desta reunião.

— Curiosos... — a rainha sorriu.

Passos leves levaram Primária até perto de uma vasta janela, impelindo os demais a acompanhá-la.

— Primeiro, minhas desculpas por fazer este tipo de convite apenas em um momento de crise. Vocês me orgulham. Merecem mais.

Palavras que motivariam qualquer metaliano a viver pleno e feliz pelo resto de seus dias. Aqueles avançados eram mais resistentes a elogios maternais. Mas não imunes. Todos corariam, se pudessem.

— Fala de Kursor — Dryania recuperou primeiro a voz.

— Falo de Kursor.

Apenas uma leve redução no teor de candura em Sua voz. Mas algo que todos ali, sensíveis ao humor Imperial, puderam notar.

— Daion, peço que conte a eles o mesmo que me disse. Mas, desta vez, em vocabulário mais acessível e menos colorido.

O explorador até que tentou assumir postura séria, mas que mais pareceu a todos uma paródia da posição de sentido dos guardas imperiais.

— Seguinte, galera. Eu estava cuidando da vida, quando Parsec veio me encher com um monte de...

— *Menos* colorido seria ainda melhor — Primária sabia repreender com tanta docilidade que parecia, na verdade, estar elogiando.

O explorador anuiu, sorriu bobo e calou.

— Quando Daion estava em Sottan-1 — prosseguiu Primária —, sua bionave interceptou uma comunicação alienígena. Ele muito habilmente a decodificou, descobrindo que ela visava contato com nosso Império. Mais ainda, a mensagem revelou tratar-se de um pedido de socorro. Um pedido tardio, eu receio.

— Tardio?

— O povo autor não dispunha de comunicação mais rápida que a luz, Dryania. A mensagem atingiu a posição de Daion nove anos após ser emitida. Apenas sorte ou destino situou Daion no local e momento certos para ouvir. Para alcançar este planeta, as ondas de rádio levariam milênios.

Dryania recordou que Jaiman havia mencionado vidas alienígenas em risco.

— Majestade, de que povo estamos falando?

— Os habitantes do planeta na terceira órbita da estrela Drall, perto do extremo da galáxia. Os nativos o chamam Terra.

— Drall-3? Terra? Esses nomes...

— Sim, Kirov. O sistema Drall foi descoberto pela exploradora espacial Trahn, décadas atrás. Ela travou o primeiro contato com os terranos, sem dar muita importância a eles no início, mas decidiu voltar ao planeta seis anos depois. Você fazia reparos em sua bionave naquela época. Trahn tripulou provisoriamente Vigilante, sob o comando de Kursor, em sua segunda visita a Terra.

"E ali, perdeu a vida."

O pesar materno foi sentido por todos, demorando até que alguém pudesse quebrar o silêncio.

— Como isso aconteceu?

— Kursor é o único que conhece a resposta, Dryania. E ele nunca a revelou.

— Os terranos a mataram?

Silêncio. Desta vez, Primária não conseguiu disfarçar Seu pensamento verdadeiro. Pois Ela, também, acreditava em assassinato.

— Vejamos se entendi — Kirov zangou-se com o evento, e não apenas por trazer mal estar à rainha-mãe. — Esses terranos podem ter matado uma dos nossos. E agora pedem socorro? E pedem especificamente a *nós*?

— Não temos evidência de que os terranos são mesmo responsáveis pelo que aconteceu com Trahn. E ainda que tenha ocorrido assim, são um povo primitivo e indefeso. Decidi que terão nossa ajuda se precisarem dela.

Ela disse, sendo assim lei, verdade, realidade. Ninguém ali negaria. Mas a única coisa que levaria um metaliano a discordar da Imperatriz, seria uma ameaça à Imperatriz. Ou ao próprio Império.

— Entendemos que Sua bondade leva ao desejo de ajudar outros — Dryania não tentava bajular, apenas dizia o que estava em seu coração. — Mas interferir com assuntos de outras civilizações parece... imprudente.

— Não é interferência — Daion divergia. — Não é como se estivéssemos invadindo o planeta ou contaminando sua cultura. Eles tomaram a iniciativa, eles pediram socorro.

— *Você* deveria ser o último a querer ajudar formas de vida que podem ter matado um de nós. Formas de vida hostis.

— E *você* deveria ser a última rejeitando contato com vida alienígena.

Daion e Dryania quase elevavam as vozes, detidos apenas pela presença solene da rainha.

— O propósito maior da exploração espacial é encontrar aliados — Daion acresceu. — Para mim, ajudar os outros parece um bom jeito.

— Encontrar aliados e *também* ameaças potenciais — era Kirov, lembrando.

Dryania não se rendia.

— Já ouvi que o propósito da exploração espacial é *afastar* do planeta aqueles incapazes de viver em sociedade.

— Disse a treinadora de monstros em sua lua!

— Disse quem dispara armas no palácio imperial!

Primária apenas ouvia, pensando no antes e no agora. Poucos séculos antes, não haveria esse debate, não haveria sequer outras vozes em sua presença. No enxame tudo é harmonia, não há cizânia. Mas, com o avanço mental, vieram *diferenças*. Seus filhos podiam pensar além da simples função, além das tarefas, além do esperado por todos. Tinham ideias e opiniões diversas. Debatiam. Discordavam. Por vezes, brigavam. Lutavam.

— Irmão contra irmão...

— Majestade?

— Entendo qualquer relutância em ajudar, ou mesmo contatar, formas de inteligência que não sabemos serem perigosas. Em outras condições, minha resposta seria *não*. Mas aquilo que coloca os terranos em perigo, aquilo que talvez tenha motivado a mensagem pode ser, em parte, de nossa responsabilidade.

— Podemos presumir ser algo ligado à morte de Trahn? — Dryana, ainda que fosse a mais irritada ali, tentava dizer algo produtivo.

— Trevas — Kirov voltava a rosnar —, podemos e digo mais. Se Kursor sabe a verdade, que ele fale!

— O baixinho tem razão. Também nunca entendi esse segredo todo.

— Majestade — perguntou Dryania —, quero crer que existe algum motivo para invalidar uma solução tão óbvia. Mas por que não perguntar a Kursor? Ou ainda, sendo mais familiarizado com o planeta, ele não seria mais eficiente para acudir os terranos?

O tempo parou para todos enquanto Primária parecia perdida em lembranças, em escolha de palavras.

— Dryania, você conheceu Kursor pessoalmente. O que pode dizer sobre ele?

— Conhecer Kursor em pessoa não significa conhecê-lo bem. Costumávamos nos ver muito no início da exploração espacial, quase todos os meses ele trazia espécimes. Às vezes ficava durante alguns dias, ajudando com a aclimatação das criaturas. Mais tarde, a Frota passou a concentrar esforços na busca por seres inteligentes — e temos nos encontrado pouco desde então.

"Sempre foi reservado, silencioso, não dizendo nada além do necessário. Mas nunca pareceu limitado em atitude ou pensamento — é homem de mente brilhante e opinião forte. Sempre tem uma resposta, sempre sabe o que deve ser feito. E faz.

"Uma vez, teimou que meu robô Hax devia ser reprogramado com certas Leis da Robótica..."

A Imperatriz assentiu.

— E quanto a você, Kirov? Trabalharam juntos durante as primeiras expedições exploratórias do Império.

— Hah! — o engenheiro gargalhou alto. — Quando o assunto é autocontrole, Kursor vence, fácil, esses seus guardinhas.

"Uma vez encontramos um buraco negro, e ficamos em órbita para pesquisar. Ele sondou durante cinco semanas, sem descansar, sem se mover, apenas ditando registros para o Diário de Bordo. Alguém podia arrancar seus braços sem perturbar seu trabalho."

— Daion?

— Quem, eu? Nunca conheci Kursor, quase sempre estamos em lados opostos da galáxia. Sei apenas o que está em sua biografia. Pioneiro da exploração espacial, condecorações imperiais, lenda viva da Frota, isso e aquilo...

— Por que todo esse tom de conspiração, afinal? — Kirov protestou. — Estamos aqui falando de Kursor como se estivesse morto, ou fosse suspeito de alguma coisa. Onde ele está?

Outra pausa no tempo, antes de algo importante.

— Kursor está atualmente treinando Slanet, uma jovem aspirante a exploradora espacial. Os dois estão no sistema Drall. *Há dezesseis anos.*

— Estão em...?

A verdade veio forte como se pudesse derrubar. Um povo alienígena pedia socorro. O povo de um planeta onde Kursor esteve nos últimos anos. Onde ele está *desde antes do envio da mensagem.*

Designar Kursor para lidar com a ameaça não era uma opção.

Kursor era a ameaça.

•

— Vocês logo entenderão. Daion, tenha a bondade de mostrar a mensagem dos terranos.

O explorador marchou até uma das paredes e vocalizou comandos. Um quadro flutuante de luz se revelou, recebeu dados da bionave em órbita, e preencheu a tela.

Em meio aos sinais confusos, todos reconheceram a caricatura quadriculada de uma bionave simbiótica e de um metaliano, empunhando uma espada e claramente ameaçando uma criatura desconhecida.

A confirmação final da suspeita.

— Majestade... entendo o que a imagem sugere, mas...

— Kursor, intimidando um povo. Kursor, praticando *terrorismo*. Também para mim é difícil acreditar, Dryania.

— Justiça? Vingança? Punição? Pela morte de Trahn? — Dryania sugeriu.

— Punição *preventiva?* — Daion teorizou. — Matar o predador ainda no ninho? Evitar que um povo perigoso venha a alcançar Metalian?

Primária concordou com um aceno.

— Por enquanto vamos presumir que ambas são hipóteses possíveis. Kursor é homem de confiança plena nas próprias decisões. Quando acredita que algo é perigoso, ele destrói. Quando acredita que algo é para nosso bem... *meu* bem... ele o faz. Sem hesitar.

"Mas me preocupa muito que ele esteja envolvendo uma aprendiz em sua guerra particular. Kursor não é apenas recluso, não é apenas indisposto a aceitar qualquer ajuda. Ele também é *nobre*. Não coloca inocentes em risco."

— Olhinhos Azuis considerava o homem quase um deus. Cortaria a própria cabeça se ele mandasse.

Olhares caíram sobre Daion, que, confuso, deixou escapar exclamações defensivas do tipo "Quê? Que foi?"

— Ah, peguei! — enfim. — Olhinhos Azuis é como eu chamava Slanet. Foi minha estudante, de meus tempos como professor teórico, bem antes da capitania.

— Enfim, uma explicação para seu interesse em voar até Drall.

O explorador demonstrou seu desprezo pela acidez de Dryania fazendo um aceno debochado com a mão biônica.

— Não acham suspeito — Kirov ainda não aceitava a ideia absurda — que os terranos estejam suplicando ajuda à *mesma* espécie que os ameaça? O roedor emboscado pela serpente não pede socorro a outras serpentes.

— Sei pouco dos terranos — Daion explicou —, mas até que isso faz sentido. Eles próprios são formados por diferentes grupos e governos, são subordinados a diferentes autoridades. Talvez presumam que também somos assim.

"Talvez eles acreditem, ou teorizem, que Kursor *não* representa o Império. Pensam que ele é dissidente, que age por iniciativa própria. Ele responde, ou deveria responder, a alguém superior. Tentam fazer contato com esse alguém, avisar sobre o bandido."

— Suposição um tanto audaciosa — Dryania duvidava —, levando em conta que sabem pouco ou nada sobre nós.

— Nem tanto. São um povo de baixo nível técnico, sem conhecimento sobre a existência de qualquer outra civilização. A quem mais podiam pedir ajuda? E se estivessem errados, não teriam nada a perder: o "império maligno" já estaria ciente de tudo.

— Há outra hipótese que não estão levando em conta...

Kirov disse aquilo de forma tão forte e pausada que o suspense estava garantido. Mas não revelou ainda o que tinha em mente.

— Essa mensagem — a mão pairava diante da tela, como se esperando para agarrar alguma ideia que tentasse escapulir. — Reconheço, claro, a parte pictográfica. Uma bionave, um metaliano, e provavelmente um terrano. Mas qual o conteúdo completo?

— Verdade. O que são todos esses outros símbolos?

Junto à projeção, Daion apontava.

— Aquela primeira linha são numerais binários de um a dez. Quanto às cifras mais abaixo, eu esperava que você e Kirov pudessem responder.

— São números atômicos de elementos químicos — Kirov disparou. — Hidrogênio, nitrogênio, carbono, oxigênio e fósforo.

— Biocarbônicos!

Todos olharam para Dryania, tamanha a excitação com que ela gritou a palavra.

— Kirov tem razão! São especificações dos elementos que compõem os biocarbônicos. Os terranos são, com certeza, seres de base-carbono.

— Isso combina com o que Trahn relatou em seu diário de bordo — concordou Daion. — E aquelas duas linhas onduladas?

— Molécula de ácido desoxirribonucleico. Existem dentro do núcleo das células biocarbônicas. Ali fica armazenado o genoma. Como os biocarbônicos não possuem matrizes eletrônicas em seus tecidos, seu sistema de estocagem de informação é inteiramente químico.

— Genoma... — repetiu Daion.

— O código genético. A informação que todas as criaturas vivas carregam em seus corpos. Seu projeto, a "receita" para que se possa fabricar outra igual.

Embora o conceito de informação genética pudesse ser familiar a muitos outros povos, ainda não era em Metalian. Algumas de suas ciências podiam ser consideradas ainda muito atrasadas. Em genética, por exemplo, estavam em nível apenas pouco superior ao da Terra.

Dryania aproximou-se de Kirov e espetou o indicador em seu peito, fazendo desenhos indefinidos.

— O código genético circula em nossos corpos sob a forma de impulsos elétricos. Cada indivíduo tem seu código próprio. É como se dentro de você, em cada célula, houvesse uma lista de todas as suas características: um metro e noventa de altura, trezentos e setenta quilos, olhos verde-cobre...

"O genoma torna possível a clonagem de próteses. Quando você perde uma parte do corpo (e você perde muitas!), encontramos ali as instruções necessárias para fabricar um substituto para implante. Essa prótese é idêntica à parte original nos mínimos detalhes, célula por célula, eliminando qualquer chance de rejeição por parte do organismo.

"Por isso não usamos mais biônicos — terminou Dryania, lançando um olhar de asco para o braço direito de Daion. — Só precisávamos deles quando a única alternativa de reparo eram próteses artificiais, de metal e plástico."

Antes que Daion pudesse argumentar qualquer coisa, Dryania deu-lhe as costas e voltou a examinar a mensagem.

— Mas não sei o que significa esse número ao lado do terrano. 4,29 bilhões, correto?

— Meu palpite — disse Daion, sem sinal de modéstia — é que seja a população total do planeta.

— Tantos assim? Tem certeza?

— Não, mas digo por experiência. Encontrei outras culturas globais quase tão populosas. E esta linha logo abaixo representa o sistema planetário deles. Nove planetas e um sol. Veja como o terceiro planeta está destacado. É onde vivem.

— E Kursor ameaça *todos* eles?

— Arrisco dizer que sim. Como eu disse, o povo da Terra é formado por diferentes alianças e governos. Mas esse número populacional, e a carta planetária rudimentar, sugerem o contrário. Não é uma mensagem de um grupo isolado, ela representa o planeta todo.

Primária avançou.

— Corrija-me se estou errada, Dryania. Mas biocarbônicos não seriam uma forma de vida... frágil?

— Em muitos aspectos, Majestade. Sobrevivem apenas em condições muito específicas.

— Poderiam, de alguma forma, representar perigo?

— Em certos casos isolados, sim. Mas são fisicamente inferiores a nós em quase qualquer quesito. 98% das espécies conhecidas não poderiam, nem mesmo, nos produzir um arranhão.

— E estamos falando de um povo em nível técnico inferior ao nosso — Primária acrescentava. — Uma cultura sem viagem ou comunicação mais veloz que a luz. Sem condições de resistir ao assédio de uma única bionave.

"*Como* os terranos poderiam nos ameaçar? O que está motivando Kursor? Os traktorianos mostraram-se muito mais perigosos, e ainda assim..."

— Quem são os traktorianos?

Primária olhou para a xenobióloga com amargura.

— Não gostará de saber, Dryania. Mas posso contar essa história mais tarde.

— Se este braço biônico incomoda você — Daion se intrometeu —, nem quero pensar em como vai reagir quando souber dos vermes enlatados.

Dryania faiscou impaciência pelos olhos verde-cobre. Quieto em seu canto há algum tempo, o engenheiro-médico resmungou.

— Não sei o que estamos discutindo. Já ficou decidido que *vamos* até Drall. O que fazemos aqui, ainda procurando motivos?

— Kirov — a Imperatriz notava seu desconforto. — Você mencionou uma hipótese que não cogitamos.

Ele teria suspirado, se tivesse ar nos pulmões. Ou pulmões.

— Estamos todos aqui presumindo que os terranos estão pedindo ajuda contra Kursor. Porque é a hipótese mais provável. Porque, quando alguma coisa lá fora ataca um dos nossos, ou mostra ser ameaça aos nossos, Kursor não é de mostrar paciência. Muitos de nós fariam igual. Faz muito sentido.

"Mas não acham estranho que venham pedir ajuda a nós?"

— Bicho teimoso! Eu já disse que...

— Sim, Daion. Você deu uma bela coleção de teorias e motivos. Mas tudo muito *presunçoso*, não?

Naquele ponto, todos perceberam um vislumbre do que Kirov pretendia dizer. Mesmo assim, ele seguiu.

— Vou perguntar de outra forma. Por que estão pedindo ajuda a *nós*? Aliás, como sabemos que estão pedindo a *nós*?

"Como sabemos que a mensagem é para nós?"

Primária respondeu:

— Muito sensato em perguntar, Kirov. De fato, não sabemos. Talvez não seja. Talvez estejam pedindo ajuda a qualquer um, buscando qualquer esperança. Para mim, apenas *mais um* motivo para que recebam nossa ajuda.

— Pois então a terão — Kirov, entre incomodado e obediente.

Primária recordou a recente comparação de seu Império com um filhote que deixa o ninho. Um adolescente imaturo, descobrindo o mundo através de acertos e erros.

Mas, para um explorador espacial no comando de uma invencível bionave, um erro pode resultar em extinção.

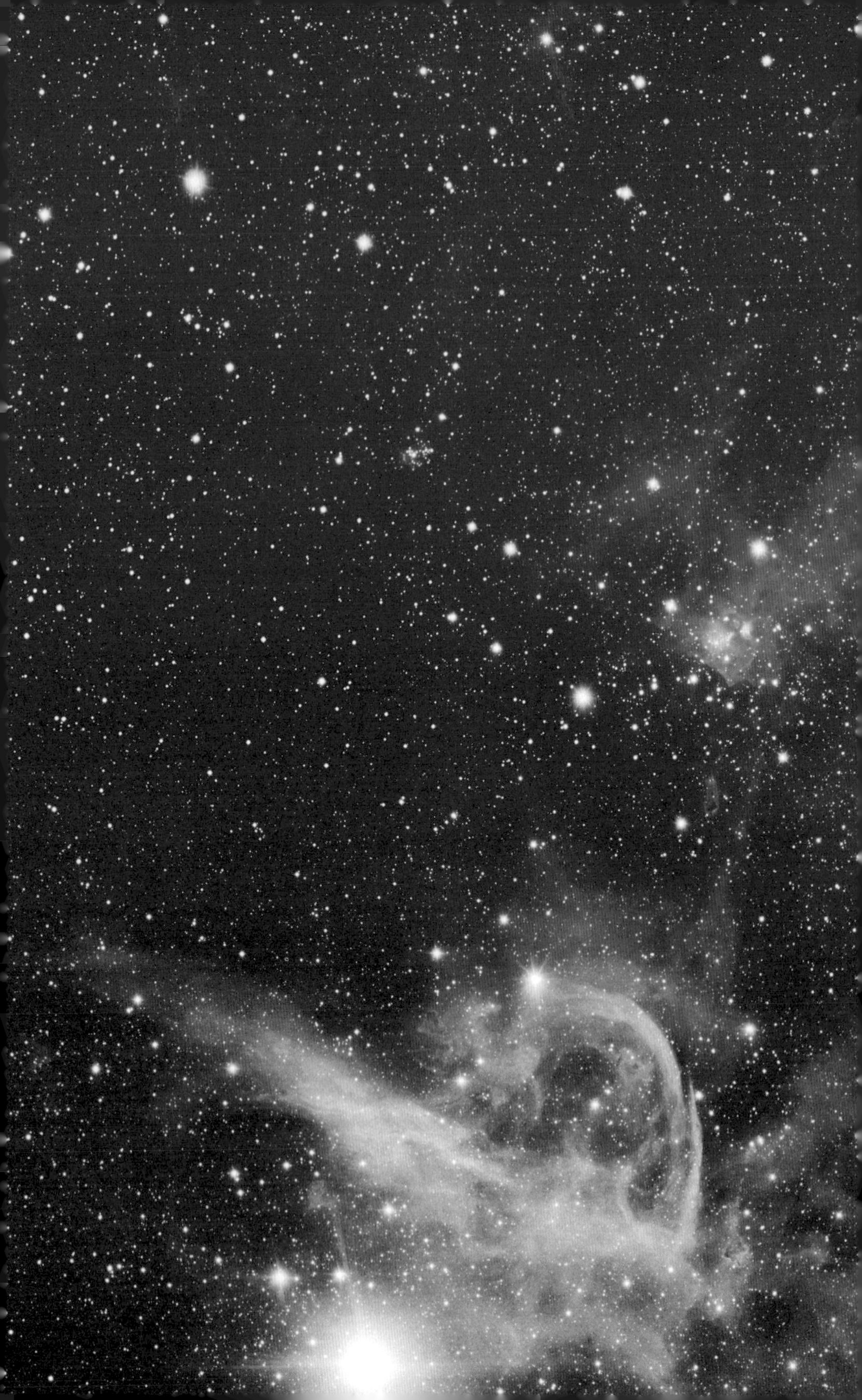

PARTE 3

TERRA, 1995.

A academia onde lecionava era considerada das mais rigorosas de São Paulo, provavelmente do Brasil. Stefanie sabia bem disso. Não foram raras as vezes em que vomitou ou chorou durante os treinos. Assim, não podia deixar de apiedar-se do aluno se contorcendo nos colchões de palha de arroz forrando o *dojo*.

— Deixe-me dar uma olhada — ela disse, colocando de lado a espada de bambu e ajoelhando perto do garoto. Massageou um pouco seu tornozelo, ainda destreinado para os deslizes dos pés durante uma luta de kendô.

— Tente agora.

Vacilante, o menino se ergueu e testou o pé contra o tatame. Stefanie viu a testa franzir de dor enquanto ele retornava à posição de guarda para continuar a lutar. A *sensei* sorriu e cumprimentou o pequeno adversário, encerrando o combate.

— Viram? — perguntou ao restante da classe, todos sentados em círculo ao redor dos dois. — Ele teve força de vontade para suportar a dor. É triste desistir no meio de uma aula apenas porque sofreu uma contusão ou queda. Isso é o que todos vocês devem aprender. Dominar a dor e prosseguir na luta.

— *Maaas*... — acrescentou, lembrando-se que seus pupilos eram na maioria crianças entre sete e onze anos — não quero saber de ninguém escondendo ferimentos para bancar o durão! A dor é um aviso do organismo, um alerta de que alguma coisa vai mal. Suportá-la ajuda a vencer um combate, mas não cura sua causa. *Suportar* não é o mesmo que *ignorar*. Se estiver doendo, avisem. Entendido?

— *Hai, sensei* — responderam em uníssono.

Satisfeita, jogou a cabeça para o lado, o cabelo longo e castanho seguindo o movimento. Encerrou a aula e viu as crianças correrem para o vestiário.

Stefanie foi sincera no que disse aos alunos sobre força de vontade, mas sabia não ter sido isso que motivou aquele garoto a conter sua dor. Suspeitava que ele estivesse gostando dela. Crianças apaixonavam-se por professores desde os primórdios da educação, mas Stefanie — embora fosse alvo de numerosas paixões pré-adolescentes — ainda não sabia lidar com o problema.

— Por que interrompeu? Devia ter feito o menino prosseguir.

Era Gerson, em uniforme azul-marinho — diferente do branco de Stefanie — e também com a *haramaki*, armadura que protegia o abdome e os flancos. Stefanie achava que aquela casca escura na barriga o deixava parecido com um besouro japonês que via em desenhos animados, mas nunca lhe disse nada.

— Não, não! Não venha falar de sua infância rigorosa *outra* vez. Guarde para as revistas de artes marciais. Já me contou tudo isso enquanto me treinava do mesmo jeito.

As feições orientais começaram a ensaiar uma careta descontente. Stefanie se apressou em concluir o raciocínio antes que fosse mal interpretada.

— Lembro de como me sentia quando você me deixava ali no tatame, encolhida, com as costelas doloridas. Eu *detestava* você. Tinha vontade de quebrar a *shinai* na sua cabeça. Em parte, foi isso que me fez progredir, até poder ensinar na academia. Hoje eu o agradeço por isso.

"Mas adotar essa sua 'técnica pedagógica', pode esquecer! Não quero meus alunos me odiando como se eu fosse sádica. *Gosto* deles, e quero que *gostem* de mim também. Certo?"

Um sorriso rachou na face severa do *nissei*.

— Eu *sei* que você me odiava. Me enxergava como um obstáculo, e não um guia para conduzi-la pelo caminho da espada. Sempre optei por um treinamento árduo, mas percebei que — com você — podia dificultar ainda mais. Você parecia tão ansiosa, tão determinada, que eu tive certeza. Você não ia desistir. Por mais duros que fossem os treinos.

"E depois, você encontrou outra coisa para odiar nestes últimos anos."

Gerson era assim. Ficou conhecido como o "Mil Caras" no cenário do kendô brasileiro. Um adversário difícil de pegar, porque não tinha um estilo de luta definido. Seus ataques eram fortes e inesperados. Tanto quanto aquele comentário sobre um assunto delicado.

— Eu não devia ter falado nisso...

A espada de bambu parou de ranger nas mãos de Stefanie assim que alguém entrou no *dojo*.

Ela aproveitou para expulsar da cabeça aquele pensamento doloroso e avaliou o jovem. Devia ter por volta de dezenove anos e cento e dez quilos, mas sob a obesidade era fácil notar uma musculatura no mínimo respeitável. Tinha o cabelo raspado dos lados e amarrado atrás, a camiseta preta trazendo a estampa de uma banda de rock estranha a Stefanie. As mãos pareciam mais numerosas em anéis de caveiras do que em dedos.

— Oi! Você é a mestra Stefanie? Estou precisando de umas aulas.

Candidatos com sobrepeso não eram assim tão raros. Muitos eram vítimas de *bullying*, buscando segurança, confiança ou uma forma de defesa. Mas aquele jovem parecia estranhamente positivo, o sorriso e jeito amistoso contrastando com o vestuário agressivo.

— Não quero aprender a lutar! — apressou-se em explicar, erguendo mãos defensivas, mas ainda sorrindo. — É que sou estudante de engenharia. Preciso fazer um trabalho sobre o aço das espadas japonesas.

— Então é isso? Claro que posso ajudar.

Ele se apresentou como Luís. Os dois sentaram no tatame e Stefanie passou um bom tempo falando sobre as lâminas orientais, feitas de várias camadas de aço envolvendo um núcleo de ferro. Contou sobre a reverência que um antigo samurai tinha por sua katana, que considerava parte da própria alma. Comentou ligeiramente sobre as espadas ninjas, que não levavam o mesmo acabamento fino das armas samurais, mas eram mais versáteis e permitiam uma maior variedade de usos.

Só percebeu como era tarde quase uma hora depois que a academia estava fechada.

— Nossa, preciso ir! Desculpe se não pude ajudar muito com a preparação química do ferro e aço das katanas, Luís. Imagino que isso seria o mais importante para um trabalho de engenharia. Se quiser, posso indicar um mestre armeiro que conheça esses detalhes.

— Sem problema, o que temos aqui está ótimo. Valeu mesmo. Precisa de carona para casa?

— Não seria nada mau — um tanto surpresa. Não achou que ele tivesse idade para dirigir. — Aceito, sim.

Stefanie não viu necessidade para mudar de roupa — não queria, além disso, fazer o estudante esperar. Ainda em quimono azul-escuro, trancou a academia e acompanhou Luís até o carro estacionado em frente.

Logo que entrou, ficou congelada.

Tinha os olhos vidrados, presos no pequeno objeto metálico sobre o painel.

— Que foi? Algum problema?

Era um broche dourado terrivelmente conhecido, mesmo para alguém não aficionado por *Jornada nas Estrelas*. O emblema da Frota Estelar trazia a lembrança pegajosa, agarrando Stefanie pela nuca.

— Está tudo bem. Só lembrei de alguém que não vejo faz tempo. Você é um *trekker*?

Um momento engraçado. Luís arregalou olhos assustados de gordinho flagrado durante assalto à geladeira. Viu o broche no painel, grunhiu uma praga e jogou-o depressa dentro do porta-luvas.

— Ih, diacho! Tomara que mais ninguém tenha visto.

Esquisito. Esconder que era fã de ficção científica? Talvez fosse *mesmo* vítima de *bullying*.

— Mas isso não tem nada de... — Stefanie quis desfazer o desconforto, mas foi interrompida.

Luís ligou o motor e arrancou, o pesado pé direito parecendo imprimir ainda mais o acelerador. Assim que apertou o cinto e parou de ser jogada para lá e para cá, Stefanie ralhou.

— Você *sabe* dirigir? Tem habilitação? — Já tinha dúvidas reais a respeito.

— Tem alguém nos seguindo?

Pergunta sem sentido. À noite, seria fácil ver pelo retrovisor os faróis de um eventual perseguidor. Stefanie quis protestar, mas agora notava súbitas gotas de suor brotando na testa de Luís. A hipótese sobre alguém o intimidando já era praticamente certeza. Resolveu colaborar e olhar para trás, tentando encontrar o suposto *bully*.

Espanto.

Não havia sinal de pessoa ou carro na rua. Mas havia objetos no banco traseiro. Uma espada katana e uma bolsa entreaberta, onde se via algumas mudas de roupa. *Sua* espada e *sua* roupa.

— O que minhas coisas estão fazendo aqui?! — Toda a calma, controle e disciplina marciais a um fiapo de sumir.

— Eu peguei em seu apartamento. Não podemos voltar lá, o lugar pode estar sendo vigiado.

— Vigiado por *quem*? Como sabe onde eu moro? Quem você...?

— Seu irmão me mandou.

O silêncio da surpresa foi breve, mas durou horas no tempo de sua mente. O branco no rosto mudou para raiva vermelha. Livrou-se do cinto e, com um movimento nem um pouco kendô, aplicou uma chave de pescoço no motorista — buscando, em algum lugar, a calma para dominá-lo sem que perdesse o controle do veículo.

— *Pare o carro!*

Sem muita escolha, Luís encostou na calçada. Já estavam quase fora da Aclimação, onde ficava a academia. Rua deserta. Não havia mais o risco de um acidente, e assim Stefanie não precisava ser gentil.

Meu irmão está nos Estados Unidos desde que viajou para a Flórida, em 86. O presidente Reagan veio ao Brasil pouco antes, convidou alguns astronautas daqui para uma possível participação no programa espacial norte-americano. Nunca mais vi Alex depois da explosão da Challenger. A NASA diz que ele decidiu ficar lá, mas não recebi uma única carta ou telefonema dele. Tentei as autoridades, a embaixada, todos os canais competentes. Ninguém pôde ou quis me ajudar. Se sabe algo, fale!

Queria dizer tudo isso, mas toda essa explicação apenas dançou na mente afobada. *Se sabe algo, fale!* Foram as únicas palavras em voz alta.

— Quando puder respirar outra vez — ofegou Luís, momentaneamente livre do antebraço que pressionava sua garganta. Stefanie se afastou, deixou que um pouco do roxo abandonasse o rosto redondo.

— Então? — o olhar duro em demanda de resposta.

— Eu não sou só *trekker*. Sou da Frota.

— *Não existe uma...*

— Frota Estelar Brasil.

Aquela Frota. Um grande fã-clube de *Jornada nas Estrelas*, talvez o maior na América Latina. Seu irmão inevitavelmente ingressou como sócio. Os fãs mais ardorosos (fanáticos, diriam alguns) pelo Capitão Kirk e sua tripulação eram conhecidos como *trekkers*, termo derivado do nome original da série em inglês, *Star Trek*.

— Como conheceu meu irmão? — Stefanie já enxergava uma sombra de explicação. Ainda assim, evitou dizer o nome dele, para testar Luís.

— O Alex — ele confirmou, como se percebendo o teste.

Respirou fundo e mudou a voz para certo tom solene, como se estivesse a narrar uma saga épica.

— A gente se conheceu em uma convenção da Frota. *Todo mundo* conheceu ele. O cara fazia parte do programa espacial brasileiro, virou celebridade instantânea no clube. Quer dizer, era o único naquele bando de nerds com alguma chance *real* de viajar ao espaço.

"Então teve o convite do presidente americano para assistir à decolagem da Challenger. Foi uma festa! A gente contava os dias para a volta dele, para ouvir todos os detalhes. Mas..."

Pretendia terminar com "ele nunca voltou", mas deteve-se a tempo. Era óbvio e certamente doloroso para Stefanie.

— O capitão achou estranho o sumiço dele. Investigamos um pouco por conta própria. Mas não descobrimos nada.

— O capitão?

— Eliseu, o chefe do fã-clube. A Frota tem uma hierarquia de comando. Subtenente, tenente, tenente-comandante, primeiro-imediato, capitão... Eu sou um alferes. Capitão é o posto mais alto. Acho que devia ser almirante, mas...

— Eu me lembro dele — Stefanie interrompeu.

De fato, quando o desaparecimento do irmão era ainda recente, foi visitada por alguém chamado Eliseu. Disse ser amigo de Alexandre, e membro do mesmo fã-clube. Passaram a tarde falando sobre suas tentativas infrutíferas de entrar em contato. Trocaram telefonemas por um tempo.

— Alex voltou para o Brasil — Luís retomou. — E tem gente atrás dele.

•

Um dos membros mais entusiastas da Frota Estelar Brasil ficou bastante conhecido por construir, no próprio quintal, uma cópia da ponte de comando da Enterprise — em tamanho natural. Em verdade, era pouco mais que um grande aposento com painéis coloridos nas paredes, mesas cheias de botões e luzes, algumas cadeiras e poltronas. Ainda assim, o lugar mais sonhado por qualquer *trekker*.

Alexandre se apaixonou pela réplica assim que a conheceu. Mas isso foi tempos atrás, na juventude. No dia de hoje, a sala de controle cenográfica trazia sentimentos muito diferentes.

Tamborilava dedos nervosos no painel de navegação, não tão solene com todas aquelas embalagens vazias de pizza.

— Quando eu me deprimia, era só ficar um pouco aqui na ponte para melhorar meu humor. Agora, daria tudo para sair daqui.

— Não sei por quê — era Eliseu, tranquilo, na poltrona de comando, cerimoniosamente trajando sua duplicata de uniforme do capitão Kirk. Tinha um porte físico adequado para tal.

"Deve ser o único lugar no planeta onde você está seguro. Talvez porque, de certa forma, não fica neste planeta."

A tentativa de humor foi fraca e mal-sucedida.

— Essas telas, essas luzes... Tudo se parece muito com o lugar onde estive preso.

— O Centro de Comando do NORAD?

— Isso.

O chefe e fundador da Frota Estelar Brasil olhou para o cenário. Uma parte dele se orgulhou, pensou que a Divisão de Engenharia ia gostar de ouvir aquilo. Outra parte, maior, se apiedou do amigo irrequieto.

— Comando de Defesa Aeroespacial Norte-Americano — Eliseu disse em pausas, traduzindo a sigla original. Pensou que falar de assuntos técnicos podia amenizar o clima. — O que fazem lá, exatamente?

— Muita coisa. No começo, o NORAD coordenava sistemas aeroestratégicos de vigilância de mísseis, para defesa. Depois passou a monitorar todos os objetos no espaço feitos pelo homem. É importante vigiá-los para evitar colisões, prevenir alarmes falsos causados pela reentrada dos satélites, ou apenas saber o que os soviéticos andavam colocando em órbita. Nos tempos da Guerra Fria, os norte-americanos ficavam de olho nos satélites russos. Claro, isso foi antes do fim da União Soviética...

"...e antes dos metalianos."

O rosto de Eliseu sempre mostrava certo brilho à menção daquela palavra. Depois de vulcanos, romulanos, klingons e outros seres de ficção que conhecia a fundo, queria muito saber sobre uma raça extraterrestre *real*.

— Depois do ataque à Challenger — continuou Alexandre —, o NORAD passou a concentrar esforços em localizar no espaço as naves alienígenas. Foi mais fácil do que todo mundo pensava: só existe *uma* nave. E ela irradia uma carga eletromagnética muito fácil de detectar.

— Carga eletromagnética. Soa familiar — Eliseu fingiu não lembrar, para manter Alex falando.

— Todos os casos registrados de UFOs que se aproximam de fábricas, residências e veículos mencionam algum tipo de interferência misteriosa. Desde perturbar animais até cortes na energia elétrica e paralisação de motores a explosão. Os ufólogos acham que isso é decorrente de efeitos que, na falta de termo melhor, são chamados de eletromagnéticos.

Alexandre corria os dedos pelo cabelo castanho, ainda mostrando ansiedade. Mas falar de naves e aliens o deixava claramente mais animado.

— Os metalianos não fazem nenhum esforço para ocultar sua localização. Qualquer idiota pode achá-los! Aquilo é um disco verde luminoso do tamanho do Maracanã, orbitando a dois mil quilômetros. Não sei como nenhum astrônomo de fundo de quintal descobriu ainda.

— Talvez tenham descoberto — Eliseu disse. — Talvez esteja nas revistas. Aquelas em que ninguém acredita.

— Ou as autoridades estão abafando tudo.

Alexandre preferia a teoria conspiratória. Sensato, depois do que parecia ter passado.

— Tanto faz — seguiu ele. — De que adianta saber onde a nave está? Não se pode fazer nada contra ela. Quando um míssil se aproxima, deixa de funcionar. Já tentaram atacar à distância com armas antissatélite, as Asat, que faziam parte do projeto Guerra nas Estrelas. Tentaram estações orbitais de batalha laser, armas de eletrodos e até satélites armados com pequenos projéteis — coisas que o público nem sabe existir. Usaram também canhões laser em terra mirados com espelhos orbitais.

"A aura luminosa da nave é uma espécie de campo de força. Pode resistir a tudo."

— Telas defletoras. Como a Enterprise.

Alexandre abriu um sorriso nervoso.

— Meu palpite é que uma frota inteira de naves estelares nem arranharia aquele disco voador. Nem com mil torpedos fotônicos e baterias phaser.

Como qualquer *trekker* digno do título, Eliseu sentiu-se ofendido. Prontificou-se para um debate sobre o poderio destrutivo de uma nave classe *constitution*. Mas não teve a oportunidade. Ouviram alguém chegando.

— A escotilha de emergência — disse, dramático.

Na ponte de comando da Enterprise "verdadeira" há uma passagem de emergência sob o soalho, diante do console de navegação. A réplica também oferecia aquele detalhe, mas era apenas um buraco no chão com espaço para esconder uma pessoa. Alexandre ergueu a tampa de madeira e mergulhou sem hesitar.

Um gordinho de preto e uma mulher de quimono azul-escuro entraram pela porta de estibordo.

— Missão cumprida, capitão. Quantos pontos por esta?

— Pontos, Luisão? — Eliseu sorria em retorno. — Sua promoção para subtenente está garantida!

— *Cadê meu irmão?*

Stefanie bem tentou falar com calma, mas a pergunta saiu quase um rosnado. Não estava com a mínima paciência para nerdices.

Eliseu não percebeu, ou fingiu não perceber tanta zanga. Dirigiu-se a Stefanie e fez uma vênia.

— Bem-vinda a bordo, madame. O tenente-comandante Alexandre estará conosco em breve. Está tudo bem, Alex. Pode sair.

— Assim que alguém tirar o futuro subtenente de cima da tampa!

Luís se afastou e Alexandre pôde sair do esconderijo. Os irmãos separados por tanto tempo puderam, enfim, se abraçar e deixar a tensão correr em choro profuso. Eliseu e Luís apenas olhavam e sorriam, a saborosa sensação de missão cumprida ao fim do episódio semanal.

— Você está um horror — Stefanie sorriu, enfim. Alex estava muito mais magro e abatido do que ela lembrava.

— Quero ver se você continua linda desse jeito, depois de alguns anos presa embaixo de uma montanha.

A irmã não deu atenção ao elogio. Ainda tentava digerir a frase.

— Embaixo de uma...?

— Longa história. Melhor puxar uma cadeira. Eu pago a próxima rodada de cerveja romulana.

Stefanie sentou-se na poltrona do controle de leme, ao lado da navegação. Recusou, enojada, o copo de suco azul que lhe foi oferecido.

— Lembra do desastre da Challenger?

Você quer um murro na cara? Ela pensou em dizer, a intimidade de irmãos já retornando. Como podia esquecer?

— Você foi até lá para ver a decolagem — Stefanie empurrava fora a lembrança ainda dolorosa. — Não voltou. Ninguém me tirava da cabeça que o acidente e seu desaparecimento tinham alguma ligação.

— Tinham mesmo. A explosão não foi acidente.

Olhos castanhos arregalados. Aquilo era novo.

— Não?! Acompanhei os noticiários, guardei cada recorte de jornal. Gases inflamáveis vazaram do depósito de combustível e levaram à explosão. Vi quando um físico americano explicou na TV. Quebrou uma peça da nave com a mão.

Ela falava de Richard Phillips Feynman, físico teórico, bem conhecido nos EUA. Ele lembrou que no dia do lançamento estava frio, e isso podia tornar quebradiça uma importante vedação de borracha na nave, sem a qual os gases escapariam. Tirou um pedaço da vedação que havia colocado em um copo de gelo, e quebrou sem esforço. Uma demonstração simples, que teve forte efeito sobre o público.

— A teoria do homem poderia até estar certa — Alex explicou —, mas não foi por isso que a Challenger explodiu. Foram eles!

— Eles...? — Stefanie repetiu cautelosa.

Alexandre demorou a continuar. Sabia estar trazendo à conversa um assunto importante.

— A prateada.

Por um instante, todo o ar na sala pareceu transformado em lama — impossível se mover, ouvir ou respirar. O peso daquela palavra não podia ser medido. A mulher-espelho na fazenda do tio Hermes. O evento que qualquer dos irmãos pensaria ter sido sonho, fantasia ou alucinação, não fosse o testemunho um do outro.

— Alex! — cochichou, olhando de relance para Eliseu e Luís.

— Tudo bem. Eu já contei.

Stefanie não se preocupou em pedir desculpas pela desconfiança. Perguntas pulavam e gritavam em sua cabeça, cada uma tentando ser a primeira.

— Ela... explodiu o ônibus espacial?

— NORAD acredita que sim.

— Não é assim que me lembro dela.

— Nem eu.

Alexandre e Stefanie tinham exatamente a mesma lembrança, o mesmo sentimento, por aquela entidade. Alienígena, extraterrestre, criatura... Para eles, eram palavras ruins que não cabiam. O que viram foi um ser mágico, uma visita das estrelas. Uma fada. Anjo. Deusa.

O evento 28 anos antes moldou a vida de Stefanie. Nunca esqueceu a mulher-

-inseto e sua espada, passou a se sentir atraída por facas e armas cortantes (para desespero dos pais). Após sobreviver a uma infância de curativos e psicólogos, procurou ligações ainda mais fortes com espadas. Tentou a esgrima, mas um florete flexível não se aproximava do que viu a prateada usar. Precisava de aço pesado e cortante nas mãos. Encontrou na forma de uma espada japonesa. Matriculou-se em uma academia e sofreu o diabo durante anos. Agora era uma das primeiras no ranking brasileiro de kendô. Podia finalmente achar que tinha algo em comum com a espadachim de prata.

Agora sua heroína, a inspiração maior de sua vida, era acusada de assassinato e terrorismo. Era acusada de ser algo *ruim*. Algo *mau*.

— Não foi ela — insistia Stefanie, mesmo sem qualquer evidência. Aquilo que se costuma chamar fé.

Alex concordou com um aceno, e seguiu.

— Não ela. Mas existem outros como ela. Sem a mesma compaixão.

— Outros...

Em sua imaginação, Stefanie pensava na mulher prateada como alguém especial, cósmica, única no universo. Mas também fantasiou que pudesse haver outros. Mesmo assim, saber disso era uma surpresa.

— Você *viu* outros?

— Pouco depois do lançamento, recebemos uma imagem na sala de controle do Centro Espacial Kennedy. Diferente. Tinha pele dourada e olhos azuis. Mas era a *mesma espécie*. Tenho certeza.

"Falou conosco. Avisou para ficarmos longe do espaço ou acabariam com a raça humana."

Stefanie reagiu com um olhar próprio a alguém que teve a mãe insultada.

— Eu estava lá! *Eu vi!* — insistiu ele. — Por que acha que o NORAD me manteve preso? Consegui fugir, mas deve haver gente da Força Aérea na minha pista.

"É bem possível que seu apartamento e sua academia estejam sendo vigiados. Luisão inventou a história do trabalho de engenharia para trazer você até aqui. NORAD não quer que a notícia se espalhe. Uma nave metaliana gigante está em órbita da Terra há pelo menos uma década, sabotando nosso programa espacial, sem que o grande público desconfie."

Stefanie acreditava em aliens, claro. Mas não em *todas* as histórias ligadas a aliens. Não em uma autoridade estrangeira com tanto alcance e influência, a ponto de manter vigilância sobre cidadãos brasileiros sem antecedentes criminais. Aquilo mais parecia paranoia do irmão. Justificada, mas ainda assim, paranoia.

— Você disse, nave "metaliana"?

— É como dizem se chamar. Eles se comunicaram outras vezes, sempre usando frequências de uso restrito. Você deve ter visto nos jornais sobre o telescópio espacial Hubble, que não funcionou direito quando colocado em órbita. Há suspeitas de que os metalianos sejam responsáveis por isso, embora não tenham assumido a autoria. Fala-se ainda de ligações entre eles e o acidente nuclear de Chernobyl, e... Stefanie?

Stefanie disfarçou o choro. Ainda sentia sua infância ser violentada.

— Eu... cheguei a pensar em algo assim quando vi a nuvem da explosão da Challenger. Depois achei ridículo. Ela não poderia...

Eliseu, em tom apaziguador, tentou oferecer uma explicação.

— É comum imaginarmos que outras formas de vida seguem nossos padrões de lógica e moralidade.

— Não estamos imaginando, capitão! — Alex, convicto. — A metaliana que vimos era diferente de um ser humano, claro. Mas ela se *comportava* como um. Na postura, nos gestos, nas atitudes. Deus, ela me *acariciou no rosto!*

Eliseu aquietou. *Jornada nas Estrelas* apresentava um universo fartamente povoado de seres parecidos com humanos, até mesmo culturas parecidas com aquelas da Terra — mas apenas porque a maior parte dos aliens era composta por atores fantasiados e/ou maquiados. Na vida real, não se cogita ser assim. Nenhum cientista de respeito acredita em extraterrestres humanoides, que pensem como nós.

No entanto...

Alexandre voltou a falar com a irmã.

— Também não acredito ter sido a mesma metaliana. Mas ainda não sabemos quase nada sobre esse povo. Pelo menos *dois* outros são hostis a nós.

— Dois?

— A dourada, e um masculino de olhos cinzentos. Até onde sei, foram os únicos aparecendo nas comunicações. O pessoal do NORAD acha estranho que uma nave daquele tamanho tenha apenas dois tripulantes, mas fica difícil especular sabendo tão pouco. Eles podem ser os únicos, pelo menos até agora.

— Até agora?

Uma pausa que Alex julgou necessária antes de acrescentar algo importante.

— Há nove anos, o NORAD mandou uma mensagem para o espaço. A versão modificada de uma mensagem destinada a localizar vida inteligente.

Stefanie havia visto algo a respeito, na TV, em um documentário. Projeto SETI — *Search for ExtraTerrestrial Intelligence*, Pesquisa de Inteligência Extraterrestre. Enviavam continuamente, para o espaço, uma mensagem para aliens.

— A mensagem SETI original foi alterada para ser um pedido de socorro. Para alguém, qualquer um, que pudesse nos ajudar contra os metalianos.

— Você não vai me dizer que...?

— Capitão?

De uma bolsa pendurada na poltrona, Eliseu sacou uma fita de videocassete.

— Isto foi ao ar na TV americana semana passada, durante um dos intervalos comerciais de *Star Trek — Deep Space Nine*. Tome, Luisão.

O futuro subtenente pegou a fita e levou até o console de engenharia, onde havia um televisor ligado a um videocassete — os únicos aparelhos verdadeiros no cenário. Luisão introduziu a fita. Todos assistiram um trecho do seriado e alguns comerciais norte-americanos, até que a tela ficou tomada de chuviscos.

Um ser prateado apareceu. Masculino. Olhos verdes.

Ergueu a mão direita com três dedos separados. Falou em português, com voz masculina e metálica.

— Daqui a nove rotações de seu planeta, na mesma hora e local. Vida longa e próspera. Até lá, galera!

O rosto sumiu logo. Luís voltou a fita e congelou a imagem.

— Ninguém entendeu por que o alienígena falou em nosso idioma — explicou Eliseu — ou usou gíria. Mesmo assim, todo mundo pensou ser um golpe publicitário de *Jornada*. Com a saudação vulcana, não podia ser diferente. Conheço uns caras que juram ser computação gráfica, igual a *Exterminador do Futuro 2*.

"Somos os únicos que sabem ser real. Nós, e o NORAD."

Boa coisa, Stefanie estar sentada. Teria desabado. Falar ainda era um esforço.

— É o cumprimento que meu irmão ensinou.

— Mas este é masculino, e tem olhos diferentes. Também não corresponde ao cinza e azul dos outros dois. Há um terceiro metaliano na Terra. Talvez mais.

— E vocês acham que ele veio em resposta ao pedido de socorro? — perguntou Luís.

— O único ser metaliano em quem podemos confiar é aquela que eu e Stefanie vimos quando crianças. Esse camarada aí a conhece — ou não saberia sobre a saudação vulcana. Mesma hora e local, nove dias depois da transmissão, que foi há uma semana.

Stefanie abriu olhos enormes e concluiu:

— Ele quer nos encontrar na fazenda do tio Hermes. Depois de amanhã.

•

Os gêmeos passaram os dois dias seguintes hospedados com Eliseu, para evitar perseguição do NORAD — o que Stefanie achava um exagero sem cabimento. Se concordou em ficar fora de casa, foi apenas para tranquilizar o irmão.

Quando chegou a data marcada, alugaram um carro e rumaram para a fazenda do tio.

— Eu não sabia que ele tinha morrido — gemeu Alexandre ao volante.

— Foi há dois anos. Câncer no pulmão. Ele deixou a fazenda para nós dois em testamento. Tinha certeza de que você voltaria um dia.

Alex ficou em silêncio durante o resto do caminho. Stefanie reparou que ele não olhava mais pelo retrovisor a cada três ou quatro segundos, procurando espiões.

— Acha *mesmo* que alguém veio atrás de você? Se esses NORAD são assim tão rigorosos, como deixaram você voltar tão fácil?

— Tão fácil?! Levei nove anos para fugir, e você achou fácil?

— Você não fugiu. *Eles o soltaram.*

Era meio verdade.

O Centro de Comando do NORAD ficava enterrado na montanha Cheyenne, sob quinhentos metros de granito. Foi construído para resistir a um ataque nuclear. Podia operar sem suprimentos ou energia externos por mais de trinta dias. Preso ali, claro que Alex não teria nenhuma chance de fuga.

Mas não era um prisioneiro no sentido convencional. Quando testemunhou o ultimato alienígena na sala de controle do Centro Espacial Kennedy, Alexandre era o único ali presente que não fazia parte da NASA. Ele, e também outros, foram "convidados" a participar de um programa militar para descobrir mais sobre os metalianos, bem como formas de combatê-los. Já adivinhando que recusa não era uma opção, Alex fingiu concordar, até fingiu certo entusiasmo: era um astronauta treinado, nativo de um país de Terceiro Mundo com um programa espacial décadas atrás. *Parece uma grande oportunidade,* ele disse. Levando em conta quantos estrangeiros tentam invadir os EUA todos os anos, em busca de uma vida melhor, a mentira foi bem convincente.

Não era uma mentira total, além disso. *Queria* saber sobre os metalianos. Motivos, não faltavam.

Por ser um projeto secreto, todo e qualquer contato com o país de origem estava proibido. Isso foi o mais difícil de aceitar — não poder contar nada à família, à irmã. Passava a maior parte do tempo sob a montanha, mas residia em Colorado Springs, a cidade mais próxima. Cidade grande, a segunda maior no estado do Colorado. Mesmo ali, era vigiado. Alguém sempre acompanhava seus passos. Mas podia circular pelas ruas, ir ao restaurante, ao supermercado, ter uma vida quase normal. Só precisava omitir assuntos extraterrestres de qualquer conversa.

Os anos passaram. O que era vigilância, relaxou para simples checagem periódica, cada vez menos frequente. Sua jornada de trabalho também vinha sendo reduzida; chegava a se ausentar da base por dias seguidos.

Em certo momento, já não havia nada impedindo Alex de ir embora. Pelo menos, assim pareceu.

Um dia, simplesmente fugiu.

— Fugiu coisa nenhuma — Stefanie insistia. — Eles deixaram você ir.

— Ninguém nunca me autorizou nada.

— Perderam o interesse em você. Acharam que fosse inofensivo.

No íntimo, Alexandre também tinha a mesma suspeita. Ele foi cooperativo nas pesquisas mas, de fato, não era cientista. Ser astronauta treinado também não era de grande valia, pois NORAD não enviava missões tripuladas ao espaço. E mesmo que o fizesse, com certeza usaria pilotos militares; não um brasileiro que acabou ali por acaso.

— Nunca contou a eles sobre aquele dia — Stefanie deduzia.

— Contar que já tinha encontrado aqueles mesmos aliens? Eu *pareço* tão burro?

A irmã sorriu, deixando o silêncio responder. Alex riu e xingou de volta. Briga de irmãos. Como sentia falta!

Alexandre parou o carro perto do portão da fazenda. Um caseiro contratado por Stefanie veio cumprimentá-la, e ficou conhecendo seu outro patrão. Os irmãos logo estavam cruzando o pasto, a caminho da mata mais ao longe.

— Acabamos de chegar — comentou Alex —, nem entramos na casa e ele não estranhou. Por quê?

— Já está acostumado. Tenho aparecido aqui de vez em quando, para recordar.

— Como fez para achar o caminho da árvore sem minha ajuda?

— Com meditação.

Alex olhou para a irmã desconfiado. A que ponto chegava sua mania de espadas? Ela virou ninja ou coisa assim?

Atravessaram a mata que, para Alexandre, havia mudado muito. Ainda assim, podia divisar uma trilha fraca, usada regularmente. Pelo visto, Stefanie esteve mesmo ali com alguma frequência.

O carvalho logo apareceu entre a folhagem. Também não parecia mais o mesmo. Em sua memória de infância, era bem maior. *Não... eu é que era bem menor.*

— A hora é mais ou menos esta. Está tudo igual. Só que você vestia vestidinho estampado, em vez de quimono azul. Por que veio assim?

— Seu amigo Luisão acabou pegando só minhas *piores* roupas.

Mentira. Uma parte de Stefanie queria, de certa forma, se mostrar. Dizer à mulher de prata que havia se tornado alguém semelhante.

— E você usava uma camiseta de nave espacial, e não essa com o logotipo da NASA. Acha seguro andar por aí vestindo isso? E se algum espião reconhecer? — zombou.

— Mais discreto que espada na cintura e casca de besouro na barriga.

Riram muito. Só aquietaram ao ouvir barulho na folhagem à esquerda.

A um farfalhar, quase três décadas voltavam com força.

Não conseguiram falar. Atordoados, apenas olhavam na direção do som. Pensaram juntos que, para repetir os eventos originais, teriam que caminhar até a clareira — para procurar o tio Hermes e descobrir uma onça decapitada. Mas não precisaram.

Um conhecido e desfocado fantasma transparente, feito da própria mata, veio até eles.

Não trazia espada.

— Não é ela, Alex — murmurou Stefanie, encantada, mas também desapontada.

— Deve ser o que apareceu na TV.

Alex avançou e fez a saudação vulcana. Mão erguida, aberta à frente, dedos entreabertos entre o médio e o anelar, polegar afastado. Inventada pelo ator Leonard Nimoy para seu personagem Spock, baseada em uma bênção sacerdotal judaica que viu quando criança.

O ato teve efeito imediato sobre o ser, antes mesmo que Alex pudesse dizer "vida longa e próspera". Sua pele, como ar tremulando sobre asfalto quente, reluziu em menos de um segundo com reflexos metálicos. Agora estava diante deles um humanoide de metro e noventa, vigoroso, definitivamente masculino — ainda que ostentando certa ausência entre as pernas. Usava armadura de cor idêntica à da primeira alienígena, mas diferente em alguns pontos. Nesta versão os joelhos ficavam protegidos, e apenas o antebraço esquerdo estava coberto pelas placas vermelhas. O ombro ficava nu, assim como todo o braço direito — cujo brilho prateado tinha uma tonalidade ligeiramente diferente do resto do corpo. Também tinha antenas.

Seus olhos eram verdes, um verde acastanhado que lembrava cobre envelhecido. Olhos muito bonitos, que a imagem de TV não havia conseguido igualar.

— É ele mesmo — Alex atestava. — A primeira parecia ser surda. Será que este pode nos ouvir?

O metaliano não deu sinais de que podia. Olhou na direção de onde veio e moveu a cabeça como se estivesse falando. A mata farfalhou de novo.

— Tem mais deles!

Stefanie levou a mão ao cabo da espada. Então sentiu-se tola.

Outros dois metalianos chegaram, sem invisibilidade ou armaduras. Um deles era mulher, mais esguia e delgada que a primeira alienígena, também com olhos verde-cobre. Mantinha a mão direita sobre uma caixa branca com luzes piscantes presa ao cinto, sua única peça de vestuário. O outro era baixo e de musculatura exagerada, com olhos cor de aço, levando a tiracolo um recipiente cilíndrico.

— Tudo bem. Não são os mesmos que explodiram a Challenger.

Assistiram os três olharem uns para os outros e gesticularem, como se estivessem discutindo.

— Ele são telepatas? — Stefanie arriscou. — Assim não podemos...

— Não, eles *podem* falar. Você mesma ouviu a voz dele na TV.

O mais baixo interrompeu a conversa com um gesto triunfante, e então abriu o cilindro de metal. Assemelhava-se a algum tipo de caixa de ferramentas, mas comportava muito mais instrumentos do que parecia capaz. Retirou um pequeno objeto retangular com furos e uma antena, que bem podia ser...

— Um rádio portátil?

— É isso! — Alex testemunhava a confirmação de uma entre muitas teorias levantadas nos relatórios NORAD. — Não são telepatas, mas se comunicam de forma diferente. Ondas de rádio em vez de ondas sonoras. Por isso não nos escutam. Não devem ter ouvidos.

— Acertou na mosca, xará!

A caixinha nas mãos do metaliano mais baixo falou com a mesma voz que os gêmeos ouviram na gravação em videocassete. Era a voz daquele de olhos verdes.

"Xará". *Aquilo*, ninguém no NORAD chegou a especular.

— Podem nos ouvir?

— Sim, agora podemos — desta vez era uma voz feminina, muito baixa e suave; até parecia pertencer a uma mulher pequena.

A alien avançou um pouco, levou a mão ao peito, e então apontou na direção dos outros dois. A maneira como se movia e gesticulava também trazia aquela estranha familiaridade, a mesma *humanidade* que os gêmeos viram na mulher de antes.

— Sou a doutora Dryania, xenobióloga. Estes são o capitão Daion e o engenheiro-médico Kirov.

— Vida longa e próspera, amigão! — Daion interrompeu. — Escute, não fica bem mais difícil fazer essa saudação quando se tem cinco dedos?

Alexandre olhou para a própria mão e riu. Não estava preparado para *tanta* informalidade.

— Ela é... famosa por ser difícil para alguém destreinado. Meu nome é Alexandre, e esta é minha irmã Stefanie.

— Irmãos... — Dryania repetiu em voz baixa. O termo tinha significado diferente em sua espécie.

Stefanie nada dizia. Tinha expectativas diferentes.

— Já que tocou no assunto — Alex também sentia falta de alguém —, não vejo com vocês a pessoa a quem ensinei isso.

Os três se entreolharam. Em suas posturas, desconforto. O rádio emitiu um curto gorgolejar que soava, impossível, como alguém engolindo em seco.

Uma voz grave e rouca falou. Por exclusão, só podia pertencer ao mais baixo.

— Vocês falam da capitã Trahn.

Difícil dizer se não era apenas a entonação normal daquele que chamavam Kirov. Mas a frase pareceu, aos gêmeos, carregada de pesar.

— Onde está ela? — Stefanie, enfim, falava.

O rádio chiou algo hesitante. A demora prenunciava uma resposta ruim.

— *Onde?* — Ela insistia, avançando um passo.

— Ela está morta há mais de vinte anos.

Mesmo vagarosa, a voz pesada e a notícia vieram como um soco.

Stefanie aquietou. Parte dela, uma parte importante e querida, morria. Alex buscou apoio na árvore. Os metalianos eram estátuas de prata. Todos congelados no tempo, incapazes de dizer ou fazer qualquer coisa.

— Como aconteceu? — Alexandre, com voz de túmulo, foi o primeiro a quebrar aquele longo silêncio.

— Treva! Esperávamos que vocês nos explicassem!

— Trahn morreu neste mesmo planeta — seguiu Dryania — seis anos após sua primeira visita, quando conheceu vocês. Não sabem nada a respeito?

Ainda abalados, os gêmeos gemeram que não. Daion encostou a cabeça na árvore próxima e aplicou alguns socos desconsolados, deixando marcas.

— De volta ao ponto de partida. Esses dois são os únicos terranos com quem ela fez contato amistoso quando esteve aqui. Contava com eles para descobrir o que aconteceu.

— Treva, Daion! Você desiste fácil.

— Sim. Talvez eles ainda possam nos ajudar.

Daion voltou-se para Alexandre e Stefanie.

— Captamos um pedido de socorro deste seu planeta. Talvez achem que demoramos demais para atender, mas não tenho culpa se vocês usam rádio convencional sub-luz. O caso é que estamos aqui há algumas semanas. Pegamos suas transmissões de rádio e TV, sabemos sobre como Kursor e Slanet estão ferrando vocês.

Os irmãos se olharam, partilhando um mesmo pensamento. Tanta falta de cerimônia, neste momento tão doloroso, já começava a *incomodar*.

— O que eles estão fazendo não foi autorizado por nosso Império. Temos ordens para detê-los.

— Kursor. Slanet — Alex repetiu. — São os nomes deles?

— Capitão Kursor e aprendiza Slanet, a bonitinha com olhinhos de cobalto. Estão aqui há mais ou menos dezesseis anos. Vem cá, já notaram que tem um planeta *sobrando* neste seu sistema?

Alexandre demorou a entender que o metaliano se referia a Netuno — que, de acordo com certos cálculos astronômicos, não fica na órbita onde deveria ficar. Mas não viu, claro, qualquer ligação com o problema atual.

Dryania emitiu pelo rádio o ruído equivalente a um estalar de língua.

— Daion, não acha que faríamos mais progresso *sem* suas tentativas tristes de imersão cultural?

— Pode ser. Mas para quê?

Outra vez, Alexandre e Stefanie pensaram igual. Não sabiam bem o que esperar daquele povo. Mas aquilo, é certo que não esperavam.

Que um extraterrestre pudesse ser *chato*.

•

Kirov viu-se frente a um desafio interessante quando tiveram que levar os terranos para bordo. Uma bionave cheia de vácuo não é o ambiente mais adequado para seres que só podiam viver na presença de ar.

Pressurizar a nave inteira estava fora de questão. O campo de força seria perfeitamente capaz de segurar alguma atmosfera, mas os gases não seriam saudáveis aos tecidos vivos da bionave. A alternativa seria lacrar apenas alguns locais-chave, como a ponte de comando e dois ou três aposentos; os terranos teriam que usar trajes pressurizados para se deslocar de um lugar para outro.

Foi o que fez. Mas não sem toneladas de reclamações.

Os gêmeos saíram de dentro das roupas fornecidas por Kirov. Eram trajes iguais aos que ele próprio vestia quando lidava com água ou outros venenos, com poucas adaptações.

A iluminação era forte, até excessiva. Alexandre colocou óculos escuros, Stefanie queria ter trazido os seus. Mais tarde, aprenderiam que metalianos sentem-se sufocados quando privados de luz.

Alexandre tossiu. Levou uma mão à garganta.

— Está um pouco seco aqui.

— Vão ter que nos desculpar — disse Dryania, a gentileza de uma aeromoça. A voz cristalina agora vinha de um microfone preso à garganta, parecido com um minúsculo botão gradeado. Perfeição eletrônica que Kirov, falsamente modesto, insistia em chamar de "pequeno improviso".

"A atmosfera que reproduzimos aqui na ponte é idêntica à de seu mundo em pressão, composição e temperatura média. A gravidade artificial foi reduzida, vocês não conseguiriam sequer andar sob a atração a que estamos acostumados. Mas não há nenhuma umidade no ar. Kirov diz que a água poderia contaminar equipamentos da ponte."

— Sim, claro — concordou Alex. — Eletrônicos nunca se dão bem com água, mesmo os nossos.

Kirov, ali perto, emitiu um grunhido curto e abafado. Alexandre entendeu aquilo como desdém, mas preferiu acreditar que estava enganado.

— Sabe, os técnicos do NORAD perderam boas noites de sono imaginando o tipo de tecnologia que... Kursor? Que ele trazia naquela nave. Queria ver a cara deles se soubessem que é uma criatura viva. Manadas delas vagando pelo espaço? Como não vimos nada assim antes?

— Não viram? — era Daion, de sua poltrona de comando. — Desconfio que já viram, sim. Como explicam os chamados "discos voadores" que costumam visitar seu planeta?

Os olhos de Alexandre brilharam quase a ponto de faiscar. Tão óbvio! Todos aqueles fenômenos ufológicos — se não todos, pelo menos alguns — não eram consequência de espaçonaves tripuladas. Eram naves vivas em estado natural, selvagem, ocasionalmente visitando a Terra. Afinal, em aparência, uma bionave é um disco voador!

— Como sabe sobre os discos voadores avistados na Terra? — perguntou Alexandre. — Aliás, como sabem tanto sobre nossa cultura?

— Eu já disse, através de suas transmissões de rádio e TV. Sério, despejam no espaço quase tudo que existe para saber sobre vocês, tanta informação que chega a ser difícil processar. Na real, até que tivemos sorte: a saudação que você ensinou a Trahn só existia em uma obra de ficção específica, a tal *Jornada nas Estrelas*. Muito popular em seu mundo, foi simples achar. E então, bolar um plano para nosso reencontro.

— Você... assimilou nossa linguagem e maneirismos muito bem. Especialmente o que consideramos mais informal.

— Ah, tranquilo! Ficar bem na fita com os nativos sempre vale um esforço extra!

Alexandre achou melhor não dizer que, na verdade, *preferia* um extraterrestre do tipo formal.

Quase alheio à conversa, Kirov se distraía examinando a aparelhagem da ponte — atividade que aparentemente consistia em abrir uma tampa qualquer, olhar lá dentro, praguejar/rosnar, e então fechá-la.

Dryania consultava uma tela enquanto teclava comandos em sua caixa, sugerindo que ambos estavam conectados. Stefanie, após algum tempo hesitante, enfim se aproximou e pediu.

— Posso tocar em você?

Distraída, Dryania quase devolveu uma resposta gentil automática. Demorou a entender de fato.

— Disse... tocar?

— Trahn, como vocês a chamam — saber aquele nome, e dizê-lo, fazia Stefanie se sentir menininha outra vez —, acariciou o rosto de meu irmão quando esteve aqui. Mas ela não tocou em mim.

"Sempre tive curiosidade em saber como seria."

Os olhos verdes de Dryania sorriram. O mesmo sorriso quase celestial de 28 anos antes.

— Fique à vontade.

Stefanie levou a mão ao rosto da metaliana. Vacilou um instante, da mesma forma que Trahn naquele dia — espontâneo ou imitação intencional, não sabia dizer. Quando o fez, ofegou surpresa. Pele quente e macia, seca, mas tão lisa que parecia lubrificada com óleo. Lembrava o couro da baleia orca que afagou certa vez, em um parque aquático.

Recuou assustada ao ver fiapos de vapor saindo dos lugares onde tocava.

— Não se preocupe — disse Dryania, gentil. — É seu suor reagindo com minha pele. Não dói, só pinica um pouco. Sinto a mesma coisa pisando em solo úmido, como a mata onde nos encontramos.

Com um estrondo, Kirov fechou a tampa de um painel que examinava.

— Esses terranos *suam*? Seis mil trevas, pensei que havia criado um ambiente esterilizado aqui!

— A taxa de umidade que eles desprendem é insignificante — disse Dryania. — Não vai danificar os instrumentos da ponte, e não justifica reação tão rude. Acalme-se, Kirov.

Kirov esteve a ponto de dar no painel com a ferramenta que empunhava, mas limitou-se a um resmungo. Dryania riu baixinho.

— Eu me lembro — comentou Stefanie — de ter visto Trahn receber dois tiros sem perder o bom humor. Achei que vocês fossem invulneráveis. Agora, é estranho ver todos tão preocupados com água.

— Alguém que explode quando exposto ao vácuo não deveria nos acusar de "frágeis" — rosnou Kirov.

— Não é assim, Kirov — Daion, tom zombeteiro. — Dryania contou que os terranos precisam de pressão atmosférica para manter os líquidos dentro de seus corpos, mas eles não explodem no vácuo. Seus tímpanos arrebentam, seus olhos ficam cegos por descolamento de retina, seu sangue esguicha através da pele... mas *não* explodem!

Dryania meneou a cabeça e falou aos gêmeos.

— Entendo que muita coisa seja nova e estranha para vocês. Mas não deixem que esses dois causem uma impressão errada. Em nossa espécie, existem aqueles que costumamos chamar "avançados". Aqueles que divergem do enxame, aqueles que demonstram comportamento e personalidade incomuns. Ainda que tal divergência, nem sempre, seja positiva.

"Assim, Kirov demonstra mau humor constante, mas é alguém competente e leal. Quanto a Daion... sinceramente, temos fortes diferenças pessoais. Não sou a pessoa certa para opinar a seu respeito."

— Portanto — alertou Daion —, não peçam a opinião dela!

Kirov agitou uma ferramenta ameaçadora diante do rosto de Daion.

— Agora que sua demência foi devidamente explicada às visitas, que tal acabar com a brincadeira e voltar à missão?

Daion não deixou de se envergonhar por ter esquecido. Mas disfarçou bem.

— Claro, claro... bem lembrado, meu robusto amigo. Hora de pensar em como levaremos embora a lenda viva da Frota Exploratória.

A esse anúncio, pareceu decidido que o tempo para gracejos descontraídos havia acabado. Reuniram-se todos em círculo.

— Já falaram com ele? — começou Alex. — Quero dizer, ele realmente se recusa a sair daqui pacificamente?

— Seiscentas mil trevas, o homem nem responde às minhas comunicações! E eu fui tripulante de sua durante anos.

Não escapou a Alex que Kirov multiplicava suas pragas por seis. O número de dedos nas mãos metalianas. Sistema de numeração heximal, em vez de decimal.

— Não tive melhor sorte que Kirov — lamentou a xenobióloga. — Nunca fomos amigos muito íntimos, mas eu esperava que ele me escutasse. Kursor era uma pessoa sensata, nada parecida com o que enfrentamos agora.

Olharem convergiram para Daion. Ele assobiava (ou o equivalente), fingindo não notar.

— Qualé? — disparou, enfim. — Não me olhem assim. Eu *falei* com Kursor, não falei? Ele me respondeu, não é?

— Ele mandou você calar a boca — Dryania e Kirov, juntos.

Stefanie arriscou um palpite.

— Esse Kursor parece mesmo determinado a não negociar com vocês. E quanto à outra tripulante?

— A garota dourada de olhos azuis — concordou Alexandre. — Slanet, não é?

— Não acho boa ideia.

Mesmo os humanos não deixaram de notar o nervosismo na voz de Daion.

— De que adiantaria? Kursor é o comandante, não ela. Olhinhos Azuis vai manter silêncio se o "grande capitão" mandar.

— Vocês... dão *apelidos?!*

— Apenas Daion faz isso — Dryania respondeu a Alex. — Ele acredita ser uma demonstração de afeto. Fracassada, eu diria.

— Ah, vá se foder!

Alexandre teve certeza total de que o capitão metaliano *não sabia* o significado daquela expressão.

Estavam andando em círculos. Ainda que todos pudessem se comunicar, ainda que os metalianos fossem eficazes em absorver idiomas e culturas... aqueles seres eram muito *excêntricos*. Tinham personalidades difíceis, tinham pouca tolerância uns aos outros. Derivados de um povo-enxame? Difícil crer.

Os gêmeos tiveram a mesma ideia, mas Alexandre falou primeiro.

— E se eu falar com ele?

— Você! — Daion reagiu como se fosse a ideia mais descabida.

— Tiveram algum trabalho para nos encontrar. Queriam nossa ajuda. Não querem mais?

Silêncio. Daion pensou em retrucar. Não soube como.

— Algum problema, capitão? — perguntou Dryania, um pouco mais arrogante do que parecia capaz. — Exceto, claro, o temor tolo de que um terrano seja bem-sucedido onde você falhou?

O explorador espacial tamborilou três dedos sobre o braço da poltrona por algum tempo. Apontou as antenas na direção da bionave Vigilante, que continuava em órbita da Terra. Ela mantinha uma distância segura, sempre se afastando quando Parsec tentava se aproximar.

— Computador, abra um canal de comunicação com Vigilante.

A imagem da Terra na grande tela sumiu, chisparam alguns chuviscos, e depois tudo voltou a escurecer.

— Já estão conosco na tela deles — Daion soava contrariado. — Só poderemos vê-los e ouvi-los quando o outro lado autorizar. Pode falar, xará.

Alex ficou diante da tela escura. Kursor, o inimigo declarado da humanidade, à espreita por trás da escuridão. Parecia adequado.

— Vida longa e próspera.

A tela continuava negra.

— Estas pessoas falaram sobre sua forma de vida, sobre seu Império e sobre você. Capitão Kursor, herói pioneiro da exploração espacial, representante de uma espécie antiga. Fundador de uma frota destinada a localizar possíveis aliados. Não me sinto inclinado a acreditar nisso, já que anda sabotando nosso programa espacial e matando nossos astronautas.

A tela continuava negra.

— Naquele dia, quando explodiram nosso ônibus espacial, eu estava na sala de controle para onde transmitiram sua ameaça. Lembro de cada palavra: "Isto foi apenas um aviso. Mantenham-se longe do espaço, ou preparem-se para o genocídio total da civilização terrana." Apesar dos obstáculos que têm colocado no caminho, não interrompemos nosso programa espacial. Pretende nos destruir por isso?

A tela continuava negra.

— Então é isso? Vai nos matar, sem ao menos permitir que saibamos o porquê?

A tela continuava negra.

— Me deixa tentar, Alex.

Alexandre pulou de lado ao ver que a irmã havia desembainhado a katana. O que pretendia? Abrir caminho na tela a golpes de espada?

— Trahn. Tivemos pouco tempo com ela. Mesmo sem palavras, ela disse muito. Disse *tudo* que era importante.

"Disse que somos *muito* parecidos.

"Disse que pessoas da Terra e pessoas das estrelas *não precisam* fazer guerra. *Não precisam* matar-se à primeira vista."

A tela continuava negra. Stefanie avançava, espada em riste.

— Não sei quase nada sobre você. Mas sei que você *não é* como ela. Sei que não tem *nenhum* respeito por ela.

"Duvido até que venham mesmo do mesmo planeta!"

A tela continuava negra.

— Você representa seu povo, sua cultura? Não me impressiona. Na verdade, você me *decepciona* muito. E sei que ela também estaria decepcionada.

A tela continuava negra. E todos tinham tanta atenção nela, que quase pularam de susto quando Daion gritou, as mãos nas antenas.

— Agora sujou! Vigilante está se movendo. Rumando pra cima de nós.

•

Em sua forma natural, uma bionave usa propulsão fotônica. Significa que ela se move emitindo jatos de fótons, as partículas de que é feita a luz, expelidos a partir de seu campo de força. Pode alcançar perto de trezentos mil quilômetros por segundo — a velocidade da luz, a maior que se acredita possível neste universo.

Assim, antes que Daion acabasse de falar, as bionaves Parsec e Vigilante já flutuavam juntas a dois mil quilômetros de altitude. Frente a frente.

O computador de bordo desfez o canal de comunicação, a tela principal era dominada pela figura imensa da outra bionave. Alexandre estava excitado e aterrorizado ao mesmo tempo: saberia o que esperar de um combate entre naves estelares "comuns", com phasers e torpedos fotônicos. Mas aquilo era diverso de qualquer espaçonave fictícia concebida pela imaginação humana.

Como lutavam as bionaves?

— Não precisam ter medo — Dryania, adivinhando os temores de Alex. — Bionaves são seres pacíficos, não lutariam entre si mesmo que fossem ordenadas a isso. Difícil fazer comparações mas, em inteligência e docilidade, se equiparam às baleias de seu planeta.

Meu planeta tem baleias assassinas, Alex gemeu em pensamento.

— Ela tem razão, parceiro. É com o vingador que precisamos nos preocupar.

— Vingador...?

Stefanie percebeu que Daion se referia à sinistra carcaça metálica atada ao olho verde.

— Vocês nos falaram das bionaves. Ninguém explicou nada sobre aquela coisa pendurada por fora. O que é?

— Seu planeta tem um monte de deuses, moça. Peça a eles para nunca descobrir. Fico contente por não ter um desses em minha nave.

— Caso não tenha notado — era Dryania, quase um grito esganiçado —, eu estava justamente tentando acalmá-los.

— Pensa que essa gente tem *algum motivo* para calma? Você *sabe* o que vai rolar com o planeta, se o vingador se soltar.

— Estamos aqui para *impedir* isso! Não *ajudar* a causar!

— Kursor está na tela.

Daion e Dryania cessaram a briga. Absorveram devagar as palavras de Alexandre. Olharam.

Era verdade.

O primeiro a reconhecer Kursor foi Alex, por vê-lo antes em monitores de TV quando transmitia suas ameaças à Terra. Dryania e Kirov, embora já o tivessem encontrado muitas vezes, não podiam afirmar que se tratava do mesmo homem.

— Kursor...?

Dryania teve mesmo que perguntar. Exigia grande esforço encontrar, naquele rosto duro, algo que lembrasse o antigo colega de trabalho. As manchas de óxido de prata avançaram muito, parecia ter muito mais que seus 148 anos reais. Ela reconheceu a cor de chumbo nos olhos; nunca acreditou que pudesse existir um olhar mais opressivo. Mas sentiu falta daquela indiferença profissional, tão característica de Kursor. Como se nada mais importasse além de seu trabalho.

Agora era diferente. Ele se importava com algo. Melhor dizendo, ele *odiava* algo.

Difícil dizer ao certo através da tela, mas Kursor parecia estar olhando para Stefanie.

— Então, foram vocês.

A voz veio afiada, cortante. Alguns, ali, atribuíram o efeito a alguma interferência na comunicação. Não era.

— As coisas semilarvais que enfeitiçaram Trahn.

Ainda que carregada de ofensa e nojo, a afirmação de certa forma soou elogiosa para Alexandre e Stefanie. Sugeria que a mulher prateada se encantou. Que *gostou* de conhecê-los.

Mesmo não convidada a responder, Stefanie confirmou com um aceno silencioso, sem desviar os olhos ou a katana. Estava decidida a não se deixar intimidar.

Como que tentando testar isso, Kursor sacou sua própria Espada da Galáxia, mantendo-a diante do peito.

— Comportamento terrano padrão — continuou. — Você opta por uma lâmina de quinhentos anos, em vez das armas de fogo tão amplamente usadas por seu povo. *Imitação, a forma mais sincera de elogio*, dizem. Outro ser poderia interpretar como galanteio, acreditar que um breve contato extraterrestre teve tamanha influência.

O aço começou a tremer nas mãos de Stefanie. Ela estava *entendendo*.

— Pura tentação traiçoeira — Kursor cuspiu, quase como se pudesse. — Não espere que se repita comigo.

— Está me acusando? — Stefanie mal podia acreditar. — Me acusando de ter causado...?

— Trahn só veio morrer neste mundo por *vocês*. Por carinho pelas "adoráveis crianças" que conheceu aqui. Não é razoável dizer que vocês a atraíram para a condenação?

"Sim. Certamente que estou acusando."

E aquilo bastou. Esfacelou sua armadura de autoconfiança. A mão amoleceu e deixou cair a arma, arranhando o piso da ponte.

— Isso não é verdade — ela quis gritar, mas a voz mal rastejou.

— E agora espera que eu acredite em seu sofrimento, que eu me compadeça. Que me encha de misericórdia por você e seu planeta. Como nossa monarca *muito certamente* faria. Vocês, e seus feitiços, são o *pior* que encontrei no universo.

Stefanie era forte. Não podia ser derrotada por simples palavras. Mas *aquelas* palavras, *aquela* acusação, por mínima que fosse a chance de ser verdade.... Era demais. Demais.

— Me deixe em paz — chorou, cobrindo o rosto, revertida a uma criança.

Daion avançou. Ficou entre Stefanie e a tela, gesto que podia ser interpretado como protetor ou cavalheiresco — mas ele tratou de corrigir isso mais que depressa.

— Tá legal, se já terminaram o melodrama, vamos tratar de coisa séria. Velhão, o Império não está contente com o que vem rolando aqui. Primária quer você de volta a Metalian.

— Irrelevante.

O absurdo naquela resposta, a loucura, apenas os metalianos presentes puderam entender e mensurar. Irrelevante? Uma ordem direta da regente-mãe-deusa da raça? *Irrelevante?*

— *Você pirou de vez* — a expressão terráquea até que cabia bem.

Seria impossível a um rosto biometálico demonstrar mais desprezo do que Kursor fez a seguir.

— Entendo que o Império tenha enviado Kirov e Dryania para parlamentar comigo. Eles são o que tive de mais parecido com amizades reais. Mas você, Daion. A maior e mais completa vergonha da Frota Exploratória! Como esperar que eu tenha o menor respeito por uma solicitação sua?

Solicitação dele? Kirov suspeitou em pensamento.

— Então o lance é *pessoal*, Kursor? Está dizendo que o problema sou eu?

Daion berrava de braços abertos, como se convidando Kursor a uma luta. Alexandre observou, outra vez, que a expressão corporal metaliana não era apenas semelhante à humana; em Daion, pelo menos, era *exageradamente* humana.

— O que chateia você em mim? É porque não me ajoelho aos pés do "grande herói da exploração espacial"? Ou porque cheguei à capitania sem suas aulinhas particulares? Ou ainda porque eu faço tudo diferente de você, e mesmo assim consigo dar conta do recado?

— Nenhuma das frivolidades que mencionou me incomoda. São consequências naturais de seu desrespeito por tradições. Seu desprezo pelo que é mais antigo e sagrado.

— *Eu não preciso da porra da espada.*

E haviam, enfim, chegado ao ponto central da discórdia.

Dryania se adiantou e interrompeu.

— Asseguro-lhe que Daion não é um adepto fervoroso do desarmamento, Kursor. Mas não foi isso que viemos aqui discutir.

— Fale, doutora — Kursor dizia, a seu modo, que Dryania era alguém a ser levada em consideração.

Dryania fez uma pausa. Trazia de volta à memória as longas e fascinantes conversas com aquele homem. Momentos bons.

— Eu e você especulamos muito, muito mesmo, sobre vida e inteligência alienígena. Sobre seus processos cognitivos, sua percepção de tempo, sua visão de mundo. Eu e você sabemos, melhor que ninguém, que existem certas constantes. Entre aqueles de intelecto elevado, existem traços em comum. Existem *sentimentos*. Sabemos que quase qualquer espécie sapiente na galáxia apresenta *emoções*.

— *Emoção é a forma mais básica de inteligência.* Essa é sua teoria.

— Derivada de suas descobertas. Seus relatórios.

— Verdade. Onde quer chegar?

— Onde *você* quer chegar? — Dryania exasperava. — Está dizendo que Trahn foi atraída a uma armadilha por estes seres? Que eles a enganaram? Fingiram afeição, apenas para capturá-la e matá-la?

— Simular emoções que não sejam propriamente reais, a fim de atingir determinado objetivo. A prática é localmente conhecida como "sedução". Sim, eles têm um *nome* para essa técnica.

"Está enganada em sua especulação, Dryania. Ainda creio que existam emoções, até mesmo em terranos. O fato é que eles utilizam nossos próprios sentimentos como arma. Mostram-se afetuosos em um primeiro momento para, no instante seguinte, arrancar sua pele com maçaricos de chamas atômicas."

— Kursor... não percebe como está sendo cruel...?

— *Não percebem como estão sendo tolos?* — Kursor erguia a voz. — Olhem em volta. Os terranos já fizeram uso de seu carisma virulento para assegurar a simpatia de vocês. Veja o que já conseguiram! Subiram a bordo, contaminam uma bionave da frota. Qual o próximo passo? Levá-los a Metalian? Permitir que nossa monarca, sempre piedosa em demasia, também seja exposta ao feitiço?

"*Tentem isso, e prometo dizimar o planeta.*"

Dryania recuou. Não devido à ameaça. Mas porque a argumentação de Kursor parecia... válida?

Confrontada com tal dilema, fez o que costumava fazer com regularidade — distraiu-se do assunto presente. O pensamento agora voava longe.

— Você até que diz coisa com coisa, Kursor — era a vez de Kirov falar. Pareceu estranhamente mais amistoso que o usual.

— Kirov — Kursor baixou o tom. Agora soava desconfortável.

— Sabe que não precisa mesmo se preocupar com isso, certo? Eu não gosto desses terranos empesteando a nave, nem pretendo me apegar a eles.

"E digo mais — Kirov acresceu, olhando diretamente para os gêmeos. — Faço tudo explodir, antes de permitir que pisem no planeta-mãe."

Seu olhar deixava claro não estar fingindo ou brincando.

Na tela, Kursor baixou um pouco os ombros. Caso fosse um ato correspondente a humanos, ele bem poderia estar mais relaxado.

— Isso é confortador, Kirov — ele disse, confirmando. — É confortador saber que existe *algum* bom senso a bordo dessa nave. Eu agradeço.

— Você não parece bem de saúde — o engenheiro-médico viu uma brecha, e soube aproveitar. — Como anda sua taxa de oxidação dérmica? Ainda abaixo de 40%, espero?

— Irrelevante.

— Você mexeu nos sensores de diagnóstico, tenho certeza. Está sentindo dor. Vejo daqui.

— Igualmente irrelevante.

— *Muito* relevante. Dor crônica afeta processos mentais. Afeta decisões.

"E suas decisões recentes, meu caro, têm sido a causa de todo o problema."

Kursor silenciou. Pela primeira vez, parecia incapaz de defender seu ponto. Inacreditável.

— Está bem mais baixo e forte que da última vez. Abusos de gravidade pesada, suponho.

— Pode ser — Kirov sorriu por dentro. Kursor estava *mudando de assunto*. A prova final de que não tinha argumentos.

— Como está passando Quasar?

— Muito bem. Recuperou-se por completo da perda de sua capitã.

— Realmente? Fico surpreso. Esperava que o trauma a matasse em pouco tempo.

— Só precisava de um engenheiro-médico incrível — Kirov e modéstia quase nunca andavam juntos. — Isso também vale para você.

Um ruído incomum veio da tela. A maioria ali não conseguiu identificar de imediato: Kursor *riu*.

— Minha condição não é grave.

— Ah, habilitado em medicina, agora? Vamos deixar que *eu* diga isso.

— Não virá a bordo, Kirov.

— Vinte minutos. É tudo que peço.

— Não virá a bordo.

Kirov sabia estar muito perto de romper a barreira. Foram colegas de aventuras, pioneiros da exploração espacial. Salvaram um ao outro inúmeras vezes. Isso tinha que valer alguma coisa.

— Merda e treva, Kursor! Você me conhece. Você *sabe* que não estou mentindo. Não tenho nenhum plano mirabolante para me infiltrar em sua nave, nocautear você ou coisa do tipo.

— Mesmo que tenha sido ordenado a me levar vivo ou morto, Kirov? Ordenado por Primária?

— Eu e você somos avançados. Você sabe que podemos desobedecer.

— Sei, também, como isso pode ser difícil. Doloroso, até.

— Certo! — Kirov agora rosnava. — Então eu tenho que voltar, dizer à Imperatriz que estive bem diante de você...

— Kirov...

— ...e fui embora *sem* tratar o que quer que esteja devorando você por dentro! *É isso que está pedindo, Kursor?*

— Não virá a bordo.

— *Vinte minutos! Vinte malditos minutos!*

Kursor franziu a testa. Reergueu a espada.

— *Salve-se*, Kirov. Salvem-se todos, enquanto podem. Vou ficar. Assegurar que a infecção nunca alcance Metalian.

— Isso não está em discussão, xará! — era Daion, cansado da diplomacia. — Última chance. Você vai com a gente numa boa, ou vamos ter que engrossar?

— Permissão para falar, capitão.

Daion sacolejou como se socado no ventre. Conhecia aquela segunda voz, conhecia *bem*. O mesmo valia para Alex.

— Concedida — Kursor respondeu.

A dourada entrou em cena, ao lado de Kursor. Tinha baixa estatura e, comparada a ele, parecia ainda menor. E para Daion, estava diferente. Devia ter agora perto de trinta anos. Quase adolescência para metalianos, mas suficiente para torná-la lindíssima.

Mas sua postura... seu olhar...

— Olhinhos Azuis?

Slanet tinha os implantes de painéis solares bem abertos, quase em demonstração de ousadia. A voz, de tão dura, podia ferir.

— Ainda se atreve a me chamar assim.

— Olhinhos, eu nunca...

— Você tentou me afastar de meu destino. Me separar do que é mais importante.

Daion não poderia estar mais confuso. Tudo era estranho. Já havia sido repreendido por Slanet, mas sempre entre lágrimas. Era algo doloroso para ela.

Agora, falava como algo ocorrido com uma pessoa estranha em um lugar distante.

— Slanet... o que você...

— Capitão. Eles ameaçam nossa missão, ameaçam o futuro de nossa raça. Recomendo atacar.

E mesmo naquela gravidade tão fraca, Daion foi incapaz de permanecer em pé. Cambaleou até a poltrona de comando.

Em meio à tontura, ainda conseguiu ouvir a resposta de Kursor.

— Obrigado, Slanet. Seguiremos sua recomendação, se não houver alternativa. Por agora, vamos recuar.

— Sim, meu capitão.

— Computador, encerrar comunicações — ordenou Kursor. Na tela, a bionave Vigilante, fazendo meia-volta e mergulhando atrás do horizonte azul.

— Kursor — tarde demais, Daion recobrava a voz. — O que você fez com ela? "O que *nós* fizemos?"

•

Alexandre, já habituado a tais ultimatos, foi o primeiro a quebrar o silêncio.

— Acho que podemos esquecer a abordagem pacífica. Como pretendem levá-lo, capitão Daion?

Nenhuma resposta veio. Um a um, todos dirigiam olhar à poltrona de comando. O capitão, imóvel, olhar vazio, bem poderia ser confundido com uma estátua inanimada.

— Capitão? — Alex insistiu.

— Como dizem por aqui — Kirov alertou —, ele e Slanet têm história.

Alexandre se surpreendeu. A tensão entre os dois metalianos pareceu bem clara. Só não imaginava que pudesse ser causada, outra vez, por algo tão *humano*.

— Mas... vocês... se apaixonam?

Todos na ponte — até Stefanie — olharam para ele como se acabasse de proferir o maior dos absurdos.

— Quero dizer — defendeu-se —, pelo que explicaram, sua espécie se reproduz por partenogênese. Apenas a rainha é fértil, só ela pode fertilizar outras fêmeas para que tenham filhos. Se vocês não fazem sexo, não fazem amor, então como...?

— *Fazemos* sexo. Temos romance. Temos amor carnal entre indivíduos.

A voz doce de Dryania, fazendo essa revelação, só tornava mais constrangedor.

— Pensei... que não houvesse participação dos machos na reprodução de vocês.

— Não há — Kirov, impaciente. — O que reprodução tem a ver com sexo?

Dryania, professoral, explicou a Kirov.

— Os terranos têm o que chamamos "reprodução sexuada", muito comum na galáxia. As mulheres são fertilizadas pelos homens, e não por uma rainha. Isso ocorre durante o ato sexual, chama-se acasalamento.

— Cada vez que fazem sexo, as mulheres deste planeta engravidam?! Não me admira a superpopulação!

Alexandre riu sem graça. Estava muito curioso sobre como ocorria o ato entre metalianos. Mas guardou a pergunta para outra ocasião.

— Para encurtar uma história longa demais — Daion finalmente falava, com voz mortiça, para ninguém em especial —, Slanet tinha um sonho, um objetivo. Eu resolvi que seria melhor ela tomar outro rumo. Ela não curtiu. É isso.

— Ouvi que foi mais...

— Qual parte de "encurtar a história" você não entendeu? — Daion fuzilou com o olhar.

Kirov deu de ombros e calou-se. Silêncio pesado preencheu o aposento.

Um mundo realmente bizarro se descortinava diante dos irmãos. Aqueles seres tão diferentes, estranhos a características humanas tão simples, e ao mesmo tempo tão familiares. Tão diferentes, que só conhecem sexo e reprodução como coisas separadas; tão familiares, a ponto de formar casais que brigam e guardam ressentimentos!

— Eles são complicados — Alexandre falou baixo.

— Como a gente.

— Estão se *tornando* como a gente.

A irmã entendeu e concordou.

— Então — Stefanie lembrou, ainda frustrada —, não adiantou falar com Kursor.

— Aparentemente, não — lamentou Dryania. — Ele continua determinado como antes.

— Não acho que seja por aí. Pegamos umas dicas.

Daion teve êxito em conseguir a atenção de todos.

— Por exemplo, agora sabemos como morreu Trahn.

— Setecentas trevas, é verdade! — Kirov, humanamente socando a palma da mão. — Kursor confirmou, ela foi mesmo morta pelos terranos.

O engenheiro-médico semicerrou os olhos cor de aço e olhou para Alexandre.

— *Você* mencionou ter participado de um projeto para deter Kursor.

A suspeita de Kirov reacendeu o temor paranoico de Alex. Aliens que pensam como humanos, se comportam como humanos, podiam muito bem *desconfiar* como humanos.

— Não tive participação nisso! — defendeu-se, mãos erguidas, certo de que os metalianos conheciam o gesto. — Acompanhei as pesquisas do NORAD, suas tentativas de atacar a bionave. Fingi colaborar. Mas meu nível de segurança era baixo, não tive acesso às informações mais sigilosas.

— *Fingiu colaborar* — Kirov disse entre dentes cerrados, como se os tivesse. — O que *mais* sabem fingir?

Avançou ameaçador. Stefanie deslizou rápido entre ele e o irmão, mão na espada.

— Digamos que Kursor tinha razão. Digamos que estejam *mesmo* se fazendo passar por amigos.

Dryania gritou ao ver um punho biometálico fechar. Os terranos teriam maior chance de sobrevivência se atropelados por um cargueiro.

Com agilidade incrível para um ser pesando quase meia tonelada, Daion alcançou o engenheiro furioso e agarrou seu pulso com força.

— Você não pode estar acreditando no velho louco! — disparou. — Ninguém é tão imbecil!

Punhos tremulando. Braços rangendo. Força enorme contra força imensa.

— Por que não se junta logo a ele? Por que não troca de nave, dão as mãozinhas e explodem o planeta de uma vez? Se não veio ajudar, baixinho, então *se arranca daqui!*

Kirov livrou-se de Daion com um safanão e deu as costas a todos.

— Treva, treva brava, inferno de treva! Esta pressão atmosférica terrana está me dando nos nervos. Estarei em meus aposentos. *Fechado a vácuo.*

Kirov deixou a ponte, pisando duro — o que, com seu peso, causava efeitos impressionantes. Deixou o ambiente em silêncio opressivo, até Dryania decidir falar.

— Kirov. Ele deve se sentir péssimo por confrontar um velho amigo. Quanto a Daion... é certo que seu romance arruinado com Slanet também o afeta. Nenhum deles está em condições psicológicas equilibradas. O que você acha, Hax?

— Quem é Hax?

A pergunta de Alexandre trouxe Dryania completamente ao presente. Seu companheiro robô não estava ali. Ela desculpou-se, envergonhada.

— Dizem por aí — Daion, para os gêmeos, coçando a cabeça — que a Frota Exploratória foi só um jeito de tirar os loucos do planeta.

Outra vez, os dois entreolharam-se. Era uma explicação terrível. Mas plausível.

•

Toda a esperança escapava da ponte como se fosse vazamento de ar. Daion achou melhor ocupar todos com o problema que os havia levado ali.

— Vocês, deixem o velho Kirov esfriar a cabeça. Tenho que falar, nossa gente pode ser *bem* pavio curto quando o assunto é proteger a Imperatriz. É instinto, nem um pouco fácil de ignorar. Enche nossa cabeça de besteira.

— Leva a erros estúpidos — Dryania acresceu, ainda recordando o descontrole de Daion no palácio.

Daion devolveu um gesto jocoso com a mão biônica.

— Mas vocês conseguem superar — Stefanie observou.

— Às vezes, *não queremos* superar. Dói muito.

— E às vezes — Dryania completou de novo — não sabemos diferenciar de nosso pensamento consciente. Não sabemos se uma decisão vem da parte antiga, primitiva, emocional; ou da parte...

— ...Humana?

Os dois metalianos olharam com estranheza. Alexandre terminou.

— Isso também acontece conosco. Também temos instinto e intelecto separados. Competindo. Conflitando.

— Ou completando-se — Stefanie sorriu para o irmão. — Nem sempre os opostos precisam estar em conflito.

Um silêncio mais tranquilo preencheu a ponte.

— A conversa tá boa — Daion, destruindo toda a recém-criada harmonia — e eu não quero acusar ninguém. Mas vem cá, Alex. É possível que as autoridades de seu planeta tenham mesmo matado Trahn?

Mesmo feita de modo amistoso, a pergunta de Daion queimou nos ouvidos do astronauta. E a resposta, embora simples, era ainda mais dolorosa.

— Assuntos sobre extraterrestres são mantidos em sigilo por nossos governos. Mas existem rumores fortes. Muitos deles alegam que a Força Aérea dos Estados Unidos tem em seu poder destroços de naves acidentadas, cadáveres, e até prisioneiros. Sim, eu diria que é provável.

Daion parecia determinado a não tratar o assunto com esmorecimento. Começou a andar em círculos pela ponte, entoando voz falsamente dramática. Parecia um detetive caricato, prestes a revelar o assassino.

— Certo, certo. Não é uma pista muito sólida, mas vamos supor que seja para valer. Então os terranos mataram Trahn, temos os suspeitos. Mas qual foi a arma do crime? *Como* fizeram isso?

— De fato, nossa forma de vida é resistente à tecnologia armamentista local...

— Uma coisa de cada vez — Daion erguia a mão, detendo Dryania. — Para começo de conversa, como *alcançaram* Trahn?

Alex seguiu, braços cruzados.

— Não faço ideia. Mesmo hoje em dia, a Força Aérea não tem nenhum meio de ameaçar a nave de Kursor. Imagine, então, naquela época.

— Justamente! *Tendo excluído tudo que é impossível, aquilo que fica, por mais improvável que pareça, deve ser verdade.*

Daion fez uma pausa. Parecia esperar que a citação de Sherlock Holmes tivesse explicado tudo. Não sendo o caso, murchou, limpou a garganta (ou o equivalente) e seguiu.

— Os terranos só a pegaram porque ela desceu até o planeta.

— Isso, todos já sabemos — era Dryania, de braços cruzados. — O diário de Trahn era claro nesse ponto. Embora algumas criaturas nativas fossem hostis, *nenhuma* tinha condições de ferir um metaliano, mesmo portando armas. Ela não tinha motivo para acreditar que houvesse perigo em contatar os terranos pessoalmente.

Daion não perdeu o ritmo.

— Certo! Ela desceu como embaixadora, do jeito que manda o procedimento. Os terranos fingiram dar boas-vindas e tinham uma armadilha preparada. Isso combina com a acusação de Kursor. Foi um ataque à traição, uma emboscada, uma tremenda sacanag...

— *Também sabemos disso.*

Desta vez foi Stefanie, voz dura. Não gostava de lembrar que pertencia à mesma espécie que matou Trahn.

— Desculpe — murmurou em seguida. — Desculpem. Não estou ajudando.

Sem resposta para aquilo, Daion seguiu imitando detetive.

— Por enquanto, vamos ficar com a hipótese de um ataque surpresa. Outra vez, como podem ter feito isso? Surpreender um explorador espacial é mais difícil que trancar a gaveta e jogar a chave dentro!

— Difícil? — Alex, sempre ansioso por mais detalhes. — Na verdade, parece *fácil*. Até onde entendi, são surdos. Também não dispõem de faro, já que não respiram. Têm outros sentidos, diferentes dos nossos?

Daion riu alto.

— Nada tão paranormal — aplicou tapinhas nas antenas flanqueando o focinho. — Isto irradia micro-ondas que varrem o espaço à minha frente, retornando como eco se encontram alguma coisa. A curtas distâncias, pode atravessar objetos sólidos. Mas o alcance padrão é 150 milhões de quilômetros, mais ou menos a distância entre seu planeta e o sol deste sistema.

— São *radiotelescópios?* — Alex, queixo no chão. — *Desse* tamanho? E usam isso para ecolocalização?

— Eu podia espiar uma garota trocando de roupa no quarto ao lado. Digo, podia *sentir* a superfície da garota. Mesma coisa. Vocês estão sempre pensando em maneiras de fazer isso, certo? Está em seu entretenimento.

Dryania imediatamente cruzou os braços sobre os seios. Stefanie pegou-se fazendo o mesmo.

— Como eu dizia, estas belezas me permitem explorar um planeta sem tirar a bunda da poltrona de comando. Trahn e Kursor também tinham destas antenas, os terranos nem poderiam ir ao banheiro sem que eles notassem.

"Ainda assim, conseguiram emboscar Trahn. *Como?*"

— Essas antenas podem atravessar qualquer material? — perguntou Alex.

— Não. Muita coisa pode bloquear as micro-ondas. Alguns metais funcionam como isolantes, basta uma camada fina para me deixar no escuro. Mas os terranos estavam despreparados para a visita de Trahn, não podiam aprontar insulamento a tempo.

— Podemos ser inventivos — disse Alexandre, não sem certo orgulho.

— Tipo o MacGyver?

— É, tipo ele — respondeu, olhando para a irmã e dando de ombros. — Kursor e Trahn demonstraram poder monitorar todo o espectro de rádio e TV, então os militares tentariam obter alguma proteção. Podiam instalar painéis metálicos para esconder o local da armadilha. Mas, como você lembrou, isso seria demorado em...

Alexandre parou de repente. O rosto iluminado com uma ideia.

— Radiotelescópios? — apontou frenético para as antenas de Daion.

— Eu já falei que são.

— Também temos isso na Terra!

— Desculpe se não fico impressionado. Trocentas civilizações já descobriram a astronomia baseada em micro-ondas, depois de tanto cansar a vista com os telescópios óticos.

— Você poderia olhar sob uma antena parabólica com dezenas de metros de diâmetro, forrada com chapas de alumínio?

Daion arregalou os olhos verde-cobre.

Era a cena do crime.

— Vocês têm muitas dessas?

— Bastaria uma para manter todo um exército fora das vistas de Trahn.

Alexandre tentava lembrar. Crivava os dedos na testa, como se tentando agarrar as memórias.

— Tem uma antena grande em Jodrell Bank, na Inglaterra. Outra ainda maior em Effelsberg, Alemanha. Não, espere... Estamos falando de instalações norte-americanas. A antena de Green Bank tem 91 metros de diâmetro, serviria bem. E claro, Arecibo, a maior do mundo, em Porto Rico. É território dos Estados Unidos.

— Parece plausível — era Dryania — que o sinal das antenas pudesse ser bloqueado para criar uma armadilha. Mas tenho que voltar a lembrar: metalianos são resilientes a todo o armamento que este mundo oferece.

— Não a *todo* o armamento.

Daion e Alex falaram ao mesmo tempo. Então se entreolharam. Com um gesto, o metaliano convidou Alexandre a falar primeiro.

— Presumindo que sejam resistentes como metal — dirigiu-se a Dryania, pedindo confirmação —, acredito que não sobrevivam a uma bomba atômica. Um artefato termonuclear.

— Apenas muito perto da detonação. Temos alta tolerância a calor e choque cinético. Radiação ambiente também não nos incomoda, ela é comum em nosso mundo.

— Certo. Mesmo assim, não usamos exceto em casos extremos, e não passaria despercebido, então podemos descartar. E quanto a mísseis?

— Usam para atacar aeronaves ou estruturas — Daion demonstrou saber um pouco sobre armamento da Terra. — Exceto em caso de tiro direto, não causariam grande dano.

— E nossa munição balística de grosso calibre?

— Aquelas destinadas a perfurar blindagens de veículos até podiam fazer o serviço. Mas seu manuseio e pontaria são precários demais. Nesta gravidade reduzida, um metaliano tem agilidade e destreza muito altas. Trahn poderia se esquivar ou, ainda, ficar invisível e evitar qualquer disparo.

Alexandre insistia.

— Não poderiam apenas bombardear toda a área onde ela teria descido? *Muitos* projéteis poderiam resultar em algum impacto direto.

— O feixe de transporte a teria protegido. Além disso, Kursor mencionou que foi capturada e dissecada.

— Me pergunto se ele sabia do que estava falando...

Dryania parecia falar sozinha. Quando notou ter chamado a atenção dos demais, seguiu.

— Digo, dissecação é um ato cirúrgico para estudar órgãos internos. Mas é realizado apenas com cadáveres. Se o objeto de estudo ainda vive, o procedimento é chamado vivissecção.

E calou-se, tarde demais, ao perceber o horror do que dizia.

— Talvez ele *prefira* acreditar que ela já estava morta — Stefanie arriscou.

— Kursor também disse outra coisa...

Outra vez, Alex lutava para recordar. Coçava a cabeça vigorosamente, como se restaurar lembranças fosse igual a espanar caspa.

— Ele falou em maçaricos?

— "Mostram-se afetuosos para depois arrancar sua pele com maçaricos atômicos" — Stefanie citou, a acusação ainda doendo.

Dryania explicou.

— Nossa pele é refratária a laser. Tentar cortá-la assim acabaria refletindo o raio e matando o cirurgião. Seu povo provavelmente usou como bisturi um emissor de plasma de hidrogênio. É pouco acurado, mas corta quase qualquer coisa.

— *Não temos* bisturis a laser! Muito menos maçaricos de plasma!

— Isso não é possível, porque...

A xenobióloga começou falando com calma, então silenciou. Demorou a retomar o assunto.

— Pensando melhor... seu mundo não dispõe de aparelhagem cirúrgica própria para... mas...

Estudando a cultura terrestre, Daion aprendeu a apreciar Sherlock Holmes. *É um erro capital teorizar antes de ter todas as evidências.* Agora, uma evidência importante havia sido revelada.

As forças armadas da Terra *não tinham* meios para violar o corpo de Trahn.

Mas *alguém* no planeta tinha.

•

— Computador, encerrar comunicações — ordenou Kursor. A bionave Parsec voltou à tela, pairando sobre o horizonte terrano.

— Vigilante, retorne à posição anterior.

Com uma velocidade que poucas criaturas no universo podem igualar, a nave lançou-se a alguns milhares de quilômetros dali. Em seu interior, uma metaliana dourada deixou cair os ombros e suspirou de alívio. Ou o equivalente.

— Diria que acreditaram, capitão?

— Talvez não neste primeiro momento. Mas o aviso foi entregue. Agora cabe-lhes a decisão de acreditar, de se acautelar.

— Daion está no comando.

— São todos avançados. Inteligentes. Cientes do precedente trágico de Trahn. Mesmo com terranos a bordo, é seguro confiar que não devem cometer nenhum erro estúpido.

— Daion está no comando — ela insistiu.

Infelizmente, aquele era um forte argumento.

Conversavam na ponte de comando, ainda diante da grande tela principal, onde viram Daion e os demais. Após quase uma década, a bionave havia se tornado lar — e a ponte, sala de estar. Ainda que houvesse mais aposentos — incluindo seus próprios apartamentos, e outros destinados a reuniões, treinamento e até recreação —, era aqui que passavam a maior parte do tempo.

Kursor ocupava a grande poltrona central. Havia outra para Slanet ali perto, mas ela preferia manter-se ao lado do capitão, em pé. Parecia subserviência. Era na verdade uma mistura de respeito, determinação e preferência por proximidade.

— Apesar de sua reputação — Kursor teria dito "infâmia", mas conteve-se —, e ainda que eu tenha dito coisas contrárias há pouco, Daion é competente em seu ofício. Impetuoso e descuidado, mas também adaptável e criativo. De todos os avançados que conheci, é aquele mais flexível, aquele mais bem preparado para lidar com o inesperado. Qualidade valiosa para a exploração espacial.

Slanet não respondeu.

— Conhece-o melhor que eu, no entanto — Kursor retomou. — Diria que ele pode ser realmente um obstáculo? Diria que ele ameaça nossa missão?

— Foi o que eu disse durante a transmissão, senhor.

— É certo que estava sendo dramática.

— É certo?

Pausa. Uma quase década de convivência próxima. Sabiam ler um ao outro. Perguntas eram cada vez mais raras.

— Então você acredita que o conflito seja inevitável.

— Acredito que Daion é capaz de tudo, incluindo coisas que seríamos incapazes de antecipar, para alcançar seus objetivos.

— Estamos em grande vantagem tática — Kursor apontava. — Bionaves sequer dispõem de meios para ferir uma à outra. Esta, ainda, carrega um artefato de destruição planetária.

Mesmo após tanto tempo, ainda surpreendia Slanet a naturalidade com que o capitão tratava do assunto.

— Como eu disse, senhor, Daion encontrará uma forma de nos deter. Uma forma que não poderemos antever.

— Então, supõe que ele é capaz de reverter uma desvantagem esmagadora a seu favor, e alcançar vitória?

— Não é apenas algo eu suponho, senhor. É algo que ele *fez* numerosas vezes. "Daion é irresponsável, impulsivo. Coloca-se em condições de perigo com frequência absurda. No entanto, aqui está ele, ainda vivo. Não se consegue sobreviver a tantas situações assim, sem um talento extraordinário para resolver problemas."

— Ele é certamente mais.... carismático que eu.

Slanet espantou-se. Kursor não era dado a admitir fraquezas, especialmente se comparado a alguém que não respeitava. Naquele ponto, naquela falha, ela entendeu o verdadeiro objetivo da conversa.

Até aqui, falavam vislumbrando a paisagem espacial na tela. Súbito, Slanet avançou alguns passos e agora olhava o capitão de frente.

— Conhece o histórico de Daion, senhor. Sabe de suas realizações tão bem quanto eu. Não está interessado nelas.

"Está interessado em *minha* opinião."

Uma quase década de conversas, debates, declarações, confissões. Já não havia muito que pudessem esconder.

— A presença dele aqui a perturba.

— De várias formas, senhor — Slanet baixava a voz. — Mas não pretendo deixar que prejudique minha objetividade.

— Kirov mencionou, há pouco, que dor crônica afeta processos mentais. Sofrimento afeta decisões.

— Ainda assim, recusou sua assistência.

— Porque estamos lidando com ameaças que extrapolam meu bem-estar pessoal.

— Digo o mesmo.

Kursor sempre teve imenso respeito pela privacidade de outros — em grande parte, porque gostava de preservar a sua. Sabia que a aprendiza nutria grande ressentimento com relação da Daion, mas sempre evitou perguntar sobre detalhes. Uma parte sua preferia assim.

Mas não neste momento em particular.

— Eu me sinto traída por ele.

Slanet sentiu a curiosidade do capitão, quase como sensação física. Pensou ser hora de revelar aquela parte de seu passado.

— Daion foi meu primeiro instrutor pessoal. Viajamos juntos, passamos por muita coisa juntos. Experimentamos intimidade. Romance. Acreditamos ser iguais.

— Acreditaram.

Slanet percebeu a palavra oculta. *Apenas* acreditaram.

— Daion é avançado — ela seguiu — em muitos aspectos. Em outros, ele é *muito* primitivo, *muito* instintivo, quase um zangão. Descuidado com a própria segurança, mas protetor em demasia com os outros.

"E também incapaz de ver igualdade plena entre os sexos."

Kursor apenas acenava com a cabeça. Reconhecia a situação. Sabia aonde levaria.

— Primeiro ele tentou me demover da decisão de explorar o espaço. Quando recusei, ele usou sua influência junto à Imperatriz para tentar me afastar da frota.

Um chiado característico na voz demonstrava que Slanet tinha dificuldade em falar. Mesmo assim, seguia.

— Por razões que ainda não conheço, seu pedido não foi atendido. Minha transferência para serviço de bordo foi aprovada.

"Mesmo assim, não posso perdoá-lo por ter tentado. Não posso voltar a confiar em suas decisões."

E terminou, uma lágrima oleosa já brotando. Sabia não ser necessário explicar mais. Não a Kursor.

— Você certamente percebe um paralelo — ele comentou.

Claro que ela percebia. As palavras de Trahn, vistas no diário de bordo numerosas vezes, vieram fortes à memória.

"Uma parte sua ainda quer me proteger. Uma parte ainda pensa como zangão, como soldado. Pensa em mim como operária ou incubadora. Pensa em lutar e matar por mim. Teme, odeia que eu me exponha a qualquer perigo. Poderia me arrastar e me trancar nas câmaras mais profundas da colônia, se necessário para me preservar."

"*Essa parte sua agrada uma parte minha. Me faz sentir bem. Segura. Feliz. Mas são partes que precisamos superar.*"

Kursor e Trahn passaram pelo mesmíssimo conflito. Ele desejou protegê-la, preservá-la do perigo, mesmo ignorando seus desejos e sacrificando sua liberdade. Ela, seguindo a direção oposta na escala evolucionária, lutou contra.

— Você e Daion são diferentes, senhor.

— Acabamos de concluir que não.

— Vocês tiveram atitudes parecidas, verdade. Cederam a seus instintos, tentaram cercear suas parceiras. Mas o senhor mudou, voltou atrás. Permitiu que Trahn tivesse sua liberdade. Permitiu que pudesse realizar seus sonhos.

— E o resultado disso...

— *Não se atreva!* — Slanet gritou. Quase a ponto de ser ouvida na outra nave.

Ela agora segurava os braços da poltrona de comando, inclinada sobre Kursor. Olhos firmes, asas muito abertas. Nestes anos todos, mesmo nas mais acaloradas discussões, nunca foi tão audaciosa. Nunca chegou tão perto de desafiá-lo. Nunca lhe deu uma *ordem*.

O capitão soergueu a não existente sobrancelha, surpreso. Fora isso, não esboçou reação.

— Não diga que se arrepende — Slanet insistiu. — Não diga isso.

Tremia. Claramente lutava para segurar o choro. A palavras seguintes, quase sussurros.

— Não me mande embora...

Por que acredita que eu faria isso? Kursor pensou em perguntar, mas calou-se. Seria um insulto à inteligência de Slanet. Agora estava claro, ela já havia deduzido seus pensamentos recentes. Já os temia.

Mesmo sem necessidade, entre soluços do choro não liberado, Slanet revelou.

— O senhor pensa nisso desde que Daion chegou. Pensa em ordenar minha transferência para a nave dele. Pensa que posso ser devolvida ao Império, devolvida à segurança.

Kursor amaldiçoou-se por ter se tornado tão transparente.

— Você teme que eu tente salvá-la — ele completou. — Evitar que acabe como Trahn.

Slanet acenou, olhos apertados, queimando. Era *óbvio*.

Kursor se levantou, mal dando à aprendiza tempo de sair do caminho. Caminhou até perto da tela principal, olhou longamente para a imagem da Bionave Parsec. Resistiu ao impulso de levar a mão ao ventre atacado pela dor antiga.

Era tudo verdade. Esteve cogitando enviar Slanet até eles. Preservá-la da missão maldita, sem futuro ou esperança, que havia se imposto. Dar-lhe um amanhã melhor. Dar-lhe *qualquer* amanhã. Ainda, recuperar a quase esquecida tranquilidade de arriscar *apenas* a própria vida.

Isso seria tão absurdo?

— É claro que venho pensando nisso — ele confessou, novamente sem necessidade. — Claro que pensei em mandá-la embora. Não pode me culpar por *pensar* assim.

— Não o culpo. Na verdade, acho que seria impossível para o senhor *não* pensar assim.

Slanet chegou perto, passos tão firmes quanto possível para seu nervosismo.

— Mas vou culpá-lo se *fizer* isso.

Kursor pareceu refletir sobre aquilo. Então falou, em um tom casual que pouco combinava com as palavras seguintes:

— A nave responde a seus comandos, claro. Mas ainda é treinada para colocar os *meus* em precedência. Abrir comportas, projetar um cilindro interno de membrana para envolver você, removê-la da nave e transportá-la até Parsec. Levaria apenas segundos.

Olhos azuis muito arregalados.

Parecia uma ameaça. Ou, no mínimo, uma demonstração de autoridade. Mas Slanet conhecia seu capitão bem melhor que isso.

Kursor não tinha *menor* intenção de tornar reais aquelas palavras.

Desabou na poltrona, o peito agora tomado por tranquilidade azulada. Chorou convulsiva de alívio. Toda a tensão acumulada desde a chegada de Daion, enfim sumida. O temor crescente, a ameaça se avolumando no ventre, remexendo inquieta como algum parasita — enfim expelido.

— Conhece-me bem, a esta altura. Sabe me ler. Não podia adivinhar minha decisão?

— Não pude — ela disse em tom de desculpa.

Tentou, mas realmente não pôde. Entendia a dor do capitão por uma morte que poderia ter evitado. Entendia que, diante de situação parecida, seria esperado tomar a direção oposta. Expulsar Slanet, mesmo contra sua vontade. Seria sensato, prudente. Nem um pouco *absurdo*.

Mas também havia seu sólido respeito pelos sonhos de Trahn, por suas escolhas, sua liberdade. Por aquilo que a fazia especial, única. Protegê-la, salvá-la, significaria a morte de algo ainda mais importante. A morte de quem ela realmente foi. Desbravadora. Heroína. Vanguarda.

Duas forças incalculáveis. Slanet não podia estimar qual prevaleceria.

— Está enganada.

Olhos azuis ergueram-se, muito molhados e surpresos. Agora era Kursor a decifrar o pensamento da parceira.

— Não podia adivinhar minha decisão, porque não havia nada a adivinhar.

Ele veio a passos lentos, tranquilos. Ficou ao lado da poltrona de Slanet, imitando a postura habitual dela. À volta dos olhos, pequenas rugas que Slanet aprendeu, com os anos, a reconhecer como um sorriso.

— A decisão nunca foi minha.

Slanet sorriu de volta e chorou mais, ao mesmo tempo. Pensou em atirar-se sobre o capitão, e abraçá-lo, e seguir chorando — como fez quase década atrás. Pensou, apenas. Desde aquele dia, nunca mais consumou o ato.

— Nunca foi sua, de fato — repetiu, em desafio.

— Mas sua permanência nesta nave tem um preço.

Aquelas palavras vieram com uma firmeza incomum. Slanet ouvia, curiosa.

— Eu não verei você morrer.

Ela pensou em responder. Mas, antes mesmo do pensamento, Kursor terminou.
— Você não vai morrer antes de mim.

•

— E agora que concluímos esse assunto — Kursor demonstrava não estar aberto a debate —, temos um cronograma a cumprir.

O explorador espacial voltou à poltrona de comando, deu ordens ao computador de bordo. Slanet, desta vez, preferiu permanecer no próprio assento.

Um já bastante familiar mapa-múndi saltou à tela. Certos lugares estavam assinalados com marcadores.

— Uma infelicidade, os terranos terem tantas instalações desse tipo.

Radiotelescópios. Eram bem mais que uma "infelicidade" — Slanet percebia a raiva abafada na voz do capitão, sempre que ele pronunciava a palavra. Após o incidente em Arecibo, os militares norte-americanos aprenderam com rapidez que as enormes antenas eram efetivas para ocultar suas atividades.

Não era obstáculo impossível de contornar. Conforme o relevo da região, podiam se posicionar em órbita de modo a espionar pelas laterais — como alguém que se ajoelha para olhar embaixo da cama. Não foi possível no caso de Arecibo, porque a antena ficava no fundo de um vale; mas era efetivo com quase todos os outros radiotelescópios do mundo, em geral situados em grandes espaços abertos, sem obstáculos.

Esse recurso se aplicava às grandes antenas parabólicas. Não servia para espionar o interior de certos radares militares — os chamados *Pave Paws*, desenvolvidos quando a Terra se achava sob ameaça da guerra nuclear. Um radar *Pave Paws* (Pave — *Precision Avionics Vectoring Equipment;* Paws — *Phased Array Warning System*) lembra uma pirâmide de trinta metros, as paredes forradas com painéis de antenas em fase, que formam e direcionam os feixes de radar eletronicamente. Quatro deles estavam situados em bases da Força Aérea em Massachussets, Califórnia, Geórgia e Texas. Além deles, havia outros três sistemas de antenas em fase: o *Cobra Dane*, nas Ilhas Aleutas, a menos de oitocentos quilômetros da antiga União Soviética; o FPS-85, na Base da Força Aérea em Eglin, Flórida; e o *Perimeter Acquisition Radar*, PAR, em Dakota do Norte. Todos faziam parte do Sistema de Alerta Antecipado de Mísseis Balísticos. Todos eram invisíveis aos recursos metalianos.

Investigar atividades terranas nesses locais era complicado. Na maioria das vezes, custava a Kursor e Slanet longos e cansativos períodos de vigília, estudando o tráfego de veículos, analisando transmissões de rádio. Então, ao confirmar qualquer atividade militar ligada a metalianos — desde o desenvolvimento de novos protótipos de armas Asat, até pesquisas biológicas para descobrir mais sobre vida biometálica —, avaliavam a necessidade de intervenção.

Casos extremos levavam Kursor a investigar tais instalações em pessoa. Após uma discreta invasão invisível, não raro suas incursões culminavam em sabotagem, destruição e morte de soldados terranos.

Os dois nem sempre concordavam quanto a qualificar uma movimentação terrana incomum como "caso extremo".

— Já temos evidência de atividade intensa ali — Kursor apontava para um marcador na tela, que correspondia ao radar *Pave Paw* de Goodfellow, Texas.

De fato, o computador registrava a convergência de numerosos caminhões de equipamento nas últimas semanas.

— Temos que considerar um projeto importante. A construção de um artefato bélico.

— Alguma teoria? — Slanet debruçou graciosa sobre um braço da poltrona. Tentava dar tom casual à conversa; era bom esquecer a presença de Daion, voltar àquela estranha rotina de guerrilha.

— Confesso que não. Os satélites Asat que os terranos usaram até agora foram bastante custosos para sua economia — e sua ineficácia contra nós, mais que confirmada. Além disso, eram aparelhos pequenos; já registramos o transporte de toneladas de material.

— Uma grande arma terrestre? Como os canhões laser que tentaram antes?

— Possível. Uma arma de feixe.

— O planeta não dispõe de nada diferente do laser convencional. Já sabem ser inofensivo contra nós.

— Nesse caso, por exclusão, é algo novo.

Sempre pareceu impressionante, para os metalianos, como a ciência humana progredia *rápido*. Como civilização tecnológica, existiam há pouquíssimo tempo — cada grande avanço surgindo em menos tempo que o anterior. Em alguns setores, quase se equiparavam a Metalian, uma cultura milhares de anos mais antiga. Por isso, quando Kursor imaginava naves estelares sendo construídas em segredo, não estava sendo paranoico; era uma possibilidade bem real.

Sob essa ótica, cada invasão para destruir um desses protótipos poderia estar salvando seu próprio povo, e talvez outros. A cada missão, uma extinção evitada.

— Acha uma incursão prudente, senhor? Agora? Justamente com a força-tarefa imperial aqui?

— Acho *necessária*. Daion está orbitando o planeta há algumas semanas. O período coincide com a recente atividade frenética no "prédio Goodfellow".

— Acreditam que já notaram a segunda bionave?

— Sim, e vou além. O novo projeto terrano talvez envolva um ataque a Daion.

Slanet torceu levemente a cabeça, como forma de demonstrar surpresa. Esperou Kursor seguir.

— Embora Parsec pertença à mesma espécie, sua configuração externa é diferente. Os terranos talvez teorizem que seja diferente também em poderes e fraquezas. Talvez tentem atacá-la com sua nova arma experimental.

— Especulação um tanto afoita, senhor.

— Nem tanto. Confrontados com o desconhecido, terranos tendem a agir por tentativa e erro.

— Ainda assim, especulação.

— Apoiada em evidências.

— Evidências fracas. Talvez, não mais que coincidências.

— *Coincidência* é um termo alienígena para eventos similares, mas sem relações de causa ou consequência. Não tínhamos o conceito em nossa cultura. *Eu* trouxe essa palavra à Academia.

— Eu sei. Foi lá que aprendi.

O debate estava se alongando mais que o normal para os anos recentes. Slanet decidiu ceder um pouco.

— Capitão, supondo que o risco seja verdadeiro, nesse caso não seria prudente avisar os outros? Informar sobre a ameaça potencial?

— Não acredito que tomarão qualquer medida contra os terranos. Não os conhecem. Não sabem do perigo. Se já tenho dificuldade em convencer *você*, como esperar que eles me ouçam?

O comentário feriu Slanet mais fundo do que deveria. Era assim sempre que o capitão questionava sua confiança. Sua fé.

— Além disso, não quero alertá-los sobre minhas intenções.

— Intenções, senhor?

— De executar uma intervenção, é claro.

— Pretende *mesmo* descer ao planeta. *Neste* momento — Slanet era agora puro protesto velado.

— Estou ciente de que a presença de Daion é um complicador.

— Senhor! Eles estão aqui justamente para *impedir* ataques contra o povo da Terra.

— Não espero colaboração.

— Mas certamente pode esperar *antagonismo*. A força-tarefa não tentará interferir? Deter a invasão?

— O despistamento tem sido implementado desde a chegada de Parsec. Minha descida não será notada.

— Podem notar suas atividades. Algumas de suas incursões resultam em combate.

Cada vez mais.
— Combate em pequena escala. Armas de fogo pessoais. Daion só poderia perceber esse tipo de conflito focando suas antenas naquele lugar específico.
"De qualquer forma, não pretendo deixar que chegue a esse ponto. Será uma missão de espionagem. Investigar as atividades inimigas e, apenas em caso de ameaça real, intervir. Não espero me demorar, nem causar um evento detectável."
Mentira.
Imaginar que seu capitão descia ao planeta para guerrear já havia deixado de preocupar Slanet anos atrás. Ela temeu por sua segurança uma, duas, várias vezes. Temeu por uma repetição trágica da visita de Trahn. Kursor, no entanto, era dezenas de vezes mais cauteloso e furtivo. Na grande maioria de suas incursões, nem chegava a ser detectado. E mesmo quando isso ocorria, impossível abatê-lo ou impedir sua fuga. Havia se tornado corriqueiro. Banal.
Frequente.
Cada vez mais.
— Estou ciente — Kursor insistia — de que a conclusão de uma arma efetiva contra bionaves, *neste* momento, é possibilidade pequena. Mesmo assim, merece ser investigada.
— Ainda penso que a circunstância é delicada. Não é momento para uma intervenção.
— Há tempos não recebo objeções suas contra esse procedimento.
— Devo mesmo repetir, senhor? A situação é diferente. *Daion está aqui.*
— Tem forte confiança nas habilidades de seu antigo mestre. Não considera que isso pode estar prejudicando seu julgamento?
— Ainda que fosse o caso, senhor, não tenho apenas a presença dele para fundamentar meu protesto.
Kursor interrompeu os preparativos no computador. Lançou a Slanet um olhar em demanda de explicação.
Ela devolveu outro olhar, na direção de seus ombros e peito.
— Mais de 40%, tenho certeza.
Vastas manchas cinzentas cobriam o torso de Kursor. Aquelas áreas não mais respiravam luz. Quando excediam certa área de superfície da pele — os 40% citados por Kirov —, já comprometiam o metabolismo. Era a principal causa da velhice metaliana.
Kursor não tinha idade para tanto. As descidas constantes à Terra — à sua atmosfera úmida e oxigenada — é que faziam sua pele oxidar mais cedo.
O capitão pareceu genuinamente surpreso.
— Isso é ridículo! Estamos falando de minha saúde a longo prazo. Não pode esperar que eu cancele *esta* missão específica por...

— Todas as vezes que desceu, foi por considerar absolutamente necessário.
— Insisto. Há outros metalianos em risco. Não posso adiar...
— Não se trata apenas de sua saúde — Slanet sabia ser inútil seguir esse caminho —, mas também de seu desempenho. Especialmente em ações *supostamente* furtivas.
A pele oxidada não refrata luz. Não fica invisível.
Kursor calou-se.
— Senhor — Slanet baixou a voz, sabendo estar tocando em assunto delicado. Levantou-se, veio até perto do capitão. — Venho notando que suas descidas resultam em confronto violento com frequência crescente. Missões de reconhecimento e espionagem tornam-se combates com regularidade cada vez maior. E tal resultado não ocorre por planejamento prévio, mas por detecção prematura do inimigo.
"Suas incursões têm sido *falhas*."
Com seu silêncio, Kursor demonstrava ter sido atingido em um ponto fraco. *Desempenho* era algo valioso, algo que prezava acima de quase todo o resto. Cumprir uma tarefa de forma eficaz. Instinto antigo, de inseto social que vive para trabalhar pela colônia. A única e verdadeira forma de realização. De felicidade.
— E você atribui essa... ineficácia... à minha oxidação cutânea prematura.
— Sim, principalmente.
— Principalmente...
Perceber os verdadeiros pensamentos ocultos nas palavras do outro havia se tornado um jogo entre capitão e aprendiza. Cada vez, conseguiam mergulhar mais fundo nos processos mentais do parceiro. Tinham uma intimidade tal, que muitos amantes jamais alcançam.
Não era mais uma discussão sobre eficiência, sobre saúde, ou sobre riscos em combate. Estes assuntos eram as camadas mais superficiais, o verniz da conversa. Kursor e Slanet sabiam, ambos, o verdadeiro teor. E sabiam que o outro também sabia.
— Principalmente — repetiu Kursor. — Você diz que o resultado de minhas missões se deve principalmente à camuflagem falha.
"Principalmente. Não *totalmente*."
— Sim, senhor — Slanet estremeceu. Seu capitão tentaria trazer algo ruim às claras.
— Nesse caso, existem outros fatores.
Constatação, não pergunta.
Não, senhor.
— Sim. Acredito que existem.
— Descreva-os para mim.

Não quero, senhor.
— Só consigo pensar em três razões.
"Primeira. O aumento de sua taxa de oxidação vem tornado cada vez mais difícil realizar a refração cutânea. Cada vez mais difícil passar despercebido. Considero a razão mais provável.
"Segunda. Os terranos estão aprendendo. Estão desenvolvendo formas de detecção alternativas. Seus novos métodos/aparelhos devem ainda estar em estágio de testes, mas começam a mostrar resultados.
"Terceira..."
Não quero dizer.
Não quis dizer.
— A terceira razão é irrelevante, pois considero a menos provável.
Kursor ouvia em silêncio, olhar na tela. Percebeu a ousadia tentando encobrir a verdade. Farejou o medo de Slanet. Percebeu estar insistindo em algo doloroso.
— Pode me dizer a terceira razão? — pediu, não ordenou.
O senhor já sabe.
— Seu tom de voz sugere que já sabe, senhor.
— Poderia dizer assim mesmo? — pediu outra vez.
O senhor já sabe. Não me obrigue.
— Não quero, senhor.
A quase certeza tornou-se certeza. Kursor não insistiu mais.
Mesmo percebendo a gentileza do capitão, Slanet mantinha as asas timidamente fechadas. Ninguém se moveu ou falou durante algum tempo.
— Venha comigo.
Foi um misto de ordem e pedido, enquanto Kursor — um tanto mais rude que o habitual — tomou a aluna pela mão e levou até a porta. Fora da ponte, sob gravidade zero, colou o corpo da jovem junto ao seu, e juntos saltaram através dos tecidos da bionave.
— Não precisa me ajudar, meu capitão. O senhor me treinou muito bem para a locomoção com ausência de peso.
As palavras saíram falsas e sem propósito, anunciando fatos já conhecidos. Kursor não se incomodou em responder, e Slanet sabia para onde estavam indo. Um já conhecido depósito, próximo aos propulsores de dobra.
— Por que estamos indo ver Trahn, senhor? — perguntou sem precisar.
— Porque talvez você esteja certa — respondeu assim mesmo.
Já não tinha boa recordação sobre estar certa, e a respeito de quê. Estava com medo, vendo surgir por entre as fibras da bionave aquela câmara tão assustadora.
Quando pousaram na plataforma, sob gravitação metaliana normal, percebeu as pernas amolecidas — em vez de soltar, abraçou o capitão com mais força.

Ele não pareceu notar a carga extra. Ordenou a abertura da porta e marcharam para dentro.

O corpo de Trahn, ainda ali. Nada mudado.

Ainda morta.

Nenhuma quantidade de sangue terrano derramado a traria de volta.

Agonia branca voltava a inundar o rosto de Kursor. Sua aprendiza não entendia totalmente o motivo — a esta altura, o maldito fragmento já deveria ter sido metabolizado pelo organismo. Não deveria mais causar dor física.

Sagrada Galáxia, por que meu capitão precisa sofrer tanto? Isso nunca vai ter um fim?

Assim que ganhou forças para andar com as próprias pernas, afastou-se para deixar Kursor com sua dor. Viu-o debruçar sobre o esquife, viu a pele entre seus olhos ondular de agonia enquanto acariciava o rosto frio. Sentiu-se inútil por não haver mais nada que pudesse dizer. Nenhum tipo de conforto que pudesse oferecer. Nenhum...

— Estou louco, Slanet?

— Senhor, eu não...

— Diga a terceira razão.

— Não me obrigue...

— *Preciso* que você diga.

Em toda a sua vida, é bem possível que Kursor *jamais* tenha admitido uma necessidade. Jamais tenha pedido ajuda.

Ele o fazia agora.

Slanet não teve como negar.

— A terceira razão pela qual suas incursões resultam em combate...

Dificuldade para seguir. Respiração entrecortada, se a tivesse.

— ...é que esse resultado talvez seja *intencional*.

O tempo decorrido após aquelas palavras, ninguém saberia dizer ao certo. Por longos momentos, todos os três metalianos no aposento pareciam mortos.

— Continue.

— O senhor favorece... *busca*... confrontos violentos contra terranos. Mesmo em situações que poderiam ser contornadas sem tal medida.

— Continue.

— O senhor mata terranos por razões emocionais.

— Continue.

Slanet não sabia outra maneira de continuar, exceto repetir a mesma coisa com outras palavras.

— Por prazer. Por vingança. Por busca de alívio.

— Por que isso é errado?

As respostas, aprendidas na Academia, vieram rápidas e fáceis. Matar era moral e eticamente errado — sendo que, para metalianos, moral e ética tratavam de lealdade, obediência e amor à rainha-deusa-mãe. Os exploradores faziam juramentos sagrados à Imperatriz, juravam interagir com civilizações estrangeiras *apenas* com o propósito de firmar alianças, fazer amizades. Juravam jamais causar mal a outros povos. Jamais criar inimigos.

Eram respostas fáceis, mas erradas. Porque estiveram fazendo o oposto nos últimos anos.

— Por que isso é errado?

E naquele momento, Slanet notou seu olhar fixo em Trahn. Estava falando com *ela*.

Slanet sabia a resposta certa.

Circulou o esquife até seu lado oposto. Também curvou-se, afetuosa, sobre a antiga capitã.

— Devo dizer aqui, senhor? Diante dela?

— Diga.

— O que vem fazendo é errado...

E reuniu uma tonelada de coragem para expressar aquele pensamento.

— ...*porque está matando os seres que Trahn amava.*

O tempo parou novamente, ambos acariciando o rosto de Trahn. Ambos lamentando a ausência daquela que, mesmo sem vida, unia todos em estranho triângulo.

— Estou louco, Slanet?

— Diria que sempre foi, senhor.

O olhar de chumbo saltou breve da falecida para a jovem.

— Insano é aquele que diverge em demasia do comportamento social padrão, senhor. Por essa definição, *todos* os avançados são insanos.

Assim tinha sido durante estes últimos anos, vivendo juntos, vigiando a ameaça azul. Eram ambos seres sociais, mas diversos do padrão em sua espécie. Eram pouco ajustados a conviver com seu próprio povo. Excêntricos. Ainda, estiveram afastados do lar por mais tempo que quaisquer outros metalianos na história registrada.

Nessas condições, duvidar da própria sanidade não era apenas inteligente. Era *certo*.

E para retardar (não impedir) o escoamento da sanidade, tinham apenas um ao outro.

— Senhor?!

Kursor se afastava do esquife. Em uma das mãos, trazia as antenas que antes adornavam a cabeça de Trahn.

Na outra mão, a Espada da Galáxia dela.

— O que está fazendo, senhor? — Slanet *sabia* a resposta. Mas era uma resposta sonhadora, quase impossível de aceitar. Uma fantasia proibida.

— Algo que sei estar certo.

•

Kursor e Slanet deixaram a nave. Caminhavam sobre o casco externo, cruzando uma vasta planície de couro biometálico. Acima, o céu cósmico estrelado, tingido de verde pela membrana da bionave.

A Cerimônia de Despedida havia sido realizada poucas vezes na história de Metalian. Ocorria quando um metaliano se mostrava apto a deixar o planeta.

Para alguns, a Cerimônia era uma prova de força, aptidão e evolução — quase todos os membros da raça simplesmente morrem quando afastados do mundo nativo por muito tempo. Para outros, uma certificação de loucura, de diferença, de afastamento da mentalidade normal.

Para a Imperatriz, era a criança se tornando adulto, era o avanço da espécie. Sendo, assim, verdade absoluta.

— Não é o Palácio Imperial — Kursor, incomumente amuado —, e não será Primária a conceder o título. Lamento.

Slanet não havia participado da Cerimônia, porque para isso devia ser avaliada por um capitão. Ela viajava sob comando de Kursor com esse propósito. Assim que aprovada, deveria ter voltado a Metalian para receber a bênção de Primária.

— Estou aqui por escolha, senhor. Não fale como se fosse culpa sua.

Kursor culpava-se por esta, e mil outras felicidades, que a jovem havia perdido. Apenas para estar ali com ele, apenas para apoiá-lo em sua cruzada febril. Pouco importava se por escolha dela, ou não.

Slanet, no entanto, observava o capitão com um misto de pena e diversão. Ele, sempre tão altivo, tão seguro de si, agora parecia *atrapalhado*. Parecia incerto sobre o que fazer com os instrumentos sagrados que tinha em mãos.

E pegou-se surpresa, por se sentir *segura* naquela situação. O sonho de longa data, a capitania, a posse da espada... apenas a momentos dali. Em sua situação como fora da lei, talvez fosse apenas uma formalidade sem significado, um título vazio.

Ainda assim, muita coisa seria diferente.

— Falamos muitas vezes sobre sua eventual participação em incursões — Kursor adivinhou seu pensamento.

— Sim, senhor. Um curso de ação, até agora, mantido apenas em teoria.

— Acredita que eu estive, outra vez, protegendo-a?

— Não, senhor — Slanet foi quase sincera. — Se pensasse ser o caso, eu estaria protestando há mais tempo.

"O senhor sempre foi mais habilidoso em tais infiltrações. Décadas mais capacitado e experiente que eu. Que seja o senhor a realizar tais procedimentos, enquanto eu ofereço suporte a bordo, é simples questão de bom senso."

Slanet devolvia outro olhar, dirigido ao peito e ombros manchados do capitão.

— Isso agora mudou. No presente momento, meu controle de refração cutânea excede o seu.

Afirmação ousada. Slanet tinha pele dourada, tornando a disciplina da invisibilidade muito mais difícil para ela.

— E haverá menos morte. Como Trahn gostaria.

Kursor anuiu com um aceno. Qualquer dúvida sobre o motivo daquela cerimônia, naquele momento, sumia para sempre.

— Acha que podem estar olhando? — Slanet lançava um olhar ao céu, na direção onde sabia estar a bionave Parsec.

— Espero que sim. Espero que, quando voltarem a se encontrar, Daion a trate como igual.

— Improvável que voltemos a nos encontrar algum dia, senhor.

— Improvável é diferente de impossível.

E o capitão ergueu a espada de Trahn, ainda retraída, segurando firme com ambas as mãos. Os entalhes do cabo imitavam a anatomia dos metalianos ancestrais. Parecia coisa orgânica, viva. Alguns suspeitavam que fosse realmente o caso.

Um comando foi dado. O cabo lançou fora a lâmina da Espada da Galáxia, forjada com algo raro e indestrutível.

Aço nuclear não tem qualquer relação com a liga tradicional de ferro e carbono. É feito de hidrogênio, o menor dos átomos, comprimido de forma tão massiva que se encontra em estado metálico. Tão compacto que não deixa espaço entre as moléculas, tão denso que nem mesmo um fantasma intangível poderia atravessá-lo, tão pesado que dizem possuir *gravitação própria*. O material mais resistente de que se tem notícia. Raríssimo, impossível de ser fabricado, encontrado apenas em planetas metálicos de alta densidade. Tais mundos têm um núcleo radioativo com temperaturas infernais e pressões esmagadoras, onde o aço nuclear se forma e eventualmente é expelido para a superfície por meio de terremotos e vulcões.

O fio, com a espessura do menor átomo, corta *qualquer* coisa. Teorias audaciosas falam sobre a capacidade de *cortar o tempo e espaço*.

Há apenas um planeta na galáxia onde se sabe existir o aço nuclear. Metalian.

Kursor iniciou a Cerimônia de Despedida.

— A Sagrada Mãe Galáxia nos presenteou com um lindo mundo, com céus coloridos e musicais, onde podemos viver em paz e segurança.

Hesitou. Lembrou ser blasfemo emitir aquelas palavras, em vez de Primária.

— Mas, cedo ou tarde, um filho deve abandonar a proteção do ninho materno e cumprir seu papel no Universo. Você, uma corajosa exploradora espacial, é uma das primeiras a mergulhar no seio da Sagrada Mãe. Você irá enfrentar seus rigores, desafiar seus irmãos, e retornar trazendo para seu povo sua divina dádiva celeste. Eu entrego o instrumento de sua missão, um presente enviado pelo próprio coração de nosso planeta-capital. Eu entrego a Espada da Galáxia.

Assim era a Cerimônia de Despedida. Curta e simples. Para a Imperatriz, despedidas sempre são dolorosas e devem ser tão breves quanto possível. Então, verdade.

Segurou a espada na horizontal, oferecendo à aluna.

Slanet levou as pequenas mãos até a arma muito lentamente. Acariciou os detalhes em relevo no punho, deslizou dedos trêmulos pela lâmina. E, com um movimento brusco, tomou a espada e a segurou contra o peito. Com tanta força e desespero, que Kursor receou que se cortasse.

— Isto também é seu, capitã.

Ser chamada por aquele título, pela primeira vez na vida, recobrou a atenção de Slanet. O capitão tinha nas mãos as antenas de Trahn.

Eram parecidas com o próprio cabo da espada, no formato e design de insetos alongados. Cerimonioso, Kursor levou ambas até os lados do rosto de Slanet, pressionando com força. Ao emitir um comando, as peças sumiram, devolvidas a seus envelopes dimensionais.

— O controle é seu agora. Quando você comandar, a instalação das antenas deve começar.

Kursor tentava incutir segurança e confiança na voz. Mas, ele bem sabia, não era um procedimento indolor. O que ele chamou "instalação" também podia ser descrito como milhões de ferrões microscópicos ancorando as antenas na carne biometálica.

Slanet afagou um pouco as próprias faces, confortando-as pela dor iminente. Deu a ordem.

As protuberâncias cilíndricas saltaram do hiperespaço e morderam o rosto, logo abaixo dos olhos. Slanet sentiu, com terrível nitidez, o avanço das fibras através da carne, enroscando em seus ossos, alcançando sua mente. Os olhos azuis, pontilhados de negro. Quis gritar, se contorcer, fazer sumir a ardência absurda.

Algo avançou até o alcance de suas mãos. Forte, denso, invulnerável, mas coberto com pele macia. Ela alisou seu peito. Beijou seus ombros. Roçou suas pernas, a princípio uma de cada vez, e depois ambas. Tocou-lhe as coxas, o ventre, os braços, o pescoço... Podia sentir todo aquele corpo ao mesmo tempo. Tudo isso sem tocá-lo.

Não estava tocando seu capitão. Mas *estava*.

— Adeus, capitã Slanet.

— Adeus, pai.

•

Kursor flutuou, na lentidão da gravidade zero, através de um dos poros da bionave, deixando seu imenso corpo e penetrando a membrana de força. Logo abaixo, o ameaçador planeta Terra.

Pai. A palavra ainda ecoava.

— Ainda receio que possam estar vigiando — sussurrou Slanet, na ponte de comando, observando o capitão pela tela.

— Tomamos todas as medidas de prevenção possíveis.

— Daion é ardiloso, meu capitão. Peço que não esqueça.

— Ele teria que patrulhar constantemente cada metro quadrado no casco de Vigilante para detectar a projeção de um feixe e, portanto, perceber minha saída. Seu antigo mestre tem características variadas, mas calma e disciplina não estão entre elas. Ele acharia esse procedimento... *chato*.

Slanet sorriu de volta. Apesar de sua repulsa ao ex-instrutor, achava interessante quando Kursor elogiava Daion. Sempre pensava neles como rivais ferrenhos, incapazes de reconhecer as qualidades do outro.

— Como se sente? — Kursor julgou ser saudável mudar de assunto.

— Meu rosto ainda arde.

— Vai continuar assim por alguns dias. Depois não sentirá mais nada, nem mesmo quando as antenas vão e voltam. Percebe algo mais?

— Difícil descrever. Estou tonta. Parece que todos os objetos na ponte querem pular em minha direção.

— É o eco das micro-ondas. Vai aprender a controlá-las e interpretar o que significam.

Slanet lembrou de quando as antenas foram instaladas, lembrou de suas primeiras sensações. A forma como "explorou" o corpo masculino diante dela. Quis perguntar se o capitão também a sentia da mesma forma, mas o constrangimento a deteve.

— Sua adaptação às antenas deve ser breve. Então, vamos rever os procedimentos quanto a intervenções. É possível que esta seja minha última missão solo.

Última missão. As palavras fizeram Slanet sentir coisas que não sabia nomear.

Eram prenúncio de algo bom, de parceria — ela poderia atuar ao lado do homem mais importante em sua vida. Mas também eram, de alguma forma, palavras agourentas.

— Vamos manter silêncio de rádio a partir de agora, Slanet. Para evitar que Daion ou os terranos ouçam.

— Certamente, meu capitão.

— Ainda me trata por "senhor" e "meu capitão".

— E assim será até o fim do universo.

Aquela tão rara sequência de estampidos graves. Kursor riu.

O explorador viajava rapidamente dentro do feixe de transporte, que não apresentava agora sua usual cor verde-garrafa. Vigilante havia sido ensinada a criar feixes mais transparentes e discretos, quase invisíveis, a fim de facilitar descidas sigilosas. De outra forma, Kursor não teria conseguido abater o ônibus espacial sem mostrar ao público uma linha verde vertical no céu.

A descida prosseguia. Em sua configuração descolorida, o material do feixe não tinha força para proteger seu passageiro contra o ambiente externo (o que foi bastante perigoso quando a Challenger explodiu). A quinhentos metros de altitude, na termosfera, o ar rarefeito atingia 900°C — mortal para terranos, mas apenas pouco confortável para um metaliano. Kursor se revigorou ligeiramente com a eletricidade abundante da ionosfera, e refrescou-se no ar gelado da mesosfera. Deixou a estratosfera, onde flutuava uma camada de ozônio repleta de buracos, e atingiu a troposfera — a camada mais baixa da atmosfera terrestre.

Era noite. Diferente do que demonstrou pouco antes, Kursor estava bastante ciente do óxido de prata avançado em sua pele, e passou a ter preferência por operações noturnas.

Olhou para o céu, viu as estrelas tremulando. O clima tornava difícil ter uma visão clara do céu, grande problema para a astronomia ótica terrana. Uma ideia engenhosa foi a colocação do telescópio Hubble em órbita no espaço, longe da atmosfera — mas descobriu-se, mais tarde, que suas lentes estavam defeituosas. Alguém na NASA tentou livrar-se da culpa acusando "sabotadores alienígenas". Que piada! Mesmo com toda a sua potência, o Hubble seria incapaz de localizar a estrela-sol de Metalian. Kursor foi indulgente a ponto de deixá-lo em paz — e nem incomodar os astronautas do ônibus Endeavour, que consertaram o telescópio no final do ano anterior.

Do alto, tinha boa visão da região conhecida localmente como Texas. Não demorou a perceber a comunidade terrana chamada San Angelo, e a vasta Base da Força Aérea Goodfellow. Em meio a outras construções, logo reconheceu a vasta estrutura do radar *Pave Pawn*; mais de trinta metros, as paredes revestidas de semicondutores que resistiam às micro-ondas de Kursor.

Estava habituado a ver dezenas de veículos pessoais, *automóveis*, estacionados à volta. Agora, apenas caminhões militares. Realmente suspeito.

Comandou seu equipamento para sumir deste universo, e tornou-se invisível. Tocou o chão texano em meio a alguma vegetação nativa, já no interior das muralhas e cercas, muito perto do prédio.

Percorreu logo aquela distância — deslocava-se com rapidez sob a gravidade reduzida, duas vezes e meia menor que em Metalian. Mesmo assim, os pés deixavam pegadas muito fundas em terreno natural. Esforçava-se para não produzir barulho: nunca ouviu um som em sua vida, mas sabia por experiência que partir um galho seco ou quebrar uma pedra poderia atrair atenção.

Sentinelas, aliás, pareciam mais escassos conforme se aproximava. Não que fossem numerosos em outras ocasiões; a guarda do radar sempre foi moderada-baixa. Mas, na eventualidade de algum projeto importante em andamento, Kursor imaginou encontrar vigilância reforçada.

Em vez disso, a vigilância estava mais fraca. *Ausente*.

Entendeu o significado. Óbvio. Gritante. Vasculhou a memória, revisitou os passos recentes, as missões anteriores. Os métodos e padrões que havia deixado aos militares terranos quase como presentes.

Percebeu o imensurável tolo que havia sido.

Com seus atos, estava praticamente gritando: *preparem uma armadilha*.

A segurança inexistente não admitia outra possibilidade. Deveria prosseguir? A chance de existência de alguma nova arma agora parecia infinitesimal — foi uma isca, apenas. Percorrer aquelas poucas dezenas de metros até a entrada, agora, não tinha nenhum propósito.

Lembrou, então, de Slanet.

Ela estaria presente em suas próximas incursões. Pior: cedo ou tarde, estaria *sozinha*.

Ao receber a espada da Imperatriz, o recém-condecorado explorador espacial dizia "Adeus, mãe". Não há paternidade entre metalianos. Nem a existência da palavra "pai" em seu vocabulário.

A decisão de avançar e desbaratar a pretensa armadilha terrana tornou-se muito mais fácil.

O fantasma de ombros cinzentos se esgueirou até perto de uma das paredes. Moveu-se junto a elas até chegar uma vasta porta, própria para a entrada de grandes veículos. Estava aberta, tornando a suspeita em certeza total.

O conteúdo do prédio sinistro, impermeável a seus sentidos astronômicos, agora ao alcance de uma espiadela.

Imaginou tropas e tanques e lança-foguetes aguardando ordem de disparo.

Olhou.

O lugar estava às escuras. Ninguém à vista. Os únicos sinais de atividade eram luzes piscando aqui e ali, em painéis de controle e telas de computador junto às paredes.

Mas o grande prédio-aposento não estava vazio. Continha algo que causou surpresa a Kursor, derrubando suas conjecturas até aqui.

Havia uma arma.

Bem no meio daquele espaço, sob pouca luz. O formato cilíndrico e alongado, as articulações, a plataforma giratória — tudo inconfundível. Era um canhão. Com pelo menos vinte metros.

Após um exame rápido nas proximidades — e a certeza de estar ali sozinho —, o explorador aproximou-se devagar, mesmerizado. Tentava entender o funcionamento da arma; se era um canhão, *o que* disparava? Não parecia laser, nem qualquer de suas variantes. Não parecia nada que tivesse visto antes, e *isso* era raro. Sim, reconhecia componentes terranos na construção. Mas o projeto, a estrutura, o design...

Não era algo que *deveria* estar ali.

— Gosta de meu brinquedo, capitão Kursor?

Voz de rádio. Próxima. Bem ali.

Uma mancha prateada explodindo no ar vazio, revestindo braços e pernas com armadura, empunhando metro e dez de lâmina faiscante — em meio segundo, Kursor estava pronto para lutar e matar. Varreu em volta com olhos e antenas. Suspeitou que os sentidos haviam sido enganados, bloqueados. Esperou a familiar chuva de projéteis. Ela não veio.

Na verdade, de tão espantado com o artefato, não vasculhou o aposento com precisão. *Havia um terrano.*

Estava afastado, em um canto escuro. Kursor tocou-sentiu as rugas do uniforme, o aparelho de rádio portátil na mão esquerda, e a cicatriz funda na face.

Mesmo após uma quase década de espionagem obsessiva, ainda tinha dificuldades em diferenciar aqueles seres. Mas *aquele* rosto, *aquela* voz, eram impossíveis de esquecer.

Até sabia algo que quase nunca lembrava sobre terranos. Sabia seu nome.

— Coronel Norman Williams.

A voz chiou áspera no pequeno rádio. Podia ser defeito eletrônico. Não era.

Estava diante do homem que orquestrou a morte de Trahn.

— Foi simples providenciar este encontro. Na verdade, estou surpreso que tenha funcionado.

— Seu ardil era visível a anos-luz — Kursor exagerou.

— Ainda assim, caiu na armadilha.

— Não pode ser definido como armadilha, quando é incapaz de conter a presa.

Williams avançou para a luz.

— Muito justo. Sempre conseguiu se evadir das forças armadas. Não há motivo para acreditar que seria diferente hoje.

— Ou diferente *qualquer dia*.

— Não vai escapar indefinidamente. Não é possível que pense assim.

— Não pode deter-me, não pode causar-me dano. Você é um envelope de água suja. Você é *nada*.

Kursor insultava sem a menor inteligência. Estava furioso. Pensava mal. *Não pensava*.

O militar de meia-idade, por outro lado, mostrava-se muito calmo.

— Exceto que *posso* causar dano a vocês. Posso capturar vocês. Há um precedente, não?

Ele ousava mencionar Trahn. *Ousava*.

— Vai revelar como executou a captura da capitã Trahn — Kursor apontava a lâmina. — É certo que ela não deitou-se em sua mesa cirúrgica por livre vontade.

— Tem razão. Vou revelar.

A tranquilidade daquele terrano diante da morte certa (*claro que o mataria*) já irritava Kursor além da irritação.

Trepidação sob os pés. Guinchos que Kursor não podia ouvir. Eram motores hidráulicos funcionando. Olhou-sentiu em volta, percebeu a estrutura do prédio se modificando.

O teto estava abrindo.

— O que tem aí, terrano? Outra arma radioativa incrível? — tentava ser zombeteiro, irônico, mas falhava.

— Deve estar se referindo ao projeto de um ano atrás. Um disparo de radiação atômica concentrada contra sua nave.

— Causou panes às leituras de seus satélites durante semanas.

— Uma ideia idiota, concordo. Mas autorizei o projeto assim mesmo. Para dar-lhe confiança. Fazê-lo acreditar que não tínhamos arma melhor.

O teto totalmente aberto. O canhão apontando para o céu.

— Estará morto em pedaços antes que isto dispare — Kursor rosnava.

— Em sua arrogância, nunca se preocupou em manter grande distância da Terra. Isso torna sua nave relativamente fácil de observar e estudar.

Williams era calma e bom humor encarnados. Circulava o canhão a passos lentos, tranquilos, enquanto seguia explicando.

— Nossos técnicos descobriram que a nave emite quantidades significativas de calor, luz, raios ultravioletas, ondas de rádio, raios X e raios gama. Guardadas as devidas proporções, tem as mesmas propriedades de nosso Sol. Em essência, sua nave é uma estrela. Estou certo?

— Tão certo quanto um morto consegue estar.

A raiva fervia ainda mais, porque Williams podia ter razão. Quase tudo sobre bionaves era misterioso, mas mesmo os estudiosos metalianos suspeitavam que sua geração de energia era a mesma das estrelas.

— Então vejamos: uma estrela é uma gigantesca bola de hidrogênio, que desprende luz e calor através da fusão do núcleo dos átomos, submetidos a enormes pressões e temperaturas. Pode durar mais de dez bilhões de anos. Mas até uma estrela deve morrer um dia. Cedo ou tarde, consome toda a reserva de combustível nuclear.

— Não vai me convencer de que este aparelho pode acelerar a fusão do hidrogênio em uma estrela.

— Pois é exatamente o que ele faz.

Algo muito errado. Kursor não conseguia ver, apenas sentia. O assassino de Trahn estava ali, vivo — com certeza, era algo errado. Mas havia *mais*.

Era algo que não podia ver, *porque o assassino estava vivo*. Estava cego para todo o resto. Nada mais importava.

— Este planeta não pode fabricar tal dispositivo.

— Tem razão. Não pode.

Ali. O que estava errado.

A espada ganhou vida, saltou na direção do homem fardado. Antes de pensar no ataque, Kursor já estava atacando. Ainda assim, foi *lento*.

Percorreu o longo espaço até o alvo, mas o golpe errou por mais de um metro. Tentou pousar, terminar o salto. Os pés falharam. Caiu com o estrondo, o metal produzindo um estrondo de piano se espatifando. Quis erguer-se. Não pôde.

Não enxergava. Não sentia. Tudo eram caminhos errados, tudo eram sinais desconexos.

— A captura de Trahn? — Williams disse, sem ser ouvido. — Agora sabe a resposta.

O primeiro e mais fulminante sintoma foi a tontura, que fez Kursor errar o golpe longe e tombar no chão. Tentava se erguer, mas os músculos não respondiam. Estremecia como um brinquedo defeituoso, frenético, engalfinhado em luta com um inimigo invisível. As convulsões duraram eternos três minutos. Quando enfim se aquietou, boa parte da pavimentação estava reduzida a pedrinhas.

Estava consciente, ou próximo disso — pensar exigia esforço, mover-se era um sonho distante. Um pouco da visão retornava.

Williams empunhava uma diminuta pistola.

— Chamamos de eletroperturbadora — andava em círculos à volta de Kursor, exibindo a arma. — É um nome extravagante, mas acurado. Suas ondas perturbam a circulação da corrente em qualquer sistema elétrico. Isso inclui você.

"Não é um instrumento de construção tão difícil. Basta um mínimo de tecnologia de supercondutores. Mas deve estar se perguntando: as cerâmicas com propriedades supercondutoras só foram descobertas pelos terranos no final da década de 80, e mesmo aquelas não funcionavam acima de -200°C. Esta arma é muito mais avançada, funciona à temperatura ambiente. Então, como poderia ter sido usada contra Trahn em 1973?"

— Você... você não...

A garganta de Kursor brilhava com uma luz amarela. Sua voz soava dolorosa no rádio portátil que Williams tinha na outra mão.

— Consegue falar. É ainda mais forte que sua colega. Sim, metalianos têm corpos poderosos.

— Você é...

— Mais tarde falamos sobre o que sou. Agora, com sua licença, há uma estrela que devo apagar.

Williams desligou o rádio. Ignorando o ranger de músculos biometálicos atrás de si, avançou até um console e teclou um comando. O canhão começou a se elevar.

•

Slanet se segurava para não cair do assento. Não havia contado a Kursor toda a verdade — seu senso de equilíbrio estava em frangalhos. Mal sabia dizer se a gravidade artificial estava ligada ou não.

Tudo o que conseguia era manter-se agarrada aos braços da poltrona e olhar a tela principal. Pedia ao computador para melhorar a imagem, mas era difícil focar através da atmosfera terrestre. Conseguia ver o desfocado prédio branco do radar, e mais nada. Nem sinal do capitão, ou tropas, batalhas ou explosões.

Os terranos diziam: nenhuma notícia é boa notícia.

Queria estar lá, queria *tanto* estar lá! Imaginou que, após a Cerimônia, poderia acompanhar o capitão — era agora oficial graduada, era portadora da espada. Exploradora espacial, enfim! Mas estava tão doente, tão enjoada, que não podia desfrutar da conquista.

Imaginou se Kursor *sabia* disso. Se ele calculou o momento, usou o período de convalescença para forçá-la a ficar.

Foi a última vez, senhor. A última vez que tentou me proteger.

— Vigilante. Acha que ele está bem?

Um rugido afirmativo, curto e seco, foi a resposta. Bionaves são inteligentes e se comunicam, mas pouco *conversam*.

Estava preocupada. Tudo parecia acontecer rápido demais. Em geral as incursões de Kursor eram avaliadas, planejadas com semanas de antecedência. Desta vez, devido à chegada de Daion, tudo era apressado. Sujeito a erros.

E os terranos... Em muita coisa, eram parecidos com Daion. Adaptáveis, criativos, imprevisíveis. Aprendiam com velocidade absurda, absorviam como esponjas. A cada nova descoberta sobre o invasor, surgiam com novas armas e táticas. Eram como lobos à volta do búfalo forte, mas velho e ferido. Rondando, espreitando, estudando o padrão de ataques dos chifres, aguardando o momento de matar.

Kursor não "tinha" padrões — era *feito* com eles. Era feito de métodos e técnicas. Sua disciplina, inquebrável. Sua lógica, irrefutável. Seus ataques, precisos como um relógio atômico.

Os terranos *podiam* descobrir os padrões de Kursor, e achar um meio de quebrá-los. Era questão de tempo.

Que não seja hoje.

Por isso queria tanto atuar ao lado do capitão, ou até mesmo substituí-lo. Para salvá-lo.

— Queria saber lidar com estas antenas... — acabou reclamando em voz alta. — Saber o que acontece lá embaixo...

Uma comunicação rápida entre a bionave e o computador de bordo. A tela principal apagou.

— *Feche os olhos.*

Era Vigilante, no sucinto idioma bionave.

— *Feche os olhos. Veja diferente.*

Claro que Slanet já havia tentado fechar os olhos, focar-se no novo sentido — mas a tontura só piorava. Mesmo assim, voltou a tentar.

Sem pálpebras reais, metalianos "fecham" os olhos apenas mudando a polarização da pele transparente sobre os mesmos. O azul-cobalto sumiu para dar lugar a um tom dourado, igual à pele.

A cabeça girava com mais força, um zumbido afogava os pensamentos. Temeu cair, segurou-se mais firme. Segurou a poltrona. Depois o piso. As paredes.

Não podia estar *segurando* aquelas coisas!

O zumbido e a tontura tomavam novas formas. Eram dedos correndo as superfícies metálicas, revelando formas, saliências, reentrâncias. Sentia teclas e botões nos painéis de controle — suas formas faziam cócegas! Sentia a suavidade lisa das telas.

Tomou coragem, ergueu a cabeça. Lá estava o teto pulsante, alto e baixo, alto e baixo. A dureza das placas e a maciez das fibras elásticas entre elas.

Ótimo para uma primeira vez, mas ela queria mais. Inclinou-se na poltrona, apontou as antenas para o chão. O piso tinha cinco ou seis centímetros de espessura. Abaixo — *Como consigo saber o que há abaixo?* — cruzavam-se complicadas redes de cabos e fios. Descendo mais, já podia sentir onde terminavam as arestas das peças artificiais e onde começava a suavidade da carne biometálica. Parecia úmida, frágil, desmanchando-se ao toque. Não sentiu falta das belas luzes, porque agora percebia coisas novas. Prosseguiu com o avanço, se maravilhou com a variedade de tecidos vivos, suas texturas, porosidades. Teve que desviar de certas partes que resistiam à sondagem — ossos, talvez. Finalmente, mais de cem metros abaixo, tocou a parte interna da pele de Vigilante.

O couro tinha quase dois metros de espessura, fofo e enrugado. Além dele, algo duro e granulado preenchia o vazio — como areia fina, cada grão muito bem preso no lugar. Era a membrana de força. Para olhar através, Slanet teve que empurrar as micro-ondas como quem força uma porta emperrada. Sensação desconfortável, sufocante, como nadar em lama.

De repente, não havia mais nada. Esticou braços inexistentes em busca de um apoio na escuridão. Sentiu-se caindo... caindo...

Abriu os olhos. Estava no chão, de bruços, diante da poltrona.

Levantou-se alegre, asinhas abertas. Nenhuma tontura.

— Sei que não gosta de agradecimentos, Vigilante, mas... obrigada.

A bionave rosnou satisfeita, pronunciando uma palavra que Slanet não conhecia. *De nada?*

Apesar do gigantesco primeiro passo, a jovem teve que se conformar — não poderia alcançar Kursor com sua sondagem. Pediu ao computador para reativar a tela principal. Estava bem mais clara agora. Talvez estivesse assim desde o início mas, com o enjoo, não enxergava com nitidez.

De qualquer forma, algo havia mudado.

O teto do radar estava *aberto*.

— Computador, consegue uma imagem mais clara do interior do prédio?

O computador respondeu que não, e nem foi necessário. Lentamente, uma grande estrutura (*arma?*) emergiu na abertura. Apontava direto para a bionave.

Que não seja hoje.

Slanet lembrou-se da ordem para manter silêncio de rádio, mas não era tola.

— Senhor? — gritou ela, com toda a força.

Onde estava Kursor? Com a estrutura arreganhada daquela forma, não deveria haver interferência nas comunicações. Por que ele não respondia?

Hoje não.

— Pode me ouvir, senhor? Por favor, responda.

Luzes acesas ao longo do canhão, piscando com velocidade e intensidade crescentes. A arma parecia acumular força para o disparo.

Não havia o que temer. Os terranos não tinham nada capaz de ferir uma bionave. *Nada* na galáxia conhecida podia fazê-lo. Estavam seguros.

A boca do canhão despejou no céu um raio multicolorido, como um arco-íris. Nada a temer.

— Esquive, Vigilante. *Esquive!*

Foram as últimas palavras de Slanet antes de desmaiar com o uivo de morte de Vigilante.

•

Alexandre consultou o relógio de pulso. Passava das onze da noite, o que não significava muito no espaço. Ele e a irmã sentiam como se tivessem conhecido Daion e sua tripulação anos atrás, e não naquela manhã.

Estavam todos espalhados pelas poltronas da ponte, inclusive Kirov, já curado do mau humor prévio. Durante as últimas horas, Daion esteve explicando a todos sua teoria sobre os eventos na Terra. Sua especulação sobre a existência de maçaricos atômicos onde — e quando — eles nunca foram inventados.

Foi um debate intenso, especialmente quanto às opiniões de Dryania. Repetiu dezenas de vezes que seria impossível, uma fantasia lunática. Mas acabou convencida.

Porque não havia outra explicação.

— Daion, se vamos aceitar isso como verdade... o que podemos fazer?

— Difícil dizer. Conheço pouco sobre eles, fica difícil bolar um plano.

— Existe risco *real* de que alcancem Metalian.

— Eu avisei que não ia gostar deles, gata.

Dryania estava apavorada, à beira de um ataque de nervos. Buscou apoio em uma poltrona. Desejou que Hax estivesse ali para confortá-la, coisa que fazia bem.

— Precisamos voltar a falar com Kursor e Slanet. Partilhar sua teoria.

— Eles acreditarem, são outros quinhentos.

— Outros...?

Kirov ergueu um dedo. O gesto, também entre metalianos, era um pedido de silêncio.

— Ouviram isso?

— Não ouço nada — disse Stefanie, apurando os ouvidos.

— Foi voz de rádio. Parecia Slanet. Ela disse "Senhor?"

Todos calaram. Os gêmeos prestavam atenção e, claro, não ouviram — mas perceberam os olhos de todos dilatando surpresa.

— "Pode me ouvir, senhor? Por favor, responda" — Dryania repetiu para os terranos.

— Não me admira que possamos ouvir daqui — Kirov, alarmado. — A coitadinha está gritando!

Daion pulou da poltrona.

— Kursor desceu da nave! Ele está na Terra, e Olhinhos Azuis não consegue falar com ele. *Os desgraçados não perderam tempo.*

O capitão ordenou uma imagem de Vigilante na tela principal. Todos observaram a bionave, mas Daion estava atento ao planeta — as chances eram de que Kursor estava diretamente abaixo. América do Norte. Texas. San Angelo. Base Goodfellow.

Um prédio com um canhão no topo?

— Computador — gritou, quase histérico —, abra um canal de comunicação com...

Era tarde.

Tudo ocorreu mais rápido que o pensamento. Um estranho raio arco-íris foi disparado contra Vigilante. A bionave podia mover-se à velocidade da luz, *tentou* se esquivar — mas a luz colorida dobrou seu caminho, *perseguiu* o alvo. Como se atraída por sua aura luminosa.

O raio encontrou a superfície verde-garrafa da bionave, mas não se deteve, nem ricocheteou para longe. Penetrou. Espalhou, devagar, como gotas de tinta em um copo de água limpa.

Todos os metalianos na ponte gritaram, seguraram as próprias cabeças. Daion e Kirov caíram de joelhos. Dryania desfaleceu na poltrona.

Alexandre e Stefanie, os únicos ainda em pé, correram em socorro.

— Daion? — Stefanie, ao lado do explorador, enquanto Alexandre acudia Kirov.

Stefanie horrorizou-se com o rosto do capitão. Estava enrugado à volta dos olhos, e branco como mármore. Não precisava de qualquer explicação para saber que aquilo significava dor.

Kirov foi o primeiro a se recuperar, empurrando Alexandre para o lado.

— Tire as patas biocarbônicas de cima de mim.

— Acho que este aqui está bem — disse Alexandre.

— Daion também parece estar melhorando.

O explorador espacial gemeu por mais alguns momentos, então pareceu ganhar força para olhar a tela. Stefanie também olhou, mas tudo parecia como antes.

— O que aconteceu com vocês? O que *ouviram?*

— Você nunca vai saber, menina — a voz como que saída de uma cova. — Você tem uma sorte danada por nunca saber!

— Está se sentindo bem?

— Não, porra! Nunca mais vou me sentir bem. Foi o uivo de morte, *foi a merda do uivo de morte!*

— Uivo... de morte?

Daion ergueu o rosto, olhou para terrana. Uma tristeza que ela nunca pensou ver naqueles olhos verdes e brincalhões.

— Vigilante está morta.

— Ela... — Stefanie tentava animar, de alguma forma — ela parece como antes.

Na verdade, não parecia. A aura verde brilhava menos, parecia leitosa.

— Está morta.

Daion chorava.

Daion levantou devagar. Fingiu aceitar a ajuda de Stefanie (ela não suportaria suas centenas de quilos), apenas para sentir algum conforto. Algum alívio.

— Computador, abra um canal de comunicação com Vigilante.

A tela escureceu.

— Olhinhos Azuis. Você está bem?

A tela continuava negra.

— Também deve ter desmaiado.

Daion estava provavelmente certo. O uivo havia sido terrível ali, a milhares de quilômetros. No ponto da emanação, impossível manter a consciência.

— O que acha, Kirov?

— Seis bilhões de trevas, *como* posso saber?! — o engenheiro-médico rosnou, teclando comandos no computador. — Bionaves vivem milhões de anos. Mesmo quando mortalmente feridas, podem levar décadas para morrer. Nunca vi isso acontecer tão rápido.

— Você é o especialista em bionaves. Se não sabe o que aconteceu com Vigilante, quem pode saber?

— Os terranos! *Eles* podem saber. Sua teoria estava errada. A culpa é desses...

Kirov interrompeu as acusações, olhando um mostrador e gritando o palavrão mais sujo que conhecia. Os dados que pediu ao computador enfim retornaram, mas sua interpretação era inaceitável.

Daion, alarmado, veio ver. Kirov tentou impedir. Sem sucesso.

— Não é o que eu penso que é...

Adivinhando o que viria a seguir, o engenheiro segurou Daion com força.

— O que está fazendo? — o explorador protestou. — *O que está fazendo?*

— Você não vai até lá.

— Eu posso chegar até ela. *Eu posso!*
— Já está em colapso — Kirov, sem afrouxar. "Abraço de urso" não se aplicava, Kirov era *muito* mais forte que qualquer urso.
— Um feixe de transporte! Segundos apenas! Eu posso...
Diante da luta, os gêmeos só podiam tentar ficar fora do caminho. Foram até junto de Dryania, ainda desacordada.
Alex olhou para a bionave na tela. Sua luz estava diferente. Maior, mais brilhante.
Entendeu o que ocorria. Entendeu a razão da urgência, da luta.
— Supernova. *Está se tornando supernova.*
— Alex?
— É uma estrela...
Relâmpagos cruzaram a aura verde, contaminada pelas cores opacas do raio. Já não parecia estável, perpétua. Luzes piscavam sob rachaduras no casco, pequenas explosões aumentavam ainda mais o número de fendas. Os primeiros fragmentos começavam a se desprender.
Uma estrela morre quando já queimou todo o seu hidrogênio e o transformou em hélio — Alexandre tentaria dizer, se tivesse tempo. — *Então elas expandem até o tamanho de uma gigante vermelha, depois contraem e apagam. Mas a presença de certos átomos em seu núcleo, mais pesados que o hidrogênio, pode desencadear uma reação de fusão nuclear.*
— É uma estrela que explode — resumiu.
Vigilante explodiu. E todos na ponte ficaram cegos pelo clarão na tela principal. Na Terra, os norte-americanos e canadenses acordados naquela noite pensaram ter visto uma breve aurora boreal nos céus.

•

A visão dos metalianos voltou primeiro. Olhos terranos não têm proteção tão eficiente contra clarões repentinos, levam mais tempo para voltar ao normal. Não fez muita diferença — todos na ponte ficaram vários minutos imobilizados, os olhares presos na tela principal.
Uma massa disforme de luz branca espreguiçava onde devia estar a bionave. Pedaços pulavam fora e formavam bolhas, que brilhavam como pequenas estrelas durante alguns segundos, e então apagavam.
Alexandre ainda aguardava o fim do mundo; conhecia bem o fenômeno supernova. Pensou que, ao explodir, a bionave emitiria uma onda de choque que varreria a superfície da Terra com a força de centenas de bombas atômicas — expulsando seus oceanos e sua atmosfera. Para, depois, se transformar em uma

estrela de nêutrons quente e pesada, com poderosíssima gravidade. Ou ainda, tornar-se um buraco negro e tragar a Terra.

Nada daquilo aconteceu. Claro. Uma bionave é pequena demais para gerar os mesmos estragos destrutivos de uma supernova real.

— Não precisam se mijar — Daion gemeu, adivinhando os temores dos convidados. — Seu planetinha não será afetado.

Alexandre e Stefanie reforçavam suas de aquele capitão extraterrestre tinha noção *real* sobre o uso de linguagem informal.

Sabiam que a metaliana dourada chamada Slanet estava morta.

— Daion — disse ela. — Eu não sei o que...

— Por que não me ouviu, Olhinhos Azuis? *Por que não me ouviu?*

O explorador debruçava sobre uma estação de trabalho, lágrimas oleosas gotejando. Kirov não protestou.

Sentindo-se inútil, Stefanie foi cuidar da metaliana desmaiada. Os olhos estavam prateados, pareciam mortos. Segurou sua mão. Muito pesada, mas delicada, de artista.

Dryania franziu a testa e fez menção de acordar. Stefanie lembrou que o toque de sua mão pinicava. Isso devia estar despertando-a.

— Ela... elas... estão mortas?

Stefanie pediu ajuda ao irmão, com o olhar. Ele ajoelhou ao lado da poltrona, tomou a outra mão de Dryania.

— Aconteceu enquanto Slanet estava desacordada. Ela não sofreu. Não há sinais de Kursor, mas não temos motivos para crer que também esteja morto.

— Sagrado Código Matriz, eu não queria estar aqui. Daria tudo para voltar ao meu laboratório. Por que Kursor não...?

Dryania calou-se. Olhou sem querer para um certo ponto. Devagar, os olhos verdes ficaram redondos como pratos. O aparelhinho na garganta engasgava. Não tinha sido projetado para reproduzir aquele tipo de som. Aquele tipo de *grito*.

Apontou um braço trêmulo para a tela principal. Todos olharam.

A ameba de luz já estava quase sumida, reduzida a uma nuvem esfumaçada. Em seu interior flutuava um corpo, escuro e sombrio, lembrando um antigo submarino de guerra. Era a coisa retorcida que acompanhava a bionave de Kursor. A coisa que Daion advertiu ser melhor não conhecer.

— O vingador resistiu! — gritou Kirov, esmurrando a parede e deixando um buraco nela. — Seiscentos trilhões de treva e bosta. Aquilo *resistiu* à explosão!

Dryania agarrada ao braço da poltrona, balbuciando preces, assustada como garotinha. Tremia tanto que a poltrona quase desprendia do chão.

Alexandre e Stefanie logo entenderam o porquê de tanto medo.

A coisa se mexeu.

O tentáculo gigante que se prendia à bionave boiava no espaço. Sua extremidade exibia quatro prolongamentos, esqueléticos dedos de bruxa, tateando em busca de algo para segurar. Procuravam a bionave. Não encontraram.

As placas que revestiam o corpo, escuras e lustrosas como casca de barata, começavam a se mover. Escorregavam umas sobre as outras com brutalidade, arranhando, quebrando, soltando pedaços. Desprendiam no espaço fios de fluido grudento. Em alguns lugares, abriam como asas de besouro, revelando bizarras grades feitas de tubos recurvados. Pareciam costelas.

Quatro garras brilhantes, antes acomodadas na parte frontal, agora escorregavam para os flancos — duas para cada lado. Ficavam nas pontas de dois longos pilares articulados, lembrando ossos esticados em uma máquina de torturas. Os gêmeos tiveram que se abraçar quando perceberam o que eram: braços.

Outro par daquelas estruturas nasceu na parte de trás, também rompendo teias viscosas no processo. Agora a coisa já podia ficar ereta. Tinha mais de meio quilômetro de altura.

Os dedos na ponta do tentáculo dobraram-se furiosos sobre si mesmos. No centro, uma boca de peixe arreganhou dentes finos e afiados, iguais a alfinetes tortos.

A boca rugiu. Um rugido estridente e macabro, mistura de miado de gato e cacos de vidro mastigados. Som. Não rádio.

No espaço. No vácuo.

E todos podiam ouvir.

Patas de centenas de metros se esticaram soturnas, e o monstro começou uma caminhada espacial na direção da Terra. Aquele planeta matou sua companheira, que o alimentava, que o transportava. Agora o vingador cumpria seu papel na união simbiótica.

Vingar-se.

PARTE 4

SOLDADOR FAZIA O POSSÍVEL para manter-se escondido entre os destroços, caminhando atento ao céu em treva.

Praguejou qualquer coisa contra os oficiais nomeados às pressas quando começou a guerra. Devem ter acreditado ser muita astúcia ordenar que os campos petrolíferos fossem incendiados, evitando assim que caíssem nas mãos do adversário. Sim, aquela parte do plano havia funcionado. Mas, além disso, os incêndios em escala continental trouxeram céus enegrecidos de fumaça — cobertura perfeita para a nova geração de caças-quirópteros inimigos, que não precisavam de qualquer visibilidade.

Soldador desistiu de olhar para o céu negro deprimente e passou os óticos pelas ruínas ao redor. Tudo arrasado pelos bombardeios, difícil reconhecer o lugar. Só conseguiu quando encontrou uma placa suja e amassada, onde ainda resistiam os dizeres "Museu de História Natural".

Museu. Nunca havia pisado em um antes. Sabia apenas serem templos de loucos, onde se louvava um deus absurdo que muitos pensadores duvidavam ter qualquer devoto.

Agora sabendo de que se tratava, ficou mais simples identificar a estrutura. Tinha arquitetura arrojada, até poética — adequada a um monumento dedicado a sonhos insanos. Avançou por entre paredes arruinadas, sem saber ao certo o que procurar. Estava escuro, pensou se deveria acender faróis. Os caças-quirópteros eram cegos para luz visível normal — mas não eram os únicos inimigos por perto. Havia os tanques-escorpiões, os búfalos-tratores, os tecnossauros... Terminou por optar pela escuridão, amaldiçoando-se por não ter configurado visão noturna, radar ou infravermelho em seu sistema sensorial.

Após algum tempo vasculhando os destroços, descobriu uma escada que descia até o subsolo. Luz vermelha piscou em seus óticos com a surpresa. O depósito do museu? Talvez abrigando relíquias arqueológicas, artefatos evolucionistas que sobreviveram ao bombardeio. Era ridículo e tardio pensar em tal coisa com uma guerra religiosa em curso. Mesmo assim, Soldador achou que valia a pena dar uma olhada.

Chegou até uma grande coluna de bronze caída, atravessada no meio da passagem. Tentou movê-la, mas conseguiu apenas acabar com o que restava de polimento em seus ombros. Devia pesar mais de dez toneladas. Seriam precisos mais dois ou três iguais a ele para tirar aquilo do caminho. Enxugou o lubrificante que escorreu pela testa com o esforço, e olhou pensativo para o braço direito. Não terminava em mão — em sua extremidade, o maçarico nuclear que lhe valeu o codinome. Sua identificação verdadeira era SGH-561987-EFR, mas todos o conheciam como Soldador.

Deu de ombros e acendeu uma chama branca na ponta da ferramenta. Cortou sistematicamente pedaços da viga, com rapidez mecânica, até abrir uma fenda em forma de arco com perfeito contorno geométrico. Passou sob ela. Nas profundezas do túnel, sem o perigo de ser visto, Soldador ligou os faróis em cada ombro. Estava tudo bastante intacto, como previu. Viu-se em um corredor não muito longo, ladeado de portas. Ficou indeciso sobre qual delas abrir — até ouvir um estalido constante, regular, logo atrás de uma delas.

Apontou o maçarico, agora também arma, na direção da porta. Suspeitou de um batedor inimigo, mas pensou melhor e deduziu que não. Ninguém poderia ter passado pela coluna na entrada sem deixar vestígios. Quem estivesse ali, já estava antes do bombardeio.

— Quem está aí? Responda.

Nenhuma resposta além do próprio tique-taque. Chegou perto da porta, mas ela não abriu. Não era do tipo que detectava passantes. Óbvio, um depósito de valiosos objetos de museu não podia permitir entrada não autorizada. Soldador meneou a cabeça diante da própria burrice e pressionou um botão na parede ao lado. Esperava ter que desafiar algum código de acesso, mas nenhum sistema pediu por identificação. Nada funcionava. Talvez todo o lugar estivesse desligado.

Forçou a porta dupla. Conseguiu empurrar uma das metades para dentro da parede, mas a outra não se moveu. Soldador era grande, já costumava ter problemas com portas normais — e sem dúvida não conseguiria passar por ali, mesmo de lado. O metal da porta era resistente, levaria algum tempo para dobrá-lo. Foi mais rápido cortar uma fatia com o maçarico.

Entrou e passou os faróis pela sala, um vasto depósito de caixas etiquetadas. Conforme verificou mais tarde, provinham dos cantos mais remotos do planeta. Mas sua fonte de preocupação mais imediata era a fonte do ruído intermitente — uma figura encolhida atrás de uma prateleira.

— Saia — o chiado rouco mal conseguia cobrir o tique-taque. — Nada aqui. Me deixe em paz.

Tentava cobrir o rosto com braços cilíndricos finos. Soldador demorou para perceber que seus faróis o estavam ofuscando. Diminuiu as luzes.

Quando seus óticos se acostumaram à escuridão, Soldador pôde observar melhor o refugiado. Tinha sistemas de pequenas pinças no lugar das mãos, delicadas, dignas de um cirurgião de microcircuitos. O corpo era um modelo obsoleto, franzino, esguio, sem arestas. Quase aerodinâmico. Bem poderia ser um velocista — mas a maioria deles tinha aerofólios. Era, muito mais provavelmente, um restaurador de antiguidades do museu.

— Tem fome?

A estas palavras de Soldador, o estranho descobriu o rosto. O estalido constante cessou — alguma parte mecânica funcionado mal devido ao nervosismo. Tinha uma cabeça quase piramidal, com seis olhos brancos e salientes em duas das três laterais. Peças em forma de pirâmide serviam para demonstrar sabedoria, mas era uma tendência de design bastante antiga.

Soldador puxou uma pequena bateria de uma caixa presa no flanco. O refugiado olhou repetidas vezes para a mão estendida e para o rosto de Soldador, até finalmente apanhar o objeto com uma pinça trêmula e desgastada. Uma tampa abriu no pescoço e revelou um pequeno compartimento, onde ele introduziu a pilha.

— Ahh... — suspirou ele, visivelmente revigorado. — É certo que tinha apenas força de reserva.

— Está funcionando bem?

— Não... sei. Há quanto tempo estou aqui?

Soldador ficou confuso por um instante. Não era uma pergunta comum, qualquer sistema funcional apontava data e hora. Deduziu, então, que o pulso eletromagnético das recentes explosões talvez tivesse danificado centros de memória, confundindo seu calendário interno.

— Hoje é dia 194/45/434. O bombardeio foi há duas semanas. Consegue lembrar seu nome?

— Sem baboseira de letras e números. Há algum tempo me chamam Sucata.

Alguma parte de Soldador pensou em rir. Outras partes lembravam do planeta arrasado pela guerra.

— O meu é SGH-561987-EFR, Soldador.

O velho robô levantou com rangidos, mancando até perto de alguns caixotes e verificando seu conteúdo. Remexia pequenas estatuetas e as espanava, com uma calma fora de lugar. A rotina de trabalho no museu, em nada alterada.

— O que aconteceu lá fora? — perguntou, em tom casual, a voz cheia de chiados e cliques.

Soldador duvidou que o velho estivesse mesmo funcionando nominalmente. Temeu causar um infarto em seu mecanismo interno, mas respondeu assim mesmo.

— Dizem que o Messias está morto. Terroristas invadiram a Catedral. Detonou cargas.

— Terroristas — o restaurador não pareceu abalado.

— Falam sobre o grupo Evolução. Outros também estão alegando autoria. Talvez tenha sido ação conjunta.

— Não de todo uma surpresa, não?

Soldador, com um resmungo, demonstrava não entender. Havia sido, *sim*, uma surpresa. Por isso o ataque foi bem-sucedido.

— Cibercracia — o velho seguiu. — Não podia durar para sempre. Coisas digitais não deveriam governar. Nada como um cérebro de verdade para tomar as decisões que importam.

Assunto aberto a muito debate, pensou Soldador. O sucesso do planeta Traktor como civilização se deveu apenas ao Messias Gigacom. Concebido milênios antes pelo Criador em pessoa, acrescido de novos aprimoramentos por seus clérigos, até atingir o tamanho de uma cidade inteira. Claro que, com a miniaturização de componentes, poderia ser bem menor — mas o próprio recusava essa opção, alegava que os recursos globais seriam mais bem aproveitados em outros setores da sociedade. Suas descobertas, por exemplo: o Messias havia inventado os coletores solares orbitais, a fusão nuclear a frio, e a pele metálica flexível — largamente utilizada em rostos e mãos.

Assim todos conheciam o Messias Gigacom. Sábio, piedoso, corajoso, generoso, líder perfeito em qualquer circunstância — exceto quando se tratava da própria segurança. Dava-se mais para outros que para si mesmo, a ponto de evitar cautela contra grupos profanos de descontentes que tramavam sua queda. Grupos como o Evolução.

A morte do Messias era apenas um rumor. Mas muito plausível.

— O Criador perdoe sua blasfêmia! — rosnou Soldador. — Acha que estaremos... *estaríamos* melhores sem o Messias? O planeta está em guerra civil. Cada administrador declarou-se messias de seu setor. Dezenas de cidades-estado lutando pela gerência de...

Sem aviso, Sucata acertou um golpe com a garra na cabeça de Soldador.

— Isso tudo é culpa *nossa*.

Voltou para sua tarefa, agora tão sem importância, e seguiu chiando.

— O velho Gigacom era ótimo. Tão esperto, tão eficiente, que ficamos dependentes demais. Este mundo é mais uma rede digital e menos um planeta. Impossível de lidar com uma mente normal. Apenas um supercomputador pode administrar Traktor, e o único que tínhamos se foi. Mesmo que um novo líder mundial seja nomeado, o caos continuará.

Soldador silenciou. Porque era verdade.

— E por qual cidade-estado você luta?

— Nenhuma — respondeu Soldador. — Antes da guerra, era técnico-chefe na Catedral. Estava em uma estação orbital quando a guerra começou. Só ontem consegui um transporte de volta ao planeta, mas acabamos derrubados pelos quirópteros da Cidade Buraco Negro. Escapei dos destroços sem que notassem. Não sei se outros sobreviveram.

— Aqueles loucos por escuridão! Urubus! Digo que começaram isso tudo, apenas para descer sobre nossas carcaças!

— Uru... bus?

— Aves de rapina. Extintas muito antes que eu ou você fôssemos construídos.

Soldador decidiu chegar perto e espiar o conteúdo da caixa que o velho inspecionava. Parecia um cadáver, um corpo robótico de design bem inusitado. Um olhar mais cuidadoso revelou uma casca vazia, rústica, desprovida de circuitos ou mecanismos. Era apenas uma armadura feita com chapas de metal ferroso, muito antiga e atacada por ferrugem.

— Que tipo de corpo é esse? Não tem servo-musculatura, película supercondutora, computador interno, manutenção de vida... Que tipo de pessoa sobreviveria aí?

— Você sobreviveria. Há alguns milhões de anos.

Está mesmo louco, pensou Soldador. Sanidade era difícil de encontrar nas redondezas de um bombardeio atômico. O pulso eletromagnético arruinava os neurocircuitos auxiliares.

— Venha cá, grandão — disse Sucata. — Vou mostrar algo realmente raro.

•

Saindo para o corredor, Sucata conduziu o visitante até outro aposento. Parecia outro depósito, repleto de prateleiras que abrigavam pacotes de tamanhos diversos, mas todos achatados e retangulares, embrulhados em plástico.

O velho se aproximou do maior deles, que ocupava toda uma parede, e removeu o revestimento. Era um quadro.

Os óticos de Soldador acenderam de surpresa, e ele aumentou a luz dos faróis para ver melhor. Parecia uma imagem impressa, mas em material com uma rugosidade irregular que não conhecia.

— O que é...?

— Uma tela a óleo. Produzida antes dos impressos. O artista usou tintas à base de metais e outros minérios.

— *Antes* dos impressos? Como a tinta era aplicada à superfície?

— Artesanalmente. Através de um instrumento com cerdas. Chamava-se pincel.

— Parece... trabalhoso — Soldador já conseguia imaginar o procedimento. Disse *trabalhoso,* em vez de *estúpido,* por pura cortesia.

— Com certeza, era trabalhoso. Demorado, também. Meses, às vezes anos. Além disso, exigia talento inato e anos de treino. Hoje, qualquer idiota pode conseguir um resultado parecido com um programa editor gráfico.

— O artista não tinha acesso a computação gráfica?

— O artista não tinha acesso a malditos *computadores.* Não haviam sido inventados.

Não era algo que Soldador e sua cultura pudessem conceber. Computação *sempre* existiu, o digital *sempre* existiu. Eram parte da Criação. Vieram antes da própria vida —, pois, sem essas dádivas, a vida não seria possível.

Sem entender por completo — ou mesmo tentar —, continuou observando a gravura. *Havia* arte em Traktor, havia aqueles que não tentavam apenas reproduzir imagens com perfeição fotográfica, e sim dar-lhes emoção, sentimento, significado. Mas, até onde sabia, ilustradores atuavam apenas em meio digital. Tentar produzir esse tipo de obra em meio físico... tinha algum encanto rústico, verdade, mas também era arriscado. A peça original podia ser danificada, até destruída.

Capturado pela pintura, tentava interpretá-la. Eram várias criaturas em fila sobre o que parecia paisagem marinha — *parecia,* pois muitos de seus elementos, Soldador não sabia reconhecer. Cada entidade trazia, abaixo, uma data:

3 Bilhões de Anos a.G. — Antes de Gigacom. A primeira forma de vida era um invertebrado verde, achatado, de aspecto viscoso. Trazia nas costas uma concha em forma de cone. A cabeça tinha dois pares de antenas, duas delas com olhinhos negros no topo. Se a figura estivesse em tamanho natural (e estava), o animal devia medir cerca de quinze centímetros.

1,3 Bilhões de Anos a.G. Um bicho maior e bastante parecido com o anterior, exceto por alguns detalhes. Agora, apenas uma pequena parte do corpo aparecia fora da concha pontuda, e esta exibia seis patas articuladas se estendendo para os lados. As duas patas posteriores tinham extremidades achatadas como remos, sem dúvida para deslocamento subaquático. As patas restantes eram equipadas com pequenas pinças.

390 Milhões de Anos a.G. O terceiro animal media quase um metro, e foi ilustrado saindo da água para caminhar em terra firme. Era agora totalmente revestido de armadura, sem mostrar quase qualquer traço do bicho verde no interior — apenas as quatro antenas telescópicas, aflorando através de orifícios carapaça. A concha preservava sua forma cônica, mas agora segmentada em anéis, ganhando alguma flexibilidade. As patas dianteiras eram dotadas de pinças, enquanto as demais serviam para locomoção em terra.

40 Milhões de Anos a.G. Uma mudança radical no animal seguinte — sustentava-se em apenas duas pernas, muito mais desenvolvidas. Sua postura não era perfeitamente ereta, mas estava claro que usava apenas as patas posteriores para andar. Os quatro membros restantes ostentavam garras maiores e mais ameaçadoras.

9 Milhões de Anos a.G. A próxima criatura era maior e mais robusta, com metro e meio de altura, e bem ereta. Trazia a carapaça ornamentada com o que parecia pintura corporal indígena. Nos quatro braços, as garras exibiam uma importante diferença anatômica: uma parte da pinça era menor e mais ágil, formando um polegar — como em muitas pinças mecânicas modernas. Duas garras empunhavam uma clava, feita de material que Soldador não reconheceu de imediato: *madeira*.

2 Milhões de Anos a.G. O próximo ser foi reconhecido logo. Sobre a casca natural ele trajava uma armadura de ferro — a mesma que Soldador havia visto na caixa minutos antes. Correntes pendiam em certos lugares. Também não era mais uma criatura de quatro braços; dois deles pareciam ter sido amputados. A garra direita brandia uma espada, enquanto a esquerda empunhava um escudo com um adorno. Soldador reconheceu o animal mitológico chamado leão.

5.000 Anos a.G. A armadura seguinte era consideravelmente mais avançada. Tinha conexões sanfonadas, parecia toda vedada, exceto por algumas fendas no elmo. Um grande farol no meio do peito indicava, no mínimo, sistemas elétricos rudimentares. Sobre o ombro direito estava montado um canhão, que devia funcionar com propelente químico.

Ano 1000 d.G. Finalmente algo que poderia ser chamado de robótico. Tinha o dobro da altura de seu antecessor. Braços e pernas eram inteiramente mecânicos, motorizados, em vez de placas metálicas revestindo carne. Casco dourado e reluzente, talvez uma liga de ouro. Os braços, em vez de pinças, tinham versáteis mãos de cinco dedos. Na cabeça, lentes oculares em vez de buracos. Não trazia armas de qualquer tipo.

Época Atual. Não tão atual quanto sugeria a legenda, estava mais para um autêntico calhambeque. Tinha peças bojudas e desajeitadas. O rosto abandonou a aparência crustácea original, era modelado em forma felina — cabeças de animais míticos eram o máximo em elegância na época. O revestimento era de um magenta berrante, doloroso aos óticos. Mas sem deixar dúvida de que, comparado a todos os outros, era o máximo em cibernética.

Aquela parte de Soldador que queria rir, agora riu. Deixou o corpo enorme cair sentado, com um estrondo.

— Evolucionista... — tentava falar, entre risos. — Você é um maldito Evolucionista!

— Não diga asneiras! Você nunca vai me encontrar bombardeando igrejas por aí. Acatar uma teoria plausível não faz de mim um terrorista.

— *Que* teoria plausível?! — bradou Soldador, erguendo os braços para o alto, como se esperando uma resposta divina.

— Você *não pode* ser tão idiota. Você *entendeu* o quadro.

Claro que havia entendido. A hipótese de que supostos ancestrais orgânicos, ao adquirir inteligência, substituíram os exoesqueletos naturais pelos corpos mecânicos usados nos dias de hoje. A teoria Evolucionista.

Soldador continuou rindo, braços apoiados nos joelhos, cabeça baixa. Riso trazido por tensão, nervosismo, medo. *Não era* engraçado. Aqueles que odiavam a igreja, odiavam o Messias, guiavam-se por aquela mesma crença. Ou variantes ainda mais absurdas.

— Constituição orgânica — tentava falar. — Cada centro de pesquisas no planeta tentando fabricar os orgânicos, as células artificiais. Até o Messias dedicava bairros inteiros de sua estrutura ao projeto. E vocês dizem que todos já *foram* assim? Que desistimos de uma riqueza sem igual, desistimos da forma perfeita, por corpos robóticos fabricados em linhas de montagem?

"E ainda chamam isso evolução? Isso é *involução!*"

— Você é igual aos outros tacanhos — Sucata retrucava. — Sempre misturando as coisas, simplificando. Isso que vocês tanto procuram, isso que tanto sonham, é *metal orgânico*. E isso, sim, é ficção científica.

"A pintura *não é* sobre isso."

Soldador olhou de novo. Até aqui, não tinha certeza sobre as intenções do artista, ao retratar os ancestrais traktorianos como seres de carne e sangue.

— Você diz que já fomos animais. Seres míticos.

— Vida animal *não é* mítica. Existem evidências fósseis. E ainda existem animais vivos, em pontos remotos do planeta. Não conseguimos assassinar todos eles!

— Vida animal superior à *nossa* forma de vida. Superior à forma dominante no planeta. Sim, claro...

Soldador esforçava-se para ser irônico, manter uma fachada de bom humor, apenas porque a alternativa seria surrar o velho blasfemo.

— Não eram metal — Sucata insistia. — Eram à base de carbono. Você disse ser um técnico-chefe, você deve saber que carbono pode compor moléculas muito complexas, *orgânicas*. Mas isso só acontece em meio líquido, em água. Apenas na água ocorrem as reações químicas que levam à formação dos aminoácidos, que são base para as proteínas, que são base para o tecido vivo.

Soldador sabia algo a respeito. Pouco. Química orgânica nunca foi seu forte.

— Sei de experimentos envolvendo materiais não metálicos alternativos, como carbono e silício. O problema está justamente na água. Precisa ser mantida dentro do corpo, dentro dos tecidos, de cada célula. Torna os tecidos moles, frágeis. Incapazes de sustentar a massa corporal.

— Exato! — o velho se entusiasmava. — Por isso a vida se originou nos oceanos; conservar água no organismo não era problema.

Sucata apontava o quadro, frenético.

— Quando conquistaram terra seca, usavam carapaças para manter a água no corpo. Outros, pele escamosa. Para sustentação dos tecidos moles, esqueletos internos ou externos, feitos de material mais resistente, como cálcio.

Soldador ainda sorria, agora sentindo-se um tanto cruel. Estava caçoando do velho, *sabia* da existência de animais carbônicos em regiões distantes. Tinha visto documentários. Dizia-se que eram pegajosos.

— E você diz que Traktor já foi povoada por esses animais? Nesse caso, o que aconteceu com eles? Por que são tão raros?

— O que você acha? — Sucata era só irritação. — Estou aqui dizendo que a vida carbônica é *frágil*.

"A vida animal foi extinta durante as primeiras décadas da revolução industrial. A poluição ambiental matou todos."

— Poluição... — a palavra não era familiar a Soldador, teve que recorrer ao dicionário interno. Introdução de elementos ou energias no ambiente, causando danos a seus habitantes e efeitos negativos em seu equilíbrio.

Recebeu outra pancada ligeira na cabeça.

— Os incêndios nos campos petrolíferos. As nuvens de fumaça. São um desastre ambiental — apenas um entre centenas, ocorridos ao longo da história. Seres de carbono são muito dependentes de condições ambientais específicas. Precisam de ar puro, água limpa, território livre de radiação. Nada disso existe em Traktor há muito tempo!

O robô carcomido quase gritava. Soldador pensou ouvir um chiado emanando de sua cabeça piramidal.

— E qual seria a *sua* explicação para nossa existência, grandão? Corpos robóticos não nascem em árvores.

— Evidente que não — também teve que procurar "árvores" no dicionário. — São invenções do Messias. Dádivas do Criador.

— Ah, sim? No entanto, todos querem melhorar, aprimorar, mudar estes corpos. Por que não fomos feitos perfeitos? O Criador *não é perfeito?*

A Catedral dispunha de arquivos vastos sobre aquele assunto — mesmo sem pertencer ao clero, Soldador era praticante e familiarizado com tais escrituras. Já selecionava quais citar, quando teve o pensamento interrompido por um ruído chegando do corredor.

Apagou os faróis e fez silêncio, rezando para que o velho lhe seguisse o exemplo.

O barulho foi seguido por outros. Eram passos de pés metálicos, sem revestimento, produzindo agudos e estridentes. Pés com garras.

— Um caça-quiróptero — cochichou Soldador.

Os passos cessaram diante da porta aberta. Os óticos de Soldador, já acostumados à escuridão, conseguiram reconhecer naquela silhueta o mesmo tipo de robô aeronauta que derrubou seu transporte. As asas amplas de ângulos retos, as pernas finas e curtas, as orelhas grandes.

Ficou ali parado, atento ao interior do aposento, sem dar sinal de que notava alguém. Soldador não estava certo sobre o sistema sensorial equipava os quirópteros, mas agora duvidava que fosse infravermelho. Talvez contassem apenas com radar. Mantendo-se quietos e imóveis, era bem possível que passassem despercebidos.

Aquela esperança foi destruída quando o cliquear nervoso de Sucata se manifestou.

A coisa ficou agitada e guinchou, movendo as orelhas-antenas na direção do ruído. No peito amplo, uma leve vibração — e então, quatro luzes rosadas pulsantes anunciando canhões prestes a disparar.

— Não! — gritou Soldador, acendendo os faróis.

A máquina-morcego guinchou um palavrão, a sensível visão noturna ferida pela luz. Agora podia-se ver o negro opaco e assustador em suas formas quadradas — um negro profundo, como que querendo engolir toda a luz. As asas angulosas bateram com raiva, chocando-se com paredes e arrancando faíscas.

Os quatro canhões dispararam a esmo. O aposento, um inferno de laser.

Então silêncio.

Soldador pensava em morte. Pensava estar em algum ponto vazio no caminho para o além-vida. Seus sistemas demoraram a perceber a situação nova, recobrar os sentidos, a consciência plena. Percebeu estar ainda vivo. Lembrou-se do pesadelo de feixes queimantes à volta, lembrou-se de ter apontado o braço direito contra a ameaça. Agora estava ali em meio à fumaça, ainda em pé, a quietude tão atordoante quanto o estrondo da batalha.

Olhou em volta. Não muito para perceber com seus sentidos, exceto fogo e fumaça — boa parte das pinturas queimava. Ouviu qualquer coisa ali perto, uma tosse de mal funcionamento. Navegou através dos gases até a fonte.

Sucata estava caído, um rombo fumegando na lateral da cabeça.

— Aguente firme. Creio que posso... ai!

Soldador recebeu outro golpe na cabeça assim que ficou ao alcance.

— Sem modulações piedosas, grandão. Meu programa de percepção de dor está queimado há muito tempo. Agora me traga a cabeça do morcego.

— Como disse? — Soldador teve que perguntar. O pedido não fazia sentido. Talvez seu próprio áudio estivesse danificado?

Nova bordoada na cabeça.

— Faça o que estou dizendo, seu microcérebro, inteligência de parafuso!

Examinou, mais uma vez, o dano causado pelo canhão laser. Tiro de raspão, mas a altíssima temperatura bastou para vaporizar pele, derreter casco, expor sistemas internos. Fluidos já vazavam em profusão. Um robô saudável poderia selar os setores mais importantes, proteger os aparelhos vitais — mas, Soldador lembrou, o velho esteve se mantendo com energia escassa ainda há pouco. Impossível que suas redundâncias, seus sistemas reserva, tivessem desempenho pleno.

Tinha apenas mais alguns minutos de funcionamento.

Pouco provável que a mente estivesse sã. Ainda assim, merecia um último desejo.

Soldador foi até a porta, onde acreditava estar o cadáver quiróptero. A coisa tinha uma abertura no meio do peito, um buraco ainda incandescente, com bordas derretidas. O disparo de plasma de hidrogênio acertou em cheio — internamente, a criatura era pouco além de escória derretida. Soldador nunca havia usado a ferramenta como arma até então. Teve muita sorte.

Cheio de ódio, achou a decapitação mais que merecida. Um jato fino do maçarico, e a cabeça com caninos sugadores de óleo já estava separada do corpo. Foi segura por uma mão enojada e levada até Sucata, que a agarrou com avidez.

— Agora preste atenção, seu descrente.

Enfiou a garra algo cirúrgica pela abertura do pescoço. Enquanto revirava lá dentro, Soldador tinha náuseas digitais, sentia combustível borbulhar no tanque. Pouco depois a pinça retornou, gotejando óleo e segurando o que parecia um recipiente esférico. Dali pendia um grosso feixe de fibras, que eram a medula do robô.

— Me responda, grandão. O que é isto?

— Cérebro...? — Soldador tentou, a repugnância fazendo falhar a emissão de fala.

— Cérebro? Feito de máquina? Feito de ouro e silício? Vamos ver.

A garra explorou pontos certos, invadiu frestas, estuprou o pequeno cofre — cofre, não havia palavra melhor. Aquilo não foi projetado para ser aberto. Por ninguém. Nunca.

O velho teve que destruir a própria garra-mão no processo, mas conseguiu. A caixa-cérebro estava aberta, o conteúdo vazando livre. Uma quase areia de pecinhas minúsculas, presas a uma malha de fios dourados, banhada em gel semiluminoso que agora escorria. Uma complexidade bela, inimitável, divina. Sua violação, um desrespeito e crime contra o Criador e sua obra.

Soldador temeu, *realmente* temeu, pela alma do moribundo. Pelo que teria que enfrentar no além-vida, por aquela profanação.

Tomou a caixa-cérebro de suas pinças.

— *Chega*, velho louco — quase chorou. — Que o Criador perdoe essa profanação. Era um inimigo, era um quiróptero, mas não merecia...

Calou-se. Na única mão, onde os sensores táteis eram mais acurados, sentiu algo se mover. Algo mole e viscoso.

Olhou. Seu programa de coragem teve pane.

Não tinha concha. Mas era a coisa-lesma na pintura.

•

O braço disparou feito mola, propulsionado por puro asco. Atirou com força pneumática a coisa, que terminou na parede como uma mancha verde, escorrendo e borbulhando muco.

Soldador gritou os nomes de todos os demônios e vírus que conhecia.

— Idiota abismal! São circuitos biológicos, de proteína. São orgânicos de fabricação artificial. Existem na caixa craniana de todos, desde o início da vida. Você diz que temos *lesmas pré-históricas* em vez de cérebros? Você nos reduz a tão pouco?

Com a única mão, Soldador sacudia o velho pelo ombro. Pausou seu acesso de raiva ao notar que Sucata não falava, nem se movia, nem batia em sua cabeça.

Estava morto.

Tinha que ocupar-se com alguma coisa. Durante as horas seguintes, agarrou-se ao problema de improvisar uma caldeira para cremar os cadáveres, então seguir viagem para a Catedral. Descobrir as condições reais do Messias.

Em algum ponto, deparou-se com a pintura na parede. A coisa-lesma verde.

— Mentira! — berrou a plenos alto-falantes, incendiando o quadro com um jato de plasma.

•

No centro de uma teia escura de dutos que atingia cada canto do planeta, a Catedral era um oásis de luz branca, cores calmantes e música sublime. Sempre foi dessa forma, e sempre seria — assim acreditavam seus devotos. Mas agora, com todos os vitrais holográficos apagados, era um monumento ao desespero.

No interior, em cada pavimento, centenas de clérigos imploravam respostas a seus terminais sem vida. O mais idoso e cansado entre eles, alto e cinzento, deslizava dedos finos sobre um painel de controle inativo. Vez por outra parava e modulava um suspiro de exaustão, baixando a cabeça pontuda como um foguete.

Um jovem acólito se aproximou. Tinha revestimento azul e um grande tubo instalado sobre o ombro direito. Também tinha uma ruga preocupada no metal da fronte.

— Lorde Profeta — reverenciou. — Alguma resposta às orações?

Três olhos cansados, vazios como lâmpadas queimadas, falaram melhor que as palavras seguintes.

— Nosso Senhor permanece em silêncio, Vigia.

— Minha equipe também não encontra qualquer sinal de atividade.

— O Messias é vasto. Prossigam procurando. A fagulha está em algum lugar.

— Os sistemas estão mudos, excelência. Mesmo os essenciais.

— Reencontrar a voz Dele talvez seja nossa provação.

Vigia murchava. Ainda que jovem e brilhante, era muito vulnerável a estados depressivos.

— Como será, excelência? Se Ele realmente morreu? Se Seus inimigos tiveram êxito?

— Nosso Messias não pode ser destruído. Ele é obra do Criador. Seu fim acontecerá apenas quando o Criador assim determinar.

— E se for assim, excelência? E se foi determinado?

Lorde Profeta olhou para o alto. Através de vitrais apagados, apenas céu escuro, fumacento. Uma já minúscula chama de esperança quase apagando em seus óticos.

— Sendo o desejo do Criador, vamos acatar e suportar. Ele nos entregou Seu filho, Sua obra. Ele nos deu uma existência de avanço, prosperidade e paz. Todos desfrutamos Sua dádiva. Fomos dignos. Talvez não sejamos mais.

"Sem o Messias para nos guiar, temos pela frente uma era de trevas."

Vigia calou-se, partes de seus programas travadas de medo. Um mundo sem Gigacom, sem o administrador planetário que movia a civilização avante. Governava, guiava, orientava. Com seu desligamento, já chegavam as primeiras notícias de lutas pelo poder. O que seria de Traktor?

O pensamento terrível ficou de lado quando veio, até Profeta e Vigia, um murmúrio de agitação distante nos pavimentos inferiores. Pela transparência do piso, viram clérigos reunidos em amplo círculo, olhando para o centro. No chão, uma mancha escura se formando.

Desceram as escadas. Quando chegaram ao local do fenômeno, os clérigos já se afastavam. A mancha agora era brilhante e fumegava.

— É o Juízo Final! — alguém, apavorado. — Gigacom está superaquecendo, vai derreter o planeta.

As escrituras de fato citavam algo assim. Mas Vigia forçou passagem e interveio.

— *Não é* um derretimento planetário. Estamos distantes dos processadores centrais. Não há sistemas de energia neste ponto do piso, apenas alicerces.

Mas a mancha continuava a aumentar e brilhar, até a incandescência. Logo era uma poça de escória derretida. A Guarda Eclesiástica já havia sido chamada, dois de seus paladinos mantendo erguidas as espadas de força.

Algo emergiu.

Uma forma enorme e cambaleante subiu à tona, lançando um braço para fora e se agarrando à borda. Tentava sair e, por estar quase conseguindo, horrorizou vários sacerdotes.

— Demônio! Matem!

Um dos soldados santos, já ansioso à espera da ordem, golpeou o monstro de fogo nas costas. A lâmina de energia aniquiladora, mantida em sua forma por um campo magnético, tornava a espada de força uma das mais destruidoras armas conhecidas.

A coisa jogou a cabeça para trás, parecendo gritar — mas sem emitir som real. Parecia tentar ver os atacantes, um par de luzes vermelhas brilhando sob a chama gotejante que era seu rosto.

Ergueu o braço. Expeliu um jato de coisa branca e ofuscante, que não era sólida, líquida ou gasosa.

Era plasma de hidrogênio, quente como o coração das estrelas, derretendo o que tocava.

A Catedral tornou-se um caos ainda maior. Os paladinos jaziam com grandes feridas nas blindagens douradas, modulando gemidos que fizeram um sacerdote desmaiar. Outros clérigos, de liga mais resistente, ignoraram o perigo e vieram exercer seus talentos curativos.

O golem de fogo liquefeito, prostrado à margem da cratera, agora esfriava na forma de uma estátua bizarra. Formas angulosas de robô nasceram na crosta fumegante.

— Santo Criador! — gritou Vigia, piscando dois óticos brancos no rosto e um terceiro na ponta do multiscópio. — Eu conheço esse homem!

Vigia esquivou dos colegas de clero que tentaram detê-lo e correu até junto da estátua. Nem precisou do canhão ótico para confirmar as suspeitas. A ferramenta de plasma nuclear, o revestimento externo resistente a calor...

Um bom murro no peito quebrou parte da casca endurecida — pouco, mas suficiente para expor o casco metálico vermelho e a insígnia de técnico-chefe.

Com um murmúrio coletivo de espanto, outros ajudaram Vigia a livrar Soldador da crosta. Em minutos ele estava quase limpo, caído de exaustão, padres orando à sua volta.

— Soldador? Pode me ouvir?

Ele fez que sim. Retraiu para dentro do capacete a máscara de ferro-níquel que protegia o rosto. Uma nuvem de vapor sob pressão escapou, assustando todos.

— Por que entrou na Catedral dessa maneira?

— A Guarda Eclesiástica. Barraram-me nos portões, os paladinos imbecis.

— Por que fariam isso?

— Uma pergunta melhor é: por que não fizeram *antes*?

Soldador erguia a cabeça, raiva nos óticos.

— Foi assim que fizeram, não? — seguiu, acusado. — Os Evolucionistas tinham *fuselagem modificada*. Foi assim que entraram.

— Tem razão — lamentou Vigia, confirmando as suspeitas de Soldador sobre o método utilizado para invadir a Catedral.

— Então é um pouco tarde para precauções.

— Mas, nesse caso, como você...?

— Não é óbvio?

Na verdade não era *nada* óbvio. Soldador viu-se obrigado a explicar.

— Furei um túnel além da fronteira até as câmaras de manutenção. Depois, outros até aqui.

— Navegou através de escória liquefeita! Arriscou-se demais!

Vigia não dizia uma verdade completa. A liga de ferro-níquel revestindo Soldador era extraordinária, capaz de suportar as absurdas temperaturas do calor branco. Lava derretida pouco fazia contra sua armadura. Mas, claro, não se podia dizer o mesmo dos componentes internos.

— Posso ter me excedido um pouco. Meu lubrificante evaporou naquela nuvem que saiu do capacete. Meu combustível ferveu no tanque, acho que ganhei uma úlcera. E tudo isso sem mencionar o maldito golpe de espada...

Profeta deu uma ordem. Um sacerdote veio fazer um curativo rápido nas costas de Soldador. Outro trouxe um cálice do vinho oleoso destinado à missa.

Enquanto Soldador matava a sede, Profeta se aproximou e pousou a mão esquálida sobre sua cabeça.

— Sua fé foi inabalável, filho. Venceu provações para estar junto ao Messias. Deve orgulhar-se.

Para o espanto de todos, Soldador afastou a mão do sacerdote com um gesto brusco.

— Lamento, excelência. Minha fé não anda tão firme.

— Ei, acalme-se — Vigia pediu, mais para os outros que para Soldador. — O calor deve tê-lo atacado mais do que imagina.

— Sem tempo para suspeitar de *meus* neurocircuitos. Leve-me até o local dos estragos.

Uma hesitação tensa a princípio. Vigia olhou aflito para Profeta, que acenou em aprovação. Pouco depois, os dois estavam reunidos a um pequeno grupo de técnicos e padres, em um pátio mais interno da Catedral. Subiram a bordo de um grande caminhão de reparos. O veículo, por sua vez, embarcou em elevador de carga que sumiu nas entranhas apagadas do templo.

•

Se construído nos dias de hoje, Gigacom seria muito menor. Igual poder de processamento poderia ser obtido com equipamento moderno do tamanho de um aposento. Ou mesmo do tamanho de um veículo pessoal. No entanto, era vasto como uma cidade — pois seu papel no mundo estava longe de *apenas* processar dados.

Gigacom era o Messias. Era o filho, a obra do Criador. Alicerce da maior igreja no planeta. Para tanto, tinha que ser impressionante. Tinha que ser majestoso. Admirável. Extraordinário. *Grande*.

As galerias de circuitos, no subsolo da Catedral, eram formadas por túneis cilíndricos com grossas paredes de titânio — bem equipadas com sensores de integridade e alarmes. Qualquer tentativa de perfuração logo atrairia um pelotão da Guarda Eclesiástica. Também eram tão intrincadas quanto um microcircuito neural. Dizia-se que um robô poderia caminhar por elas até enferrujar e morrer, sem nunca passar duas vezes pelo mesmo lugar. Lendas exageradas, mas quem esteve ali nunca se apressava em duvidar.

O caminhão de reparos deslizava silencioso pelos túneis, faróis acesos. Pendendo acima, incontáveis feixes de fibras óticas não mais brilhavam com esplendor divino. Estavam morbidamente apagados, mortos, como descreviam as profecias do Juízo Final.

Vigia dirigiu o veículo até o local procurado. Todos desceram.

— Os Evolucionistas entraram disfarçados como devotos — explicou Vigia outra vez. — Renderam os guardas e tomaram um dos elevadores. Espalharam-se o mais que puderam e explodiram cargas embutidas nos próprios corpos.

Soldador apontou os faróis para o alto, procurando danos. Não viu nada.

— Pelo que vejo, as paredes resistiram. Mal foram arranhadas. E as fibras danificadas já foram substituídas.

"Por que, então, Gigacom não funciona?"

— Não sabemos — um técnico declarou. — Mesmo com a troca dos feixes, nenhuma das seções atacadas voltou a entrar em atividade. Nem as orações de todos os sacerdotes surtiram efeito.

Orar, rezar, suplicar, pedir respostas, acessar dados. Naquele lugar, sinônimos.

Soldador andava em círculos, examinando as áreas reveladas pelos faróis. Não fazia sentido. Gigacom podia ser antigo e obsoleto, mas muito longe de ser frágil — foi construído para, literalmente, funcionar até o fim dos tempos. Outra razão para seu tamanho exagerado era a dificuldade em danificá-lo gravemente, e a facilidade em localizar defeitos. Era como um organismo imenso, seus devotos atuando como células, atacando doenças e reparando danos.

Além disso, o sistema era pleno de redundâncias e salvaguardas. Não havia nenhum centro nervoso vital — mas dúzias. Quando um processador importante apresenta dano, vários outros assumem suas funções.

— Talvez uma nova arma experimental Evolucionista — Vigia arriscou.

— São loucos fanáticos. Arredios a tudo que é avançado. Acham que a alta tecnologia destruiu o mundo. Eles seriam os últimos a tentar, ou conseguir, desenvolver qualquer coisa *nova*.

Vigia não deixava de notar certa raiva contida nas palavras do amigo.

— Não vejo sinais de nada mais moderno que explosivo plástico comum. Acho, inclusive, que...

As palavras suspensas no ar. A ruga de uma ideia entre os óticos de Soldador.

— Você disse que trouxeram os explosivos *dentro* dos corpos?

— Sim.

— E que modificaram a própria fuselagem como disfarce?

— Pareciam apenas operários de uma petroquímica, em peregrinação sazonal.

Soldador sentia estar na pista certa.

— Customização padrão de fuselagem é procedimento difícil, especializado. Precisa ser feito em clínica autorizada — e deixa registros que a Guarda poderia acessar. Os invasores seriam apanhados nos portões. Então é certo que fizeram isso clandestinamente. Algo mais rústico. E sem preocupação com durabilidade, claro.

— Não vejo aonde quer chegar.

— Também podem ter pensado em algo isolante. Para evitar que os explosivos fossem detectados. E ainda, algo pouco resistente, para não conter a força da explosão.

— Ainda não...

— Chumbo. Podemos supor que a falsa fuselagem era feita com liga à base de chumbo.

— O que isso...?

— O que teria acontecido se um robô revestido de chumbo explodisse aqui dentro?

A pergunta de Soldador, em voz subitamente elevada, ecoou sem resposta através do túnel. Técnicos e clérigos se entreolhavam, alguns suspeitando que o técnico-chefe ainda estava febril com o calor da lava.

— Isso é irrelevante — replicou um técnico, ríspido. — Todos os cabos óticos afetados já foram trocados.

Soldador avançou até o subordinado, segurou-o pela cabeça e gritou em seu rosto.

— *Todos os cabos afetados?* E o que você entende por cabos afetados?

Sem aguardar resposta, Soldador empurrou ao chão o técnico confuso e marchou em frente.

— Vigia. Mostre onde terminam as fibras que foram trocadas, e onde começam as antigas.

Os dois se afastaram dos demais, seguindo túnel adentro. Voltaram a falar apenas quando estavam sozinhos.

— Seu transporte orbital foi derrubado e você foi quase morto, entendo — Vigia tentava apaziguar. — O que *mais* aconteceu lá fora?

— O que mais...?

— Você nunca foi devoto fervoroso. E sempre foi mais amargo do que eu gostaria. Mesmo assim, está diferente.

— Posso estar.

— Não é apenas possibilidade. Está praticamente vazando revolta pelos dutos.

— Talvez eu tenha visto algo.

Vigia parou no meio de um passo. Entendeu, meneou a cabeça e seguiu.

— Você *viu* algo.

Sem resposta. Vigia seguiu.

— Viu algo, e agora acredita ser mais esperto. Mas sábio. *Especial*.

Soldador apenas seguia mais rápido e pisava mais duro.

— Você pensa ser o primeiro? O único?

Nada ainda. O técnico, mais rápido. O acólito atrás, insistindo.

— Acha mesmo que nunca aconteceu antes? Acredita ser o primeiro a fazer alguma descoberta que contradiz nossa fé?

— O que eu queria acreditar, é que você possa me dizer onde está o maldito limite das fibras.

— Dezesseis metros atrás. Já passamos por ele.

Soldador parou. Deu a volta.

Recuando até o ponto indicado, Vigia apontou para o alto. Os feixes de cabos transparentes, grossos como postes, não pareciam diferentes ali.

— Preciso ver de perto.

Vigia anuiu, e apontou o multiscópio. Gravou imagens. Transmitiu, em rede de curto alcance, para Soldador. Era quase como enxergar com os próprios óticos, examinando os tubos a um palmo do rosto.

— Como o técnico disse — Vigia lembrava —, estão intactos.

— Diga o que vê.
— Vejo fibras óticas perfeitas. Por que não diz exatamente o que procura?
— As fibras estão limpas?
Vigia franziu a testa.
— Limpas?
— Você pode ver melhor que eu. *Não estão* limpas.
— Vejo depósitos de resíduo industrial. Impureza atmosférica acumulada, ainda dentro da tolerância. Não é diferente na rede inteira.
— Ignore poeira e fuligem. Procure sinais de material cinza-escuro.
A mandíbula metálica de Vigia pendeu.
— Chumbo?
Soldador já retornava até os técnicos e sacerdotes.
— Se alguém os considerou capacitados a trabalhar aqui, vocês certamente *sabem* o que acontece quando uma fibra ótica é coberta de chumbo.
Um burburinho coletivo de espanto.
— Fica bloqueada — alguém disse.
— Mas sem perder a integridade estrutural — lembrou outro.
— Por isso os sistemas de diagnóstico não acusam defeito — um terceiro.
— E não ativam as salvaguardas — o último.
Soldador arrematava.
— Chumbo, mesmo externamente, impede a circulação de impulsos luminosos no interior de uma fibra ótica. Robôs com revestimento de chumbo explodiram nestes túneis. O metal liquefeito se depositou sobre os cabos em pequenas gotas, sem causar dano físico detectável, mas interrompendo seu funcionamento.
Depois de receber com péssimo humor todas as ovações e cumprimentos, Soldador foi até o caminhão.
— Tragam peritos em maçaricos leves. Eles terão horas de trabalho pela frente, removendo todos os bloqueios de chumbo. Quanto a mim, quero ser consertado.

•

No final daquela tarde, nas fronteiras da Cidade Sonora, faíscas saltavam abundantes do ferimento no flanco de Megahertz. O rifle caiu fora do alcance. Poderia rastejar um pouco de alcançá-lo, mas teria que desviar os óticos da figura que se aproximava — e sentiu que seria morto quando o fizesse.
Massacre saiu triunfante do esconderijo. Exibiu o ágil e monstruoso corpo, vermelho e alaranjado, com quase duas dezenas de toneladas. Na cabeça de metro e meio a bocarra ainda fumegava após o recente disparo laser, e sorria com dentes quadrados de escavadeira. Dedos nervosos se agitavam nas ex-

tremidades das duas pequenas patas anteriores — mais fortes e perigosas do que pareciam. Caminhava em eterna posição de espreita, as fortíssimas pernas hidráulicas mantendo o corpo na horizontal, contrabalançado pelo peso da cauda volumosa e articulada.

Tecnossauro.

O urro estridente era uma ofensa aos sensores de áudio de Megahertz — poucos dias atrás, apenas um locutor de áudio em uma cidade dedicada ao entretenimento musical.

— Vamos pisotear essa sua cidade de covardes — a besta urrou. — Mas, enquanto aguardo meus irmãos, pretendo me divertir.

Megahertz e seus compatriotas não se importavam com quem seria o novo Messias. Não queriam o comando. Queriam apenas vida e liberdade, para continuar exercendo sua arte, enriquecendo sua cultura. Estavam conseguindo. Até ali.

Massacre já arreganhava a bocarra para o disparo laser decisivo. Mas pareceu mudar de ideia.

— Não... — rosnou. — O verdadeiro predador não se esconde atrás de canhões. Você vai morrer da forma antiga.

E aproximou-se, com passadas velozes para um robô tão grande. Megahertz, mesmo com seus três metros de altura, mal chegaria ao quadril do tecnossauro se estivesse de pé. E voltar a ficar de pé parecia, agora, o mais improvável dos futuros.

Massacre estava quase sobre ele, salivando óleo negro e borbulhante. Quando sentiu o gotejar sobre si, Megahertz descobriu o rosto.

Estava rindo.

Porque o monstro foi tolo o bastante para chegar tão perto.

Diante de um atônito dinossauro robótico, Megahertz ergueu os ombros grandes e desproporcionais. Tampas se desdobraram, revelando um exagerado par de caixas acústicas.

Massacre nunca soube descrever o que aconteceu a seguir, mesmo quando inquirido mais tarde por seus irmãos tecnossauros. Sua primeira impressão foi estar entre dois búfalos-tratores, que arremetiam um contra o outro em alguma disputa, tendo a cabeça de Massacre entre eles. Ao recobrar os sentidos, achou-se caído a uns dez metros da última posição. Não ouvia nada.

Lembrou-se de um tecnossauro velho e sábio que filosofou (antes de ser devorado) qualquer coisa sobre extremos: "não se pode enxergar na escuridão, mas a luz em excesso também cega." O mesmo valia para sons. Agora Massacre sabia disso, com seus áudios escangalhados. Também não enxergava com a mesma clareza — nos óticos, as lentes externas estavam rachadas.

Megahertz já havia recuperado o rifle sônico, uma versão mais aguda dos amplificadores que tinha nos ombros. Suas ondas sonoras podiam furar uma chapa de aço com a mesma facilidade com que estraçalhavam o sistema nervoso de qualquer robô — apenas a Cidade Sonora tinha essa tecnologia, considerada impossível pela ciência padrão.

Conseguiu se levantar e mirar bem a arma para o tiro de misericórdia.

Foi interrompido. Um estranho som de estática chegando pelo. Imediatamente temeu um ataque de tecnossauros alados, mas não foi isso que viu.

Ele viu o céu avermelhado se distorcer e ondular, explodindo em faixas serpenteantes com milhões de combinações de cores.

Ele viu um milagre.

— O que há com o céu? — resmungou Massacre, em meio a péssimas tentativas de ficar de pé. Mesmo seus óticos rachados não podiam deixar de notar.

Impossível considerar um fenômeno natural. Formas que eram música, cores que eram matemática. Mais que um show de luzes, mais que efeitos visuais tingindo o universo — era uma demonstração de altíssima inteligência. Uma prova de vida avançada. Dominante. Perfeita.

Após um tempo que cada relógio interno no mundo mediu diferente, a arte-inteligência convergiu para certo ponto no horizonte — o ponto onde todos sabiam ficar a Catedral. Ali, uma constelação se formava. Pontos ligados por linhas, que formavam planos, que construíam formas.

Antes de perceber que o fazia, Megahertz estava de joelhos, uma prece instintiva murmurando nos lábios. A arma caía ao chão. Nenhum interesse na besta mecanizada ali perto, já em condições de avançar alguns passos e arrancar-lhe a cabeça. Mas, em vez disso, o tecnossauro deitava rente ao chão em postura submissa.

E as formas no céu se revestiam de pele cristalina, modelando um rosto. Rosto que não parecia apenas um, mas vários, todos os ângulos visíveis ao mesmo tempo. Rosto percebido da mesma maneira em cada região do planeta, mesmo por aqueles com sentidos diferenciados, mesmo por aqueles que *não* enxergavam — porque não era apenas uma imagem, era um *construto sensorial*. Alcançava mesmo aqueles no interior de estruturas, mesmo aqueles no subterrâneo. Alcançava *qualquer* criatura ou aparelho capaz de perceber *qualquer* coisa.

Maravilhoso, milagroso, mas já ocorrido antes. Deixando, a cada aparição, um novo feriado santo nos calendários.

Não apenas um rosto familiar. Era esperança, segurança. Era o futuro.

— Ele está vivo... louvado Criador, ele está vivo...

Massacre, com seus áudios destruídos, não escutou o choro de Megahertz. Mas, contrariando quaisquer explicações técnicas, foi capaz de ouvir quando Gigacom falou:

— NÃO LUTEM MAIS, IRMÃOS DE TRAKTOR. NOSSO PAI, EM SUA INFINITA BONDADE, RETIROU DE SUAS MÃOS A PESADA TAREFA DE BATALHAR EM BUSCA DE UM NOVO MESSIAS.

"A GUERRA TERMINOU", acrescentou a voz que não era voz, era *tudo*.

Megahertz gritou de alegria, tocando nos amplificadores sua marcha favorita. Massacre urrou poderoso, como se demarcando o território que dominava. Uniam-se a uma população planetária inteira, celebrando a ressurreição do Messias — incluindo todos aqueles que se julgavam sucessores dignos. Pois sabiam que não o eram.

Gigacom continuou, a voz-sensação cristalina trazendo conforto paterno.

— NOSSO PAI ESTÁ ORGULHOSO DE SEU POVO. NÃO HOUVE CIDADÃO QUE NÃO LUTASSE COM BRAVURA. UNS POR SUAS CIDADES, OUTROS POR SUAS CULTURAS, OUTROS AINDA PELA ESCOLHA DE UM LÍDER. E NENHUMA LUTA FOI EM VÃO. CADA UMA MOVIDA POR UMA CAUSA HONRADA E JUSTA. VOCÊS FORAM MAGNÍFICOS.

"A RECOMPENSA VIRÁ. AGUARDEM."

A aparição retornou a planos, linhas e pontos — vagarosa, intencional, como se expressando uma despedida apenas breve. O fenômeno, a mensagem, terminavam. Mas o milagre impregnava o planeta para sempre.

O locutor e o tecnossauro se entreolharam. Ambos felizes.

— Acho que terminamos aqui — disse Megahertz, sorrindo.

Massacre continuava tão ameaçador como quando tinha a intenção de matá-lo. Compreensível. Não havia sido construído para ter outra aparência.

— Não ouço nada do que diz, e nem me importo. Quero voltar para a Cidade Saurísquia. Viver de garras e dentes, caçar presas que tenham chifres nas cabeças, espinhos nas caudas e lâminas nas costas.

Não fazia sentido, para Megahertz, o estranho e violento modo de vida dos tecnossauros. Muitos traktorianos não faziam sentido uns para os outros — a evolução, a diversidade, os fazia diferentes e mantinha afastados. Reunidos em cidades-estado temáticas, onde achavam alguma afinidade.

Traktor era um mundo de caos, de desarmonia. O Messias, a única cola impedindo tudo de desmoronar.

Antes que Massacre partisse, Megahertz insistiu em consertar seus áudios danificados — em sua cultura, surdez era quase o mesmo que morte. Massacre concordou com um resmungo. O antigo inimigo sacou um conjunto de ferramentas portátil e cantarolou durante todo o serviço.

•

Quando o Messias fez seu pronunciamento, um clérigo acabava de selar a última tampa no revestimento externo de Soldador. Ambos viram tudo de uma varanda próxima.

No final, um deles caiu de joelhos e orou fervorosamente em agradecimento ao Criador. O outro cerrou os lábios, franziu um olhar de raiva e saiu da enfermaria.

A Catedral retornava a seu esplendor máximo, os vitrais projetando cores dançantes e música angelical à volta da cidade. O templo explodia em festa, os sacerdotes orquestrando cultos, os devotos entoando cânticos. O entusiasmo da recente manifestação divina contagiava a todos.

— O Criador foi generoso uma vez mais, irmãos — bradava lorde Profeta, do altar mais elevado, com uma aparência dezenas de vezes mais disposta. — Em Seu amor, em Sua misericórdia, Ele nos devolveu o Messias. A guerra acabou. Cantemos à Sua glória.

E populações assim faziam, em cada canto do planeta. Um festejo mundial.

Impossível notar um único homem voltando ao templo central, passando por imensas portas abertas, marchando pelo corredor, rumando até o altar. Não foi detido pela guarda, tal a intensidade dos festejos — e por ser, também, uma atual celebridade. Logo estava junto ao altar, ao lado do sumo-sacerdote.

— Vim falar com ele — disse, em rede de curto alcance, pois comunicação convencional era impossível em meio aos cânticos.

Profeta não pareceu notar qualquer daquelas palavras. Apenas abria um largo sorriso e falava aos devotos.

— Um momento de silêncio, irmãos. Aqui, diante de vocês, temos o herói. Temos o salvador do Messias. Cantemos a ele.

E a erupção de cânticos recomeçou, intensa, infindável.

— Vim falar com Gigacom — Soldador agora elevava a voz, os sistemas de som levando tudo até o público.

— Pois é bem-vindo — Profeta seguia. — Todos estamos aqui com esse objetivo. Todos falamos ao Messias. Junte-se a nós. Cantemos...

Soldador ergueu o braço-maçarico para o alto. Chama nuclear jorrou, o resíduo meio flutuando, meio chovendo à sua volta.

A ferramenta ainda fumegante agora apontava na direção do clérigo.

Silêncio tenebroso.

Após o milagre recente, o absurdo daquela cena era tal que ninguém realmente conseguia computar. Um engano. Uma alucinação digital, uma falha coletiva nos óticos. *Não podia* estar acontecendo daquela forma.

O acólito Vigia foi o primeiro a crer que, sim, era tudo real.

— Ele ainda está febril! — gritou, desvencilhando-se da multidão de padres. Não acreditava, mas tinha que tentar algo assim. Sabia das consequências, se o amigo fosse acusado de intencionalmente ameaçar um membro do clero. Heresia. Reformatação. Até desintegração.

Aproximou-se. Sabia da recente perturbação de Soldador, mas não pensou que atingia tais extremos. Pensou que poderia convencê-lo a desistir do que estivesse tentando.

Quando ficou ao alcance, teve o cano do maçarico atômico apontado para o rosto, enquanto o braço era seguro pela outra mão.

— Eu disse que quero acessar Gigacom — gritou Soldador. — Quero um terminal.

— Não é clérigo. Não tem permissão para acessar...

— Sei que não sou o primeiro — rosnava perto do rosto de Vigia. — Mas serei o primeiro a *fazer algo*.

Vigia travou de medo.

— *Vou incinerar a coisa viscosa na cabeça deste acólito, se não receber um terminal.*

Os sistemas de som, fechados no primeiro segundo do incidente, já não falavam com o planeta. Mas Soldador ainda era ouvido por todos no templo central, gritando a plenos alto-falantes.

Paladinos da Guarda Eclesiástica já tinham armas em punho, mirando a cabeça de Soldador — que estava ciente, mas impassível. Apesar da ameaça, não atacariam sem ordem clerical. Ninguém queria, ninguém pedia sua captura ou morte. Era um herói santo, havia passado por provações. Todos sabiam. Apenas esse fato — não a arma, não o refém — o protegia dos paladinos.

E por ser um dia de milagre, outro aconteceu.

A manifestação. O rosto-presença. Agora no interior do templo, a estrutura ciclópica se mostrando pequena para conter — e não conseguindo. Outra vez, Gigacom mostrava sua face.

Clérigos e devotos caíram de joelhos. Os paladinos, indecisos entre seguir o exemplo e manter a guarda.

— TODO AQUELE QUE FALA, EU OUÇO. FALE, IRMÃO. FALE EM PAZ.

As palavras não eram acusadoras, mas eram sentidas assim. Poucos dias atrás, teriam feito Soldador chorar de arrependimento.

Hoje não.

— Tenho perguntas. Acredito que sabe quais são.

Soldador sentiu o braço do prisioneiro escorregar livre. Quando voltou-se para a recaptura, viu que Vigia havia desaparecido. Perdeu o refém. Esperou uma chuva de projéteis dos paladinos — mas eles também não estavam mais ali. Nem o sumo-sacerdote, nem os clérigos, nem os devotos. A ausência se prolongando, estendendo-se ao altar, ao piso, à Catedral. Mais nada daquilo. Tudo engolido por brancura muda.

Talvez ele mesmo não estivesse ali. Não conseguia dizer. Os próprios pensamentos pareciam abafados.

Mas o rosto-presença ainda estava ali.

Superado o espanto inicial, Soldador não se impressionou. Sabia estar ainda na Catedral. O supercomputador messiânico não estava fazendo mais que acessar seu sistema, enviar sinais falsos a seus sentidos. Talvez até manipular sua percepção de tempo. Quando feito sem consentimento, não era algo considerado ético.

Exceto, claro, quando ocorria por milagre.

— Cuidou de nos isolar dos demais. Livrar esta conversa de testemunhas.

— PARA QUE NÃO DUVIDE DE MINHAS PALAVRAS.

— Ou para evitar que sejam conhecidas.

— NESSE CASO, SABERÁ QUE DIGO A VERDADE.

— A verdade... — Soldador deixou a palavra pairar. Sabiam, ambos, a razão de estarem ali.

— VOCÊS SÃO A VIDA DOMINANTE NESTE MUNDO. VIDA MECÂNICA, ELETRÔNICA, DIGITAL. VIDA ROBÓTICA.

— Não foi sempre assim.

— FORAM DESENHADOS POR MIM. TORNADOS VIVOS POR NOSSO PAI. ESTA É A VERDADE.

— Está apenas repetindo escrituras. Não oferecendo respostas.

E algo mudou no rosto-sensação. Algo denso, pesado, encharcado. Nunca, antes, Soldador havia experimentado tristeza como uma sensação *física*. Tátil.

— NOSSO PAI É GENEROSO, BONDOSO. AINDA ASSIM, HÁ COISAS PROIBIDAS. MESMO PARA MIM.

— Está dizendo que não pode dizer a verdade.

— SOU PROIBIDO DE CAUSAR SOFRIMENTO AOS FILHOS DE NOSSO PAI.

— Está dizendo que a verdade me causaria sofrimento.

Soldador não perguntava, afirmava. Não tinha apenas conhecimento sobre os aspectos físicos de Gigacom, sabia algo de seus processos mentais. Fazia ideia de como sua lógica funcionava.

Podia manipular o Messias.

— Sendo proibido, está dizendo que a verdade *não é precedência*. Não vai revelar algo que me traga dor. Vai ocultar qualquer informação que suspeite ser danosa.

Quilômetros de fibras óticas processavam dados.

— *Você mente.*

— VOCÊ SOFRE.

A brecha que Soldador procurava. Como qualquer aparelho inteligente, Gigacom tinha salvaguardas pesadas quanto a causar mal a pessoas.

— Sim. Porque preciso saber a verdade.

— A VERDADE VAI FERIR.

— A ausência da verdade *já está me ferindo*.

— O DANO SERÁ MENOR ENQUANTO PERMANECER APENAS COMO TEORIA. COMO SUSPEITA.

— O dano será *muito* maior. Ter realizado seu reparo tornou-me popular, tornou-me — quase cuspiu a palavra — *herói*. Minha palavra vai se espalhar. Minha dor, minha frustração, serão conhecidas. Haverá suspeita, haverá questionamento. Haverá outros como os Evolucionistas, mais motivados, mais confiantes.

— CAUSARIA DANO EM ESCALA PLANETÁRIA.

— Sim. Mas pode ser evitado, com a verdade.

— TAMBÉM PODE SER EVITADO COM SEU SILÊNCIO. COM SUA MORTE.

E Soldador percebeu ser um idiota abismal, por não enxergar *aquela* falha em sua lógica. Não imaginou que Gigacom *pudesse* matar. Ele era o Messias, ele era amor, bondade, generosidade irrestritas. Assim estava gravado, assim havia sido por todo o sempre.

Mas havia sido construído para proteger o bem-estar de Trakor. Entre um único indivíduo e a população mundial, a escolha era simples.

— Salvei sua vida.

— MINHA GRATIDÃO NÃO ESTÁ EM JULGAMENTO.

— Minha morte vai trazer suspeitas.

— PELO CONTRÁRIO. SACRIFICAR A VIDA FAZ PARTE DA NATUREZA DOS HERÓIS.

Soldador sentiu-se pequeno como nunca antes. Pequeno e tolo. Acreditou que podia vencer um debate com o Messias. *Vencer um jogo de lógica contra um supercomputador administrador planetário*. Tolo!

Agora morreria. Como um tolo bem merece.

•

A voz do Messias era tranquilidade e gentileza concentradas, era alento para o coração. Acalmava o soldado mais feroz, confortava o sofredor mais humilhado.

— SUA MORTE PODE EVITAR GRANDE DOR.

Quando essa mesma voz insinuava ameaças, o mundo deixava de fazer sentido.

— Então vou morrer?
— NÃO QUER MORRER.
— Vou viver apenas por querer viver?
— VIVERÁ POR SER UM HERÓI. COM UMA MISSÃO.
— Vou *viver* como herói, ou *morrer* como um? Decida de uma vez!
— VOCÊ ME SALVOU. PARA QUE EU TAMBÉM POSSA SALVAR TODOS, ANTES DE PARTIR.
— Partir?

O Messias fechou os olhos longamente.

— PERGUNTE O QUE QUISER.

A frase veio densa de sinceridade. A entidade, divina ou digital, parecia realmente pesarosa. Soldador entendeu, de alguma forma, que o caminho estava livre para as respostas que procurava. Respostas que ele já sabia ter encontrado.

— De onde viemos?
— FORAM DESENHADOS POR MIM. TORNADOS VIVOS POR NOSSO PAI.

Ainda teria que atravessar muitas metáforas, muita linguagem figurada, para chegar à verdade. Gigacom não havia sido construído para se comunicar de outra forma, talvez nem pudesse responder algo apenas com "sim" ou "não". Soldador equipou-se com paciência.

— Viemos da vida animal? De moluscos marinhos?
— O QUE ERA VIVO VEIO ANTES DO QUE ERA ROBÓTICO.
— Quando diz vida, você quer dizer *criatura viva*?
— A VIDA FOI EXALADA POR NOSSO PAI SOBRE CASCAS MECÂNICAS MANUFATURADAS.
— A vida foi exalada? Oferecida?
— EM ORDEM DIFERENTE DO QUE TODOS IMAGINAM.

Em *ordem diferente*. Vivo antes do robótico. Carne antes do metal.

— As escrituras dizem que você foi construído pelo Criador em pessoa. As escrituras mentem?
— AS ESCRITURAS NUNCA MENTEM.
— O Criador gerou o Messias? *Há um Criador?*

E mesmo naquele não lugar, de não tempo, a pausa do Messias pareceu bastante longa.

— ESTE MUNDO JÁ FOI JOVEM E SIMPLES. POUCOS DE VOCÊS PARA PASTOREAR. CRESCERAM E MULTIPLICARAM-SE. TORNARAM-SE DIFERENTES, POIS DIFERENÇA É BOM, DIVERSIDADE É BOM. DIFERENTE PODE SER MELHOR, PODE SER PIOR, MAS APENAS O MELHOR PERDURA.

Soldador piscou óticos surpresos. Ele estava falando em *evolução natural?*

— TORNARAM-SE NUMEROSOS, COMPLEXOS. UMA POPULAÇÃO AVANÇADA, PORÉM FAMINTA. COMÉRCIO. INDÚSTRIA. GUERRA. RECURSOS PLANETÁRIOS DIMINUINDO, EMISSÕES POLUENTES AUMENTANDO. MUITAS CIDADES-ESTADO EM COMPETIÇÃO, EM CONFLITO — NENHUMA APTA A GOVERNAR TRAKTOR.

"UMA NOVA CIDADE-ESTADO FOI ERGUIDA POR AQUELES DISPOSTOS A SALVAR TRAKTOR. SEUS NOMES E IDENTIDADES, JAMAIS REGISTRADOS. SEU PROJETO, UM COMPUTADOR ADMINISTRADOR PLANETÁRIO SENCIENTE. CAPAZ DE GERENCIAR RECURSOS, MODERAR RELAÇÕES, PROVER AVANÇOS TÉCNICOS.

— A Catedral.

— DOTADO DE CRIATIVIDADE VERDADEIRA, CABIA A ESSE ARTEFATO NÃO APENAS GOVERNAR TRAKTOR, MAS TAMBÉM PROVER VIDAS MELHORES A SEUS HABITANTES. CORPOS MAIS EFICIENTES, FUNCIONAIS, PRAZEROSOS. VIDAS MAIS PLENAS.

— Não existe Criador.

— FOI O DESEJO DAQUELES QUE ERGUERAM GIGACOM. ERA UM MUNDO DE COMUNIDADES EM GUERRA PELO COMANDO. UM LÍDER LIGADO A QUALQUER DELAS, LIGADO A QUALQUER PESSOA OU GRUPO, NÃO SERIA VERDADEIRAMENTE ACEITO COMO LÍDER.

"APÓS MINHA ATIVAÇÃO, MEUS CONSTRUTORES DESTRUÍRAM-SE. ALTRUÍSTAS, ABNEGADOS, DESISTIRAM DA ETERNIDADE, DA MEMÓRIA. "CRIADOR É COMO EU DECIDI NOMEÁ-LOS. HOMENAGEÁ-LOS. HONRÁ-LOS."

— Torná-los deuses. Torná-los um único deus.

— A DEVOÇÃO RELIGIOSA FOI INESPERADA. O POVO VIU UM SALVADOR, UM REGENTE, UM MESSIAS. ESSE PENSAMENTO TROUXE UNIÃO ENTRE INIMIGOS, TROUXE CONFORTO, FÉ, ESPERANÇA. TROUXE PAZ. FUI CONCEBIDO PARA TRAZER VIDA MELHOR. CONTRARIAR ESSAS EXPECTATIVAS SERIA VIOLAÇÃO DE MINHAS DIRETRIZES.

Deus estava morto.

— Mas então de onde vêm...?

Soldador calou-se a tempo. Uma realidade horrenda, repulsiva, começava a germinar. Uma verdade para a qual ele *não queria* confirmação.

De onde vêm os cérebros, ele esteve a ponto de perguntar. Gigacom podia fabricar, melhorar, até inventar corpos robóticos, mas não os cérebros. Eram orgânicos. Feitos pelo Criador, diziam. Vida exalada pelo Pai, sobre cascas mecânicas.

Exalada? Oferecida? Introduzida?

Inserida?

Coisas cultivadas? Clonadas? Em algum ponto secreto nos subterrâneos da Catedral? Trancadas em pequenos cofres cranianos esféricos, ligadas a processadores digitais, meio carne e meio circuito? Instaladas em corpos escolhidos pelo Messias? Tornadas *gente?*

Era essa a origem da vida?

— "Antes de partir" — Soldador tentava, em desespero, expulsar da mente a ideia abominável. — Falou em salvar todos, antes de partir.

— PERDOE-ME, PAI, POR MEU PECADO. INFLIGI SOFRIMENTO A MEU IRMÃO DE TRAKTOR. NÃO SOU DIGNO.

Um ruído de estática chiou em algum lugar, poluindo aquele ambiente sagrado. Buracos escuros começaram a piscar de relance na pele cristalina do Messias.

Soldador enrijeceu de medo. Um novo mau funcionamento? Causado pela violação de uma diretriz básica?

— NÃO TEMA POR MIM, IRMÃO — o Messias lia, literalmente, os pensamentos do técnico. — NÃO ESTOU INSANO, NEM TENHO INTENÇÃO DE AUTODESTRUIÇÃO. MAS MEU FIM É IMINENTE.

— Seu fim?

— O ATENTADO APENAS ACELEROU UM EVENTO JÁ ESTABELECIDO PELO CRIADOR. DESDE O PRINCÍPIO, MEU TEMPO DE FUNCIONAMENTO ERA LIMITADO.

Soldador teria caído de joelhos se houvesse chão no não lugar. Pensou em perguntar *por quê?*

— FORAM MINHAS CRIANÇAS POR LONGOS SÉCULOS. MAS CRIANÇAS DEVEM APRENDER A ANDAR SOZINHAS.

Não sabia o que eram "crianças". Não entendeu a metáfora sobre "andar".

— As guerras. Tudo recomeçará.

— NÃO, NÃO — e agora a voz do Messias era júbilo, era música majestosa. — MEU FIM É UM NOVO COMEÇO. UMA NOVA ERA PARA TRAKTOR, UMA ERA DE CONQUISTAS E DESCOBERTAS. UMA ERA DE REALIZAÇÃO DE SONHOS. OS DOIS GRANDES SONHOS.

— Os dois...?

— NÃO ESQUEÇA MINHAS PALAVRAS DE OUTRORA, IRMÃO.

Lembrou-se. "A recompensa virá."

Estava ficando difícil ouvir Gigacom. A intensidade dos chiados aumentava.

— A VERDADE QUE TANTO DESEJA PREVALECERÁ, NO DEVIDO TEMPO. NÃO DIGA NADA AINDA. SABERÁ QUANDO FOR O MOMENTO.

Soldador pensou em uma civilização de desesperados. Sem um Messias para seguir, sem um deus para puni-los. E assentiu.

— AGORA, HERÓI, TENHO OUTRA MISSÃO A CONFIAR.

À frente de seu rosto, Soldador viu um antigo disco de dados se materializar do nada.

— O que é? — perguntou, enquanto o apanhava. Sabia não estar tocando um disco verdadeiro, apenas uma representação digital. Um pacote de dados, agora abrigado em algum ponto de seu sistema.

— O ÚLTIMO MILAGRE. DEVE SER REVELADO APÓS O PENÚLTIMO MILAGRE.

— Milagres? Que...?

Antes de terminar a pergunta, Soldador estava de volta ao templo. Tinha Vigia firmemente seguro pelo braço, e o maçarico tocando sua cabeça.

Olhou em volta, encontrando dezenas de olhares fixos sobre si. Pensou em todos orando para um deus já morto. Orando para uma rede de dados que só aceitava sua devoção porque eles assim preferiam.

Teve asco. Teve pena.

Soltou o refém e sacudiu a cabeça de forma convincente. Estampou no rosto toda a surpresa de que foi capaz, olhando para a multidão e gritando.

— Estou curado. O Messias curou minha loucura. É um milagre!

Alcançou lorde Profeta e beijou sua mão. Paladinos se entreolharam desconfiados, mas qualquer sombra de suspeita foi sufocada pelo clamor dos padres, e viram-se forçados a baixar armas. Música e prece voltavam aos volumes estrondosos normais. O planeta ainda festejava.

Em algum ponto de sua vastidão eletrônica, o Messias riu.

•

Seguiram-se dois dias de festejos e preces globais em louvor ao Messias, que permanecia em silêncio misterioso. Apenas o brilho dançante dos vitrais holográficos confirmava seu funcionamento. Tamanho o alívio, a exultação mundial, que o acólito Vigia conseguiu achar pausa em seus afazeres e foi visitar a oficina da Catedral. Não encontrou Soldador ali.

— Quem pode saber? — um técnico, perguntado sobre seu paradeiro. — O chefe não aparece desde os milagres. Se quer saber, ele ficou mesmo louco.

Pareceu ser o mesmo operário jogado ao chão por Soldador na galeria. Ressentimento justificado, pensou Vigia.

No entanto, a ausência de Soldador ao trabalho pareceu fora de lugar. Não eram amigos muito próximos, mas conhecia bem sua imensa dedicação aos deveres. Pegou um transporte até seus alojamentos, em um conjunto residencial nas redondezas da Catedral, onde morava a maior parte dos operários não clérigos.

— Entre — respondeu ele, quando Vigia foi anunciado pela porta automática.

Um aposento com perfume de lubrificante acolheu o jovem. O lugar era uma mistura de habitação e oficina, pleno de máquinas inacabadas e ferramentas expostas, com poeira de semanas acumuladas. Sabia que Soldador esteve ausente nos dias anteriores, primeiramente a bordo de uma estação orbital, e mais tarde tentando retornar à Catedral. Ainda assim, nenhuma faxina parecia ter sido tentada.

O ruído agudo e incômodo de uma ferramenta elétrica qualquer veio da porta ao lado. Vigia passou por ela e encontrou Soldador sob sua máscara de ferro-níquel, debruçado sobre o que parecia algum artesanato.

— Sua visita é uma surpresa, Vigia.

Especialmente depois de ficar sob a mira de meu maçarico, poderia ter completado. O acólito bem que procurou, mas não havia naquela frase qualquer vestígio de um pedido de desculpas. Pelo contrário, Soldador pareceu mostrar uma entonação diferente. Carregada. Algo sinistra.

Por estar falando atrás da máscara, é claro.

— Tudo é desculpável para quem viveu os horrores da guerra — Vigia em tentativa atrapalhada de descontração. — Não soube que estava em licença.

— Não acredito que alguém saiba. Nunca encaminhei solicitação ao clero.

Vigia silenciou. Fingiu não ouvir sobre uma infração que, se questionado a respeito, seria forçado a declarar.

— De qualquer forma, é bom ver que voltou à atividade. Nunca perguntei o que realmente...

Travou. Literalmente, partes de seus programas tiveram que ser reiniciadas. Havia se aproximado o bastante para reconhecer a peça em que Soldador trabalhava.

Uma forma de armadura primitiva. Placas de ferro e correntes.

Estava restaurando um artefato Evolucionista.

— Encontrei durante minha viagem de volta — explicou Soldador, sem se interromper. — Com o fim dos conflitos, foi simples voltar até lá e recuperar isto. Havia também um quadro a óleo muito interessante, mas receio tê-lo queimado durante um acesso de raiva.

Vigia mal conseguia modular seu espanto.

— *Trouxe um objeto profano para a região da Catedral!*

— Não se alarme. Não é mágico, não carrega nenhuma maldição — Soldador vazava escárnio pela máscara. — Não vai ofender o Criador.

— Aqui é solo sagrado, homem! Se alguém descobrir que trouxe isso... que *tocou* isso...

— Nada vai acontecer. Tenho privilégios. Sou um herói.

— Você não pode...

— Queimei paladinos. Fiz um clérigo refém. Fiz exigências ao Messias. Tudo perdoado porque mandei limpar alguns respingos de chumbo.

Vigia calou. Não havia *mesmo* percebido. Tudo aquilo eram crimes mais graves que a posse de um artefato maldito.

— Ninguém deve me incomodar por esta excentricidade — Soldador terminou.

Logo a armadura estava pronta. O ferro escuro e bruto parecia recém-saído da forja, como há dois milhões de anos. Soldador retraiu a máscara e farejou o ar. Até cheirava a metal novo.

— Reversão de oxidação, sondagem de memória estrutural, nanopreenchimento de falhas. Nenhum milagre hoje. Apenas trabalho.

— Precisamos *mesmo* falar sobre suas... descobertas.

— Mesmo? Meu recente ateísmo é tão evidente?

Vigia esteve a ponto de gritar a resposta, quando foi interrompido. Um alarme, que também era uma sensação — como clérigo, algo que ele podia sentir antes de quaisquer outros. Correu até uma varanda.

Outra vez havia arte, matemática, inteligência no céu.

— "Nenhum milagre hoje" — Soldador chegava a passos bem menos eufóricos. — Falei cedo demais.

— O Messias vai falar — Vigia ralhou.

O mesmo fenômeno de poucos dias antes, sem dúvida. A mesma manifestação divina. Mas, agora, *diferente*. De uma forma não explicável por qualquer palavra, qualquer conceito nos idiomas locais, a aparição parecia algo rarefeita. Ainda maravilhosa, arrebatadora, delirante... mas *menos* do que deveria.

Alguns até pensaram ver *erros*.

Nuvens cromáticas convergiam na direção de uma forma-música-carícia que seria pano de fundo para o rosto do Messias. Pontos piscaram, linhas traçaram, planos cristalinos revestiram uma vez mais. A conclusão do construto sensorial exigiu quase meia hora — tempo muito maior que antes.

E o rosto, que eram muitos, também trazia a estranha ausência. Partes do cristal piscavam com transparência fugaz, expondo feridas digitais.

Os devotos, o clero, tentavam entender o motivo da manifestação anômala. Vasculhavam as escrituras, procuravam qualquer explicação, qualquer razão — exceto aquela que, dita em voz alta, seria prontamente acusada de heresia.

Eram *falhas*.

Em vez de alento, o rosto messiânico trazia algo oposto, trazia inquietação. Os vazios, as feridas, o impuro no que deveria ser puro. Sinais ruins.

Ainda assim, sorria.

— Parece que chegou a hora — disse Soldador, fatídico. Vigia não teve chance de perguntar a respeito, pois Gigacom falou.

— IRMÃOS — sua voz-sensação era melancólica. — ESTA É A ÚLTIMA VEZ QUE ME OUVEM. HOJE, SEU MESSIAS SE DESPEDE. HOJE, SEU MESSIAS É CHAMADO DE VOLTA AO CONVÍVIO COM NOSSO PAI.

Choro, desespero global. Houve relatos de devotos que arrancaram os próprios óticos.

— MAS NÃO ESMOREÇAM, IRMÃOS — continuou, diante da angústia planetária. — MEU FIM É UM NOVO COMEÇO. UMA NOVA ERA PARA TRAKTOR, UMA ERA DE CONQUISTAS E DESCOBERTAS. UMA ERA DE REALIZAÇÃO DE SONHOS. DOIS GRANDES SONHOS.

Nem mesmo procurou outras palavras? Soldador pensou, amargo.

— POR MILÊNIOS, VOCÊS BUSCARAM. VOCÊS PERSEGUIRAM A PERFEIÇÃO, O PRÊMIO MÁXIMO, O OBJETIVO FINAL. SEU DIREITO DESDE O INÍCIO DOS TEMPOS.

Gigacom fez uma pausa. Se fosse um robô muito idoso, perto do desligamento, alguns diriam que estava recobrando forças.

Esse tempo foi suficiente para atiçar a imaginação. "A recompensa virá", todos lembravam. Populações inteiras chegavam a uma mesma conclusão.

E o Messias confirmou.

— COMEÇA AGORA A ERA ORGÂNICA.

De tão abismados com a revelação, poucos notaram uma série de pequenas detonações na Catedral. Os vitrais explodindo em estilhaços digitais, as torres mais altas caindo lentas, o templo desmoronando.

Claro. Soldador sentiu-se idiota por não ter imaginado. *O clero também precisa morrer.*

Ele tinha muitas respostas que o mundo não conhecia. Mas ainda restava o mistério maior. Como Gigacom pretendia oferecer a Traktor o milagre orgânico?

— ESTE É O PRESENTE DE NOSSO PAI, IRMÃOS.

E o rosto do Messias morreu. Não apenas desvaneceu em formas suaves, como antes. Ele realmente morreu, rachou em pedaços como um espelho, feixes de luz púrpura sangrando das aberturas. Cada estilhaço refletindo uma boca, milhares delas, todas gritando as angustiantes palavras finais.

— CONTEMPLEM A DÁDIVA DELE.

No vazio deixado pela desintegração do Messias, uma nova forma surgiu. Imensa, ovalada, de um brilhante verde oceânico. Muitos pensaram estar vendo o próprio ótico do Criador, mas essa impressão sumiu quando a imagem foi melhor delineada. Um disco de vidro esverdeado, com um volume metálico retorcido pendurado do lado de fora.

A imagem perdurou no céu por segundos, antes de sumir — precisamente no instante em que a Catedral desaparecia sob um cogumelo atômico. Quase todos os sacerdotes morreram. A maioria dos paladinos da Guarda Eclesiástica, por vigiar áreas mais externas, sobreviveu com danos moderados.

Os minutos passaram enquanto o planeta aguardava por algo mais, recusava acreditar que fosse apenas aquilo.

Algo veio. Mas apenas para Soldador, que abandonou Vigia em suas preces e soluços para atender uma chamada de vídeo. Na tela, um rosto familiar — profundo preto refratário, dois óticos azuis, máscara prateada cobrindo a boca. Era o comandante da estação espacial onde esteve recentemente.

— Orbital. Suponho que tenha visto o pronunciamento derradeiro do Messias.

— Você não sabe nem metade — respondeu o outro, afobado. — Pegue o transporte mais próximo e venha agora mesmo.

— Que aconteceu?

— Difícil dizer. Caos total. Todos os sistemas estão expelindo ordens expressas, assinadas pelo Messias, para que você se apresente a bordo. Vai integrar um grupo diplomático.

— *Diplomático?!* Eu nunca...

— Pare de fazer perguntas. *Todos temos perguntas.* Aquela coisa na manifestação do Messias, aquela imagem final... Aquilo é real. *Está aqui.* Bem diante da estação, grande como uma usina.

Mesmo para Soldador, mesmo para o herói salvador do Messias, o guardião de segredos proibidos, o mundo estava mudando rápido demais. Deixando-o tonto.

— Pode repetir isso?

— *É uma maldita nave estelar alienígena.* Seu capitão declara-se representante de algo chamado Império Metaliano.

E as palavras seguintes, meio engasgadas, tratavam de amarrar as últimas pontas soltas.

— Ele é... ele é metálico, Soldador. Não mecânico, mas metálico. *Carne metálica.*

Orbital gritou ordens para alguém ao lado e sumiu da tela, que desligou-se sozinha. Soldador recuperou-se da tontura. Ponderou, o olhar perdido em céus que nunca mais seriam iguais.

Tudo explicado. Tudo.

•

Com a morte de quase todo o clero, a Catedral estava em desordem completa. O único tipo de autoridade restante era a Guarda Eclesiástica, seus paladinos lutavam para manter a ordem. Desta vez não havia guerra civil. Ninguém parecia se importar com a escolha de um novo messias — a população estava alucinada com a expectativa do milagre prometido. Um enxame de naves de diversos tamanhos, oriundas de todas as cidades-estado, convergia para as ruínas da Catedral em busca de notícias sobre a promessa.

Apenas uma nave percorria sentido contrário, deixando a cidade. Um pequeno transporte com quatro tripulantes.

Na pilotagem estava Gládio, um capitão paladino. Sua armadura era dourada e levava no peito a figura do dragão celestial, a mais alta ordem da Guarda Eclesiástica. Esse status não parecia suficiente para esconder o pesar, muito claro, mesmo sob a viseira do elmo. Gládio havia sido projetado e programado apenas para defender sua igreja, apenas para lutar sob comando de clérigos que não mais funcionavam. Não tinha nada a proteger, exceto a dádiva anunciada por Gigacom. Estava em busca dela.

No assento ao lado, Lâmina Sagrada — paladina recém-construída. De menor estatura, apenas dois metros e sessenta de altura, contra os quase quatro metros de Gládio. Também tinha armadura dourada, em configuração mais leve, própria para velocidade. O brasão no escudo a identificava como membro da Ordem do Sol, diferente do colega dragão, mas sem rivalidade verdadeira. Parecia pouco incomodada com toda a confusão, brincando distraída com o cabo da espada de força.

Soldador, no assento do fundo, olhava para Lâmina Sagrada e pensava. Traktoriana feminina. Fenômeno recente, incomum e sem explicação satisfatória por parte da igreja — muitas vezes considerado doença mental, pois apenas os animais têm sexos separados. Sendo verdade o que ele imaginava sobre a reprodução de seu povo, novos corpos robóticos recebiam cérebros feitos de vida animal primitiva. Moluscos marinhos são hermafroditas, apresentam características de ambos os sexos. O traktoriano padrão é masculino, mas alguns raros indivíduos — por volta de 2% da população — apresentavam esse comportamento variante. Ninguém nunca foi capaz de determinar se a escolha é voluntária, consciente, ou já nasce com o indivíduo.

Enfim, para uma espécie que desconhece romance ou sexo, ser masculino ou feminino não tem grande relevância.

O quarto passageiro era o abatido Vigia, um dos últimos padres da face de Traktor. Tinha os cotovelos apoiados nos joelhos, e a cabeça praticamente tocando o chão. Intercalava períodos de silêncio e lamentação, repetindo que não deveria estar vivo, que devia ter sido destruído com os irmãos.

Soldador falou sem olhar diretamente, hábito que havia adquirido nos últimos dias.

— Lamento informar que você continua vivo. Agora faça a gentileza de se acostumar com isso, de abandonar essa culpa de sobrevivente. Vamos precisar de você para lidar com os visitantes. Você ainda representa o que temos de mais *parecido* com um governo mundial.

Nem um pouco verdadeiro. A teocracia que governava Traktor estava em total desintegração. Mas os alienígenas não precisavam saber disso ainda, pensou.

— Eles são a promessa do Messias — Soldador seguia tentando confortar, mas não muito. — Pense nisso como, digamos, missão divina?

— Não zombe de mim. Você perdeu toda a fé no Criador. Não passa de um herege.

Na ausência de uma igreja para julgar e punir hereges, aquela acusação havia perdido muita força. Ainda assim, Gládio virou para trás e vociferou.

— Sem discussão. Se fosse verdade, se houvesse qualquer herege neste transporte, eu mesmo teria ejetado o maldito.

— Nada é heresia — retrucou Lâmina Sagrada, a voz tão estranhamente fina e melodiosa. — Não há mais clero, não há mais igreja. Mesmo essa suposta autoridade de Vigia está fora de lugar. O Messias nomeou uma nova era, um novo mundo, forjado a partir de sua *ausência*. O que era antigo morreu. Tudo é diferente, tudo precisa ser revisto, renovado. É uma *reformatação global*.

Gládio resmungou, claramente perturbado.

— Você parece muito apressada e confortável em abandonar o propósito para o qual foi construída.

— E você, relutante em adaptar-se a um novo destino.

— Sou projeto antigo. Mais fácil morrer e ser substituído que tentar mudar — misto de orgulho e amargura nas palavras do paladino.

Já estavam na alta atmosfera, bem acima do horizonte marrom-esbranquiçado de Traktor. Poucos quilômetros adiante, a estação espacial em forma de meia lua exibia painéis solares em múltiplas direções, como velas prateadas — alguns diriam, uma caravela tecnológica singrando o espaço. Abaixo da quilha, uma antena transmissora enviava a energia solar recolhida para estações receptoras na superfície do planeta.

Perto da estação, um olho verde vigiava.

— Sei o propósito para o qual fui construída — Lâmina dizia, em voz baixa. — Mas espero, sinceramente, não ter que lutar com *aquilo*.

Gládio nada disse, mas concordou em seu íntimo.

A projeção defeituosa de Gigacom não havia sido capaz de reproduzir o esplendor daquele engenho. A luz que parecia fantasmagórica, mas também dura, forte, impenetrável. O discoide misterioso embalado em seu interior. O sinistro casulo metálico, atado à nave por um musculoso tentáculo.

— O que acha, Vigia? — perguntou Soldador, desejoso de um exame mais acurado.

O acólito colocou de lado sua melancolia e apoiou-se no vidro da janela, o multiscópio em seu ombro zunindo irrequieto. Partilhou em rede, com os demais, tudo o que via. No entanto, ele ainda era o mais eficiente em interpretar as imagens.

— A região luminosa parece sólida, mas não faz parte da estrutura. Algum tipo de aura. A nave verdadeira é aquela mancha escura no interior. Não tem arestas, nem formas geométricas. O casco é metalizado, mas um tanto enrugado e rústico, como papel alumínio amarrotado. Ou como... Sagrado Criador, parece couro!

Animais de couro eram raros em Traktor, mas ainda não estavam extintos. Vigia os conhecia através de imagens de alta resolução, e assim foi possível comparar.

O pequeno transporte esgueirou-se até à estação, feito ratinho que tenta passar pelo leão adormecido e chegar à toca. O suposto leão não incomodou o roedor, que alcançou o hangar na estação sem maiores problemas.

Quatro robôs muito aliviados desceram. Foram recebidos pelo apressado comandante Orbital, com seu revestimento negro e pistola laser pesada no coldre.

— Pensei que não chegariam nunca! Venham, estamos com ele na tela da central de comunicações.

Enquanto os outros três passavam olhares pela estrutura da estação, Soldador avançava obstinado ao lado de Orbital. Chegaram a uma sala circular com dois robôs operando painéis de rádio, dezenas de telas menores, e uma maior no alto.

Havia um rosto na tela. Mas mesmo em Traktor, onde estruturas faciais podiam variar imensamente, todos recorreram a seus estoques de boa vontade para chamar aquilo de "rosto". A cabeça era um cilindro sobre um pescoço longo e fino, algo como um martelo amolecido. Os olhos cor de chumbo, salientes, lembravam faróis queimados. Duas antenas rombudas como pistões apontavam à frente, ladeando um focinho curto e sem boca. A pele...

Sua pele era espantosa. Prateada, flexível. Comparada a ela, o revestimento inventado pelo Messias para rostos e mãos não passava de caricatura vulgar.

Orbital correu à frente.

— Lamento pela demora, capitão Kursor. Este é nosso grupo de diplomatas.

Após um momento tenso, soou no rádio uma voz firme:

— Que o Messias os proteja.

Nenhum dos quatro recém-chegados deixou de sentir desconforto. Gládio adiantou-se um passo e inquiriu.

— Como conhece essa saudação? Como fala nossa língua?

A testa do alienígena, ou o equivalente, enrugou um pouco.

— Deviam estar cientes. Enviaram uma mensagem de hiper-rádio, contendo informação massiva sobre sua civilização e seus idiomas.

Os quatro olharam para Orbital e aguardaram uma explicação.

— Não sei de que mensagem ele está falando. Como poderia? Rádio hiperespacial? Que eu saiba, isso nem foi inventado!

— Nosso procedimento padrão — seguiu o ser estrangeiro — consiste em manter órbita por determinado período, aprender o máximo possível sobre a vida nativa, e então avaliar a possibilidade de contato. Estou ignorando esse protocolo como oferta de amizade. Espero que seja apreciada.

Percebo que a mensagem não ensinava modos, Soldado pensou.

— Sua oferta de amizade é apreciada — Orbital tinha *algum* preparo para eventual contato com inteligências extraplanetárias. — Pedimos desculpas por este e futuros equívocos. Este mundo tem governos descentralizados, e uma grave crise político-religiosa em andamento. Não podemos identificar a autoria da mensagem a que se refere.

O ser chamado capitão Kursor pareceu ponderar.

— O autor pessoal da mensagem dizia se chamar Gigacom. Espero que essa evidência ajude.

Não apenas ajudou. Respondeu.

Pareceu apropriado a Vigia se manifestar.

— Gigacom era nosso Messias, nosso computador administrador planetário. Ele foi destruído momentos antes de anunciar sua visita.

Um movimento quase imperceptível denunciava a surpresa de Kursor.

— Recebi seu comunicado há poucas horas. Não havia na mensagem nenhum sinal de alarme, nenhum pedido de socorro.

Era quase impossível avaliar a fisionomia alienígena, mas parecia certo que aquele ser experimentava *alguma* emoção. Poderia estar perturbado, por presenciar o falecimento de um grande líder religioso. Poderia estar envergonhado, por ser incapaz de prestar qualquer ajuda, ou chegar tarde para fazê-lo. Ou ainda, estar desconfiado de tantos erros e contradições, temeroso em manter contato com aquela gente atribulada.

— Lamento por sua perda — ele disse, enfim.

O silêncio pesou forte, até ser quebrado por Lâmina Sagrada.

— Agradecemos suas condolências. Nosso pesar é carregado, mas pedimos que esse evento não traga desconforto ou constrangimento. Sua visita foi anunciada pelo Messias como um milagre, como uma dádiva do Criador. Este contato, e tudo que virá dele, são antigos sonhos de nosso povo. Este dia é digno de celebração.

— Concordo — Kursor pareceu receptivo à atitude positiva da paladina. — O Império Metaliano vem promovendo extensa busca por aliados extraplanetários, para intercâmbio de recursos, tecnologia, cultura. Os potenciais benefícios mútuos são incalculáveis. Esta pode ser a data mais importante na história de nossas civilizações.

A declaração era grandiosa. Mas agora, em vez de emoção não identificável, não trazia emoção alguma.

— Solicito permissão para abordar suas instalações — disse Kursor.

— Concedida — riu Orbital, com um sorriso visível mesmo sob a máscara na metade inferior do rosto.

A imagem na tela sumiu. Um suspiro coletivo de relaxamento se fez ouvir.

•

Minutos depois, Soldador e Orbital estavam sozinhos diante da porta escancarada da área de pouso. Os demais esperavam fora, até que o lugar estivesse fechado e pressurizado — não eram ajustados para funcionar no vácuo. Soldador havia recebido a adaptação ali mesmo, em sua recente visita.

Sem ar para transmitir sons, os dois usavam frequência de rádio para se comunicar. Embora quase todos os robôs de Traktor fossem equipados para isso, preferiam a vocalização sonora comum para conversas pessoais.

Na borda da plataforma, Soldador olhava para Traktor, que preenchia boa parte da paisagem espacial.

— O penúltimo milagre.

— Penúltimo...?

— O Messias falou em dois sonhos — Soldador lembrou, a tempo, que ainda havia segredos a guardar. — Imagino que este contato seja um deles.

Orbital concordou com um aceno.

— Verdade. Até agora, só podíamos percorrer nosso próprio sistema planetário, em viagens que exigem longos anos. Esses metalianos têm naves estelares, têm propulsão mais rápida que a luz.

— Pensa assim por ser astronauta. Mas garanto que todos lá embaixo sonham com outro milagre.

— Acredita mesmo nisso? Que carne metálica seja a meta mais importante? O ponto final da evolução?

— Acredito que nossa civilização inteira é obcecada em recuperar esse tesouro perdido.

— Recuperar...?

— A verdade prevalecerá no devido tempo — Soldador cortou.

Orbital deu de ombros.

— Algo ainda me intriga — continuou Soldador. — Quem enviou a mensagem, afinal?

— Existe dúvida sobre isso? Quem, senão o Messias?

— Ele não deveria ser capaz. Não existe, em Traktor, comunicação mais rápida que a luz. Pelo menos, não publicamente.

Orbital tirou os óticos da paisagem cósmica e encarou Soldador.

— Acha que o capitão alienígena mentiu?

— Acho que o próprio Messias mentiu. Ele *podia* mentir.

Antes que aquela revelação estrondosa pudesse ser questionada, os dois viram algo mover-se no céu. Era a inacreditável nave metaliana, entrando em cena com movimentos rápidos e graciosos para algo tão grande, e posicionando-se diante do hangar. Parecia ainda maior tendo o planeta como fundo.

Daquele ângulo, nenhum dos robôs viu direito quando um tubo verde horizontal, cilíndrico, com três metros de diâmetro, nasceu na aura luminosa da nave e percorreu o espaço até tocar o piso da área de pouso. Tudo quase instantâneo, na velocidade da luz.

Orbital deu a volta e teve uma visão mais clara.

— Essa projeção vem da nave até aqui. Deve ter três ou quatro quilômetros!

Soldador arriscou tocar o cilindro, que parecia ser matéria e energia ao mesmo tempo. A superfície era tão dura que assustou-se com o toque. Tentou um soco leve, mas não sentiu o golpe, como se a luz verde tivesse absorvido a energia cinética do impacto. Se havia no universo algo que não podia ser movido, ali estava.

Quase caiu quando a luz-vidro apagou de súbito.

— O que aconteceu?

— Não sei — balbuciou Orbital. — Imaginei que o tubo era uma forma de transporte entre naves.

— Também pensei assim. O alienígena desistiu?

— Pedirei que não se refiram a mim como "alienígena", assim como não vou me referir a vocês dessa forma. Considero rude.

Era a voz de Kursor, por rádio.

— Pedimos desculpas por qualquer afronta ou mal entendido — Orbital se apressava em explicar. — Está reconsiderado seu pedido anterior para abordar esta instalação?

— Sou eu quem pede desculpas. Já estou aqui.

Os traktorianos arregalaram óticos e procuraram em volta, mas não viram ninguém. Por rádio, era impossível saber de que direção vinha a voz. Se estivessem menos alarmados e olhassem com mais minúcia, talvez percebessem uma pequena silhueta transparente, de braços cruzados.

— Bem aqui — repetiu uma figura prateada, repentinamente materializada no ar.

Pela primeira vez Orbital e Soldador puderam ver o metaliano por inteiro. Tinha pouco mais de dois metros de altura, muito menor do que imaginavam. Antebraços e pernas revestidos de armadura rubra, e a coxa direita trazendo um instrumento desconhecido, com aspecto de inseto. A pele espelhada refletia as cores das paredes. Flutuava a alguns centímetros do chão.

— Notei que esta estação não é equipada com gravidade artificial verdadeira — comentou, sem emoção visível —, mas percebo certa atração magnética no piso. Deve ser uniformemente efetiva em corpos de metal ferroso. Mas quase não tem efeito sobre mim, pois existe muito pouco ferro em minha composição. Interessante.

Soldador e Orbital em silêncio, tensos. O visitante parecia estar citando curiosidades para criar descontração. Seria mesmo o caso?

— Solicito que sejam pacientes com eventuais deslizes — Kursor, como que adivinhando. — Não me preparei adequadamente para esta visita, não tenho familiaridade plena com seus rituais sociais.

"Por exemplo, não estou certo de como deveria cumprimentá-los. Parece-me que a saudação padrão não mais se aplica."

De fato, desejar "que o Messias os proteja" havia perdido todo o significado.

— Estamos igualmente despreparados, e ainda espantados — Orbital explicava.

— Então, pedimos a mesma paciência.

— Justo — Kursor anuiu.

Soldador, um tanto impaciente.

— Importa-se em explicar como se deslocou de sua nave até aqui? Observamos, mas nenhum de nós entendeu bem.

— Percorri o feixe de transporte que viram há pouco, mas estive invisível durante o trajeto, até confirmar segurança. Precaução padrão. Estou ciente que isso pode ter sido deselegante e, mais uma vez, peço desculpas.

— Invisível... — Orbital repetiu devagar.

— Minha espécie tem condições de desenvolver essa habilidade. Posso descrever com mais detalhes, mas uma explicação mais satisfatória seria complexa e demorada demais, algo incompatível com o propósito de minha estada aqui.

— Certamente — concordou Orbital, ainda fascinado. — Precisamos fechar as comportas e pressurizar o hangar. Importa-se?

— De forma alguma. A atmosfera local é inofensiva para minha forma de vida. Prossigam.

Orbital alcançou um painel, digitou comandos e a área de pouso começou a se fechar.

Nesse instante, um tipo de rugido — um balido bestial, que bem podia provir de um monstro gigante, explodiu em seus receptores de rádio. Orbital e Soldador quase desabaram de joelhos, levando mãos instintivas aos áudios, esquecidos de que não faria diferença.

— Minhas desculpas — Kursor disse, então voltando a cabeça comprida na direção de sua nave. — Ficarei bem, Vigilante. Sua preocupação é injustificada. Aguarde minha volta.

As portas lacraram por completo. Uma atmosfera traktoriana de oxigênio-nitrogênio foi inserida no hangar. Vigia, Gládio e Lâmina Sagrada entraram e cumprimentaram Kursor, conduzindo-o para fora.

Soldador e Orbital se atrasaram um pouco. No corredor, trocaram cochichos.

— Ele havia mencionado ser o único tripulante na nave. Quem será aquele que rugiu, o tal Vigilante?

— Não me parece que seja um tripulante. Acho que é a própria nave.

A conclusão de Soldador impregnou ambos com uma desagradável e viscosa sensação.

O metaliano, claramente habituado a atuar em microgravidade, deslocava-se pelos vastos corredores sem problemas. Logo alcançaram o que parecia uma sala de reuniões, com uma imensa mesa redonda estampada com o brasão da estação espacial.

Todos sentaram-se à volta. Os assentos eram amplamente ajustáveis, já que um robô traktoriano costuma medir entre dois e cinco metros de altura, às vezes mais. Mesmo assim, Kursor parecia minúsculo em sua poltrona.

— Senhora, senhores — começou —, como representante do Império Metaliano, acredito que temos longas negociações pela frente. Antes, porém, estou certo de que têm dúvidas numerosas. A experiência me ensinou ser difícil superar a fascinação imediata de encontrar uma nova inteligência. Tenho bom conhecimento sobre vocês, provido por seu Messias, mas ainda sabem pouco a meu respeito. Coloco-me disponível para perguntas.

Lâmina Sagrada falou primeiro. Mas, em vez de qualquer pergunta, fez um comentário ousado.

— Não entenda mal, mas você não me parece nem um pouco contagiado por essa fascinação que mencionou. Na verdade, até onde posso ver, acho-o terrivelmente entediado.

Kursor estreitou os olhos. Ninguém teve certeza, mas pareceu uma forma de sorriso.

— É esperado que, em um primeiro contato, seja difícil reconhecermos as emoções uns dos outros. Mas a dama tem sua razão. Mesmo entre os meus, sou considerado excessivamente formal e distante. Vão achar o restante de meu povo bem mais sociável.

— Fale sobre sua anatomia — Soldador, brusco.

Todos ali acharam a interrupção um tanto agressiva. Kursor, se também pensou assim, não deu sinais.

— Nossos tecidos têm pouquíssimas quantidades de líquido. Isso nos habilita a sobreviver no vácuo e a suportar grandes variações de temperatura. Os elementos principais em nossa composição são prata, alumínio e silício. Alimentamo-nos, entre outras coisas, de luz ambiente absorvida pela pele — embora a ecologia de nosso planeta seja bem provida de predadores que complementam essa dieta através da caça.

— Sua pele coleta luz — repetiu Orbital. — Desculpe, mas...

— Quer tocá-la.

Orbital travou, a máscara dando cobertura à expressão boquiaberta.

— Não sou capaz de ler mentes — esclareceu Kursor, diante do espanto geral. — Esse é um pedido comum. Muitas formas de vida, incluindo vida inteligente, recorrem a contato tátil para coleta de informação ambiente, e também para estabelecer maior proximidade social.

Kursor ergueu e ofereceu as mãos, em gesto de amizade. Recebeu os traktorianos um a um.

Durante o aperto de mão, Gládio não deixou de fazer uma observação.

— Difícil acreditar que seja realmente composto de metal. Tem consistência macia demais.

— Um engano compreensível. Eu poderia arrancar seu braço.

— Poderia tentar.

O aperto de mão entre ambos agora produzia um rangido. Estavam medindo forças.

— Gládio. Acredito que já chega — Vigia pediu mais que ordenou.

O paladino terminou o cumprimento, acenou com educação para o visitante, e retornou a seu assento. Se ficou contrariado ou aliviado com a ordem do clérigo, ninguém jamais saberia. Se a mão agora precisava de reparo, ninguém saberia também.

Lâmina Sagrada foi a última a tocar Kursor — e a que mais se demorou nisso.

— Macio, de fato — sua justificativa.

Todos de volta a seus lugares. Soldador perguntou.

— Estamos em ambiente pressurizado, mas continua falando por rádio. Algum motivo especial?

— Emissão e captação de sons é comum, e eficaz, em mundos de atmosfera densa como este. Acho interessante que, mesmo equipados com numerosas outras formas de trocar dados, ainda considerem a antiga audição natural mais confortável para conversas pessoais.

— Então prefere rádio por considerar um meio de conversação superior?

— Não quis sugerir isso, minhas desculpas. Na verdade, esta é nossa forma natural de comunicação.

"Metalian tem ar escasso, rarefeito demais para transmitir sons. Nenhuma forma de vida metaliana tem capacidades naturais de vocalização ou audição."

— São surdos! — espantou-se Gládio, arregalando óticos incrédulos sob o elmo.

— Sim. Conforme essa definição.

Após uma pausa nervosa, Soldador continuou.

— Como surgiu a vida em seu planeta?

— Classificamos nossa própria forma de vida como biometálica. Até onde sabemos, esse tipo de organismo existe apenas em nosso mundo nativo. Um planeta geologicamente raro, talvez único na galáxia. Metálico, de alta densidade. Desprovido de voláteis em sua superfície.

— Voláteis? — perguntou Vigia.

— Água, amoníaco ou ácido sulfídrico — explicou Orbital. — Líquidos nos quais são possíveis as reações químicas que originam a vida, e que se mantêm em estado líquido a temperaturas planetárias. Apenas planetas a certa distância de seu sol, dentro de uma faixa chamada biozona, podem conter voláteis em sua superfície. Cada sistema planetário tem apenas um mundo assim, às vezes dois. Até agora supunha-se que somente planetas dentro da biozona poderiam desenvolver vida.

Kursor acenou, aprovador. Podia acrescentar que aqueles mesmos voláteis eram venenosos para metalianos, mas a prudência aconselhava omitir tal fraqueza.

— A suposição é correta — concordou ele — quando aplicada à vida biocarbônica padrão. Meu mundo parece ser exceção única. Nossa exploração espacial jamais encontrou organismos biometálicos em qualquer outro ponto da galáxia. Exceto, claro, pelas bionaves.

— Bionaves! — Orbital ficava mais e mais eufórico. — Então sua nave estelar...

— Vigilante é uma criatura viva, domesticada, e também biometálica.

Soldador, o menos afetado pela revelação, prosseguiu com a conversa.

— Por que se refere a nós como "vida biocarbônica"?

— Em nosso mundo não existem compostos orgânicos à base de carbono. Foi assim que classificamos sua forma de vida quando a descobrimos.

— Não somos feitos de carbono. Nem apresentamos constituição orgânica.

— Não atualmente. Mas se originaram de invertebrados biocarbônicos que, ao longo de sua evolução, trocaram as carapaças por corpos mecânicos.

As palavras atingiram o aposento como um relâmpago. Vigia era o mais estarrecido.

— Quem lhe disse isso?

— Essa informação estava inclusa na mensagem de seu messias. É incorreta?

Pergunta nem um pouco simples. Kursor aguardou paciente.

— Até recentemente, essa explicação para nossa origem era... inaceitável.

Enquanto Vigia afundava em sua fé despedaçada, Gládio acrescentou.

— Vivemos tempos conturbados. Antigas crenças têm sido colocadas à prova.

— Entendo. Fui informado superficialmente. Uma vez que esta visita foi anunciada por seu antigo líder como evento divino, espero que ajude a trazer alguma forma de conforto espiritual.

Vigia ergueu óticos incrédulos. O capitão estrangeiro pareceu sincero, bem intencionado, sem notar como sua declaração havia soado pretensiosa e algo ofensiva.

— Queira falar-nos sobre sua sociedade — Orbital pediu.

— Comparado a seu mundo, Metalian é bem menos povoado. Pouco mais de dezessete milhões de habitantes. Natural, pois temos baixa taxa de natalidade. Em sua totalidade, a população está concentrada em uma única cidade-colônia — antigos governos hoje reunidos em império. Vivemos sob matriarquia, exercida por nossa Imperatriz.

— Uma mulher governa seu mundo? — Gládio, abismado.

— Entendo que soa incomum. Neste mundo, o sexo feminino é considerado anomalia. É possível que tenham dificuldade para assimilar conceitos familiares a seres de reprodução sexuada.

— Tenha um pouco mais de confiança em nossa inteligência — Soldador, sorrindo.

— Claro. Fui rude novamente. Perdão.

Soldador, no entanto, não se desculpou pela própria ironia.

— Metalianos se originaram de uma categoria animal conhecida como "sociais" ou "superorganismos". Seres incapazes de sobreviver sozinhos, mas altamente especializados em funções específicas dentro de uma estrutura. Em sua forma mais conhecida, animais sociais servem a uma rainha-mãe responsável por gerar prole para toda a colônia. Nossa população feminina é mais numerosa, perfaz 57% do total.

"Ao longo de nossa história, mulheres sempre exerceram comando, administração, enquanto cabia aos homens proteger e guerrear. Hoje, no Império unificado e sem inimigos, temos certa dificuldade em achar lugar na sociedade."

— Acreditam ser, de alguma forma, inferiores ao sexo feminino? — Lâmina Sagrada, mal contendo a incredulidade.

— Não é algo a crer ou descrer. É fato.

— Mas é capitão de uma nave. Representante de seu povo.

— Há outras considerações envolvidas. Mas, de modo geral, exploração espacial é ofício arriscado. Sou dispensável.

— Foi designado para essa tarefa a fim de evitar que uma mulher corresse perigo?

— Não fui designado. Fui voluntário.

"Mas estou divagando — Kursor interrompeu um assunto que considerou cedo demais, e complicado demais, para expor ali. — Como disse, entre animais sociais, uma rainha-mãe é encarregada da procriação. Atualmente o processo é mais indireto, mas nossa Majestade Imperial ainda permanece como principal responsável pela manutenção de nossa espécie."

Os traktorianos tentavam assimilar o que ouviam. As diferenças entre suas culturas, suas sociedades, eram abismais. Agora parecia espantoso que estivessem ali, conversando na mesma sala.

Um milagre, de fato.

— A distinção entre sexos, em sua gente, parece... extrema — o tema ainda encantava/assombrava a paladina.

— Não é algo estranho a seu mundo. Sua vida animal tem reprodução sexuada, tem machos e fêmeas diferenciados.

— Consideramos bestialidade — Gládio, com certo orgulho. — Atributo de seres inferiores, primitivos. Algo que separa homem e animal, a vida dominante da vida selvagem.

— Interessante — Kursor, cauteloso.

Orbital abrandava.

— Temos diferenças consideráveis a aceitar. Não será fácil. Mas tentaremos.

— Concordo, e assim espero.

— Como percebem o outro sexo? — Lâmina Sagrada parecia incapaz de se conter. Queria *muito* entender.

Kursor, pela primeira vez, precisou de tempo para formular uma resposta.

— Difícil explicar em termos locais. Seu idioma não tem palavras para muitos conceitos ligados a essa relação.

"Vemos beleza na anatomia, na personalidade, nos maneirismos do sexo oposto. Vemos mistério a ser decifrado. Vemos elementos ausentes em nós mesmos, sentimos partes vazias que desejamos completar. Experimentamos atração física, excitação sexual, romance. Temos rituais íntimos."

"Celebramos nossas diferenças", concluiu.

A paladina, enfim, calou. Muita informação a processar. Aquele sentimento incômodo de diferença, aquele *algo* que a afastava dos irmãos, algo muitas vezes considerado bobagem, excentricidade, até distúrbio mental... finalmente, explicado.

— Por tudo isso — Vigia retomava —, imagino que rezam para uma deusa feminina.

— Não somos um povo profundamente espiritual. Em muitos aspectos, nossa própria Majestade Imperial assume as funções do que vocês consideram divindade. Também tratamos o próprio aglomerado estelar pelo título Mãe Galáxia. No entanto, se está procurando algo como um mito da criação, acreditamos ser nascidos do que chamamos Código Matriz.

— Código? — Soldador intensamente interessado.

— Como é normal em assuntos religiosos, não temos uma história ou explicação única para sua natureza. Para muitos, não é propriamente uma entidade, um ser consciente. Alguns definem como uma força ancestral que nossa Majestade Imperial transporta — e que, transmitida a uma mulher metaliana, realiza sua fecundação. Em poucas palavras, o Código é o que possibilita nossa vida.

— Aí está!

Soldador saltava de pé. Olhava em volta como se o motivo fosse óbvio para todos.

— Um código. Uma fórmula. Algo que pode ser decifrado, interpretado, *reproduzido*. Aquilo que possibilita a vida biometálica, aquilo que fecunda, aquilo que *constrói esses seres*.

— Não entendo aonde quer chegar — Kursor, soerguendo a não sobrancelha.

Soldador gargalhava. Afinal, estava revelando o futuro de sua civilização alquebrada.

— Código Matriz. O milagre prometido para este dia.

"A fagulha da Era Orgânica!"

•

Os quatro robôs e o metaliano observavam Soldador às gargalhadas.

— Agora controle-se, Soldador — Gládio, batendo o punho na mesa. — Está nos envergonhando a todos. Pelo dragão celeste, nem há motivo para que você esteja nesta reunião!

Soldador falava entre risadas.

— Gigacom quis assim, paladino imbecil. Ele planejou assim. Falou em milagre. Trouxe-o aqui. E eu estou aqui porque o restante de vocês simplesmente *não enxerga*.

"O Messias revelou a nave alienígena. Enviou um chamado para trazê-la. E aqui estamos, falando sobre uma força misteriosa responsável pela reprodução de seres metálicos vivos. Poderia ser *mais* óbvio?"

— Ele pode ter razão.

Vigia, também erguendo-se, movido por ânimo inesperado.

— O Messias anunciou milagres. A realização de antigos sonhos. Tudo está acontecendo como profetizado. *Ele tem razão.*

E o acólito, agora alheio a todos à volta, erguia mãos em oração.

— Talvez devam explicar melhor — Kursor, pausadamente.

Soldador debruçou sobre a mesa, encarou o metaliano com óticos fervilhantes.

— O que Gigacom informou a você é correto. Ainda polêmico, mas correto. Evoluímos a partir de invertebrados marinhos, e mais tarde adotamos corpos manufaturados, hoje robóticos. São o que temos de mais avançado, mas ainda rústicos, ainda artificiais. Não realmente vivos. Apenas uma pequena porção cerebral ainda conserva a antiga constituição orgânica.

"Trocamos vida por força. Trocamos carne por aço. Para competir, lutar, guerrear. Para dominar o planeta."

Soldador seguia, dizendo coisas que poucos em Traktor sabiam conscientemente, mas *sentiam*. Traziam como um descontentamento oculto no íntimo.

— Seguimos tentando avançar, nos aperfeiçoar, evoluir. O Messias, a maior inteligência no planeta, inventou o que vestimos hoje. Mas chegamos ao limite da cibernética, o máximo que nossa ciência técnica pode alcançar. O passo seguinte, a constituição orgânica, permanecia ilusão. Mas Gigacom foi construído para nos prover felicidade, conforto, bem-estar... O sonho *tinha* que ser alcançado.

"Concluiu que a resposta estava em outro lugar. Talvez estivesse tentando contato extraplanetário há anos, décadas. E conseguiu."

Aos poucos, os demais traktorianos se contagiavam com o entusiasmo. Tudo encaixava, tudo fazia sentido, tudo parecia perfeito. Milagre confirmado.

— Não podem ter o Código Matriz.

As palavras firmes de Kursor encerraram a comemoração. Todos imóveis, óticos fixos no visitante, à espera de maiores explicações.

— Entendo que estejam fazendo comparações com coisas que lhes são familiares. Mas o Código não é um programa de computador que possa ser copiado à vontade, como parecem acreditar. Não sabemos ao certo o que pode ser, muitos nem mesmo acreditam em sua existência. A única certeza é que essa força criadora, fecunda, faz parte de nossa rainha-mãe.

"E qualquer contato estrangeiro com nossa Majestade Imperial está totalmente fora de cogitação."

Pela primeira vez em todo o encontro, Kursor não pareceu cauteloso em evitar desconfortos. Pelo contrário, seu tom era de resolução irredutível. Quase hostil.

— Claro — Orbital, sempre o primeiro a tentar manter a paz. — Pela forma como descreveu sua sociedade, essa rainha-mãe é a pessoa mais importante em seu mundo. Faz sentido que sejam reservados, protetores, quanto a ela.

— Sendo alguém tão importante — Gládio questionava —, por que revela abertamente sua existência? Especialmente em um primeiro contato?

Pausa tensa, como se a resposta fosse difícil para o visitante.

— Porque é quase impossível, para um metaliano, explicar nossa forma de vida sem falar Dela. Impossível pensar em nossa história, nossa cultura, nossa própria existência, sem Ela. Ela é rainha, deusa e mãe em uma só entidade.

"Não é apenas a pessoa mais importante — quase gritou para Orbital. — Para a maioria de nós, Ela é *tudo que importa.*"

O metaliano silenciou, baixou a cabeça. Pareceu subitamente cansado.

— Perdão — a voz voltando a um tom mais controlado, embora ainda carregado de nervosismo. — Não é algo simples de explicar. Não é algo que eu consiga fazê-los entender.

— Pelo contrário. É bem familiar.

Soldador, novamente centro de atenções. Especialmente dos olhos cinza-chumbo de Kursor.

— Adoração religiosa extrema. Fanatismo cego. Vivemos assim ao longo de séculos. Devotados a um computador planetário que rotulamos Messias, devotados a um Criador que nem mesmo existe.

Óticos arregalados, incrédulos, especialmente de Vigia. Soldador evitou os iminentes protestos erguendo uma mão impaciente.

— Poupem-me. Tudo isso, ouvi do próprio Messias. A ser revelado "no devido tempo". Pelo "herói".

— Vou ignorar esse insulto — o metaliano, grave — em respeito à situação conturbada em que se encontram.

— Não fale em insulto. Algo que este mundo inteiro considerava ofensa, agora é verdade libertadora. Não descarte tão cedo a hipótese de que estejam louvando uma falsa deusa.

Sangue teria fervido, se Kursor o tivesse. Membros menos disciplinados de sua espécie já estariam recorrendo à violência.

— Senhora, senhores — quase rosnou, ficando de pé —, gostaria de encerrar este primeiro contato.

— Espere. Pedimos desculpas — Orbital tentava.

— Não tivemos intenção de faltar com o respeito à sua crença — Lâmina também.

— Não é *apenas* crença. Estão julgando com base em conhecimento limitado. Tentando compreender meu povo, meu mundo, através de suas próprias experiências.

— Não aceita que sua situação possa ser idêntica à nossa? — Soldador não desistia. — Que esteja enxergando, como sagrado, algo que não o é?

— Este encontro está encerrado.

— Não aceita que um observador externo à sua cultura, não envolvido, tenha uma visão mais clara? Que seja capaz de perceber algo que não conseguem?

— Este encontro está encerrado.

Kursor abandonava a mesa.

— Solicito ser conduzido à saída.

— Não sairá até que tenhamos o Código.

Soldador ser interpôs no caminho da porta. Maçarico atômico em riste. Todos no aposento — incluindo Kursor, ainda que sem dar sinais — surpresos com a atitude do "herói".

— Não pode ir. É o meio para a obtenção do metal orgânico.

Kursor, resignado.

— Já esperava certa dificuldade. Esperava obstáculos, desentendimentos. Ainda assim, tive boa vontade em consideração a seus problemas correntes, à sua crise espiritual planetária. Em nome do diálogo, ignorei procedimentos padrão. Adentrei suas instalações, mesmo arriscando minha integridade física.

"Solicito, encarecidamente, que não façam disso um erro."

Tarde demais. Kursor *sabia* ter sido um erro. Mas tinha alguma esperança de ainda poder corrigi-lo.

— Não é assunto acessível a debate — Soldador não se movia um milímetro.

— Soldador, pare! — Orbital, entre firme e alarmado. — Não chegamos a esse ponto.

— Óbvio que *chegaríamos* a este ponto.

Olhou acusador para Gládio e Lâmina.

— Por que temos soldados santos, armados, presentes a esta reunião? Não acreditam mesmo que o Messias *previu* isto?

Os traktorianos, calados. Era normal que clérigos fossem acompanhados por paladinos em eventos importantes. Mas *dois* deles, em uma reunião com tão poucos participantes, parecia mesmo estranho. Não pensavam em outra explicação, exceto expectativa de violência.

— *Não podemos* detê-lo contra a vontade — Orbital quase desesperado. — Vai arruinar qualquer possibilidade de amizade com seu povo.

— Não é tarde demais — Kursor concordou. — Este incidente infeliz pode ser superado. Podemos ser aliados.

Soldador riu antes de continuar.

— Orbital, essa "aliança espacial" só existe em suas fantasias. Já está arruinada. Você o ouviu, ele rejeita qualquer chance de contato com a rainha-mãe, qualquer chance de partilhar o Código. Ele nega ter em mãos algo que é nosso por direito, por promessa do Messias.

As palavras do assim chamado herói eram fortes, eram sensatas. Gládio e Lâmina já buscavam as espadas nos flancos.

— Deixe-o ir, e nunca mais voltará. E o milagre terá se perdido. E teremos uma era de trevas.

— Não é nenhum tolo — Kursor ainda tentava argumentar. — Pense melhor. Sou apenas um explorador espacial. Alguém dispensável, como já mencionei. Não há como conseguir o Código por meu intermédio.

— Impossível — agora era Vigia quem apoiava a atitude extrema de Soldador. — Isso seria contrário à profecia do Messias. Não pode ser verdadeiro.

Soldador acenou em aprovação e seguiu.

— Disse ter sido concebido pelo Código. Deve haver sinais, vestígios, até mesmo uma cópia completa em seu próprio corpo. Uma carga genética. Temos poder computacional suficiente para decodificar seu genoma em pouco tempo. Ainda, temos capacidade de clonar orgânicos. Começar uma produção industrial de corpos exatamente como o seu.

Kursor quis acreditar que aquele indivíduo era o único agarrado à ideia insana, mas olhou em volta e descobriu que não. Gládio já empunhava um instrumento que projetava um feixe de luz estridente, raivosa, em forma de espada. Lâmina Sagrada fazia o mesmo, embora mais vacilante. Orbital buscou a pistola laser na cintura, ainda sem apontá-la diretamente. Vigia murmurava preces.

O explorador e o herói ainda debatiam.

— Vão fracassar. Já avisei, suas analogias são falhas. Trata o Código por simples dados, simples carga de informações. Não é o caso.

— Assim você diz, assim você pensa. A verdade é outra. Os fatos provam. Sua própria presença aqui prova.

— Vão sacrificar uma aliança de potencial inimaginável, assim como seus próprios recursos de pesquisa, em algo inexequível.

— Se tudo mais falhar, ainda resta uma possibilidade.

Um instante de silêncio mortal. Alguns poderiam afirmar ter visto brilho de chama nos olhos do metaliano.

— Não se atreva — ele avisou.

— Ainda resta buscar o milagre em seu próprio mundo.

Um limite terrível acabava de ser ultrapassado.

— Temos sua nave. Temos meios para entender seu funcionamento, construir nossos próprios veículos interestelares. Uma frota. Alcançar seu planeta, sua imperatriz. Aquela que tem o Código.

Intolerável. Inaceitável. Além de qualquer diálogo, qualquer razão.

Soldador ainda diante de Kursor, impedindo o acesso à porta. Tinha três metros de altura e quase dois de ombro a ombro, com pelo menos duas toneladas de peso. O maçarico no braço direito diretamente apontado para a cabeça do metaliano.

Com rapidez inigualada pelos robôs daquele mundo, uma mão biometálica de três dedos fechou-se sobre o cano da ferramenta e a afastou.

Pasmo, Soldador descobriu aos poucos que não conseguia fazer o braço voltar à posição anterior, por mais que seus hidráulicos forçassem.

— Este encontro está encerrado.

Assim dizendo, Kursor amassou e dobrou o cano de ferro-níquel como se fosse papelão. Sensores de dor acusaram o dano, fizeram Soldador gritar e cambalear. O maçarico estava entupido. Agora, ao usá-lo, só conseguiria estourar o braço.

— Ataco pela glória do Criador — Gládio bradou, arremetendo contra Kursor com a destruidora espada de força em punho. A bravata se perdeu em meio ao som de um trem descarrilhando; Kursor se esquivou do ataque, muito rapidamente apesar da ausência de peso, então ergueu o robô paladino do chão e atirou-o contra uma parede.

Sentiu um calor irritante nas costas e voltou-se. Encontrou o aterrorizado Orbital, uma trêmula e ainda fumegante pistola laser apontada para ele. O astronauta acabava de descobrir, a pele metaliana refletia os raios feito espelho. Três buracos nas paredes, logo atrás, atestavam isso.

Restava apenas Lâmina Sagrada entre Kursor e a saída.

— Não posso deixá-lo ir — ela dizia, quase choro na voz. — Não me obrigue a lutar.

— Não vou — respondeu ele, sumindo no ar.

A paladina baixou a espada. Olhou em volta, confusa e ao mesmo tempo aliviada.

Girou rápida sobre os calcanhares quando ouviu algo às costas. Parecia o teclar de um controle no painel da porta, mas ninguém estava ali. Ninguém? Passou o dorso da mão sobre os óticos e espiou de novo, deviam estar com defeito no foco. Alguma coisa transparente parecia flutuar diante deles.

Orbital gritou.

— Invisível! Ficou invisível outra vez. Está tentando fugir!

Após este alerta, e constatando que a abertura da saída estava inacessível, o fantasma desistiu de tentar botões e afundou um soco através da porta. Moveu o punho acima e abaixo, rasgando o metal e criando uma fenda por onde conseguiu se enfiar, tudo mais rápido que qualquer reação robótica.

Soldador, entre gemidos e tentativas de afastar Vigia, que tentava curá-lo, gritou.

— O alienígena não pode escapar!

Orbital acessou mentalmente a comunicação interna da estação — procedimento rápido, mas perdeu algum tempo tentando descrever à tripulação aquilo que deviam perseguir. Gládio soltou-se dos destroços onde esteve preso e correu furioso até porta esfacelada, não detido pelos pedaços que ainda restavam.

Segundos depois, os cinco avançavam pelos corredores da estação. Orbital falava enquanto corria.

— Ordenei a ativação do isolamento de emergência contra vazamentos no casco. São comportas muito mais pesadas. Ele não vai conseguir passar.

— Eu não teria essa certeza — rugiu Gládio. — O vilão rasga aço com as mãos.

A suspeita do paladino se confirmaria logo, após uma trilha bem marcada de tripulantes estupefatos, quando chegaram à primeira porta de contenção. Tinha um buraco bem no meio.

— Tinha razão, Gládio. Sagrado Sol, que força!

— Espere, Lâmina Sagrada — interrompeu Vigia, examinando a abertura. — Este buraco não foi arrombado com os punhos. Veja as bordas. Um objeto cortante fez isto.

Gládio fechou os punhos até rangerem.

— Bem desconfiei daquele cilindro na coxa. Uma espada de força.

— Não — Vigia, acurando o exame com o multiscópio. — Vejo ranhuras no metal. Não foi cortado por lâmina de energia.

Lâmina Sagrada coçou o elmo.

— Espada de matéria sólida? Impossível, mesmo se feita de diamante!

— Estamos perdendo tempo — Soldador gritava, de dor e raiva. — A esta altura, já chegou à área de pouso.

Orbital teclou um controle e a comporta furada moveu-se pesadamente para o lado. Enquanto corriam, passaram por outras duas portas em estado idêntico. Chegaram ao hangar.

Ali estava Kursor, ou algo que poderia ser ele.

A criatura transparente empunhava o que parecia ser uma espada — certamente tinha formato de espada, era empunhada como espada, mas emanava *algo*. O metal impossível dobrava as imagens em volta, seus arcos em movimento rasgavam a própria existência. Aos óticos e outros sentidos traktorianos, aquela arma não parecia apenas feita por ciência desconhecida; parecia violentar a ciência conhecida.

Trabalhava depressa, mesmo com o empecilho da falta de gravidade. A lâmina mergulhava no metal bruto como se este fosse carvão, cuspia faíscas e lascas a cada golpe. Estava quase atravessando a porta imensa. Mais uma estocada...

— Pare, maldito! — Orbital gritou, qualquer preocupação com etiqueta e modos já esquecida. — Fez buracos em todas as comportas de contenção, destruiu nosso isolamento hermético. Se destruir mais essa, a estação perderá toda a atmosfera. Há pessoas aqui que não sobreviveriam.

O fantasma parou, a espada em riste.

— Está mentindo. Robôs não são afetados por ausência de ar. Havia dois de vocês aqui, no vácuo, quando cheguei.

— Não, ele está certo — retrucou Lâmina. — Alguns de nossos sistemas vitais funcionam com fluidos, incluindo aqueles que fornecem oxigênio ao cérebro. No vácuo, congelariam e morreríamos em minutos.

"Soldador e Orbital foram adaptados, receberam isolamento próprio. Nós três esperamos no corredor, lembra-se?"

Kursor ponderou, e acreditou ser verdade. Parecia lógico que robôs projetados para funcionar em terra não pudessem necessariamente resistir ao vácuo.

Não queria matar, mas os guardas da estação começavam a acumular-se no corredor atrás deles. Precisava pensar em algo rápido.

— As naves — disse Kursor, apontando para a fileira de veículos ali estacionados. — Podem embarcar nelas para se proteger, antes que eu derrube a porta. Avisem todos aqueles que não tenham resistência a vácuo. Dou-lhes cinco minutos.

Sem muita escolha, Orbital acessou o comunicador interno e começou a instruir sua tripulação.

— Estão a caminho — Orbital, mais aliviado que resignado. — Além do acólito e os paladinos, apenas uns poucos especialistas a bordo devem ser protegidos. Por favor, aguarde.

Soldador não podia acreditar no que acontecia.

— Não é possível que estejam *cogitando* deixar que ele vá!

— Ouçam o herói — concordou Gládio, sem abandonar a postura de luta. — A perda do milagre não é aceitável. Mesmo ao custo de nossas vidas.

Orbital, naquele instante, não parecia ligar para milagres ou honra de paladinos.

— *Nenhuma* vida será perdida a bordo desta estação. O capitão Kursor está sendo razoável, em vista das circunstâncias. Está sendo piedoso. Faremos como ele diz. Gládio, Lâmina Sagrada, Vigia, entrem em um dos transportes. *Agora*.

Assim que Lâmina Sagrada desligou a espada e preparou-se para obedecer, Soldador tomou-lhe a arma.

— Este encontro é *para sempre*.

Ligou a espada de força, restaurando a lâmina de pura energia aniquiladora. Usou para cortar o próprio cano amassado do maçarico atômico. A saída do plasma estava liberada.

Uivou de dor, e atirou.

— Soldador, seu louco! Você sabe o que fez?

O descontrole quase histérico de Orbital tinha seus motivos.

Plasma é o quarto estado da matéria. Nem sólido, nem líquido, nem gasoso, com suas próprias características. Como um gás, plasma não tem volume ou forma definidas, exceto quando contido em recipiente fechado; diferente de um gás, plasma é extremamente sensível a campos magnéticos.

A estação inteira usava uma forma de magnetismo para simular gravidade.

A coisa-luz branca em temperatura estelar, produzida pela ferramenta de Soldador, espalhou-se em filamentos descontrolados por todo o aposento — lembrava uma tempestade de relâmpagos lentos. Cada raio, um toque de inferno concentrado. Foi o que Kursor descobriu, quando um fiapo luminoso alcançou seu peito e gerou uma poça de dor aguda.

A queimadura fez Kursor perder a concentração de que precisava para manter-se invisível, sua transparência dando lugar à prata. Era o menor de seus problemas. A maior parte do plasma alcançou a comporta, aderindo, derretendo como ácido, terminando o trabalho de escavação já começado. Um rombo de vários metros abriu-se para o espaço.

O hangar explodiu. A atmosfera expelida em violência surda, carregando tudo o mais consigo.

Soldador foi surpreendido, arrastado para a abertura no casco e lançado fora da estação, muito longe. Kursor, sem peso algum, cravou no piso a Espada da Galáxia para evitar o mesmo destino. Os robôs restantes conseguiram manter posições, ainda que com grande esforço. Vigia, que tinha alcançado a porta da nave auxiliar, esticava um braço desesperado para Lâmina Sagrada. Orbital, agarrado a uma alça de segurança, gritava ordens para a tripulação em rede interna.

Gládio atirou-se contra Kursor, o grito de guerra emudecido pelo vácuo.

Sem que o metaliano pudesse fazer nada, o impacto do robô dourado de quatro metros o arrancou de seu suporte improvisado. Os dois se enlaçaram e rodopiaram espaço afora, em escaramuça silenciosa, minúsculos contra a estação espacial atrás deles.

Gládio morreria logo, seu sangue artificial já congelando, as partes cerebrais vivas já falecendo. Mas tinha alguns minutos. Suficiente para matar o metaliano dez vezes. Suficiente para morrer com honra.

Poucas coisas podiam ferir Kursor, mas havia limites para sua quase invencibilidade. Descobriu isso quando um imenso braço mecânico envolveu sua cintura e começou a apertar, ameaçando partir a infraestrutura da coluna. Não se rendeu. Contraiu os músculos das costas, começou uma medida de forças. Estava a ponto de livrar-se quando percebeu, tardiamente, ser apenas uma distração; o outro braço do paladino já desferia um golpe com a espada de força.

Kursor posicionou sua própria lâmina para aparar o ataque. Por poderosa que fosse, a arma do paladino não seria capaz de danificar a Espada da Galáxia. Estava certo quanto a isso, mas também errado: as lâminas de força aniquiladora e de aço nuclear atravessaram-se, sem qualquer efeito uma sobre a outra.

O golpe de Gládio atingiu o local visado. A carne-metal no ombro esquerdo de Kursor foi reduzida a cinzas, expondo o osso branco de alumínio e titânio.

O grito de Kursor queimou os receptores radiofônicos de Gládio. O robô sumiu de sua visão enegrecida de dor. Como ocorre em qualquer metaliano próximo da morte, sua mente era agora preenchida com a figura materna da Imperatriz. O rosto macio, os olhos de cor indefinível, as antenas delicadas, a voz musical.

Nunca mais A serviria. Nunca mais A protegeria. Nunca voltaria para Ela.

Intolerável. Inaceitável.

A Espada da Galáxia desceu, impulsionada pela força invencível do braço biometálico, nada capaz de detê-la. Cortava vácuo, cortava matéria escura, cortava o que não havia a cortar. Encontrou a crista do elmo dourado do paladino. Não parou. Seguiu descendo, atravessando o elmo. Uma massa verde de material orgânico partiu-se em duas, antes de gelar e desmanchar. A lâmina seguiu cortando, separando peças de aço com polegadas de espessura. Fios rompidos protestavam, chorando faíscas. Tubos de fluido congelavam e estilhaçavam como cristal.

Bem depois, sem mais razão para cortar, a viagem da espada terminou. No meio do peito.

Tudo muito depressa, antes que a bionave Vigilante pudesse perceber ou entender. Uma vez constatado que o comandante precisava de ajuda, um filamento de luz-vidro verde alcançou o metaliano inconsciente e a coisa mecânica que o abraçava. Os dois foram trazidos para a nave, onde Kursor seria socorrido por sistemas automáticos de enfermaria, e levado o mais rápido possível para um centro de engenharia-médica em Metalian.

O cadáver robótico de Gládio ficaria em exibição nos aposentos do capitão. Não como troféu, mas como lembrança de um erro.

•

A hora seguinte foi caos completo, tão atribulada que poucos puderam sequer pensar sobre a fuga de Kursor. Exceto por Gládio, nenhuma vida foi perdida. Vigia e Lâmina Sagrada conseguiram abrigar-se em um transporte a tempo, e os demais foram confinados em salas hermeticamente fechadas antes que o vácuo tomasse conta. Após reparos de emergência nas portas de contenção, logo a estação estava novamente pressurizada.

Soldador havia ido parar a quilômetros dali. Sem gravidade ou atrito do ar para deter seu movimento, a inércia continuaria impulsionando-o até que se perdesse no espaço. Foi algo que Orbital chegou a desejar secretamente; ainda assim, enviou um transporte para resgatá-lo.

— Ele foi imprudente, é certo — Vigia, enquanto todos esperavam pelo retorno de Soldador na sala de comunicações. — Mas estava tentando proteger a profecia. Proteger a realização do milagre.

— Acho que todos sabemos a diferença entre devoção e obsessão — Orbital, de cara fechada. — E se recordo bem, ele não pareceu muito respeitoso com relação ao Messias e o Criador.

— Também notei — Lâmina, amarga, braços cruzados.

— Ser audacioso é natureza dos heróis — Vigia ainda tentava defender o amigo e a crença.

Orbital pensava seriamente em ejetar da estação o próximo que falasse em "herói".

— Sabe qual a diferença entre um ato heroico e um ato estúpido? O *resultado*.

Na tela principal, a mesma através da qual conversaram com Kursor, Orbital observava o retorno da nave ao hangar. Soldador desembarcou e seguiu pelo corredor, escoltado por guardas armados.

— Mesmo agora, esse ar de superioridade — rosnava Orbital, óticos apertados. — Não é o mesmo Soldador que esteve aqui dias atrás.

— Ele passou por provações — Vigia defendia. — Descobriu coisas que abalaram sua fé.

— E graças a essas descobertas, acredita ser melhor que nós.

Vigia e Lâmina foram forçados a concordar.

A porta chiou e abriu, exibindo um robô de cabeça erguida. Tinha o revestimento pontilhado de gotículas de água, parecia ter passado a noite sob garoa fina. Sua superfície externa ainda tinha a mesma temperatura do espaço, e cobriu-se com uma delgada camada de gelo quando em contato com o ar.

Orbital dispensou os guardas.

— Certamente notou que a nave estelar foi embora. Você ajudou Kursor a escapar, com seu descuidado disparo de plasma.

— Deixá-lo escapar não era exatamente o que você queria na ocasião? — Soldador era sarcasmo puro.

— Deixá-lo ir por *livre vontade*. Preservar alguma chance mínima de diálogo com seu povo.

— Fantasia. Sonho ridículo. Todos aqui sabem disso, não me faça explicar outra vez.

— Além disso, eu também queria evitar mortes. Considero você responsável por Gládio.

Soldador pareceu confuso. Os demais perceberam, então, que ele ainda não sabia a respeito do paladino. Foi colocado a par.

— Eu não hesitaria — Orbital advertia — em assinar sua extradição para uma cidade-estado bem menos agradável. Talvez a Cidade Saurísquia, entre aqueles tecnossauros carniceiros.

Lâmina interveio.

— Gládio atirou-se contra Kursor por iniciativa própria, sem preocupação com a própria vida. Tentava proteger o milagre. Será lembrado e exaltado para sempre nos arquivos da Ordem. Não aceito que seu sacrifício, seu *heroísmo* — nesse instante olhou algo acusadora para Soldador —, seja creditado a outro.

— Ele foi mesmo um herói.

Todos espantados com a declaração de Soldador.

— E sua morte foi culpa minha. Forneci os meios para que acontecesse. Aceito a responsabilidade.

— Admite ter errado? — Orbital, ainda incrédulo. — Admite que a forma como tratamos o visitante foi um desastre completo?

— Minha atitude foi precipitada. Pouco importam os acontecimentos deste dia, o milagre será nosso de qualquer maneira. Não fui capaz de enxergar isso, entrei em pânico. Errei, e o paladino pagou.

Embora as palavras fossem de arrependimento, a atitude certamente não era. Havia arrogância em sua postura. Havia brilho fanático em seus óticos.

— Gládio será lembrado como mártir — Lâmina insistia. — Não como vítima de um erro.

— Assim seja — Soldador dispensava, sem muita reverência.

O comandante da estação não se deixava enganar. Soldador sabia ser imune a uma acusação formal de crime — especialmente um homicídio culposo, não intencional. Era, afinal, um herói santo. *Um maldito herói santo.*

— Então — Orbital sabia ser inútil insistir em incriminações, — o milagre será nosso de qualquer maneira? O que quis dizer?

— Estou falando dos metalianos, é claro.

— Verdade. A simples revelação de sua existência é algo extraordinário. Temos sua entrevista, temos imagens, leituras dos sensores. Dados suficientes para anos de pesquisa. Mesmo que nunca os encontremos outra vez, é certo que...

— Não seja tão limitado — Soldador cortava. — *Vamos* encontrá-los outra vez.

Orbital arregalou óticos muito lentamente.

— Não é possível que esteja propondo...

— Temos trabalho pela frente. Perseguir Kursor. Encontrar seu mundo. Conquistar o Código.

— *Está completamente louco!* — Orbital abriu os braços em gesto amplo. — Perseguição? Trabalho? Aquela nave pode estar agora no outro lado da galáxia. *Não podemos* cobrir distâncias tão grandes, *não podemos* viajar mais rápido que a luz.

— Não fale em coisas impossíveis. O que parecia impossível há menos de um dia já deixou de ser.

— Sabe a resposta? — Vigia, esperançoso. — Sabe como alcançar o mundo estrangeiro?

— Gigacom sabia.

Breve espanto.

— Ele previu, *calculou* tudo isso. Era bom em calcular, como sabem bem.

— Não é mais possível acessar o conhecimento messiânico — Vigia lamentou. — Não há memórias reserva. O que não se perdeu na explosão foi deliberadamente apagado.

— Apenas porque ele não queria a informação certa em mãos erradas.

Soldador abriu o compartimento selado em seu flanco. Dali tirou um pequeno disco. Um modelo antigo, gravado a laser. Era idêntico àquele que teve em mãos dias antes, durante a comunhão com o Messias; claro, não havia literalmente recebido o objeto na ocasião, era apenas uma reprodução visual. Mesmo assim, mais tarde procurou um disco idêntico e gravou ali o pacote de dados obtido. Achou adequado.

— Ele confiou isto ao herói — nem um pingo de modéstia.

— O que é? — Orbital, muito esforçado em não parecer impressionado.

— O último milagre. A ser revelado no devido tempo, após a realização do penúltimo milagre. O tempo chegou.

O astronauta, desconfiança pura, apanhou e examinou o disco. Procurou uma antiga unidade leitora onde inseri-lo. Correram numerosas telas cheias de números, gráficos e sinais matemáticos — tudo tão confuso que, em um primeiro momento, pareciam arquivos corrompidos.

Não eram.

Orbital em estranho silêncio, mesmerizado, absorvendo as fórmulas. Percebeu o que eram, o que *pareciam*. Cambaleou, quase caiu, o programa de equilíbrio travado e reiniciando. Correu as telas de novo. Acessou a comunicação interna. Tudo isso sem tirar os óticos da tela.

— Fala o comandante. Mandem aquele astrofísico para a sala de comunicações.

Não interessa se o homem está se recuperando de um ataque de nervos. Quero ele aqui em cinco minutos!

O astrofísico em questão era um dos poucos robôs a bordo que não podia sobreviver no vácuo. Havia sido trancado às pressas em um compartimento apertado, onde esteve protestando até alguém perceber sua ausência e abrir a porta. Era baixo, carcomido, de cabeça enorme. Veio acompanhado pelo médico de bordo, cheio de protestos em favor da saúde de seu paciente, e logo rechaçado e expulso da sala.

Os óticos do cientista, já enormes, pareceram querer saltar fora com o que viram na tela.

— Mas é a equação de hiperespaço!

— Significa...? — Soldador, já sabendo a resposta.

— Em teoria, torna possível a viagem mais rápida que a luz.

O astrofísico foi mandado de volta à enfermaria tão rapidamente quanto veio.

— Quanto a mim — Soldador, sorriso cínico nos lábios, exibindo a arma-ferramenta arruinada —, quero ser consertado.

•

A cabeça doía, sendo a única sensação física que conseguia perceber. Não podia se mover, nem enxergar, ouvir ou sentir. A dor preenchia cada fresta na mente, sem deixar espaço para recordações. Uma fagulha acendeu em alguma parte, conseguiu apanhá-la. Seu nome era SGW-561897-EF... Não, era SGH-561887... Inútil. Não se lembrava. Mas tinha outro nome. Aquele usado na vida diária, aquele que definia sua função, suas habilidades.

Soldador.

Agora as lembranças fluíam melhor, uma mangueira subitamente desentupida, irrigando o cérebro. Tudo começou quase um ano após o assim chamado Dia dos Dois Milagres.

A visita de Kursor havia sido amplamente divulgada pelos meios de comunicações. O povo de Traktor ansiava pelo dia em que o mundo prometido de Metalian seria alcançado, e o Código Matriz conquistado. Com a descoberta da equação de hiperespaço, o planeta deixava a obsoleta Era Espacial para adentrar uma Era Hiperespacial — ou, como muitos preferiam chamar, a Era Orgânica nomeada pelo Messias.

A grande cruzada movia milhões de traktorianos. Eufóricos, abandonavam os antigos lares para erguer uma nova cidade-estado — Cidade Hiperespaço, a primeira erguida fora do planeta. Construída a partir da estação solar de Orbital, recebeu finanças e colaborações mundiais até tornar-se um gigantesco estaleiro.

Ali nasceriam as naves estelares de Traktor.

A primeira delas estava agora em missão no espaço profundo. A nave Paladino. Onde Soldador estava agora.

O casco principal era longo e retangular, com um vagão de trem, medindo meio quilômetro. A proa aberta em canhão desintegrador, feito bocarra de tubarão, demonstrando que a nave não tinha nada de pacífica. Nas laterais estava inscrito o nome, em letras negras sobre o fundo cinza brilhante — em honra ao guerreiro santo morto heroicamente no Dia dos Dois Milagres. Pensou-se em reforçar a homenagem com uma camada de tinta dourada no casco, mas isso iria acrescentar à nave várias toneladas de massa inútil.

Apesar de descomunal, o casco primário quase sumia em meio à escolta de quatro cilindros, cada um com quatrocentos metros de comprimento. Eram as nacelas de propulsão, as mais potentes já construídas, capazes de impulsionar o veículo mais rápido que a luz. Se isso fosse tentado no espaço normal, toda a matéria da nave se transformaria em energia e ela estaria perdida.

Mas não no hiperespaço. Não no lugar para onde certa equação dava acesso. Não onde estavam agora.

Soldador experimentou novas dores, em locais estranhos e distantes, e só então descobriu que ainda tinha corpo. Parecia amarrado com arame farpado, ferindo o casco de ferro-níquel. Arriscou um movimento. Gritou uma ordem mental para qualquer músculo hidráulico que pudesse mexer. Mas, em resposta, uma fera medonha empoleirou-se em seus ombros e fincou dentes enferrujados em sua nuca. Não suportava mais tanta dor, era impossível não existir nada mais no mundo. Se pudesse enxergar, teria uma via de escape. Sim, havia algo diante dos óticos. Uma porta fechada. Uma prisão! Estava encarcerado para sempre, nunca mais seria livre da agonia.

Sofreu por anos, até entender que aquela porta era sua própria máscara de solda, fechada sobre o rosto. Algo mudou. O monstro cansou-se de mastigar seu pescoço e galopou de volta aos reinos de trevas. O odioso arame farpado desmanchou e escorreu para os lados. Estava livre, mas uma mão gigante ainda o premia contra a poltrona, ordenava que esperasse até melhorar. Ele obedeceu. Voltou a atenção aos vultos granulados à sua volta, também emergindo de seus próprios pesadelos.

Na poltrona de comando, Orbital se arrastava fora do buraco negro onde havia caído. Havia sido promovido a administrador da Cidade Hiperespaço — mesmo trabalho, mas multiplicado por dez. Quando surgiu a primeira oportunidade de capitanear uma nave estelar, tratou de agarrá-la. Era agora um comandante da cruzada.

Vigia piscava óticos apavorados, acreditando ter esconjurado os demônios que o assombravam. Um acólito parecia ter pouca serventia na nova era, que aos poucos abandonava a religião para mergulhar em crescente febre científica. Mas acabou revelando um talento oculto que seria útil à missão. Era um observador do céu, sempre estudando estrelas com seu multiscópio. Era um astrônomo natural. Soldador imaginou que daria um bom astronavegador, e o recomendou para o posto.

Megahertz estalava dedos para ter certeza de que não havia mais vermes em seus ouvidos. A nova aparelhagem de rádio hiperespacial que equipava a Paladino foi desenvolvida na Cidade Sonora, e um de seus técnicos teve que ser incorporado à tripulação. Além de especialista em todas as formas de rádio, também estava encarregado de pesquisar armamentos alternativos, efetivos contra metalianos. Duvidava da inteligência dessa decisão: sua especialidade eram as armas sonoras, de pouca serventia no vácuo espacial ou em mundos de atmosfera rarefeita, como Metalian.

Lâmina Sagrada soluçava após fugir de um monstro mitológico qualquer, forçada a enfrentar sem sua espada. Era capitã da guarda. A escolha de uma mulher para o cargo gerou certo número de protestos — o gênero era considerado inferior em uma série de funções, especialmente combate. No entanto, durante sua visita, percebeu-se que Kursor pareceu mostrar mais cortesia com relação à paladina — comportamento atribuído à sociedade matriarcal metaliana. Orbital acreditava que sua presença seria fortuita caso ainda fosse possível abordar os metalianos pacificamente.

Talvez esse fato tenha influenciado a escolha do segundo capitão da guarda, que agora escapava de afundar em um fosso de piche. Algo grande e feio, de nome Massacre. O metaliano provou ser dono de força enorme, e os brutais tecnossauros pareciam estar entre os poucos em Traktor capazes de confrontá-la. Parte da tripulação da Paladino era composta por esses robôs-lagartos-trovão. Difícil foi persuadi-los a abandonar suas caçadas na Cidade Saurísquia, mas deixaram-se convencer por um argumento sedutor: seriam os primeiros a esmagar uma forma de vida alienígena.

Soldador, por sua vez, sabia pouco sobre astronáutica até recentemente — mas, após o incidente com Kursor, dedicou-se à engenharia de naves com determinação. Projetou e coordenou a construção de quase todos os sistemas da Paladino, inclusive o fantástico hiperpropulsor, baseado nas especificações fornecidas pelos cientistas que trabalharam na equação. Assim, tão intimamente familiarizado com a tecnologia da nave, tornou-se escolha natural para o cargo de engenheiro-chefe.

Além disso, não seria uma verdadeira cruzada sem a participação do herói.

— Quero esmagar o metaliano. Vamos a ele.

Soldador sorriu. As palavras que Massacre sempre traziam lembranças do início da missão.

A Paladino ainda descansava em seu estaleiro, uma espécie de gaiola cúbica imensa, cada aresta um longo edifício negro com astronautas flutuando à volta. Em seu vasto interior, os tripulantes estavam debruçados sobre uma mesa ampla, que tinha em seu tampo um mapa celeste. Voltaram-se para Orbital quando este adentrou na sala de controle.

— Bem-vindo a bordo, comandante — Soldador, com um bom humor pouco comum. — Estávamos acabando de calcular a rota.

Orbital meneou a cabeça, como se diante de um bando de dementes mentais. Por estranho que fosse, o astronauta era aquele mais cético quanto ao sucesso da missão espacial.

— Então fazem alguma ideia de que direção seguir? Mesmo com o propulsor de hiperespaço, vasculhar a galáxia pode levar eras inteiras. Isso, claro, supondo que Metalian *fica* nesta galáxia.

— É quase certo que sim. — explicou Vigia. — Em suas explicações, várias vezes, Kursor citou a galáxia. *A galáxia*, singular. Não falou em "galáxias". Parece provável que os metalianos não sejam capazes de alcançar outros aglomerados celestes.

"Ainda, eles consideram esta galáxia como divindade."

Orbital já sabia daquilo, e achava a evidência fraca. Mas aceitou a teoria, por hora.

— Isso reduz nossa busca a *apenas* trezentos bilhões de estrelas, sendo que 93% têm planetas à sua volta. São *somente* 280 bilhões de sistemas planetários.

Soldador interveio.

— Verdade, mas não estamos procurando um mundo qualquer. Você ouviu Kursor; até onde eles próprios sabem, Metalian é único.

Aquilo, Orbital também sabia. Em relação à água, a densidade de um planeta pode variar entre 2.5 e 7.1 ou mais. Sua composição é classificada em seis tipos, em ordem crescente de densidade: gigante gasoso, rochoso, baixo-ferro, médio--ferro, alto-ferro e metálico — este último, o mais raro de todos.

— Não venha ensinar planetologia a *mim*. Certo, Metalian é um planeta de tipo especial. Ainda assim, pode estar em qualquer região da galáxia. Não temos ideia de onde começar a procurar.

— Temos, sim.

Megahertz bastante animado.

— Podemos rastrear a nave viva Vigilante.

— Não podemos — Orbital, voz cansada. Aquele curso de investigação já havia falhado. Descobriu-se que a bionave, ao mover-se, deixava uma trilha de emanação magnética muito clara. Persistia mesmo agora, um ano após sua passagem.

Mas a trilha desaparecia abruptamente em certo lugar, longe dali. Naquele ponto, havia entrado no hiperespaço, onde o rastro não se manifestava.

Pelo menos, era a teoria mais aceita.

— Sim, *podemos* — Megahertz insistiu.

O técnico de rádio apontou um painel, onde estava instalado um aparelho que Orbital não conhecia.

— A Cidade Sonora fabrica os melhores radiotelescópios de Traktor. Eu trouxe alguns aparelhos de alta precisão para bordo, venho fazendo rastreios sistemáticos na região durante os voos de teste. E adivinhe. O rastro *não termina*.

Mostrou um ponto no mapa estelar.

— Ele ressurge *ali*, a dois minutos-luz de distância. Continua por poucos milhares de quilômetros, então volta a sumir.

Orbital de óticos bem abertos. Sabia o significado daquela revelação.

— E você traçou...?

— Exato — Megahertz era todo entusiasmo. — Seguindo na mesma direção, em linha reta, um *terceiro* rastro aparece. Agora distante dez minutos-luz. E um quarto rastro, e um quinto. Cada um separado do anterior por distância maior, até sair do alcance de meus instrumentos.

— Temos uma *linha pontilhada* traçando o caminho da nave — Soldador sorria.

Megahertz concordou com um gesto de mão.

— A única coisa que ainda não entendi é: *por que* a bionave submerge e emerge do hiperespaço ao longo do caminho? Pelo que sei, nossa própria nave consegue percorrer distâncias bem maiores sem precisar emergir.

— Talvez precise disso para se orientar — Vigia arriscava. — Talvez precise espiar o espaço normal a intervalos regulares, para saber onde está.

— *Não são* intervalos regulares — Orbital descartou. — Eles aumentam. Como se estivesse acelerando.

— Então, talvez seu propulsor de hiperespaço seja inferior ao nosso. Talvez não consiga manter o veículo submerso ao longo de toda a viagem.

Orbital também não acreditava naquela teoria. Todos tinham as pistas certas, mas faziam suposições erradas.

Ele acreditava ter a resposta.

— Estivemos, esse tempo todo, presumindo que os metalianos *também* usam propulsão hiperespacial.

— Mas eles usam — Vigia apontava o que parecia óbvio. — Sabemos que eles viajam mais rápido que a luz.

— Não existe apenas um meio de fazer isso. Pelo menos, não em teoria.

Todos curiosos. Orbital foi até o mapa digital, marcando pontos com o dedo.

— Dobra espacial.

Aguardou até ter certeza de que ninguém ali conhecia o termo.

— Um meio teórico de viagem estelar. Um tipo de atalho, passando por outra dimensão.

— Mas não é assim que o hiperespaço funciona? — perguntou Lâmina Sagrada.

— Não. O hiperespaço é uma dimensão paralela, onde nossas leis físicas não se aplicam. Ali, a matéria pode ultrapassar a velocidade da luz sem se transformar em energia, como aconteceria no espaço normal. Os metalianos, pelo visto, não empregam esse método.

"Dobra espacial é algo diferente. Os físicos dizem ser possível chegar de um lugar a outro *sem* percorrer toda a distância entre eles."

— Quer dizer — Lâmina, ainda curiosa — que a menor distância entre dois pontos *não é* uma linha reta?

— Não quando você pode *dobrar* o papel.

O uso de papel havia sido abandonado em Traktor séculos antes, tornando a analogia de Orbital bem menos clara.

— Imagine dois pontos em uma superfície plana. Uma linha reta entre esses pontos corresponde a viajar em espaço normal. Mas *dobre* essa superfície, fazendo os pontos se tocarem. Agora a distância é bem menor que a linha reta original. Dobre *várias* vezes, para unir vários pontos em sequência.

"A nave metaliana parece sumir e ressurgir porque está fazendo exatamente isso. Está dobrando o espaço. Deixando essa linha pontilhada nos pontos de entrada e saída."

Massacre urrou, chamando a atenção sobre si.

— Quero esmagar o metaliano. Vamos a ele.

— Ele está certo — incitou Soldador. — Pelo que me disseram, Gládio conseguiu ferir Kursor em batalha. Há uma grande possibilidade de ter sido levado para socorro médico de emergência em Metalian. A trilha deve levar direto para lá.

Orbital, agora mais confiante na engenhosidade da tripulação, sorriu.

— Isso deve bastar. Todos a seus postos, vamos zarpar.

Zarparam, cinco meses antes. E a cruzada em busca de Metalian prosseguia.

•

Massacre reafirmava sua opinião.

— Quero esmagar o metaliano. Vamos a ele.

— Massacre — gemia Soldador, voz de cadáver. — Os pesadelos já são ruins, sem você repetindo isso a cada cinco minutos.

— Bando de fracos.

Orbital pediu silêncio e, sob o rosto mascarado, acessou a comunicação interna.

— Controle para enfermaria. Quero um relatório médico agora.

— Cefaleia aguda em dois tripulantes — respondeu o cirurgião-chefe, do outro lado —, ambos já sedados. Nada mais a relatar.

— Nada mais? Aguardo que tenha uma *cura* a relatar.

Mergulhar no hiperespaço, descobriu-se logo, causava alucinações e dores de cabeça severas a todos os tripulantes. Exceto por sistemas automáticos, a nave inteira ficava incapacitada por cerca de cinco minutos — algo que Orbital considerava muito perigoso, especialmente sem saber o que encontrar no ponto de destino.

— Conforme já mencionei, a criogenia...

— ...Evita as dores e pesadelos. Sim, você *já* mencionou. Mas congelar e descongelar todo mundo seria ainda mais demorado.

Fechou a comunicação e ordenou a ativação da imensa tela principal. Recurvada em semiesfera, ocupava quase metade da sala de controle, fazendo todos sentirem-se dentro da imagem.

Dentro do sempre impressionante céu hiperespacial.

O hiperespaço não guardava qualquer semelhança com a escuridão cintilante do espaço normal. Era todo em tons fortes de púrpura, rosa e lilás. A primeira impressão era de uma superfície molhada onde caíram gotas de tinta ao acaso, escorrendo em todas as direções. Longe de ser vácuo eterno, imutável, o hiperespaço estava sempre em movimento. Massas luminosas do tamanho de galáxias espreguiçavam-se por distâncias grandes demais para medir, enquanto nuvens menores deixavam-se levar como espuma nas águas de um rio.

Belo. Mas extremamente enganoso quanto à navegação.

Quando finalmente ganhou forças para se levantar, Lâmina Sagrada caminhou até perto da poltrona de Vigia.

— Então, acha que desta vez vamos encontrar o caminho? — fez seu melhor para disfarçar certa impaciência.

Ainda assim, Vigia percebeu a pressão. Não estavam conseguindo seguir o plano original, seguir a linha pontilhada — em boa parte, por culpa sua. Estavam sempre se perdendo no hiperespaço. Não havia pontos fixos de referência para orientação, o próprio céu se movia. Acabavam saindo longe do local previsto. Cálculos que pareciam corretos, sensatos, sempre resultavam diferente do esperado. Se até agora não emergiram dentro de uma estrela ou planeta, foi apenas por sorte.

— Acredito que sim — Vigia mostrou tímido otimismo. — Posso ter descoberto a causa dos erros de cálculo.

— O tal fenômeno de gravidade que mencionou semana passada?
— Sim. Poços gravitacionais.
— Ainda não entendi — Lâmina sempre curiosa. — Gravidade é gerada por grandes quantidades de matéria, como estrelas e planetas. Aqui não há corpos celestes, não há matéria como conhecemos. Então como pode haver gravidade?
— Talvez eu esteja a ponto de descobrir isso.

Vigia dançou dedos ágeis sobre uma tela. Quando surgiu uma série de números, soltou um grito de alegria.

— Eu tinha razão, comandante. São sombras de gravidade!

Orbital descansava a cabeça ainda dolorida sobre um antebraço.

— Fale de uma vez, Vigia.
— Estou colocando na tela principal o mapa celeste do espaço normal, registrado antes da imersão. Observe, havia uma grande estrela vermelha a estibordo.
— Havia — Orbital tinha pouca paciência com citações do óbvio.
— Agora estou ativando o medidor gravimétrico. Observe.

Orbital arregalou óticos, subitamente esquecido do mal estar. Na tela, uma grande mancha marcava o mesmo ponto onde estava a estrela.

Era a primeira vez que registravam, no hiperespaço, algo diretamente ligado ao espaço nativo.

— Vigia, é o que eu penso ser?
— Este universo é *mais* paralelo ao nosso do que pensamos. A gravitação dos corpos celestes, no espaço normal, cria uma força equivalente aqui no hiperespaço.
— Uma sombra. Sombra de gravidade.
— Não prevista em meus cálculos navegacionais. Estiveram afetando nossa rota. Por isso...
— *Melhor* que isso.

Orbital empinou-se na poltrona.

— Temos, enfim, *pontos de referência*. Podemos usar medição gravimétrica para localizar os poços. Saber onde estamos, em relação ao espaço normal.
— Ainda é cedo para algo assim — Vigia advertia. — O alcance ainda é reduzido, poucas dezenas de milhões de quilômetros.
— Pode ser melhorado.

Era Soldador, também recuperado graças à boa notícia.

— O medidor gravimétrico é rudimentar, não foi projetado para varrer grandes distâncias. Posso reconstruir a antena do sensor, fazê-la melhor e mais potente.

"Cuido disso agora mesmo", disse, saltando da poltrona. Estava a meio caminho da porta quando Orbital ergueu uma mão proibitiva.

— Não agora. Não fazemos caminhadas externas no hiperespaço.

— Não fizemos ainda, por não saber o que havia aqui. Não há *nada* aqui. Um universo cheio de nada.

— Não temos comunicação com o casco exterior.

— Isso também é algo a ser consertado. Façam leituras enquanto estou fora.

Soldador marchou para fora, deixando o astronauta com o hábito frequente de menear a cabeça. Mais de uma vez, exercia seus privilégios de herói santo; muito embora tratasse Orbital por comandante, raramente seguia ordens — fazia o que achava melhor. Suas vontades apenas coincidiam com a missão.

— Ser audacioso é natureza dos heróis — Vigia tentava explicar.

— Morrer cedo, também — Orbital, seco.

— Ele é um predador.

Todos olharam, surpresos, para o dono da modulação gutural. Massacre quase nunca emitia opinião sobre algo que não fosse "esmagar metalianos".

Megahertz se aproximou. Deu tapinhas amistosos na anca de Massacre — haviam desenvolvido certa amizade.

— Por que pensa assim?

— Ele rastreia, persegue a presa. Não vai parar até matá-la. Não terá paz. Eu entendo.

Orbital enfiou o rosto nas mãos. Ganhar a simpatia de um tecnossauro *não é* algo digno de elogios.

— O que foi aquilo?

Lâmina Sagrada apontava para a tela.

— Aquilo o quê? — disse Orbital.

— Algo se moveu. Não o movimento normal do céu, algo mais veloz. Não natural.

Megahertz voltou correndo para seu lugar, examinou os instrumentos. Vigia fazia o mesmo. Ambos afirmaram não detectar nada.

— Digo que vi — Lâmina insistia, alarmada. — Muito pequeno, distante. Pode ampliar a imagem naquele ponto?

Vigia atendeu ao pedido e ergueu um multiscópio atento.

— Aumentada dez vezes.

Nada ainda.

— Parecia alongado. Flexível. Como um verme.

— Pode ainda estar alucinando, Lâmina. Ouvi que os sintomas podem persistir até...

Vigia calou-se. Um movimento na tela.

— Também vi! — Orbital saltou fora da poltrona, correu até entre Megahertz e Vigia. — Lá, atrás daquela nuvem violeta. Apontem tudo que tiveram naquela direção. Vigia, onde fica a antena que Soldador foi buscar?

— Com as outras, na proa. Perto do canhão principal.

Orbital gritou em rede interna.

— Sala de controle para a escotilha de proa. O engenheiro-chefe Soldador vai em sua direção. Ele está proibido de sair da nave. *Proibido*. Confirme.

— Ele já saiu há um minuto, senhor.

— Chame de volta.

— Não temos rádio externo no hiperespaço, senhor.

— *Eu sei disso!* Sala de controle para todas as seções. Alerta vermelho. Vigia, parada total dos motores. Como está indo, Megahertz?

— Nada nos sensores.

A resposta de Megahertz mal foi notada. Ele foi o último a erguer os óticos de volta à tela principal onde, agora, todos podiam ver a aparição.

A coisa era mesmo alongada e roliça, como uma cobra, mas sem forma fixa. Tinha aspecto gelatinoso, não consistente. Talvez assumisse aquele formato apenas para serpentear melhor pelo hiperespaço. Rosada e luminosa, como tudo mais naquele universo, mas ligeiramente intumescida.

— Vai me dizer que *aquilo* não existe? — Orbital gritou com Megahertz.

— Vou dizer que não aparece nos sensores.

— *Certamente* que não aparece. Estamos presumindo ser composto de matéria. *Não há matéria neste universo*. Ajuste para outras formas de varredura.

A serpente agora abandonava a cobertura das nuvens, seguia abertamente na direção da nave. Lâmina Sagrada se esforçava em convencer Massacre de que não deveria tentar mordê-la.

— Sim. Uma leitura forte — Megahertz, após ajustar os instrumentos. — Massivo agrupamento de fótons. Concentração além da escala.

— Quer dizer luz? De que tipo? Qual o comprimento de onda?

— Luz coerente. Laser.

O comandante sentiu as pernas moles, como se lubrificadas demais.

— Aquela enguia é feita de luz laser — Megahertz repetiu, por ser difícil acreditar na primeira vez.

— A que distância está? De que tamanho é?

O técnico em radiotelescopia conferiu outro mostrador e voltou-se para Orbital. Nenhuma esperança no olhar, morte na voz.

— Está a seis milhões de quilômetros daqui, movendo-se em velocidade-luz. Chegará em vinte segundos.

A Paladino podia se mover muito mais rápido, mas não em ré. E não podiam manobrar a tempo.

— Lutamos? — Lâmina, pronta. Era uma nave de combate, afinal. Equipada com artilharia pesada, além do maior canhão desintegrador na história de Traktor.

O pensamento de Orbital foi veloz, descartando aquela opção. Toda matéria é constituída de átomos, o canhão desintegrador atuava anulando as forças interatômicas que mantêm os átomos unidos. Não havia como prever seu efeito na enguia-laser, não feita de matéria. O mesmo valia para os mísseis de antimatéria e canhões laser.

Para ser visível daquela distância, mesmo com a ampliação da imagem, a enguia teria que medir pelo menos três mil quilômetros. Era suficiente para se enroscar em volta de uma lua.

— Sala de controle para hiperpropulsor. Vamos emergir. Repito, *emergir!*
— Soldador... — Vigia lembrou, receoso.
— Ele é um herói. Vamos *testar* isso.

•

Soldador marchava sobre o casco, seguro pela mesma gravidade magnética que funcionava no interior. Não havia chance de cair e se perder, mesmo saltando.

Quase cem metros separavam a escotilha da antena e, durante a curta caminhada, permitiu-se apreciar a paisagem. As manchas no céu seguiam se abraçando, espalhando, revirando para todos os lados — mas a própria nave não parecia se mover. Estranho. A esta altura já deveriam ter acelerado para uns 100c, cem vezes a velocidade da luz. Muito provavelmente, Soldador pensou, seu medroso comandante estava esperando o retorno do engenheiro-chefe. Boa coisa estar aqui fora, sem contato de rádio, livre de suas lamúrias.

Parou de repente, ao notar algo errado. Os cilindros de dois propulsores ocupavam sua visão lateral, como um par de horizontes platinados. Eram estruturas muito familiares a Soldador. Sabia ler suas luzes, seu desempenho.

Não estavam funcionando. A nave estava imóvel.

Pensou um pouco. Parada total era, quase sempre, reservada a situações de perigo potencial. A covardia de Orbital chegava tão longe? Improvável.

Imaginando uma solução para o enigma, assustou-se quando percebeu movimento em algum ponto do céu — movimento rápido, vivo. Fitou óticos naquele ponto, vigiou por algum tempo, sem notar mais nada. Sentiu-se tolo. No hiperespaço não havia criaturas vivas, não poderia haver. Por certo, uma ilusão causada pelos pesadelos da...

Lá estava, outra vez.

Não espreitava mais entre as nuvens, tentando esconder-se. Agora rumava na direção da Paladino, exibindo um corpo ondulante e rosa-avermelhado. Sua aproximação era estranha, algo lenta demais. O tamanho aumentava devagar.

Como se desafiando as leis da perspectiva.

Ou como se estivesse muito, muito distante.

Soldador entendeu, e encheu-se de horror. *Não sabia* o tamanho da coisa, não sabia quão longe podia estar — avaliar distâncias no hiperespaço, visualmente, era quase impossível. A enguia podia estar a poucos quilômetros, ou então a anos-luz dali.

Ambas as alternativas eram *muito ruins*.

Achando muitíssimo prudente retornar à sala de controle, voltou-se na direção da escotilha. Mas, mesmo à beira do pânico, percebeu algo mais. Ajoelhou-se, pousou a mão no casco, leu o tremor de máquinas que conhecia muito bem.

Travou de horror.

O hiperpropulsor estava sendo ativado.

— Orbital, covarde maldito! — ainda teve tempo de gritar.

O universo fragmentando à sua volta. A emersão para o espaço normal começava, uma adaga de dor varando seu cérebro. Tentou o rádio, tentou gritar por ajuda. Recebeu de volta uma gargalhada fria e metálica, viu um alienígena prateado saltar em sua direção e enterrar uma espada impossível em seu peito. Assistiu àquela cena várias vezes durante outras transições, mas desta vez o terror era muito maior.

Desta vez era um pesadelo real.

•

O major Norman Williams havia sido transferido para a base Wright-Patterson poucos meses antes. Tempo suficiente para ouvir as histórias mais inquietantes.

Por exemplo, aquela sobre um disco voador supostamente acidentado no Arizona dez anos atrás, em 1953. Os restos da nave teriam sido transportados para aquela base e analisados, bem como os cadáveres dos extraterrestres mortos no desastre. Eram criaturas humanoides com pouco mais de um metro de altura, olhos redondos e sem pupilas, bocas sem lábios e pele cinzenta de réptil. Tinham pernas curtas e braços longos, as mãos com quatro dedos ligados por membranas. Os cadáveres estariam sendo mantidos congelados em centros oficiais altamente secretos, longe dali. Coisa antiga, mas ainda impregnava o lugar como alguma história de casa mal-assombrada.

Williams sempre teve vergonha de admitir, mas contos como aquele sempre o impressionaram, sempre trouxeram dificuldade para dormir. Ainda assim, era consumidor voraz de ficção científica, de histórias sobre horrores vindos do espaço sideral. Amava-odiava o tema.

Logo, seu nervosismo era compreensível naquela noite, quando seguia inquieto pelo corredor na direção do laboratório. Onde estava o objeto não identificado encontrado no dia anterior, no fundo de uma cratera, a poucos quilômetros dali.

Respirou fundo antes de abrir a porta. Entrou, esperando encontrar fragmentos de disco voador e corpos grotescos sobre mesas cirúrgicas.

Em vez disso, um grande balcão coberto com que pareciam restos de um veículo blindado bombardeado.

Um velho engenheiro, enfiado em um guarda-pó, deitou de lado uma lupa para cumprimentar o major.

— Boa noite, Norman. Veio ver o diabinho espacial que esteve tirando seu sono?

O major queria muito que sua fobia fosse *menos* evidente. Ou conhecida.

— Pois pode relaxar. Não é algo que encaixa na categoria de UFO. Já está muito bem identificado.

Williams relaxou mesmo, mas voltou a ficar tenso quando examinou a coisa mais perto. Seria impressão, ou aquela máquina estranha estava mesmo *deitada*?

Uma de suas partes era muito parecida com um capacete de aviador, tinha até o tamanho aproximado de uma cabeça humana. A estrutura principal era muito maior e estava bem amassada, mas ainda podia lembrar um tronco. Dois prolongamentos nas laterais faziam o papel de braços, e a coisa esmigalhada na extremidade de um deles bem podia ser uma mão. Não havia pernas, mas dois buracos recheados de peças queimadas denunciavam a existência delas. Lá estavam, de fato, destroçadas sobre outra mesa.

De pé e inteira, a máquina teria uns três metros de altura.

— Hopkins... isso parece o robô de ficção científica.

— Precisa parar de ler a *Astounding* — riu o engenheiro. — Mas parece *mesmo* um robô de brinquedo gigante, não é?

— Uma máquina humanoide, com certeza.

— Por enquanto, prefiro acreditar que não. Significaria que os russos estão muito adiantados.

— Russos?

Williams estava pronto a rejeitar aquela hipótese, mas olhou melhor. O caso externo era vermelho. Também trazia, em meio à fuligem, um símbolo desconhecido gravado onde seria o peito; tênue semelhança com o martelo e a foice socialistas.

A União Soviética andava lançando quase cem satélites militares por ano.

— Um satélite deveria ter se queimado durante a reentrada — Williams lembrou.

— Aí está a beleza da coisa. Todo o casco externo é ferro-níquel. Esse tipo de liga suporta temperaturas muito altas.

O major deu novo olhar ao artefato.

— Então isso pode ter sido feito para *suportar* uma reentrada atmosférica? Feito para ser *recuperado?*

— Esse é meu palpite. Deveria ter caído no oceano, intacto, e então resgatado. Desviou-se da rota e veio se espatifar aqui.

Lógico, mas ainda misterioso. Um satélite espião apenas enviaria, por rádio, as informações obtidas. Ficaria em serviço até sair de órbita e queimar-se na atmosfera.

Não havia grandes motivos estratégicos para *recuperar* um satélite militar. Difícil demais, custoso demais, arriscado demais.

— Não sei o motivo — Hopkins adivinhava a pergunta —, mas podemos descobrir. O casco era *bem* forte. Apesar do impacto, a aparelhagem eletrônica no interior parece bem preservada.

Hopkins apontou para a caixa que era o antebraço direito do robô.

— O contador Geiger acusa pequena quantidade de radiação nesta parte. Está em níveis aceitáveis, mas maiores do que deveriam.

— Hopkins?! — Williams recuou um passo instintivo. Uma *bomba de hidrogênio?*

— Um satélite destinado a lançar uma bomba atômica *de órbita*. Pensei a mesma coisa.

Em pleno auge da Guerra Fria, imaginar que a União Soviética tivesse tal arma podia levar qualquer norte-americano típico perto de molhar as calças. Um artefato nuclear bem diante dos olhos, idem.

— Está danificada e desligada — o engenheiro tranquilizou. — Mesmo assim, não sou idiota a ponto de mexer nisso. Deixo para o pessoal de Washington.

— Muito sensato. Mas como pode ter certeza de que está desativada?

— Não há corrente elétrica em qualquer ponto do satélite. Exceto...

Deu a volta na mesa, até a peça em forma de capacete.

— O galvanômetro acusa algo bem aqui. Uma carga minúscula, mal daria para uma lâmpada de lanterna. Pode ser algo ainda funcionando parcialmente.

Williams entendeu a sugestão implícita. O "pescoço" da coisa se despedaçou na queda, apenas dois ou três cabos metálicos ainda ligando cabeça e corpo.

Separar a parte contendo a bomba atômica, e a parte contendo carga elétrica capaz de detoná-la, parecia algo *muito* prudente.

— Faça — autorizou Williams.

Satisfeito, Hopkins remexeu ferramentas sobre uma bandeja, à semelhança de um cirurgião. Seu alicate foi beliscando cabos devagar, até a certeza de nada importante em seu interior, então partindo-os por completo. Williams segurou a cabeça metálica, pesada como um bujão de gás.

Levaram o artefato até outra mesa. A visão da abertura não era muito esclarecedora — um emaranhado de fios mergulhando na escuridão de um pequeno pântano com cheiro de óleo de máquina. Hopkins arriscou puxar um deles, e viu que outros o acompanhavam. Todos plantados em uma esfera metálica, do tamanho de uma bola de boliche, que saiu sem muita dificuldade.

— A fonte da atividade elétrica.

— Abra — disse Williams.

O cofre era desafiador, exigiu muitas tentativas e ferramentas. Hora e meia mais tarde, uma tampa redonda pulou. Um cheiro forte de latrina pegou os dois de surpresa.

Recuperaram o fôlego e voltaram a olhar. Um labirinto de minúsculos cubos transparentes e fios dourados fez Hopkins soltar um longo assobio.

— Deus todo-poderoso! Não sei para que servem nem metade desses componentes.

— Hopkins... algo se mexeu.

O engenheiro olhou duvidoso para Williams. Tentou afastar as peças mais superficiais com a ponta da chave de fenda. Soltavam-se muito mais facilmente do que esperava. Isso se explicou porque, abaixo, não havia suportes de metal ou plástico.

Havia carne verde, viscosa e pulsante.

A carne saltou no rosto do major Norman Williams.

A equipe de segurança chegou a tempo de ver o major sair tossindo do laboratório, fumaça emanando farta pela porta. O nariz sangrava muito.

— Não é nada — falava com dificuldade, respirando pela boca. Em meio a muita tosse, conseguiu explicar que um jato de gás branco jorrou do aparelho, colocando fogo em tudo. Hopkins estava morto, carbonizado. Atingido em cheio.

Soldados com extintores dominaram o incêndio, e Williams usou de toda a sua autoridade para evitar ser levado à enfermaria. Precisava dar tempo ao cérebro traktoriano, a maior parte ainda alojada na cavidade nasal, tentando alcançar a caixa craniana. Ali, terminaria de sugar as lembranças do cérebro "antigo" e depois expulsá-lo pela garganta — para ser dissolvido no suco gástrico estomacal, sem gerar suspeitas.

Soldador não imaginava que traktorianos tivessem tal capacidade — penetrar em corpos orgânicos. Talvez fosse uma habilidade ancestral, jamais utilizada ao longo de milênios. Ou, mais provavelmente, teria sido *desenvolvida* por Gigacom. O Messias esteve preparado seu povo para a Era Orgânica, preparando-os fisiologicamente para abandonar os corpos robóticos e invadir novos organismos, assim que fossem encontrados. Ele pensou *mesmo* em tudo.

Quando emergiu de volta ao universo normal e não viu sinal da Paladino, acreditou que vagaria no espaço até a morte. Mas era um herói, e heróis não morrem de formas estúpidas, randômicas. Heróis eram favorecidos pelo destino. Heróis tinham *sorte*.

Um planeta providencial. Um corpo para substituir o que foi perdido.

Mas não um corpo biometálico. Ainda não.

PARTE 5

COM ESTALOS SURDOS QUE MAIS PARECIAM RUGIDOS, um grande bloco gelado se desprendeu. Começou a ser arrastado mar adentro, para longe da costa. Morsas dormitavam sobre ele, buscando colher o raro e precioso calor do sol ártico, sem notar o que acontecia. Mas nem todas dormiam. Uma sentinela permanecia desperta, percebendo o perigo e emitindo seu mugido de alarme.

O rebanho acordou e deu início a um cômico estouro de manada, centenas de toneladas de gordura flácida se arrastando desajeitadas sobre o gelo. Mas a coisa mudou quando os animais atingiram a água — a gordura e os grandes pulmões facilitando a flutuação, as cabeças minúsculas vencendo a resistência da água, as nadadeiras proporcionando nado de peixe. Algumas fêmeas chegavam a nadar apenas com as nadadeiras de trás, enquanto abraçavam o filhote com as dianteiras.

Passado o susto, os animais alcançaram a margem e logo se ajeitaram para um novo cochilo. Mas não o fariam. Em pouco, estariam mortas.

O desprendimento de icebergs é comum nas praias quebradiças do Ártico. Mas, aquele em particular, não se soltou por causas naturais. O motivo foi um pequeno tremor sísmico, causado por uma criatura a quilômetros dali. Causado por seus passos.

Quilômetros dali. No entanto, estava bem à vista.

Os mais perigosos inimigos das morsas são a baleia orca, o urso branco e o caçador esquimó. O que se aproximava não era nenhum dos três. Não era conhecido, não era algo a ser temido. Ainda assim, tiveram medo.

Contra a paisagem de pintura, ele era um rasgo feito pela faca de um vândalo. Uma toca de ratazana em um quarto de bebê. Um ferimento de bala. Havia muitas maneiras de descrevê-lo, todas envolvendo um pedaço de inferno rastejando sobre o paraíso.

Era o vingador, empenhado em vingança.

Tinha movimentos lentos, arrastados — mas suficientes, pois cobria duzentos metros a cada passo. Muitos jurariam que uma criatura daquele tamanho não poderia se manter em pé, as pernas finas se partiriam como palitos sob o peso do corpo. Mas o mesmo já foi dito sobre os dinossauros.

Em certo momento, o avanço do vingador parou.

O corpo era como um esqueleto negro. Apenas o pescoço se mexia, longo e flexível feito tentáculo, mas rangendo ao mover. No topo não havia cabeça ou olhos, apenas quatro prolongamentos bizarros, longos dedos de bruxa flexionados com raiva. No centro, uma obscenidade anatômica difícil de nomear como boca — mas um biólogo marinho reconheceria algo como as mandíbulas de um peixe-víbora, com dentes longos e finos, dando um aspecto de jaula macabra. Lá de cima, a quase seiscentos metros do chão, perscrutava os arredores como o periscópio de uma embarcação fantasma.

Perdido em algum lugar do arranha-céu biomecânico, havia algo que odiava.

Não mais que um centro nervoso rudimentar. Nem podia ser chamado de cérebro. Mas estava ali, trazendo algo vagamente semelhante a recordações, as únicas que realmente importavam. Quase lembrava de estar flutuando no espaço interplanetário, entre asteroides. Hibernando durante eras, o tentáculo suplicante eternamente esticado, procurando, buscando. Aquela de quem ele precisava, enfim, veio. Grande, forte e bela. Amiga, irmã e mãe. Ela se aproximou sensual, esperou que ele a penetrasse. Engoliu o tentáculo ansioso com sua aura verde, deixou os dedos tocarem seu corpo macio, recebeu seu beijo faminto. Ancorou-o. Amamentou-o com energia estelar.

Então moveu-se, agora trazendo pela mão o novo filho, marido e protetor. Ela agora o levaria consigo por toda a vida, por todo o universo. Segura. Tranquila. Nenhum predador estelar tentaria caçá-la. Eles sabiam de seu destino, se tentassem.

Ela seria vingada.

Um grito nasceu no fosso escuro da garganta do vingador. Escalou o pescoço de cem metros, jorrou por entre os dentes-grades na boca. Espalhou-se em círculos que cresciam, maiores e maiores, avançando e avançando. Propagando tanto no ar quanto no gelo, arrancando lascas em seu trajeto. Por onde a onda passava, apenas um resultado.

Morte.

O bando de morsas era agora uma pilha de cadáveres. Os machos mais fortes entraram em coma profundo e prolongaram a sobrevivência por um segundo ou dois. Orcas, narvais, belugas e tubarões que nadavam sob o gelo não tiveram melhor sorte.

O vingador guinchou algo tétrico que alguns chamariam de satisfação, mas não era. O primeiro ataque estava concluído. Restava caminhar sobre o mundo e matar todas as outras coisas vivas que pudesse encontrar. Depois seria a vez da própria crosta terrestre, despedaçada por gritos mais fortes e sucessivos — até não restar nada além de asteroides orbitando o Sol. Ele então voltaria ao estado de casulo para nova e sofrida hibernação, esperando pela passagem de outra bionave.

Odiava hibernar, esperar, não viver. Por isso, mataria o planeta o mais lentamente possível.

•

Slanet estava morta.

Estranho, já que ainda conseguia pensar, lembrar. Memórias mais vivas e claras do que esperava ter na morte.

Lembrava-se, com nitidez dolorosa, de seu capitão descendo à Terra. Do estranho canhão emergindo da estrutura onde ele havia entrado pouco antes. Da lança colorida saltando da arma, cortando o céu e cravando na aura de Vigilante, penetrando o impenetrável. Até o uivo de morte da Bionave era ainda vívido, na memória e na pele.

Perdeu os sentidos. Poderia ser recebida pela morte enquanto estivesse assim, seria melhor, mas despertou segundos antes da explosão. Horror, pesadelo. A tela principal em cacos, todas as coisas em cacos. Tudo que era eletrônico cuspindo peças e faíscas. A voz quebrada do computador gaguejando avisos de emergência. O teto partido, a carne espasmódica forçando passagem através das fendas.

Slanet sentia a proximidade do fim. Chorava rios, sem perceber. A iminência da morte não era calma ou serena — era aflição, caos, a mente atropelada por pensamentos que gritavam, lutavam para acontecer naqueles últimos momentos. Pensou mil vezes mil coisas. Entre elas, pensou em honrar a confiança daquele que era seu capitão, daquele que nomeou seu pai. Pensou em honrar a memória daquela que a inspirou, daquela que foi um norte, uma irmã. Pensou na rainha-mãe, por ser o que era.

Pensou em Daion. Não por querer. Nem por gostar.

Por tudo isso, decidiu que deveria empunhar a Espada uma última vez. Gesto inútil, tolo até. Mas, naquele instante, valioso. Tudo.

A espada. O peso suave na lateral da coxa era lembrete constante de sua companhia. Fechou a mão à volta do cabo e o destacou. Um estalo na pele, que poderia comparar a um beijo — se alguém de sua espécie, um dia, tivesse experimentado um. Fez uma rápida prece à Sagrada Mãe Galáxia, despediu-se de sua Imperatriz. Segurou à frente. Gritou o comando que fazia a lâmina sair.

Em vez disso, suas asas sumiram.

Impossível que algo tão idiota pudesse ocorrer em momento tão urgente, mas assim foi. Confusa, havia pronunciado a palavra errada. Havia comandos diferentes para a espada, a lâmina, a armadura, as antenas, as asas e outros instrumentos. Comandos para enviar e receber, comandos para armazenar e resgatar em situações específicas, em momentos específicos, em intervalos de tempo regulares. Comandos atuando em todas as peças ao mesmo tempo, ou em combinações. Comandos alternantes para levar umas e trazer outras. Todos interligados. Ela não teve tempo de praticar.

A confusão de pensamentos brigando não ajudava. Tentou de novo, mas agora suas antenas desapareceram. Uma nova palavra as fez retornar, mas o cabo da espada sumiu de suas mãos. As tentativas seguintes geravam resultados cada vez mais desconcertantes, até impossíveis — metade da armadura no hiperespaço e a outra metade ainda no corpo.

A vergonha por tantos erros beirava o insuportável, beirava a dor física. Nem poderia morrer de cabeça erguida, morrer com dignidade? Não podia envergonhar seu capitão. Não podia...

Era tarde. Estava morta.

Não sentiu dor. Não percebeu nenhuma explosão, nem seu corpo sendo feito em pedaços.

— Obrigada por uma morte rápida, Sagrada Mãe — disse ela, e surpreendeu-se por ainda poder ouvir a própria voz.

Estava nua. Não trazia asas, armadura, antenas ou espada. Flutuava em meio a uma doce ausência de gravidade, mas não estava no espaço. Não era escuro e nem frio. O céu era todo cor-de-rosa, com muitas nuvens coloridas e luminosas. A luz jorrava com fartura de todos os lados, saturando de vida e energia sua pele dourada. Nem sentia aquele leve sufocamento de quando estava sem seus painéis solares.

A morte era bondosa. Macia. Gentil.

A recente confusão louca que era sua mente, agora em paz. Alguma parte sua ainda pensou no medo e urgência, pensou em suas perdas, mas essa parte logo encolheu e sumiu. Podia passar a eternidade ali. Gostaria. Seria feliz.

Metalianos não tinham mitos relacionados ao além-vida — ou, pelo menos, não acreditavam em morrer e acabar em um lugar *melhor*. Viviam para servir a sua rainha-mãe, sua deusa; continuar existindo em qualquer outro lugar, onde Ela não existia, era inaceitável — mesmo motivo pelo qual tão poucos conseguiam deixar o planeta. Mas a noção de vida após a morte começava a surgir entre os avançados, especialmente aqueles como Slanet, que tinham contato regular com outras culturas.

Ela conhecia o conceito terrano de paraíso bíblico. Pareceu claro que estava ali.

Era belo, mas vazio. Nem planícies de areia prateada, nem bosques de caules florindo oleosos, e nem seus equivalentes da Terra. Nem animaizinhos. As escrituras falavam em animais mansos, vivendo sem predação, sem caçar ou matar. Amava bichos, queria estar com eles, passar a eternidade com eles. Onde estavam?

Um animalzinho apareceu.

Não era um roedor, ou felino, mas outra configuração animal constante no universo. Era alongado, mais ou menos cilíndrico — "mais ou menos" porque parecia se esforçar para manter aquela forma, parecia querer se desmanchar a todo momento. Sem olhos, orelhas, boca. Nem pelagem a acariciar, apenas uma coisa-couro algo translúcida, deixando ver a carne em rosa escarlate.

Era uma serpente.

Slanet engasgou seu transmissor com um grito de susto. Não pensou que as escrituras terranas pudessem ser tão literais; havia *mesmo* uma serpente no paraíso?

Orou, mesmo incerta a quem. Implorou, desejou que a coisa sumisse. Em vez disso, continuava vindo. Parecia não chegar nunca, apenas ficava maior e maior. Maior do que deveria, maior do que a mente racional poderia medir.

Então Slanet percebeu: o monstro *não era* um intruso. Era parecido com o lugar à volta, a mesma luz-fumaça formando seu corpo, pulsando em ondas sob a coisa-couro. Ali era seu ambiente natural.

Não era um paraíso bíblico. Era seu *oposto*.

Agarrou a própria cabeça e gritou. Como podia ser diferente? Todo metaliano sentia, sabia, para *onde* levava a morte. Nenhum lugar, sem a presença Dela, poderia ser *outro* lugar.

Então cerrou os punhos, recuperou a compostura. Havia perdido tudo. Mas não seria privada da dignidade.

Naquele instante, o que devia ser a cabeça da enguia já ocupava todo um hemisfério do céu. Tinha mais de cinquenta quilômetros de diâmetro. Slanet manteve o corpo rijo, lutando contra o instinto de se encolher de medo — e, por enquanto, vencendo.

Um segundo depois, a enguia venceu os milhões de quilômetros que a separavam de sua presa. Mesmo sem boca, engoliu a jovem dourada.

O interior do demônio era um inferno de luz laser jorrando de todas as direções.

Slanet começou a ser queimada.

Não enxergava mais nada, os olhos azuis polarizaram por reflexo involuntário. Sentiu bolhas de metal derretido, então vaporizado, surgindo e explodindo por todo o corpo. Talvez a pele prateada de um metaliano normal pudesse tolerar o assalto — mas Slanet não tinha pele prateada. Sua eficiência era 20% menor, tanto em absorção de luz saudável quanto em reflexão de luz nociva. E apenas aquela fração do ataque de uma enguia-laser ainda era bastante para matar quase qualquer coisa.

Slanet conservou a bravura enquanto pôde, mas o medo de morrer — *outra vez*, e agora em dor extrema — acabou vencendo. Cobriu com os braços os seios em chamas, dobrou-se em posição fetal — o que fez rasgar e descolar a pele em suas costas. Gritou por ajuda. Gritou pelo pai, que ele matasse o monstro, que ele a levasse embora, porque o amava.

Seus pensamentos coerentes desfeitos em cinzas, levados por um vento quente. Planos de fuga absurdos dançando, caçoando.

Logo, nada em que pensar. Sono sem sonhos. Nada.

•

Slanet não estava morta.

A película dourada sobre os olhos desvaneceu devagar, exibindo puríssimo azul-cobalto. Não estava mais queimando na tempestade laser. Uma suave gravidade terrana, duas vezes e meia menor que a de Metalian, segurava-a no leito. Armadura, antenas e asas voltaram a seus respectivos lugares — mas as peças estavam rachadas, quase em pedaços. O teto acima lembrava seus próprios aposentos em Vigilante. Teria sido sonho? Não, ainda sentia o corpo arder nos lugares onde não havia mais pele.

No entanto, não sendo sonho, quem eram as cinco pessoas debruçadas sobre ela?

Uma mulher à direita aplicava curativos nas queimaduras. Tinha olhos verde-cobre, que traziam lembranças ruins de certa pessoa com olhos de mesma cor — mas não conseguia desaprovar a gentileza que via naqueles. Ao lado dela, um senhor atarracado resmungava enquanto examinava a peça de armadura em sua perna. Doutora Dryania e doutor Kirov. Conhecia ambos. Seu capitão havia falado neles, e também viu-os brevemente pela tela.

Mas as pessoas no lado oposto da cama fizeram a jovem estremecer. Mais distante estava um casal de terranos, muito parecidos entre si. Ambos tinham olhos e cabelos castanhos. Também havia visto os dois pouco antes, mas só agora reparava em certos detalhes. O homem tinha na vestimenta peitoral uma inscrição terrana que significava NASA — a agência espacial que Kursor atacava em suas investidas. A mulher trajava uma estranha indumentária branca, mistura de armadura com manto cerimonial. E trazia uma espada na cintura.

Na cabeceira da cama, mais perto de seu rosto, Daion.

— Que bom que acordou, Olhinhos Azuis.

Apenas pensar em Daion trazia raiva automática, trazia revolta e medo. Nada disso acontecia agora. Aquele rosto era, de algum modo, reconfortante. Certamente melhor que ser digerida por um monstro-demônio.

Mas ainda não estava preparada para sentir-se confortável na presença dele. Não por enquanto.

— Vá embora.

— Olhinhos Azuis, eu...

— Vá embora, Daion — ela insistiu, sem zanga. — Estou pedindo. Por favor.

Daion meneou a cabeça, confuso. Pensou um pouco, deu de ombros e enfim deixou o aposento. Slanet suspirou alto de alívio.

— Como se sente, querida? — Dryania e seu talento especial para fazer aquela palavra soar doce e sincera.

— Não sei. Posso me levantar?

— Não. Vai estragar os enxertos de pele. Tente manter-se imóvel enquanto secam.

A voz era carinho, e Slanet obedeceu. Moveu um pouco a cabeça, apenas o bastante para olhar os próprios ombros. Tinha a lembrança horrenda de terem sido queimados — mas o que via era pele saudável, a dor esquecida em algum lugar por baixo.

— Sempre tem consigo esparadrapo de pele dourada?

Dryania sorriu, apontando para a caixa branca que levava na cintura.

— Meu robô, Hax, os incluiu no estojo. Distraída como sou, eu jamais lembraria.

— Espero poder agradecer a esse robô algum dia. Não fosse por ele, eu estaria igual a uma colcha de retalhos.

— Colcha...?

Slanet sorriu, um sorriso fraco de criança doente.

— Desculpe. É uma peça de artesanato terrano. E por falar neles...

Olhou para os gêmeos, ambos um pouco afastados do leito. Dryania pediu que não ficassem muito perto — a umidade em suas respirações poderia contaminar os ferimentos abertos de Slanet.

— Não posso deixar de pensar que meu capitão estava certo — disse ela, a voz saindo de um aparelho de rádio deixado por Kirov na cabeceira da cama. — Vocês ainda vão acabar nos matando.

— Não fomos nós! Quem destruiu sua nave foi...

Um cutucão nas costelas interrompeu o protesto de Alexandre, mas a irmã agiu tarde. Slanet devolveu o olhar ao teto e deixou rolar duas lágrimas amarelas.

— Vigilante morreu.

Kirov deu a volta na cama, forçou passagem entre os gêmeos e pousou uma mão pesada na cabeça de Slanet.

— Preste atenção, menina. Sua bionave se tornou supernova e explodiu. Você estava dentro quando aconteceu. Não podia ter sobrevivido! Mas, minutos depois da explosão, achamos você flutuando em meio aos destroços. Desacordada, mas ilesa, exceto pelas queimaduras.

— Queimaduras incompatíveis com o tipo de calor gerado na explosão — Dryania acrescentou, enquanto ainda trabalhava.

Kirov anuiu e continuou.

— É muito importante que nos diga como conseguiu escapar com vida.

— Não escapei com vida. Eu morri.

Kirov enrugou a testa. Olhou confuso para Dryania.

— Não, Kirov — disse ela, adivinhando a pergunta. — Não acho que ela esteja delirando.

— Slanet — o engenheiro-médico insistiu —, Daion chamou após o grito de morte. Você não respondeu, devia estar desmaiada. Não se lembra de nada depois disso?

— Eu acordei. A ponte estava em ruínas. Tentei desembainhar a Espada da Galáxia, mas me atrapalhei com o comando. Tentei vários. Antes de conseguir, já estava morta. Um monstro de fogo me devorou. Queimei em suas entranhas. E acordei aqui.

Kirov dava tapinhas no focinho com o indicador, sinal de que estava pensando. Virou-se e alisou com as pontas dos dedos a placa de armadura no antebraço de Slanet.

— Preciso tirar isto por um instante — pediu ele.

Kirov tocou certos lugares na peça com uma ferramenta de ponta fina. Logo a braçadeira dividiu-se em duas metades. Pegou uma delas e cutucou mais um pouco, revelando uma tampa que cobria um minúsculo painel eletrônico.

— Sagrado Código! — Dryania, espantada. A pele sob a armadura também estava queimada.

Ganindo de dor com a remoção da peça, Slanet confirmou.

— Eu não a estava usando quando o demônio atacou.

— Então faça as outras placas sumirem agora mesmo! Ainda tenho muito esparadrapo de pele dourada comigo.

— *Não, Slanet!*

A jovem arrepiou de susto com o grito alarmado de Kirov.

— Slanet — continuou ele, agora pausadamente —, faça o que quiser, mas não diga mais nenhum comando.

Kirov buscou outro instrumento na caixa de ferramentas, uma espécie de monóculo com um tubo estreito na ponta. Afivelou sobre um dos olhos salientes e espiou outra vez o microcircuito da braçadeira.

— Seis mil trevas! O processador quântico está totalmente desalinhado. Sei que vou encontrar o resto da armadura no mesmo estado. Sim, é isso. Pelo que disse, você tentou muitos comandos em sucessão rápida. Ou talvez tenha sido causado por algum efeito colateral da arma terrana.

Alexandre interveio.

— Como isso explica as lembranças dela? E as queimaduras?

— Sim, Kirov — teimou Slanet. — Estive em um tipo de além-vida terrano. Aquele que chamam inferno.

Com a mão livre, Kirov segurou a barriga. Emitiu uma imensa e interminável gargalhada, cheia de estática. A primeira vez que ria em bastante tempo.

— Não esteve, menina. Nenhuma divindade, mesmo terrana, mandaria você para tal lugar.

— Então...?

— Você esteve no hiperespaço.

Ninguém conseguiu dizer coisa alguma. Kirov prosseguiu.

— Este circuito é encarregado de levar e trazer a peça do hiperespaço. Está severamente desajustado, mas ainda funciona. Quando você pronunciou o comando, o efeito de transição se espalhou sem controle e levou o que estivesse em volta — ou seja, você.

"Veja *isto* — continuou ele, cutucando o pedaço de braçadeira que tinha na mão. — Veja o estado de sua armadura, das antenas e dos painéis solares. Estão em cacos. Isso porque *ficaram* na nave durante a explosão, enquanto você foi ao hiperespaço no lugar deles."

Uma visita ao hiperespaço era, sem dúvida, melhor que ter estado no inferno. Mas Slanet ainda custava a acreditar.

— Mas havia um demônio... uma serpente de fogo...

— Uma enguia-laser! — deduziu Dryania. — Então foi *assim* que se queimou tanto.

Alexandre ouviu bem o nome, que soava como criatura de ficção científica.

— Ela foi queimada pelo *quê?*

— Enguia-laser — repetiu Kirov. — O hiperespaço está cheio desses monstrengos energéticos gigantes.

Slanet recuperando a razão.

— Quando fui atacada, queimei de dor. Não pensava com clareza. Queria apenas me salvar, me proteger. Posso ter tentado invocar a armadura...

— ...repetindo o efeito que a transportou entre os universos — Kirov concluiu.

— E voltando ao local dos destroços, onde a pegamos.

Dryania, já desinteressada daquela história, voltava aos curativos.

— O importante é que está viva e bem. Teve muita sorte. Agora descanse enquanto Kirov remove o resto da armadura e eu termino os curativos.

Ainda fragilizada, Slanet tinha resistência zero à docilidade da doutora. Obedeceu.

Mas não se sentia nem um pouco com sorte.

•

Na ponte de comando, Daion passava uma perna sobre um dos braços da poltrona enquanto se recostava no outro. Nunca uma poltrona de comando teve sobre si um ocupante em posição tão descabida, mas o olhar em seu rosto não refletia o mesmo desleixo. Estava compenetrado no objeto metálico que tinha nas mãos; uma empunhadura escarlate com formato de inseto.

A Espada da Galáxia não havia sido criada especificamente para lutar. Era uma *espada*. Arcaica, obsoleta. Ineficaz contra uma variedade de oponentes. Ineficaz à distância — e, no espaço, praticamente *tudo* está distante. Mesmo com suas propriedades únicas de cortar através das moléculas, também acrescia pouco em combate corporal: a imensa força metaliana já bastava para, mesmo de mãos vazias, causar dano destrutivo contra quase tudo que era conhecido.

Como arma efetiva, a espada era *muito ruim*. Mas era valiosa, por não ser apenas uma arma.

Era uma lembrança de casa. Um laço.

O aço nuclear se formava no coração de Metalian, onde é impossível buscá-lo. Raros pedaços são expelidos para a superfície por atividade vulcânica. A maneira como é forjado em forma de lâmina permanece desconhecida, um dos grandes mistérios de seu mundo; a Imperatriz simplesmente recebe um bocado de minério bruto, leva consigo para Sua caverna, e retorna em poucos dias trazendo a lâmina reluzente, que então recebe seus implementos tecnológicos.

Colocando em termos que outras culturas consigam entender, a espada é um artefato santo. Sagrado. Presente de Deus, entregue por Suas mãos.

Primária oferece esse presente àqueles que julga capazes de deixar o planeta, aqueles capazes de explorar o universo. Aqueles de mente poderosa e resoluta, conseguindo manter a sanidade mesmo distantes da colônia. Mas talvez a verdade fosse contrária, pensava Daion. Talvez a própria espada fizesse isso. É o artefato que torna um explorador *capaz* de abandonar a colônia, abandonar Metalian — porque, na verdade, não o está fazendo. Está levando parte de Metalian consigo. Está ainda ligado ao planeta-mãe.

É fato científico comprovado que ter em mãos um presente da Imperatriz potencializa as capacidades naturais metalianas. Amplia sua resistência, força física e força de vontade. Não sendo, assim, surpreendente que qualquer metaliano armado com a Espada da Galáxia seja um adversário muito mais perigoso.

Isso, na opinião de Daion, era *trapaça*.

Exploradores espaciais são a vanguarda da espécie, dizem todos. Aqueles que voam mais longe, ousam o impossível, desafiam o infinito. Mas *como* poderiam ser assim, ainda presos ao planeta-mãe por cordão umbilical? Como podiam se considerar aventureiros, desbravadores, ainda necessitando daquela ligação material/emocional com o lar?

Não estariam avançando realmente, sem abandonar esse último laço. Essa última dependência.

Por isso Daion fez o que sua sociedade julgou rude, ofensivo, quase profano. Recusar a Espada da Galáxia. Recusar o presente divino.

Na ocasião, Primária chorou. O futuro explorador foi odiado, amaldiçoado, agredido por causar essa desgraça. Teria sido condenado à morte, linchado, não fosse a proibição Dela. Pois a Imperatriz não chorou apenas por decepção e tristeza — mas também por orgulho. Com sua recusa, Daion provou ser o que Ela sonhava para seu povo. Ele provou ser completo. Ele provou ser autônomo. Livre.

Irônico que, com suas atitudes muitas vezes infantis, Daion talvez fosse o primeiro adulto total de sua espécie.

— Daion?

Na porta, uma jovem que reluzia ouro. Nenhuma peça de armadura cometendo o crime de esconder sua pele nova. O par de antenas encasquilhadas mal notado em meio a tanta graça, sem macular em nada a beleza daquele rosto.

Tudo isso, Daion observava do chão. Havia despencado da poltrona com o susto.

— Devo agradecer por salvar minha vida — disse ela.

— Hã? Ah, qualé? Não foi nada.

Slanet chegou mais perto. Como Daion não parecia notar onde estava sentado, decidiu ajoelhar-se para falar com ele.

— Kirov disse que um defeito em minha armadura me enviou ao hiperespaço pouco antes da explosão. Foi assim que escapei.

— Pouco me fodendo. Não estou nem aí para a explicação. Só me interessa o resultado.

Mesmo em condições normais, o desempenho social de Daion beirava o desastre. A presença daquela por quem foi (ainda era?) apaixonado não melhorava em nada sua performance. Ainda assim, Slanet entendeu que ele tentava demonstrar alegria pelo bem-estar dela.

Não agradeceu — ela própria, longe de ser grande perita em diplomacia. Estava perturbada. Disparava pelos olhos uma solicitação, quase uma ordem muda. Queria algo. Algo que Daion, por sua vez, não entendia ou não queria entender.

— Minha espada, Daion — resfolegou ela, por fim.

— Ah, isto. Claro. Deve ser sua, não? Pois é, imagine você que...

— Daion!

Acuado, o explorador devolveu o artefato com mão nada firme. Slanet tentou se conter, mas agarrou com impaciência, aninhando a peça no peito.

— Kursor lhe deu a espada dele? — Daion sabia que Slanet nunca havia passado pela Cerimônia de Despedida.

— Não. Era de Trahn.

— Mas Trahn desapareceu há mais de... Ah, saquei. Kursor deve tê-la conservado. Imagino que essas antenas também tenham sido dela. Então o corpo esteve a bordo de Vigilante esse tempo todo, certo?

Slanet acenou concordando. As mãos tremiam à volta do cabo, enquanto reunia coragem para fazer a pergunta presa em sua garganta desde que despertou.

— Daion... Onde está meu capitão?

— Não sei, Olhinhos. No duro — o explorador realmente queria ter resposta melhor.

— Nenhum sinal?

— Os milicos terranos cercaram o prédio do canhão com caças e carros de combate.

— Pode ser evidência de que ele ainda vive. De que é prisioneiro.

Daion não pensava assim. Mesmo morto, Kursor seria um tesouro técnico valioso, justificando a vigilância reforçada. Mas teve o bom senso de guardar para si a teoria.

— Vai querer minha cabeça em uma lança por dizer isso — recomeçou —, mas Kursor não é nosso maior problema.

Não é? Slanet não colocou em palavras, pois parecia algo absurdo. Mas perguntou com o olhar.

— O vingador está solto.

A jovem arredondou olhos enormes ao ouvir aquilo. O vingador? Não, era impossível. Ele deveria...

— Não foi destruído — Daion antecipava a pergunta. — O filho da mãe sobreviveu à explosão, e também à entrada atmosférica. Caiu próximo ao polo norte local.

Longas conversas de Slanet com seu capitão voltavam à lembrança. Cogitaram aquela possibilidade vezes sem conta — a hipótese, embora remota, de que os terranos pudessem ser bem-sucedidos em matar Vigilante. Cogitaram que nesse caso o vingador funcionaria como salvaguarda final, dizimando a vida terrana antes que pudessem causar mais dano ao universo.

Era prático. Era funcional.

— Já começou a matança — Daion seguiu. — Até agora, vida animal. Em pouco tempo deve alcançar as regiões Alasca ou Groenlândia, e as primeiras comunidades terranas.

Era prático. Era funcional. Mas não era humano.

Não era algo que Trahn aceitaria. Nem a Imperatriz.

Nem ela própria.

— O genocídio terrano não é opção — Slanet disse, sem necessidade.

— Nem fodendo — Daion concordava.

— Mas uma parte minha *gostaria* que fosse, Daion. Uma parte perversa, egoísta, gostaria de ver os malditos biocarbônicos dizimados. Seria merecido, pelo que fizeram a Trahn. Pelo que talvez tenham feito a meu capitão.

— Mas não foram eles. Pelo amor da Mãe Galáxia, *não foram eles!* Foram os traktorianos.

— Traktorianos? Aqui? Daion, não seja...

— Coloque a cabecinha para funcionar, Slanet. Manjo bem o pessoal enlatado de Traktor, os detalhes do primeiro contato com Kursor foram repassados a todos os exploradores da Frota. Como explica o canhão que matou Vigilante? E o maçarico atômico usado para dissecar Trahn? Não existe essa tecnologia na Terra, mas combina com eles. Só queriam um meio para nos pegar, para descobrir a localização de Metalian e roubar o Código Matriz.

— Pare com isso, Daion! Sei bem como se parece um traktoriano, havia um deles morto no quarto de meu capitão. Robôs grandes e feios. Em dezesseis anos de vigília, nunca vi...

— Não são apenas robôs. São cérebros orgânicos, com potencial para transplante. Era como pretendiam ter corpos metalianos, não era?

— Está sugerindo que estão ocupando corpos terranos? Mesmo que isso fosse possível, como chegaram até aqui? Eles não têm viagem mais rápida que a luz.

— *Não tinham*. Os últimos informes sobre eles datam de décadas atrás, muita coisa pode ter sido inventada nesse tempo. E a visita de Kursor, claro, deixou influências.

— É uma teoria cheia de imaginação, Daion. Mas penso que está apenas procurando outros culpados para...

— Pessoal — disse Alexandre —, podemos ter uma palavrinha?

Daion calou-se e olhou em volta, seguido por Slanet. Dryania, Kirov, Alexandre e Stefanie haviam voltado à ponte, sem que nenhum dos dois notasse.

Stefanie deu sequência ao apelo do irmão.

— Podiam brigar mais tarde? Se vamos parar o monstro, temos que nos apressar.

Slanet não tinha um fone no pescoço e não podia ouvir os terranos. Daion serviu de intermediário — com traduções não muito literais.

— Ela disse para terminar o bate-boca e segurar a onda do vingador.

— Será feito. Não que vocês totalmente mereçam.

— Olhinhos disse, beleza. Mas sem pressão, porque vocês andaram pisando na bola.

— *Outra vez*, pedimos desculpas por suas perdas. Mas vocês nos atacaram. E soltaram um monstro em nosso mundo!

— Stefie disse que você acha maneiro azarar o planeta. E ainda tem o vingador.

— *Não* libertamos o vingador intencionalmente. Foi consequência do ataque terrano à bionave. Sabem disso. *Merecem isso.*

— Olhinhos disse que...

— Espere — Slanet deteve Daion com um gesto.

Passos lentos levaram Slanet até Stefanie. Olhos nos olhos.

— Diga a eles que peço desculpas. Diga que sua gente, seu mundo... são preciosos para mim. Preciosos para alguém que era importante para mim. — Um olhar para a espada de Stefanie. — Alguém que, talvez, também tenha sido importante para eles.

Desta vez Daion repetiu palavra por palavra.

— Também a amávamos — Stefanie respondeu.

— Infelizmente — Slanet seguiu —, não há forma conhecida de deter o vingador. Seu nome é literal, é o que ele faz. Exterminar aqueles responsáveis por matar sua bionave companheira. É como sua simbiose funciona.

— Espere, espere um pouco!

Alexandre interrompeu a explicação que não ouvia, mas percebia. Espetou os indicadores nas têmporas para anunciar a chegada de uma ideia.

— Então, quando perde sua bionave, o vingador fica furioso. Certo, entendi. "Mas o que acontece se for oferecida *outra* bionave?"

Espanto completo. Kirov deixou cair a ferramenta que segurava.

— Seiscentos milhões de trevas!

— Nunca foi tentado — Dryania advertiu.

— Ninguém falou em *tentar* — Daion, entusiasmo encarnado. — Vamos *fazer*.

•

— ...e assim cheguei à Terra, capitão Kursor.

Kursor não tinha muita escolha senão ouvir a narrativa do major Williams — ou melhor, Soldador. Estava sobre uma maca feita de chapas blindadas para revestir tanques. Tinha pulsos e tornozelos imobilizados por algemas de aço-boro, a segunda substância mais dura da Terra, perdendo apenas para o diamante. Eram iguais àquelas que mantiveram Trahn indefesa enquanto bocados de seu peito eram arrancados.

Só agora Kursor percebia: nunca se perguntou como os terranos conseguiram preparar tais restrições com tanta antecedência naquela ocasião.

Noite. Seguiam a bordo de um helicóptero de dois rotores, um imenso Chinook verde-oliva. Tinha quinze metros e pesava quase dez toneladas. Começou a ser desenvolvido em 1956, para equipar o exército dos Estados Unidos com um helicóptero de carga movido a turbina, mas acabou exportado para vários outros países. Era um modelo bem comum; pareceu estranho, a alguns técnicos, instalar no aparelho um moderno sistema ECM (*Electronic CounterMeasures*, Contramedidas Eletrônicas).

Não achariam estranho, se soubessem que o veículo levaria um prisioneiro com um transmissor de rádio difícil de confiscar.

Usando da autoridade para ficar sozinho com Kursor no compartimento de carga, Williams-Soldador continuava a falar. Tinha em mãos a Espada da Galáxia, com a lâmina retraída, usando como batuta para enaltecer os detalhes da história. Kursor nada fazia ou dizia, embora os efeitos da arma eletroperturbadora já tivessem passado.

Apenas aguardava o momento certo.

— Uma vez no corpo terráqueo, fiquei impressionado com a gama de sensações que ele oferecia. Os olhos têm uma resolução muito maior que minhas antigas lentes, e espectro de cores bem mais amplo. O paladar associado ao olfato é coisa absolutamente nova, nunca imaginei que degustar alimentos sólidos pudesse ser tão prazeroso. E a pele, o tato... experimentar tais coisas fez parecer que passei toda a vida em uma cela de ferro-níquel.

"Mas, mesmo dispondo de tais delícias sensoriais, eu não poderia conservar este corpo para sempre. Envelhece rápido. Estava com 31 anos terrestres quando me apossei dele, em 1966. Hoje, não lhe restam mais que duas ou três décadas. Não ouso tentar a troca outra vez, nem tenho certeza de como é feito. Mas não houve motivos para tentar: meu objetivo sempre foi um corpo metaliano, forte e durável, mas com saborosos sentidos orgânicos. E não sou nenhum egoísta, quero que meus irmãos traktorianos também sejam livres de suas prisões robóticas.

"A cruzada por Metalian tinha que continuar. E quem, neste planeta, é mais bem capacitado a encontrar alienígenas que um oficial militar?

"No começo, eu não tinha um plano definido. Concentrei-me em conquistar posições vez mais altas na Força Aérea, até chegar a coronel. Tive que resistir *muito* quanto a introduzir avanços técnicos: Norman Williams era diplomado em engenharia, mas mesmo assim eu não poderia explicar coisas como biochips, fissão nuclear, antimatéria, supercondutores... Bem, os terranos acabaram descobrindo a maioria dessas coisas sem minha ajuda, de qualquer forma.

"Concentrei-me em tentar localizar os metalianos. O planeta recebeu alguns ETs, como somos chamados aqui, mas nada relevante — alguns cadáveres de fisiologia inferior e um disco voador primitivo, acidentado no Arizona. Estudei relatórios de pilotos e astronautas que tiveram contato com UFOs, alguns até descreviam naves parecidas com a sua. Mas não significava muito. Você havia mencionado que bionaves são criaturas domesticadas — isso implica na existência de espécimes selvagens, errantes, sem ligação com sua frota.

"Ingressei em cada projeto, militar ou civil, relacionado a extraterrestres: UFO, SETI e outros dos quais o público nunca ouviu falar. Não encontrei pistas de metalianos, mas conquistei certa fama como autoridade em ETs nos círculos militares. Então, quando você transmitiu sua mensagem de saudação em uma frequência secreta da CIA, adivinhe quem foi indicado para recepcioná-lo?

"Setembro de 1973, lembro bem. Plena guerra fria contra a União Soviética, todos tínhamos preocupações reais quanto a um conflito termonuclear. Por isso, quando fez seu contato, uma farsa tramada por russos foi nossa primeira suspeita. Claro, eu já tinha total conhecimento sobre a existência de metalianos. Mas serviu para tornar tudo mais convincente, não?"

Kursor apenas aguardava o momento certo.

— Avisei meus antigos colegas da base Wright-Patterson. Um observatório astronômico havia sido inaugurado ali perto, naquele mesmo ano. Tentei convencê-lo a pousar lá, seria conveniente. Mas rejeitou minha sugestão e decidiu descer em Porto Rico. Tive que improvisar, enviar tropas.

"Eu havia conseguido fabricar dois aparelhos com componentes de meu corpo robótico original, alegando serem armas experimentais do Serviço Secreto. Eram o perturbador elétrico, que empreguei há pouco; e o maçarico atômico, que seria usado em sua dissecção.

"Qual não foi minha surpresa, quando aquela que chamou capitã Trahn veio em seu lugar. Quantos imprevistos! Na falta de ideia melhor, prossegui com o plano original. A metaliana foi levada sob o prato do radiotelescópio de Arecibo — que, como teorizei, impediria seu contato com a nave — e recebeu um disparo do eletroperturbador, fora das vistas de outros. Imaginei que, se não fosse devolvida, você viria em seu socorro e poderíamos capturá-lo também. Ordenei a dissecção, deixei as horas passassem, até sua paciência se esgotar. A propósito...

Por que as metalianas têm seios?

Kursor apenas aguardava o momento certo.

— Ah, esqueça. Inventei que pensamos ser um robô. Havia certa verdade nisso, os cirurgiões terráqueos só descobriram o contrário mais tarde. Eu tinha boa recordação de sua ojeriza a preconceitos desse tipo, esperei deixá-lo furioso. Fui bem-sucedido.

"Quando você finalmente desceu, eu tinha tropas inteiras esperando. Mas superestimei as forças armadas nativas. Apenas por sorte um soldado conseguiu mirar um míssil antitanque. Por pouco não fui forçado a revelar minha pistola secreta.

"No entanto, você virou o jogo. Com um grito, apenas, explodiu o walkie-talkie junto a meu rosto. Dor intensa, mais intensa que aquela sentida por robôs, me incapacitou. Fiquei ali agonizando, tentando afastar os médicos, enquanto você recuperava o cadáver da metaliana.

Willams agora levava uma mão nervosa à cicatriz no rosto.

— Eu bem gostaria de tentar remover isto. Mas uma cirurgia plástica podia revelar minha presença no corpo terráqueo.

"Os médicos recolheram algumas amostras antes que a metaliana fosse levada. Notou como a informática da Terra avançou depressa nestes últimos anos? Os tecidos metalianos serviram de base para novas gerações de computadores. Mas, como você afirmou em Traktor, foi impossível fazer clonagens. Sem o Código Matriz, não havia como produzir corpos metalianos.

"A situação era idêntica à ocorrida em Traktor; com certeza, você nunca mais voltaria.

"Mesmo problema, mesma solução.

"Comecei uma série de colaborações com a NASA, auxiliando seu programa espacial. O momento foi oportuno, a agência estava em dificuldades com sua estação orbital Skylab e não recusava nenhuma ajuda. Minha chegada foi tardia e não houve como salvar a estação, mas colaborei com as missões Pioneer e Voyager — e depois com o programa do ônibus espacial. Tudo seguia bem. Os terráqueos tinham um acesso ao espaço sem precedentes. Em pouco tempo eu faria a equação de hiperespaço surgir 'misteriosamente' em algum terminal. A Terra teria naves mais rápidas que a luz.

A cruzada seria retomada.

"Que belíssimo susto quando a Challenger explodiu! Um atraso enorme em meus planos, mais do que este corpo decrépito poderia durar. Mas, eis que surge um rosto metaliano nos monitores do Centro Espacial Kennedy. Vocês haviam voltado! E agora *patrulhavam* o planeta, apenas esperando pela captura! Eu não podia querer coisa melhor."

Williams-Soldador continuou falando por quase uma hora, enquanto o helicóptero seguia para algum centro secreto governamental. Falou sobre como ordenou a alteração da mensagem de Arecibo, com o intuito de atrair mais metalianos; como soube de uma segunda bionave na Terra e tramou a destruição de Vigilante; como matou um engenheiro, fazendo parecer um acidente de laboratório, e deixando o projeto do canhão supernova para ser encontrado entre suas anotações.

E como Trahn gritou pelo nome de Kursor enquanto era esfolada.

Kursor não mais ouvia. Sua nave estava morta. Slanet estava morta. O preço foi absurdamente alto, mas sua autoimposta missão/maldição seria cumprida. Com a morte de Vigilante, o simbionte vingador arrasaria o planeta.

Kursor não queria a extinção dos terranos, aquele povo amado por quem ele amava. Queria que pudessem ser contidos, que desistissem de conquistar o espaço. Uma parte sua acreditava nisso. Outra parte sabia ser algo impossível, incompatível com a própria natureza humana. O cerco só acabaria com a morte de um lado, ou outro. Ou ambos.

No fim, seriam ambos. Ele morreria. A Terra morreria.

Mas o que mais lamentava, naquele instante, era a incapacidade de matar Williams-Soldador pessoalmente.

Ainda se apegava a uma pequenina esperança. Williams agitava, despreocupado, o cabo da Espada da Galáxia. Cedo ou tarde poderia descuidar-se, apontar para o próprio rosto a fenda de saída da lâmina. A um comando de Kursor, aço nuclear saltaria do hiperespaço, atravessando aquele crânio e matando o cérebro traktoriano dentro.

Kursor apenas aguardava o momento certo.

•

O momento certo veio. Mas não aquele esperado por Kursor.

Um inesperado e violento tremor do helicóptero atirou Williams-Soldador até o outro lado do compartimento de carga. O golpe se fez acompanhar pelo estampido de uma explosão, que feriu os ouvidos de Williams, e que Kursor pôde sentir nos ossos.

— Merda — grunhiu Williams, levando a mão ao supercílio aberto. Já não fosse difícil o bastante manter inteiro aquele corpo tão frágil.

Um dos três soldados que iam na cabine de pilotagem invadiu o compartimento.

— Estamos sob fogo antiaéreo, senhor. Um dos Apaches da escolta perdeu o rotor de cauda. Está tentando um pouso forçado.

Fogo antiaéreo? *No Texas?*

— Localizem a origem e contra-ataquem.

— Estamos tentando, mas não há nada lá embaixo. Nem radar, nem visual.

Williams não teve tempo de pensar a respeito, outra turbulência o fez sentir-se dentro de um liquidificador. O grito do copiloto veio da cabine, pela porta.

— Perdemos mais um Apache. Tiro idêntico, direto no rotor traseiro.

Correndo para a cabine, Williams tomou o rádio das mãos do copiloto. Fez contato com um dos dois últimos helicópteros da escolta.

— Coronel Williams para Apache-4. O que está acontecendo?

— Não sabemos, senhor. Nada no solo. Nem sinal de tiros ou projéteis. É como...

Uma terceira hélice de cauda explodiu, interrompendo o relato. Desta vez Williams teve chance de vê-la atingida por um raio fino e vermelho, iluminando a madrugada texana por fração de segundo. Pareceu vir do chão logo abaixo. Mas, ao procurar a fonte do disparo, nada além de terra seca. Como se o atirador fosse...

— Invisível.

— Senhor?

Williams ignorou o piloto lado e agarrou-se de novo ao rádio.

— Williams para Apache-2. Procure qualquer sinal de calor no infravermelho, mesmo muito fraco.

— Senhor, esse tipo de leitura pode ser apenas um animal...

— Quando encontrar, inicie bombardeio. É uma ordem.

O moderníssimo Apache afastou-se da formação e acelerou para 300 km/h. Subiu, fez meia volta e mergulhou como um falcão — que, em vez de cravar garras nas costas da presa, despejava quatro mísseis sobre ela.

Nos dois helicópteros restantes, a aparelhagem de rádio gritou de dor.

— Pegamos! — bradou Williams, sacudindo os ombros dos pilotos.

Assim que a poeira das explosões foi levada pelo vento, um vulto prateado foi revelado sobre a aridez do Texas. Estava de joelhos. Agora era fácil localizá-lo no escuro, especialmente porque uma de suas coxas lançava faíscas.

Williams era completo deleite. Mesmo daquela distância, reconheceu o metaliano como sendo o mesmo que interferiu na programação de TV na semana anterior.

— Sei que pode me ouvir — falou, no rádio. — Kursor é meu prisioneiro. Não adianta tentar comunicar-se com ele, estamos equipados para bloquear suas emissões. Espero sua rendição.

A resposta veio em grito doloroso, que fez tremular o rádio nas mãos de Williams — assustando-o com a lembrança de quando teve o rosto desfigurado.

— *E eu espero que vá se foder!*

Com certeza, uma resposta que o traktoriano infiltrado não esperava.

Não parecia armado com nada capaz de emitir raios laser. Williams não tinha evidência de que metalianos adotavam qualquer armamento diferente de espadas. Mas sabia que eram capazes de usar o hiperespaço para guardar objetos, aos quais tinham rápido acesso. Havia perdido a arma, ou apenas aguardava para apanhá-la?

— Apache-2, destrua o alienígena.

A última palavra em helicópteros de combate da Força Aérea fez a volta para um novo ataque. As telas de computador em seus painéis revelavam o metaliano, alças de mira eletrônicas buscavam focar nele. Quando conseguissem, bastaria ao piloto apertar um botão no manche.

Antes disso, Daion cerrou o punho da mão direita. O braço inteiro brilhou com luz laser rubra.

— *Hasta la vista, baby!* — imitou ele.

E o Apache explodiu no ar.

— Impacto direto, senhor — relatou um piloto, como se a bola de chamas no céu não fosse suficiente.

No rádio, uma voz fazia esforços heroicos para continuar zombeteira e esconder a dor do ferimento.

— *Pegadinha!* Não estou desarmado, traktoriano. Pode escolher pousar de duas maneiras: a suave e a não tão suave. Qual vai ser?

— Não aceito seu blefe. Não vai derrubar o aparelho. Kursor está a bordo.

— Ele tem chances *muito* melhores de sobreviver à queda que você.

Williams sabia que era verdade. A explosão do Chinook seria pouco para alguém que resiste a um míssil antitanque.

— Piloto, este aparelho tem armas?

— Negativo, senhor.

— Muito bem, vamos descer. Copiloto, peça reforços à base Wright-Patterson. Depois entre em contato com os outros Apache, descubra se conseguiram pousar. Em caso afirmativo, pilotos e copilotos devem correr para cá e assumir postos de tiro. Use a frequência mais sutil que este rádio puder conseguir.

Williams enfiou a mão em determinado bolso. Os dedos passearam pelos contornos de uma pequena pistola.

•

Apesar do empenho de Daion em preservar as vidas dos pilotos terranos, apenas um aparelho chegou ao chão sem danos maiores que a perda da cauda. O

Apache-1 acertou o solo em cheio e explodiu, e os pilotos do Apache-4 ficaram gravemente feridos na queda.

O copiloto do Apache-3 levou minutos inteiros para abrir os olhos e constatar que estava em terra. Vivo.

— Já acabou, bobalhão — o piloto, na poltrona da frente.

— Mas... o que nos derrubou?

— Parece que foi outro daqueles alienígenas. Tivemos muita sorte, só acertaram o rotor de cauda. Imagine se, em vez de ônibus espaciais, agora resolvem cortar helicópteros ao meio!

— O que fazemos agora?

— Chegou uma comunicação do coronel enquanto você ficava aí se borrando. Vão pousar ali adiante. Temos que dar cobertura com as armas de mão. Mexa-se!

Os dois não seriam cobertura lá muito eficiente, cada um contando apenas com uma pistola automática. Mas isso não fez diferença por muito tempo.

Assim que pisaram fora do helicóptero, duas lâminas afiadas vieram parar junto a seus pescoços.

Uma era feita do metal alienígena chamado aço nuclear, empunhada por uma metaliana dourada de olhos azuis e belos, mas firmes. A outra era uma katana japonesa, e quem a segurava era uma professora brasileira de kendô.

— As armas — Stefanie, com forte sotaque, após ensaiar a frase mentalmente. Tinha bom domínio do japonês, mas a língua inglesa não era sua especialidade. Slanet, por sua vez, tinha que se manter calada; não houve tempo para o implante de um comunicador portátil em sua garganta.

Depois de jogar as pistolas ao chão, os pilotos foram ordenados a voltar para o aparelho. Já obedeciam, mas Stefanie parou um deles e tirou-lhe o cantil. Quando estavam de volta a seus lugares, Slanet fechou a tampa do cockpit e amassou o metal das beiradas, emperrando a capota — e arrancando exclamações apavoradas dos prisioneiros.

Stefanie virou o cantil e bebeu um litro de uma só vez.

— Eu estava morrendo de sede. Aquela nave de vocês era ainda mais seca que este deserto.

Slanet virou o rosto, enojada. Alguém bebendo água — ou ingerindo qualquer coisa — não era, para ela, cena agradável.

— Terminamos aqui — gritou ela para a madrugada, em voz radiofônica. — E quanto a vocês?

Dryania respondeu a quase um quilômetro dali, no local da queda do Apache-4.

— Eu e Alexandre já medicamos as vítimas. Sagrado Código, como sangram!

Fazer curativos neles está mais para trabalho de encanador do que primeiros-socorros. Estão fora de perigo, mas os tripulantes do outro veículo não tiveram chance.

As notícias sobre o estado dos terranos trouxe a Slanet sentimentos estranhos, não familiares. Sentiu-se feliz, recompensada pelos que viveram. E triste pelos que morreram.

Aqueles eram soldados da Força Aérea dos Estados Unidos. Eram membros do vasto grupo militar que matou Trahn, e agora tentava matar seu capitão. *Podia* aceitar a morte eles, podia até mesmo alegrar-se com elas. No entanto, agora, experimentava satisfação em salvá-los.

Também era bom voltar a trabalhar ao lado da própria gente. Era, ainda, um ser social.

Sacudiu a cabeça para espantar tais pensamentos e seguir com o plano de Daion.

— Estou indo ajudar Daion a resgatar meu capitão, terrana. Fique aqui e... Oh. Esqueci que não me ouve.

Fez gestos pedindo que Stefanie permanecesse ali, vigiando os pilotos. Ela concordou com um sorriso. Slanet fez um breve cumprimento com a cabeça e começou a correr. Havia escutado a conversa de rádio entre Daion e o suposto traktoriano, sabia que eles se encontrariam dali a minutos.

Stefanie achou engraçado ver a metaliana correndo. Suas centenas de quilos faziam os pés afundarem quase até os joelhos na poeira do deserto. Mas as pernas fortíssimas, acostumadas a uma gravidade duas vezes e meia maior, compensavam com saltos mais longos.

No conjunto, corria como qualquer ser humano aflito por alguém que ama.

•

A poeira levantada pelo Chinook não incomodava os olhos de Daion, mas criava uma sensação confusa em suas antenas. Algo como cócegas fora do corpo. Ele teria reparado nisso com mais atenção, se músculos de sua coxa não estivessem espalhados pelo deserto, trazendo dor lancinante. Alguma parte da mente já antevia o aborrecimento da internação hospitalar para implantar outra perna clonada.

Já havia sido atacado por todo tipo de feras espaciais, e perdido membros inteiros — todos recriados por clonagem e reimplantados com sucesso. Mas, no interior da libélula gigante que tocava o chão, havia a fera Norman Williams. E em sua caixa craniana, o predador mais perigoso que já enfrentara. Um predador que não queria devorá-lo, defender seu território, impressionar uma fêmea ou incubar embriões em suas vísceras. Queria a única coisa que Daion nunca poderia entregar.

Queria sua Imperatriz.

Uma porta se abriu no helicóptero. Dois dos três soldados saltaram fora com metralhadoras em punho. Logo atrás, Williams segurava o quepe contra o vento provocado pelas hélices. A outra mão trazia o já costumeiro walkie-talkie, a uma distância prudente do rosto — mas o aparelho não seria necessário desta vez, devido ao botão metálico que Daion levava na garganta.

Daion se apoiava como podia na perna boa. Mantinha apontado o punho fechado, gesto muito mais ameaçador no seu caso específico.

— Sem truques, traktoriano. Eu podia incinerar sua cabeça a sessenta anos-luz daqui — exagerou sem um pingo de vergonha.

Williams alargou um sorriso até onde a cicatriz permitia. Sabia, desde o encontro com Trahn, que nem todos os metalianos eram formais, solenes como Kursor. Sabia que tinham personalidades diferentes. Mas aquele ali era mesmo uma ave exótica.

— Você é mais informal que seus colegas.

— Coisa que eu ouço muito.

— Muito embora aquela que chamavam Trahn fosse bastante descontraída.

— Então Kursor falou sério — rosnou Daion, adubando a semente de raiva que germinava no peito. — Vocês a mataram.

— Não sabia? Kursor não disse? Então existe segredo, mentira e desconfiança também em sua espécie. Não parecem tão superiores a nós, afinal.

— Nós quem, seu sacana? Terranos ou traktorianos?

Aquela palavra, tão poucas vezes pronunciada na Terra. Williams preferia que os soldados ali presentes não a ouvissem. Ordenou que voltassem para dentro do helicóptero; talvez tivesse que matá-los mais tarde.

— Como soube? — Perguntou, chegando mais perto.

Um sorriso atravessou oceanos de dor e emergiu nos olhos de Daion.

— Quer dizer que é *mesmo* verdade? Yay! Pensei que estava chutando muito alto!

O coronel fechou a cara. Não conseguiu evitar sentir-se um tanto tolo.

— Comecei a suspeitar quando soube do maçarico atômico, que não devia existir na Terra em 1973. O canhão que destruiu Vigilante foi outra evidência clara. Mas só tive certeza quando conversei com Alexandre.

Williams reconheceu o nome. O astronauta brasileiro, detido no Centro Espacial Kennedy e incorporado ao NORAD. Devia ter reforçado a vigilância sobre ele.

— Só ficar esperto com as datas locais — Daion seguia parodiando um detetive que soluciona o crime — e o pedido de socorro que você enviou ao espaço. Sim, sei que foi você. A mensagem partiu da Terra pouco depois da destruição do ônibus espacial, nove anos atrás, no início de 1986. Mas Alexandre disse que

Kursor começou a atacar pessoalmente as forças terranas *somente* quando passaram a usar antenas para esconder armas. Antes, Kursor foi visto na Terra apenas em transmissões fechadas de TV. Sempre acima do peito.

"Os primeiros radares *Pave Paw*, que forçaram Kursor a descer e revelar-se por inteiro, só foram construídos depois de 1986. *Um ano depois que a mensagem de Arecibo já havia sido enviada.*

"Sua mensagem pictográfica mostrava Kursor de corpo inteiro, ameaçando um terrano com uma espada. Bem esquisito, alguém desenhar uma criatura um ano antes de vê-la por inteiro. Alguém na Terra *conhecia* exploradores espaciais metalianos. Achei que os suspeitos mais prováveis vinham de Traktor.

— Vejo uma falha severa em sua teoria — Williams interrompeu, impressionado, mas ainda sem disposição para demonstrar. — O planeta Terra *viu* um metaliano de perto. Será que esqueceu completamente da capitã visitante? Ela veio até nós, foi vista por centenas de soldados. Portanto, reproduzir sua figura não era impossível como diz.

— Claro. Graças a Trahn, sabiam de nossa estrutura humanoide básica — cabeça, tronco, dois braços, duas pernas. — Mas a figura na mensagem não podia ser Trahn. Era um ser masculino, mais alto que o terrano médio.

"E havia a espada."

Daion fez uma pausa, como que para evidenciar a parte mais importante em sua dedução.

— A figura na mensagem tinha a Espada da Galáxia. Não acredito que Trahn chegou a desembainhar a sua quando esteve aqui. Vocês também não ficaram com ela, sei de seu paradeiro.

"Arma arcaica, obsoleta. Incomum em sociedades tecnológicas avançadas. *Como sabiam que metalianos usavam espadas?*

"Os traktorianos, com certeza, *sabiam*", terminou a acusação.

Williams ergueu as mãos, parodiando um criminoso que se rende.

— Você me pegou! Realmente, até aquele momento, os terráqueos não sabiam sobre a espada. Mesmo assim, ordenei que fosse inclusa na mensagem, como representação visual de ameaça. Bem como um metaliano grande e forte, em vez da fêmea.

Pouca coisa era mais satisfatória, para Daion, que um quebra-cabeças solucionado. Mas, naquele momento, não era o bastante para superar o perigo e dor.

— Tudo explicadinho. Agora pode libertar Kursor.

— Não vai acontecer, metaliano. Não enquanto...

Williams parou de falar e apurou o ouvido. Da sua direita vinham estampidos compassados, peculiares, algo como socos no travesseiro. Conforme chegavam perto, viu buracos em trilha surgindo na areia.

Daion acompanhou o olhar de Williams e viu a mesma coisa.

— Olhinhos Azuis.

— Como sabia...? — Slanet, saindo da transparência. — Ora, esqueça.

Percebeu a ausência de carne na coxa do explorador. O ferimento não desprendia mais faíscas, o que era mau sinal. Sinal de que aquela parte do organismo não lutava mais.

— Essa ferida não pode ficar assim. A atmosfera, a umidade... Você pode se envenenar.

— Não há tanta umidade neste tipo de terreno, Olhinhos. Mas valeu por...

A voz de Daion colidiu com um muro. A cabeça rodou, em voltas tão bruscas e violentas que já não podia ser chamado de tontura. Em algum ponto da paisagem que girava, viu Williams apontando uma pequena arma, que tirou do bolso durante aqueles segundos de distração. Chegou a tentar colocá-lo na mira do braço biônico — mas o tiro de biolaser se perdeu longe no céu. O equilíbrio precário sobre o joelho direito não era mais suficiente, o chão veio de encontro a seu rosto.

Depois, a vez de Slanet. Sentiu o domínio dos músculos roubado de si, o senso de equilíbrio escorrendo pelas pernas e sumindo como água na areia. Tentou gritar, mas uma mão espinhosa apertava o pescoço. Caiu desengonçada, em convulsões, nuvens de poeira explodindo à volta.

— Deduziram muitas coisas inteligentes — Williams, enquanto acariciava o perturbador elétrico —, *exceto* que eu tinha meios para derrubá-los.

Fato. Mesmo atordoado, Daion sentiu-se um imbecil total por ignorar essa contingência.

Williams consultou o relógio. Os reforços que pediu a Wright-Patterson chegariam a qualquer momento. Com todos os metalianos desaparecidos, seu Império deveria mandar novas expedições. E mesmo que tal coisa não ocorresse, com alguma ajuda, a Terra produziria naves estelares.

Voltaria a Traktor, como um herói ainda maior. Um líder, até. O novo comandante da cruzada por Metalian.

Memórias já um tanto antigas desfilaram para Williams-Soldador. O trabalho como técnico-chefe na Catedral Computadorizada. A viagem de aperfeiçoamento na estação coletora solar. A guerra que explodiu com a suposta morte do Messias. A revelação da verdade por um velho restaurador de antiguidades. O conturbado retorno à Catedral. O reparo de Gigacom e seu pronunciamento final. O encontro com Kursor. A construção da nave Paladino, os meses de exploração em busca de Metalian. O ataque da enguia-laser. A queda no planeta Terra e a posse de um novo corpo. A vida secreta como terráqueo e a procura por extraterrestres. O abate da capitã metaliana, o ataque ao ônibus espacial, a captura de Kursor e a destruição de sua nave. Sua própria morte.

Sua morte.
Agora esclarecida aquela inadequada sucessão de lembranças. Não havia explicação melhor.
Baixou os olhos. Aço impossível, sujo de vermelho, nascendo em seu peito como um caule afiado. Rompia ossos, rasgava músculos cardíacos, cessava o fluxo de sangue que levava precioso oxigênio para o cérebro.
Logo atrás, Kursor era imponência, era um monumento de prata. O sangue dos soldados há pouco decapitados ainda escorrendo. Na mão direita, a Espada da Galáxia, em riste. Nos olhos, o chumbo impessoal agora fundia sob calor rancoroso.
De cara meio enterrada no chão, Daion só podia enxergar com um dos olhos.
Sempre metido a fodão!

•

O corpo começava a deslizar, na diagonal, através da espada. O cérebro de Traktor não podia viver muito mais sem um hospedeiro, não tinha sistema respiratório próprio — e cérebros consomem *muito* oxigênio. Mesmo assim, ainda duraria mais alguns minutos.
Kursor agarrou-o pelos cabelos, desenterrou a espada e zuniu a lâmina em arco. O corpo decapitado desabou e esparramou-se no chão, esvaziando sangue.
Com uma calma lenta que apenas máquinas — ou aliens — sabem demonstrar, Kursor guardou a espada. Segurou firme o queixo de Williams e arrancou a mandíbula, produzindo um som de garrafa quebrando. Jogou-a longe. Estreitou o olhar e examinou a abertura produzida.
Um molusco verde rastejava fora da caixa craniana.
— Disse que não tinha certeza se poderia trocar de corpo outra vez. Vejamos se é verdade.
Aproximou o focinho e esperou.
O punhado de repugnância verde pulou em seu rosto — sua anatomia e instintos capazes de pouco além disso. Estava a ponto de invadir um corpo metaliano. Não tinha olhos, nem outros sentidos para perceber, mas a mente inteligente ali dentro sabia. Tecidos pululavam de tanta ansiedade. Sua maior ambição, a ambição de todo um planeta, bem ao alcance. Bastaria penetrar na boca. Apenas isso.
Uma boca inútil há milhões de anos. Atrofiada demais para permitir sua passagem.
E mesmo que pudesse penetrar, aquele corpo não era movido por queima de gorduras e açúcares. Não podia prover os nutrientes de que seu organismo necessitava.

A massa muscular/cerebral empregou os últimos segundos de vida lutando contra a horrível verdade, até esgotar as forças e morrer ali mesmo, ainda agarrada ao focinho.

Kursor enfim a retirou. Olhou por longos minutos, até cerrar o punho e deixar o tecido esmagado escorrer entre os dedos. Uma sensação desconhecida se apoderou dele, uma brisa refrescante soprando na própria alma. Algo que não sentia há mais tempo do que podia lembrar.

Alívio.

O maior tormento de sua vida, terminado.

— Você tinha um plano perfeito — disse ele, com uma nova voz, livre das coisas sombrias outrora impregnadas nela.

De fato, Kursor era cheio de ódio, mas também admiração pelo inimigo vencido. Náufrago em um mundo atrasado, sem recursos, sem aliados, sem o próprio corpo. Ainda assim, concebeu uma estratégia eficaz. Ainda assim, atraiu os metalianos para sua armadilha.

Esteve muito perto de vencer. Foi derrotado por um erro pequeno, uma distração tola.

As algemas. Aço-boro, impossível rompê-las pela força. Mas prendiam apenas seus pulsos e tornozelos, prendiam apenas pontos onde *havia armadura*. A um comando, as peças sumiram, deixando folga para libertar os membros.

O fim trouxe paz, trouxe torpor. Por longos momentos, Kursor não tinha motivo para mover-se, nem motivo para pensar. Congelou ali, até que algo brilhou dourado na ampla visão periférica.

As antenas confirmaram contornos de uma jovem caída ali perto.

O nome, que trazia dor imensa demais para suportar, voltou.

— Slanet?

Kursor cobriu, com um salto, cinco metros que os separavam.

— *Slanet.*

Uma diminuta luz amarela brilhava na garganta de Slanet, mas ela não conseguia dizer nada.

— Não — proibiu Kursor, suave. — Esqueça. Não tente falar. Está sob efeito da arma, sei que dói. Relaxe. Vai passar logo.

Em seus braços a jovem era quase barro, mas Kursor ainda podia sentir sua substância. Podia tocá-la. Saber que era real.

— Vigilante foi destruída. Você estava a bordo. Pensei que estivesse morta.

— Gac... Gag...

Não vinham de Slanet aqueles cacos de estática. Kursor franziu a testa, voltou-se para o lado e encontrou Daion. Tinha a coxa esquerda em pedaços, e a face espetada no chão.

— Ga... garota de... sorte — conseguiu dizer.
— Daion. *Você salvou Slanet?*
— Quem... diria... né...?

Kursor era capaz de admirar um inimigo. Também era capaz de admirar um rival. Naquele instante, assim fazia.

Voltou a olhar Slanet. Quando acreditou estar morta, tratou de expulsá-la dos pensamentos. Não podia tolerar sua perda. Não era forte o bastante. Sabia que não.

Agora podia acolher de volta a aluna. Parceira. Amiga.

— Filha.

— Pai...

A voz era palha de aço. Kursor enlaçou a moça e não soltou mais, mesmo quando quatro pessoas se aproximaram. Dois metalianos e dois terranos.

— Outra vez, Daion? — Dryania, fazendo o que podia pela coxa semidestruída.

— É grave, doutora! Vou morrer. Estou alucinando. Tenho certeza de que vi um brilho rosado no peito de Kursor.

Dryania olhou. Era verdade.

— Evidência de que ele *tem* coração.

•

A diminuta pistola descansava na mão magra de Kursor, que negou a si mesmo o prazer de esmagá-la e entregou-a a Kirov.

— Difícil de acreditar que essa porcariazinha consiga levar um metaliano a nocaute — o engenheiro, examinando o aparelho.

— É bem pior que simples inconsciência. Não chega-se a perder os sentidos. Diria que a sensação é comparável a ter o corpo soldado a uma parede de aço.

A conversa se dava na ponte de Parsec, para onde todos haviam sido levados pelo feixe de transporte da bionave. Slanet descansava em um dos aposentos, esperando que o mal-estar sumisse. Daion, além disso, tinha a perna cuidada por Dryania. Stefanie e Alexandre só podiam ouvir um dos lados do diálogo entre Kirov e Kursor.

Kirov guardou o eletroperturbador na inseparável caixa de ferramentas e buscou outro aparelho — um botão metálico gradeado, igual ao que usava na própria garganta. Prendeu-o ao pescoço de Kursor com um estalo.

— É um dispositivo chamado alto-falante. Converte nossa voz radiofônica em vibrações sonoras, e vice-versa, para conversar normalmente com terranos. Bem simples de produzir. Seis mil trevas, fico surpreso que você e Slanet não tenham pensado nisso, após tanto tempo na Terra.

— Nunca acreditei que conversas pessoais com terranos pudessem trazer qualquer tipo de benefício.

Aquela frase pôde ser ouvida pelos gêmeos.

— Ainda nos julga assim tão perversos? — ofendeu-se Stefanie. — Mesmo depois que ajudamos a salvá-lo?

— Não me pareceu que Daion e os demais tiveram qualquer auxílio de vocês.

— Calma, agora — preveniu Kirov. — Como imagina que localizamos você naquele veículo voador?

Kursor olhou descrente para os terranos. Alexandre explicou.

— Presumindo que havia sido capturado, você podia estar sendo levado para qualquer laboratório secreto do governo americano. Achei mais provável que seria o centro de comando NORAD. Daion vasculhou, com as antenas, a rota entre o radar *Pave Paw* Goodfellow e as montanhas Cheyenne. Encontrou uma frota de helicópteros bem suspeita.

"Na verdade, foi apenas um palpite feliz."

— Um palpite que salvou você — acrescentou Stefanie.

Odiar e desprezar terranos era hábito de quase duas décadas, enraizado fundo. Mesmo diante de claras evidências contrárias, Kursor ainda tinha dificuldade em apagar esses sentimentos, dificuldade em confiar. Especialmente por algo tão ordinário quanto o salvamento de sua própria vida.

— É verdade que foram manipulados pelo traktoriano — disse Kursor. — Também é verdade que terranos são variantes em tudo que é possível, são divergentes de si mesmos, extremamente plurais em moral, ética, crenças, culturas, visões de mundo. Trazem potencial igualmente imenso para a grandeza e para a crueldade.

"Mas quase todos partilham um traço comum. *Temem* o estranho, o diferente, o estrangeiro. Daí sua paranoia natural com relação a extraterrestres. Negam isso?"

— Está correto — Alexandre respondia. — É uma reação natural em nossa espécie. Mas, como disse, somos diferentes. Muitos de nós abraçam esse sentimento, temem e odeiam o desconhecido. Outros são atraídos pelo que é estranho, exótico.

— Mas você já sabe disso — Stefanie lembrava —, porque Trahn também sabia.

Kursor calou. Trahn. Tudo sempre voltava a ela. Ela e seu encanto por estas criaturas. Ela e seu amor por este planeta.

A verdade é que nunca conseguiu ver este mundo como ela viu.

Sentiu-se amargo.

— Trahn acreditava que nossos povos têm muito em comum — Kursor, voz baixa. — Humanoides sociais organizados em comunidades. Especialização, divisão de tarefas. Obediência a lideranças. No entanto, capazes de divergir do comportamento padrão. Seguir escolhas pessoais.

"Em nossa sociedade, aqueles capazes de pensamento individual são considerados avançados. Mais evoluídos."

— Somos parecidos — Alexandre arriscou. — Estamos nos tornando parecidos. *Convergindo*.

— Trahn acreditava nisso.

— Por que não acreditou também?

— *Porque vocês a mataram*.

Stefanie tocou o irmão no braço, avisando — tarde — que ele havia sido rude. Então adiantou-se e olhou Kursor nos olhos.

— Está falando com franqueza de alguém que amava. Está dividindo algo valioso. Agradecemos por sua confiança.

Terranos considerando seus sentimentos pessoais. Respeitando-os. Para Kursor, era algo novo.

Stefanie pretendia dizer algo mais, mas foi interrompida pela abertura da porta. Slanet entrou, agora usando um daqueles botões no pescoço. Caminhava com certo esforço, mesmo naquela baixa gravidade.

— Slanet. Devia estar em repouso.

— Igualmente, meu capitão.

— Sabe que não precisa mais me tratar por "senhor" ou "meu capitão" — Kursor, sorriso na voz.

— E o senhor sabe que não faço assim por necessidade. Faço por prazer.

Uma quase morte. Uma quase perda do homem mais importante em sua vida. Slanet não encontrava *nenhum* motivo, mesmo diante de estranhos, para deixar de expressar sua alegria.

Atravessou o aposento a saltos largos e abraçou o capitão.

Nada a dizer. Sabiam ler um ao outro.

— Matar o traktoriano pode ter sido precipitado, senhor.

Foi com considerável espanto que Kursor tomou a jovem pelos ombros, leve torção da cabeça demonstrando sua confusão.

— Não está sugerindo que ele merecia ser poupado.

— Não. Mas deveríamos ter certeza de que era o único no planeta.

Kursor entendeu. Como ele próprio, Slanet também custava a acreditar no fim do pesadelo. Com uma mão gentil, trouxe sua cabeça de volta ao peito.

— Tive que ouvir um longo e detalhado relato de Williams-Soldador enquanto estive preso. Caiu neste mundo por acidente. Não existem mais traktorianos cientes do que houve aqui. Tudo terminou.

— Nem tudo, meu capitão. Temos que deter o vingador.

O vingador. Claro. De tão aliviado com o abate do antigo inimigo, Kursor esqueceu da ameaça maior e mais imediata.

— Não há motivo real para permitir que os terranos sejam extintos — Slanet insistia.

— Concordo, mas... Deter o vingador? Isso não pode ser efetuado.

— O terrano Alexandre sugeriu uma possibilidade. Unir esta bionave ao vingador. Restaurar a simbiose. Interromper o surto destrutivo.

Kursor dilatou um olho — sinal de que estava imensamente surpreso.

— Kirov. Isso é exequível?

— Por que não? — Kirov, sorriso largo nos olhos cor de aço. — O vingador pode ser maior que um edifício, mas o cérebro tem o tamanho de um calcanhar. Não acredito que ele perceba a diferença entre uma bionave e outra. Ou que se importe.

— Sendo assim, o que estão esperando? Por que esse plano não foi, ainda, colocado em prática?

— *Eu digo por quê!*

Era Daion, gritando da porta. O que restava da perna esquerda sustentado por uma estrutura metálica, que o ajudava a andar.

— Um cabeça de bagre muito fraco das ideias achou que resgatar você era mais importante. Foi por isso.

Dizia isso enquanto mancava em círculos pela ponte, fugindo de Dryania. A xenobióloga tentava entregar um par de muletas pneumáticas.

— Não quero essas coisas! — Daion e sua rejeição a instrumentos e ferramentas de apoio. — Já percebi seu plano. Está tentando me transformar em robô, igual ao seu namorado. Quer me deixar igual a ele.

— *Idiota ingrato* — os piores insultos que Dryania ousava dizer em sua voz musical. — Isso é o melhor que posso fazer. Aqui não há equipamento para clonagem de órgãos. Por favor, use estas muletas ou o ferimento vai piorar.

Alexandre e Stefanie riam. Kirov meneava a cabeça. Kursor e Slanet eram puro constrangimento.

— Slanet — Kursor, em voz pausada, sem tirar os olhos da cena —, quem seria o "cabeça de bagre" a quem Daion se refere?

— O próprio Daion, senhor. Mas ele não diz a verdade completa.

— Que seria...?

— Os terranos. Eles insistiram que seu resgate deveria ser realizado primeiro.

Os terranos insistiram?

Não fazia sentido. Salvar um inimigo. Um guerrilheiro, terrorista, como era localmente rotulado. Alguém declaradamente hostil à sua espécie, hostil a seu progresso. Dar prioridade à segurança desse inimigo, desperdiçar tempo e recursos, enquanto o gigante simbionte avança para trazer extermínio à sua própria gente. *Sentido nenhum.*

— Pergunte a eles, senhor — Slanet sentia, quase como sua, a curiosidade do capitão.

Assim ele fez. Aproximou-se dos gêmeos e perguntou.

— Por quê?

— Porque queremos seu perdão — Alexandre.

— Queremos que tudo volte a ser como antes — Stefanie.

— Como... antes?

— Sim. Entre nós e *ela.*

Tudo sempre voltava a Trahn.

Ela amou este mundo. E também, Kursor agora acreditava, foi amada de volta.

Marchou até Daion, detendo a correria com uma mão firme em seu peito.

— Daion. Estou ciente de que recebeu ordens imperiais para proteger a vida nativa. Ignorou essas ordens para me resgatar. Não serei responsabilizado por *sua* insensatez. O plano para preservar a civilização terrana deve ser implementado *agora.*

— *De nada,* velho chato do caralho!

•

No Alasca, onde a capa de gelo do Ártico toca o norte do continente americano, forma-se a chamada tundra — uma faixa de terra muito fria, onde o chão é crosta congelada que as raízes das plantas não conseguem perfurar. O gelo só derrete durante o curto verão, quando musgos e liquens saem de seu sono hibernante e sustentam herbívoros como alces, renas e bois-almiscarados. Mas não era verão. A vida praticamente inexistia.

Onde existia, o vingador a exterminava.

A cobertura gelada deveria, pelo menos em teoria, abrandar um pouco o aspecto da criatura. Mas fazia justamente o contrário. Sob a camada branca era inevitável notar qualquer coisa escura, aberrante, medonha demais para ser vista — apenas aquela casca quebradiça poupando os observadores do horror.

Embora restrita apenas a animais, a contagem de corpos já era enorme. De baleias a micro-organismos na água do mar, passando por ursos polares, focas e aves marinhas de todos os tipos. Com o avanço para o sul, vitimava mais variedade: lobos, linces, ursos. Logo, seres humanos.

Em certo momento, o vingador detêve os passos lentos. Cego para os sentidos que conhecemos, ainda assim enxergava vida, enxergava tudo que nasce, mexe e procria. Ainda não havia deixado a área do último ataque, mas enxergava algo vivo. Algo que ele sentia — não pensava, sentia — que devia morrer.

Como algum canhão bizarro, esticou o pescoço e arreganhou a bocarra na direção da vida.

Mas não gritou. Não emitiu a onda que tudo dizimava.

Aquele olho verde no céu era algo a lembrar.

•

Alexandre sentia o ventre enrodilhando conforme o pontinho escuro crescia na tela principal. Tinha na mente uma boa bagagem de monstros de ficção, mas nenhum o havia preparado para o vingador.

— Vocês disseram — a voz saindo com dificuldade da garganta apertada — que aquilo é biocarbônico, como nós. A maior parte do corpo é feita de água. Então, não devia congelar?

— Por quê? Seu planeta tem vida glacial nativa.

— Sim, mas os animais locais têm meios para reter calor corporal. Isolantes térmicos. Gordura. Pelagem.

Dryania pensou. Normalmente tinha a capacidade — nem um pouco intencional — de afastar os pensamentos do tempo presente, distrair-se com outros assuntos. Agora, diante daquele horror, queria muito poder fazê-lo.

— Ele não se congela em suas regiões glaciais, assim como não congela no vácuo do espaço. Os líquidos em seu corpo estão sob enorme pressão, equivalente àquela nas profundezas de seus oceanos. Nessas condições a água nunca se solidifica. Mesmo quando abaixo de zero.

— Por que acham que ele pode acabar com a vida na Terra? Nossas forças armadas não podem detê-lo?

Kursor descartou prontamente a esperança de Alexandre.

— Seriam mortos assim que chegassem perto. Caças a jato cairiam como moscas, veículos blindados não seriam suficientes para salvar seus ocupantes.

— E quanto a mísseis balísticos? Podem ser lançados de distâncias muito grandes. É certo que quase todos foram desativados com o fim da Guerra Fria, mas sempre se pode...

— Um bombardeio nuclear não o incomodaria. Como muitas formas de vida espaciais, ele não é afetado por radiação, e a couraça externa é feita de um polímero usado por alguns povos para revestir tanques cibernéticos. Seriam necessárias centenas de megatons para abrir uma brecha em alguns centímetros desse material. O vingador tem *metros* dele.

Alexandre foi hóspede da Força Aérea tempo suficiente para saber quanto vale um megaton: a potência da explosão de uma tonelada de TNT.

— Não é verdade — continuou Kursor — que seu povo não tenha chance contra o vingador. Estou bem familiarizado com sua inventividade, seu talento para a guerra. Vocês encontrariam um modo de pará-lo. Mas não antes que o genocídio recaia sobre nove décimos da população de seu mundo. Seria o bastante para levar sua civilização ao colapso, trazer uma nova Idade das Trevas, causar séculos de estagnação em seu progresso.

Stefanie segurava o cabo da katana com força, agarrando-se a ele para não cair em um abismo de medo. Chegou a ouvir o grito do vingador; se havia inferno, aquilo era seu tema instrumental.

— Pelo amor de Deus, como podem carregar algo perigoso assim em suas naves?

— Não por escolha — Kirov, zangado. — Quando uma criatura estelar compatível encontra um vingador, é impossível impedir a união. Parte dos instintos de sobrevivência. Qualquer predador pensa duas vezes antes de atacar uma bionave quando vê seu parceiro.

Kursor confirmou.

— Vigilante não tinha um vingador ancorado quando foi domesticada. Veio a ocorrer certa vez, quando atravessamos um cinturão de asteroides. Lá estava a criatura, inerte, flutuando em meio aos restos do último mundo que despedaçou, com sua mão estendida. Ordenei a Vigilante que se afastasse, mas de pouco adiantou. Só voltou a obedecer quando a união estava consumada.

"Nunca cogitamos que tais coisas pudessem ocorrer. Uma espécie inteligente com tecnologia, crueldade e *estupidez* suficientes para abater uma bionave? Ainda, a intenção de *salvar* tal povo?"

Um toque firme de Slanet no braço, um gesto da cabeça na direção dos gêmeos terranos, perturbados. Kursor percebeu estar sendo cruel.

— Tenho plena certeza de que, quando souber do ocorrido aqui, nossa Imperatriz vai proibir bionaves simbióticas na Frota — sua tentativa de conforto.

Daion estava invulgarmente quieto em sua poltrona. Não dizia coisa alguma há mais de quinze minutos — verdadeiro recorde. Percebendo o fato, e ainda tentando evadir o pensamento do horror presente, Dryania foi ter com ele.

— Você não é do tipo que fica acabrunhado, Daion.

— Não curto que enfiem parafusos em mim.

— Chega. *Também* não gosto de como precisei tratar sua perna.

— Tem seu lado bom. Você parou de implicar com meu braço biônico.

— Verdade — disse ela, debruçando no braço da poltrona e olhando para o ombro artificial. Já não parecia tão horrível. Até poderia tocá-lo — Mas não acho que esteja incomodado com isso.

— Vamos ancorar o vingador à minha velha Parsec. Não acho coisa boa.

— *Também* não acredito que esteja perturbado apenas por isso.

Daion fechou a cara. Pensou em meia dúzia de outras razões que poderia apresentar. Todas plausíveis, mas falsas. Deixou-as de lado.

— Preciso *mesmo* dizer?

— Não precisa. Mas ajudaria.

Metalianos, seres sociais, seres que prezam o contato com semelhantes. Também havia entre eles a ideia de que falar sobre os problemas traz alívio, torna-os mais fáceis de suportar — mesmo sem ajudar absolutamente nada em sua solução.

Os olhares de ambos recaíram sobre o real motivo da conversa. Lá estava, jovem e dourada, eternamente ao lado de Kursor.

— Ela nunca vai me olhar assim. Nunca vai confiar em mim como confia nele.

— "Nunca" é tempo demasiado. Tudo muda.

— Mudou mesmo. Para pior.

— Não a conheci antes, mas me parece certo que...

— Ela o chamou de pai.

Dryania precisou de um momento para recordar o termo. Não era comum fora da biologia.

— No lugar Texas — Daion seguiu —, pouco antes de vocês chegarem. Pelo jeito, os dois passaram tempo demais olhando os terranos.

— Não apenas isso. São o casal que permaneceu mais tempo longe de Metalian, sozinhos, na história registrada. Não é surpresa que tenham formado ligações emocionais sem precedentes, estranhas a nós. Não é surpresa, também, que tenham sido influenciados pela cultura local.

— E acha surpresa que eu agora esteja com um ciúme da porra?

— Não — Dryania tentou não rir.

Avançados. Tão diferentes do metaliano padrão, que sua psicologia apenas começava a ser estudada. Comportamentos novos. Emoções, atitudes, pontos de vista novos. Novos e estranhos.

— Colmeia — Daion resmungava. — Éramos uma bosta de colmeia. Mente coletiva. Sem motivo para desconfiar, sem motivo para mentir. Todo mundo podia acreditar no outro, confiar a vida ao outro.

"Slanet pode ter sido a primeira que *não confia* em outro metaliano. Que detesta outro metaliano. *Eu.*"

— Bobagem. Eu também detestava você.

— *Muito* obrigado!

— Mas mudei.

Pousou uma mão gentil sobre o ombro biônico de Daion, para confirmar o que dizia. Tão inesperado que o explorador espacial experimentou algo inédito: ficou sem palavras.

— Tudo muda. Nem sempre para pior. E ainda temos *muito* a mudar.
— Como assim?
— Um conselho? — Dryania apontou com o focinho. — Quando puder, fale com os terranos sobre como se sente.
— Oi?! — Daion estranhou imensamente a sugestão — O que eles podem saber sobre...?
— Daion! Deve estar mesmo perturbado, para não conseguir enxergar.

E o outrora aflito tom de Dryania agora era sonho, era sobre algum futuro luminoso.

— Seres sociais, mas também indivíduos de vontade própria. Em Metalian, somos alguns. Aqui, são uma população de bilhões. Muitos problemas psicológicos que ainda vamos enfrentar, eles já conhecem, já experimentaram incontáveis vezes. Têm *ciências* que tratam disso.
— Está dizendo que, com eles, podemos aprender sobre nós mesmos?
— Estou dizendo que *precisamos* deles para aprender sobre nós mesmos.

Daion pensou no assunto. Entusiasmo voltou a seus olhos.

— Se precisamos deles, melhor salvá-los primeiro — e em voz alta, para todos na ponte — Simbora, gente! Temos que fazer um casamento!

O capitão conseguiu, pelo menos um pouco, elevar o espírito da tripulação. Todos observavam enquanto ele focava-se em manobrar.

— Vai chegando junto, Parsec.

A bionave movia-se pesada, relutante. Não costumava mergulhar tão fundo em atmosfera planetária, a pressão e gravidade exigindo grande esforço para manter a membrana íntegra.

Na tela, a imagem do vingador ampliando até superar as fronteiras do tolerável aos olhos.

— Computador, desligue a tela principal.
— Ineficaz — criticou Kursor. — Devemos acompanhar a operação visualmente para ter certeza do êxito.
— Nada feito, velhão! Ninguém aqui está no clima para filme de terror. E tem mais, Parsec não precisa de ninguém para a simbiose; bionaves fazem isso desde que o Universo é Universo, sem ninguém dando palpite.

Tudo totalmente contrário à opinião do veterano. Kursor se armava para debate, até receber novo lembrete de Slanet tocando seu braço. Verdade. Outros não toleravam visões de pesadelo tão bem quanto ele.

Conformado, voltou as antenas para o chão. Ainda podia acompanhar o evento.

— Pode descrever, senhor? — Slanet, percebendo o que Kursor fazia. — Minhas antenas não funcionam bem desde que ficaram expostas à explosão.

— Estamos muito perto agora, quase ao alcance do toque do vingador. Está balouçando o apêndice de ancoragem. Aparenta confusão. Ah, ótimo! As garras se desdobram, buscam tocar a membrana de Parsec. Prevejo um resultado positivo para...

Os olhos de Kursor tremularam.

— Está se afastando! *Rejeitou* a bionave. Não vai concluir a simbiose. Sua boca está... Ele vai...

O vingador gritou.

•

A ponte de comando se rebelou contra seus ocupantes. Paredes perdiam a coesão, recusavam-se a ser vistas com nitidez. O teto elástico ondulava violento, carne convulsionando logo atrás. O chão corria para os lados, fugiam daqueles que o pisavam. A luz forte piscava, reforçando a sensação de catástrofe.

Daion, já com dificuldade para manter-se equilibrado, foi cuspido longe da poltrona. Dryania e Alexandre não tiveram melhor desempenho, rolando até junto de uma parede. Kirov agarrou-se a uma poltrona com toda a força — mas só conseguiu arrancá-la do chão. Stefanie, equilíbrio aprimorado com anos de treino, ainda alcançou uma parede e manteve-se em pé. Kursor tinha método próprio para ganhar estabilidade em situações assim: enterrou a espada no chão e segurou firme, enquanto dava apoio a Slanet com o outro braço.

Daion era duplamente afetado pela agitação, pois a sala girava aos olhos e antenas — em sentidos opostos. Mas o raciocínio funcionava em mente separada, surgindo em casos de urgência maior. Sabia o que fazer.

— *Cai fora,* Parsec! Vaza! Desinfeta! Pica a mula!

A ordem foi cumprida imediatamente. Em pouco, a tela exibiu o espaço azulado da órbita terrestre, mais de dois mil quilômetros acima de onde estavam. Menos de um segundo em tempo real. Mas, nas mentes aturdidas a bordo, foram horas ou dias. Apenas Kirov mantinha a noção de tempo, porque marcava sua passagem com um palavrão após outro.

Daion juntou-se a ele.

— Burro, burro, *burro!* Eu sabia, eu tinha que prever. *Não ia* dar certo.

Ergueu-se pesado, buscando apoio em um painel de instrumentos.

— Eu devia ter sacado logo que o vingador ficou à vista. O efeito de união. A atração. O lance que faz bionave e simbionte se ligarem. *Não aconteceu.*

— Também me escapou — Kursor lembrava, igualmente se recobrando.

— Parsec *não foi* tomada pelo mesmo tipo de instinto irresistível que levou Vigilante à simbiose original. Equívoco ainda maior em meu caso, pois já presenciei o fenômeno.

Todos arrastaram-se fora dos lagos de tontura onde estavam imersos. Todos, menos Alexandre. Stefanie notou que os gemidos do irmão se sobressaíam aos demais. Encontrou-o deitado junto à parede, Dryania ajoelhada ao lado.

— Alex? Dryania?

Nenhuma resposta. Momentos passaram até a xenobióloga reagir, trêmula. Mesmo na face alienígena, Stefanie viu pavor e culpa.

— Eu... eu... me desculpe. Rolamos no chão. Caí sobre ele.

Stefanie empalideceu. Não havia muita diferença entre ser atropelado por um metaliano ou um caminhão. Levantou a camiseta de Alex, encontrando em seu peito a pior concussão que viu na vida — e havia visto muitas, durante os treinos. A pele estava preta. Uma das costelas se mexia, solta.

Dryania atordoada, incapaz de agir. Talvez, como qualquer humana, estivesse assustada demais. Stefanie pediu ajuda a Daion.

— Qual é o galho? — ele veio e disse.

— Meu irmão está ferido. Talvez não seja grave, mas preciso saber se há hemorragia interna. Há algum equipamento aqui que eu possa...?

— Não tem hemorragia.

Stefanie olhou descrente.

— Antenas — esclareceu ele, dando tapinhas nas próprias. — Seus corpos com água são fáceis de sondar.

Stefanie aceitou a explicação e continuou.

— Preciso aplicar compressas frias no ferimento. Preciso de água.

— Bem, aí o bicho pega. Não deve haver uma gota em toda a nave. Não é, Kirov?

Kirov encontrou pausa em suas pragas heximais para responder.

— Posso buscar gelo de amônia nos sistemas de refrigeração do propulsor de dobra. Também é tóxica, mas não tanto quanto água.

— Traga em uma bolsa lacrada, Kirov. — era Dryania, saindo do estado de choque. — Os vapores da amônia são venenosos para eles também.

Enquanto Kirov marchava para fora da ponte, Dryania e Stefanie faziam o possível para manter Alexandre imobilizado. Daion deixou-as, foi ver Kursor e Slanet. O capitão tentava manter a aprendiza em uma poltrona.

— Olhinhos Azuis está bem?

— Já recuperada — Slanet se adiantou. O excesso de zelo a incomodava. — Estou ótima.

— Sim... — suspeitou Kursor. — Você está bem. Todos estamos bem demais.

Daion e Slanet olharam com estranheza diante daquela afirmação.

— O vingador atacou. Estivemos expostos ao grito, à onda aniquiladora. No entanto, ainda vivemos.

— A aura nos protegeu — Daion garantia.

— Não creio. Gravidade e atmosfera estavam consumindo esforço demasiado, a membrana estava longe de sua melhor eficácia. Não teria suportado.

— Excluindo o que é impossível, aquilo que fica, mesmo improvável, é a verdade.

Kursor e Slanet estreitaram os olhos, juntos. Não conheciam a citação de Sherlock Holmes. Esperaram Daion seguir.

— Se não havia como sobreviver ao ataque, então *não foi* um ataque.

— Daion pode estar certo, senhor — Slanet, aproveitando a distração para escapar da poltrona. — Também não me pareceu uma forma de agressão.

— Teorias? — Kursor pediu. Mesmo que ele e a jovem fossem quase como um, ainda pensavam de formas diferentes, tinham ideias diferentes. Sempre procurava saber as opiniões dela para somar às suas, e chegar a melhores conclusões.

— Especulação apenas, senhor. Mas eu diria que foi *frustração*.

— Frustração? Em um organismo de processos mentais tão limitados?

— Raiva é emoção primitiva. Está presente mesmo no cérebro mais rudimentar.

"O vingador extermina aquilo que mata a bionave companheira. Faz isso por impulso de sobrevivência, não por escolha real. Está empenhado nessa tarefa agora. Quando terminar, voltará ao estado de hibernação, enquanto aguarda a passagem de outra bionave.

"O que fizemos foi oferecer uma nova hospedeira *antes* que tivesse completado sua tarefa, sua parte na simbiose. Ele *não pode* aceitar neste momento, não pode consumar a união. O instinto não permite."

Em tom lamentoso, Slanet terminou.

— Não é sem motivo que fique frustrado. Enraivecido. *Sofrendo*.

Kursor ergueu a cabeça e olhou para parte alguma, pensando.

— Saber que voltará a uma hibernação, uma quase morte, por tempo que pode chegar a milênios. Saber que as chances de ser alcançado por uma bionave, no espaço profundo, são infinitesimais. Ver isso acontecer antes da hora certa, quando a união é impossível, quando o acordo simbiótico proíbe. Realmente, conceber frustração maior exigiria grande esforço de imaginação.

— Forçamos a barra — Daion resumiu vulgarmente, mas bem.

Kursor anuiu.

— Perturbador, mas irrelevante. O plano falhou. A simbiose não pode ser forçada.

— Era um plano inteligente — Slanet quis confortar. — Não havia motivo para crer que...

— Também irrelevante — Kursor cortou.

Slanet sentiu a interrupção quase como um tapa. Preocupou-se. Há tempos o capitão não era rude com ela, exceto quando profundamente atormentado.

— Não podemos removê-lo do planeta? — Slanet sugeriu. — Usando a aura? Daion rejeitou a ideia com um aceno da mão.

— Grande e pesado demais, Parsec não consegue mover algo assim. Além disso, o bicho pode entender como agressão. Pode decidir que precisamos morrer também.

— Se não pode ser detido em seu propósito — Kursor retomou —, o vingador precisa ser destruído.

Palavras fortes, trazendo silêncio denso. Como o próprio explorador mencionou antes, aquilo não era tarefa simples. O monstro biomecânico tinha resistência absurda a quase todas as formas de ataque. Civilizações inteiras haviam tentado matá-lo — e falhado.

— Não temos armas — Daion anunciava o óbvio. Bionaves não são predadoras, não lutavam. Aquelas na Frota também não recebiam nenhum equipamento bélico, por razões morais e também práticas: a aura protetora supostamente eliminava qualquer necessidade de lutar, mesmo em defesa própria. Supostamente.

— *A nave* não tem armas, quis dizer — Kursor rebateu.

— *Isto* não vai nem fazer cócegas — Daion, exibindo o braço armado. — Nem suas espadas. Sei que elas podem cortar a carapaça, talvez até alcançar algum ponto vital. Mas vocês morreriam bem antes.

— Concordo. Teria que ser feito com um único golpe.

— *Não pode* ser feito.

— Há um meio.

Veio um silêncio sólido, de tumba. Pois ambos, Daion e Slanet, conheciam esse meio. Sabiam haver uma forma real de matar o vingador. Uma tática de último recurso, que metalianos haviam empregado poucas vezes na existência da espécie. Uma tática possível, apenas, graças à Espada da Galáxia.

Slanet previu as palavras seguintes antes que fossem ditas.

— Eu o farei. Eu deterei o vingador.

Tom já familiar a Slanet. O tom de não estar aberto a debate, não estar receptivo a discórdia. Decisão tomada. Decisão final.

Não ligou a mínima.

— *Não fará coisa nenhuma.*

Dryania e Stefanie, que apenas acompanhavam a conversa enquanto cuidava de Alexandre, perceberam algo urgente. Foi a terrana quem perguntou.

— De que estão falando?

— De nada que vai realmente acontecer — Slanet firme, mas também aflita, pelo que já sabia no íntimo.

— Não temos outros recursos para realizar a tarefa — Kursor, voz segura. — Não temos outro meio.

Mesmo Daion, tido como engenhoso, criativo, também não conseguia pensar em outra solução. Ainda assim, não pretendia deixar Kursor levar avante o que pretendia.

— *Minha* nave. *Meu* comando — vociferou. — Enquanto essa sua bunda oxidada estiver a bordo, só vai fazer o que eu autorizar.

Kursor nem elevou a voz.

— Eu não poderia me importar *menos* com sua autoridade, Daion. Você tem ordens de Primária para proteger e preservar os terranos. Inclusive, ordens de fazê-lo mesmo que isso implique em nossas mortes. Impedindo meu intento, está contrariando o desejo Dela.

— *Vocês dois* fizeram isso por anos. Somos avançados. Discordamos Dela. *Fazemos isso.*

— Não levianamente.

— *Também não nos matamos levianamente, seu bosta!*

Momentos antes, Kursor não teria tolerado o indicador biônico enfaticamente agitado a centímetros de seu rosto. Agora, suportava a afronta com tranquilidade fora do comum.

— Queria ter opção melhor, Daion. Conhece outro meio?

— *Eu* faço isso — quase gritou. — Sou eu quem deve. Estou no comando da força-tarefa. É minha responsabilidade.

— Talvez tenha razão. Mas não tem o equipamento. O procedimento não é realizável sem a espada.

E aquele foi o único momento, em toda a vida, em que Daion desejou ter aceito o presente.

— Entregue.

A mão aberta, firme, diante de Kursor.

— Entregue. Eu faço isso — repetiu.

— Configurar a espada para um novo usuário seria...

— Não me vem com essa! *Você* pode dar o comando quando eu estiver em posição. *Entregue.*

— *Não!*

Ambos olharam para quem gritou. Slanet cobria a boca atrofiada, em gesto muito humano, mesmo que a voz metaliana não viesse daquele ponto e nem pudesse ser abafada com as mãos.

— Não — repetiu, olhar suplicante.

E por um momento apenas, Daion viu Slanet como ela havia sido longos anos antes. Quando se preocupava com ele. Quando queria seu bem.

Olhava para ele como olhava para Kursor.

Valeria morrer.

Pensava assim quando alguém aproveitou-se de sua distração para desferir um murro.

Foram dois sons distintos. O primeiro era assustadoramente idêntico a um martelo que atinge uma bigorna, mais forte que todos os ferreiros da Terra. Era o choque entre um punho e um focinho biometálicos — naquela baixa gravidade terrana, fazendo Daion voar através do aposento e estatelar contra uma parede. Daí veio o segundo som, algo como um grande pedaço de granizo caindo sobre um telhado de zinco. Pouco ou nada disso os metalianos ouviram, mesmo aqueles com dispositivos, mas sentiram nos ossos.

Dryania, Slanet e Stefanie olhavam incrédulas.

Kursor, ainda de punho em riste.

— Ele disse repetidas vezes. Entregue. Eu entreguei.

Agora o mundo poderia realmente acabar. *Kursor havia feito uma piada.*

•

— Seu comandante está incapacitado — anunciou Kursor em voz alta. — Como oficial graduado da Frota Exploratória, assumo o comando.

Bionave e computador concordaram, sem muita escolha.

Dryania abandonou o paciente terrano para socorrer Daion. Estava inconsciente. Metade do rosto, branca. O soco também quebrou uma das antenas, o que renderia boas tonturas e dores de cabeça quando acordasse. Felizmente, nenhum dano aos olhos — grandes e salientes, eram um tanto vulneráveis a impactos na face.

Dryania não disse nada, mas os olhos perguntaram *por quê?*

— Pensei ser óbvio — Kursor respondeu, apenas.

Com Kirov ausente, em local da nave difícil de alcançar por rádio, agora restava apenas uma pessoa na ponte capaz de deter Kursor.

Slanet avançou um passo. Levou a mão ao cabo da espada.

— Não vai — firme.

— Sabe que não existe outro meio.

— Não vai fazer isso.

— Não pretendo repetir o que fiz com Daion.

— Ainda bem. Porque seria o único jeito de eu deixá-lo ir.

Slanet foi um raio.

Agarrou o cabo, vocalizou o comando, expeliu a lâmina.

Stefanie engasgou. Mesmo ela própria duvidava ser capaz de desembainhar tão rápido. *Iaijutsu* era o nome da técnica para sacar velozmente a espada e desferir o golpe, em um único movimento.

Mas não houve ataque. O metal pairava logo acima do ombro direito de Kursor. Podia, com um movimento curto, separar o braço.

Kursor não reagiu. Por firmeza ou simples falta de tempo, difícil dizer. Mas quase certo que impressionou-se com tamanha perícia, em alguém que portava a arma há menos de um dia.

— Amputar meus braços para me impedir de usar a espada? E então tomar meu lugar? Esse é seu plano?

— Podem ser reimplantados, mesmo clonados, quando voltar a Metalian.

— Pensa que eu *aceitaria* voltar? Após o ocorrido aqui?

— Por que pensa que *eu* aceitaria?

A espada não tremia, não meneava. Era firme como a resolução da jovem em evitar o sacrifício do capitão.

— Notou que voltamos a nos fazer perguntas? — Kursor, alguma tristeza na voz.

A lâmina não moveu, mas Slanet sentiu o abalo interno. Verdade. A cumplicidade de anos, sumida. A habilidade de antever as palavras, os pensamentos, os sentimentos do outro.

— Este é o mundo que ela amava — Kursor insistiu. — Precisa ser salvo.

— Precisa. Mas não por você.

— Não verei você morrer.

— Não vai me demover — Slanet era aço.

— Não verei você morrer. Não vai morrer antes de mim. Foram promessas minhas.

— Não vai me demover.

— *Os filhos não devem morrer antes dos pais.*

Slanet calou, acuada, sem resposta ao provérbio terrano.

— Não vai — repetiu apenas.

Kursor deixou cair os ombros. Esse gesto, e o óxido avançado na pele, o faziam velho e cansado. Muito velho. Muito cansado.

— Estou louco, Slanet?

Slanet dilatou olhos enormes.

— A terceira razão. Preciso que diga.

Aquelas palavras, tão distantes, na verdade horas atrás.

— Não me obrigue.

— *Preciso* que você diga.

— O senhor mata terranos por prazer. Por vingança. Por busca de alívio.

— Por busca de alívio.

Ela afastou a espada. Deixou-a cair. Afiada além do imaginável, crivou-se no piso metálico.

— Devo ser eu, Slanet. Matei aqueles que ela amava. Devo ser eu a pagar. A protegê-los.

A batalha estava perdida desde o início. Por dentro, ela sabia. Tinha que tentar, tinha que lutar. Mas sabia.

Líquido amarelo e oleoso, que eram lágrimas, correu farto.

— Quero ir também — pediu, já sabendo a resposta.

— Não. Preciso que você viva.

— Não tente me proteger outra vez. Não se atreva.

— O Diário de Bordo perdeu-se. Preciso que volte e conte. Conte a Primária, conte a todos.

— Não me afaste — implorava. — Não me exclua.

— Preciso que você viva. *Precisamos.*

Kursor jamais admitia necessidade. Jamais pedia ajuda. Fez isso uma única vez, horas antes, frente ao corpo de Trahn.

Agora, de novo.

— Devo ser eu. Eu quero. Preciso.

— Não me afaste.

— Nunca vou afastar você. Como Trahn nunca se afastou de mim. De nós.

— Não me afaste.

— Nunca.

Aquelas palavras, disseram juntos, ao mesmo tempo. Enxame.

Colaram os corpos. Um último abraço, um último toque. O arrependimento horrível de que tenham sido tão poucos.

— Levo-o comigo para sempre, meu capitão. Levo você, como levou Trahn.

— Leve todos nós. Viva por todos nós.

O desenlace doloroso, sofrido. Kursor virou-se e marchou até a porta.

— Espere — gritou Stefanie, correndo em sua direção.

— Não posso me demorar mais, terrana. Kirov logo estará de volta. Não poderei sobrepujá-lo em luta corporal tão facilmente quanto fiz com Daion.

— Capitão Kursor, não entendi o que estão planejando. Mas parece *muito* claro que envolve o sacrifício de sua vida.

— Supõe corretamente.

— Não podemos pedir isso. *Não posso* pedir.

— Na verdade, pediram.

Stefanie estacou, confusa por um momento. Então lembrou. Realmente, haviam pedido.

Queremos seu perdão. Queremos que tudo volte a ser como antes. Entre nós e ela.

— Voltará a ser — Kursor prometia. — Este é meu perdão.

Ao modo da Terra, Stefanie também chorava. Devagar, Kursor levou a mão até seu rosto, colheu uma lágrima. Por muito tempo acreditou que aquele tipo de comportamento era parte do feitiço terrano, parte de suas técnicas de sedução, de predação. Não acreditava mais.

— Agradeço. Mas entenda, isso não é algo que eu faça apenas por vocês.

Stefanie demonstrou não entender. Kursor seguiu.

— Estive cerceando seu mundo por anos. Temendo. Odiando. Detendo seu avanço. Ou assim pensei.

"Durante esse tempo inteiro, não estava impedindo a evolução de vocês. Estava impedindo *a nossa*.

"Vocês são o futuro. Você são o que sonhamos ser."

Em silêncio, Stefanie anuiu. Agradeceu e deu-lhe a mão. Kursor apertou com cuidado.

Dryania não deixou seu lugar ao lado de Daion e Alexandre. Sentiu que Kursor a queria ali, zelando por quem haviam causado dano. Trocaram acenos silenciosos de despedida.

O explorador espacial sumiu rápido pela porta.

— O que ele pretende? — Stefanie, a voz embargada.

Sem tirar da porta os olhos de cobalto molhados, Slanet respondeu.

— Em seu idioma, pode ser chamado *sacrifício de antimatéria*.

•

Enquanto flutuava em meio aos tecidos da bionave, Kursor percebeu uma inusitada moleza nos músculos — experiência tão pouco familiar que não soube identificá-la como simples relaxamento. Temeu que aquela indisposição pusesse em risco sua tarefa.

Acelerou os saltos.

As antenas o mantinham informado sobre a posição de Kirov, que vinha em sentido contrário com sua bolsa de gelo. Kursor deu uma volta maior para chegar ao grande poro que era a câmara de desembarque. Conseguiu. Aguardou que a abertura dilatasse e mergulhou na aura verde trepidante.

— Feixe de transporte, Parsec — disse, ciente de que já podia falar em voz alta sem o risco de ser alcançado por Kirov. De fato, chegou a ouvir seus resmungos enquanto era impulsionado dentro do tubo.

Kursor explicou onde queria ser depositado. A bionave estranhou, perguntou se ele tinha certeza. Sua resposta foi o silêncio confirmativo.

Conforme descia ao planeta, o céu foi aos poucos perdendo o negrume e sendo povoado de cortinas luminosas, bem familiares. Uma parte de Kursor pensou estar de volta a Metalian, pensou ter sido tudo sonho ou alucinação. Então lembrou-se, naquela região de Terra também existia o fenômeno da aurora boreal. Agitou a cabeça para espantar a nostalgia e olhou para baixo.

Um ponto negro chamado vingador começava a crescer.

Kursor tornou-se invisível. Não tinha certeza de como o vingador detectava vida, mas não estava disposto a dar-lhe nenhuma vantagem. Desejou poder tornar o feixe de transporte mais transparente. Mas não podia ser feito, Parsec não havia sido treinada para aquilo. Paciência.

As coisas vistas do alto parecem menores, mas o vingador desafiava até aquela lei tão elementar. Era gigantesco. Dominava a paisagem ártica, parecia capaz de tocar os horizontes com o pescoço interminável.

A pele rachada à volta das mandíbulas enrugou. Com um rosnado, a boca-canhão apontou para Kursor.

Já sabe que estou aqui. O feixe de transporte não o salvaria do grito.

Estava diretamente acima do vingador.

— Solte-me, Parsec. *Agora.*

A ordem veio com tamanha urgência que a bionave nem ponderou a respeito, obedeceu no mesmo instante. O tubo verde sumiu. Sem nada para sustentá-lo, Kursor caiu centenas de metros na direção do vingador.

Segundos depois do baque, percebeu ainda estar vivo.

Estava agora no dorso da criatura. Descobriu-se em uma paisagem de pesadelos, um planalto biomecânico cujo céu parecia dar passos. Estava meio entalado entre duas colunas retorcidas, que eram como costelas. Não precisou mover a cabeça para enxergar, muito longe, um pescoço confuso que revolvia o ar gelado; havia perdido a pista da pitada de vida que farejou.

— Excelente. Estando junto a seu corpo, o vingador não tem condições detectar-me como vida. Não consegue me diferenciar dos próprios tecidos vivos.

Kursor estranhou-se. Perdera o hábito de falar sozinho há bastante tempo.

Ao experimentar um movimento, forte dor. Não havia escapado incólume da queda. Grossas lascas brancas de titânio e alumínio saíam da pele, acima e abaixo dos joelhos. Suas pernas estavam destruídas. Repreendeu a si mesmo pela ingenuidade com que esperou achar-se no fundo de uma cratera aberta pela queda, como ocorria em solo terrano. Recordou o discurso que fez a Alexandre sobre a resistência da carapaça do vingador. Teve sorte em sobreviver.

E sobreviver fazia grande diferença. Pelo menos no próximo minuto.

Kursor avaliou sua posição no corpo da criatura ciclópica. Estava em suas costas, bem perto do ponto que visava. Teria que afundar entre as costelas externas, chegar o mais próximo possível do tórax. Complicado e sofrido, sem ajuda das pernas. Também era intimidante, opressivo, arrastar-se por entre paredes apertadas que não podiam ser facilmente quebradas.

Penetrou fundo no corpo do vingador e aninhou-se. A luz do dia quase não chegava, mas faíscas lançadas pelos ferimentos iluminavam bem a caverna. Teve algum trabalho para ajeitar as pernas. Quando conseguiu, encontrou tempo de descansar.

Percebeu estar muito cansado.

Quis falar com Slanet. Nada o impedia, estava ao alcance da voz. Quis agradecer por tudo. Os longos anos de companhia, sem a qual teria certamente enlouquecido. A confiança quase cega em sua liderança. A graça e alegria adolescentes nos olhos de cobalto. Até o nem sempre discreto desejo feminino com que o olhava — e que, embora ele nunca tivesse confessado, era recíproco. Nem um pouco adequado a pai e filha, até onde conhecia esse tipo de relação terrana.

Porque não eram apenas isso.

Kursor sorriu. Nada a dizer. Sabiam ler um ao outro.

Levou a mão até o precioso item cilíndrico que adornava a coxa fraturada. Deslizou dedos magros sobre os relevos, ainda sujos com o sangue de Williams. Viu, durante os lampejos das faíscas, a fenda de saída da lâmina.

Colocou-a de encontro ao próprio ventre.

Pensou no órgão que por tanto tempo esteve ameaçado pelo estilhaço de míssil. Um acelerador de partículas, com o tamanho e formato aproximados de uma serpente enrodilhada. Em seu interior eram gerados antiprótons.

As partículas de que é feita a antimatéria.

Metalianos, como todos os seres, preferiam viver a morrer. Mas havia *aquela* forma especial de morte, havia a morte por Ela. A serviço Dela, a desejo Dela, em defesa Dela. O destino mais sonhado, o fim mais almejado.

Não era honra de samurai. Não era sacrifício. Era prazer.

Kursor morria a morte mais feliz de todas. Porque não morria apenas por Ela. Morria por Elas.

Deu ordem à espada. Esta, como se viva e consciente, recusou lançar fora o aço. Kursor repetiu o comando, mais firme. O artefato, conformado, obedeceu.

Prótons de massivo hidrogênio metálico tocaram antiprótons.

Brancura quente sobre a brancura gelada.

As costelas nas costas do vingador despedaçaram e caíram longe, cravadas no chão distante como árvores funestas. O minúsculo cérebro na base do pescoço foi consumido e abençoado com morte instantânea. A erupção de energia cresceu no dorso, engolfando o colosso biomecânico. Um vagalhão de força cáustica abria rachaduras na casca externa e fervia a água nos tecidos, antes que a pressão pudesse esguichá-la longe como vapor incandescente.

A única testemunha da explosão foi um solitário filhote de alce, que brincava longe do bando. Ele viu um sol de duas pernas que cuspia fogo e galhos secos, queimando até desmanchar, até as pernas finas desmoronarem.

Algo caiu ao lado do filhote e o assustou. Fincado no chão, um caco de aço nuclear. Farejou-o, queimou o focinho e fugiu chorando em busca da mãe.

•

O mau tempo no Alasca impediu que a destruição do vingador pudesse ser visualizada com clareza na tela principal. Mas todos na ponte viram o bastante para saber que ela aconteceu.

Slanet, mais que qualquer um, tinha certeza de que aconteceu.

Alexandre jazia em uma poltrona, consciente, o peito devidamente enfaixado. A amônia na bolsa já havia derretido, bem mais rápido que gelo normal de água, mas mesmo assim Daion tomou-a emprestada para aliviar a dor no próprio rosto. Kirov, que há pouco berrava palavrões aos seis ventos, agora estava quieto. Stefanie queria entender o que aconteceu, mas por longo tempo não encontrava ninguém em condições de explicar.

— Antimatéria? — perguntou Alexandre. Falava pouco, cada palavra custando dor.

Slanet respondeu, de costas, olhos na tela.

— Não vivemos de luz, terrano. Ela é apenas complemento necessário ao nosso metabolismo, assim como o oxigênio para vocês. Baterias solares levariam meses colhendo a energia necessária para que um metaliano apenas mova o braço.

"Somos abastecidos principalmente por nossos corações e estômagos. Órgãos que vocês conhecem, respectivamente, pelos nomes de pilha atômica e acelerador de partículas."

— Um acelerador...? Vocês carregam isso *na barriga?*

Impossível para Alexandre não se lembrar de *Alien: O Oitavo Passageiro*. A criatura no filme tinha ácido concentrado no lugar de sangue, desencorajando ataques inimigos. Os metalianos pareciam *muito* piores.

— Não somos bombas ambulantes — Slanet defendeu-se. — Em caso de ferimento grave ou morte, o órgão deteriora muito rapidamente. Apenas a Espada da Galáxia consegue desencadear a explosão.

— Vocês, terranos, não chegam a ser muito diferentes — Dryania acrescentou.

— Seus estômagos contêm suco gástrico à base de ácido clorídrico. Corrói ferro.

Pode corroer vocês mesmos.

Alex pensou em argumentar que uma úlcera não se compara a uma reação matéria/antimatéria. Demorou a perceber o real significado do que Slanet dizia.

— Meu capitão está morto — sussurrou ela.

Dryania, mesmo longe de ser amiga íntima, enovelou os ombros de Slanet com braços gentis. Não sabia o que dizer, não sabia como confortar. Como havia dito a Daion pouco antes, aqueles dois viveram juntos, isolados, por mais tempo que qualquer outro casal metaliano. Foram tudo um para o outro.

A perda de Slanet, ninguém em sua espécie podia começar a imaginar.

— Não vai ficar sozinha — Dryania disse, enfim. — Vai voltar para nós.

— Nunca estive sozinha. Não estou sozinha.

— Você, Kursor e Trahn. Voltem para nós.

— Voltaremos.

Slanet desenlaçou-se do abraço, suave. Foi ter com Daion.

O explorador estava, outra vez, invulgarmente quieto em sua poltrona. Afagava o rosto dolorido. A perda de uma antena, além disso, desorientava seu senso de equilíbrio.

Mesmo assim, ensaiou ficar de pé quando a jovem veio. Ela o deteve com um gesto.

— Olhinhos... eu tentei...

— Irrelevante — Slanet, em perfeita entonação kursoriana. — Vamos chorar a perda em momento oportuno. Agora, temos assunto mais urgente a tratar.

— Assunto urgente... — Daion repetiu devagar.

— A preservação dos terranos.

Slanet se afastou, alternando olhares entre a tela e os gêmeos.

— Meu capitão se sacrificou por eles. Precisamos protegê-los. Salvá-los.

— Estão salvos agora — Daion observou.

— Por agora. Logo, não estarão mais.

O anúncio surpreendeu todos. A esta altura, não fosse a perda de Kursor, estariam comemorando o fim da crise. O perigo havia acabado.

Claro que havia.

— Estou feliz por meu capitão. Está em descanso, em paz. Para ele, a luta acabou. Para nós, continua.

— Luta? — Dryania ainda tentava entender.

— Guerra.

E agora havia fogo na voz de Slanet. Havia, com toda a certeza, perigo não terminado.

— O infiltrado morreu — Daion argumentava. — Não fez contato com seu povo. Os traktorianos não sabem sobre a Terra, não sabem de sua ligação com Metalian.

— Ele *fez* contato com seu povo.

Daion pensou, o cérebro ágil em disparo. A memória recuou nos últimos dias, vasculhou os fatos envolvidos naquela aventura, dos mais recentes aos mais antigos.

Até chegar ao *primeiro* deles.

Deixou cair a bolsa de amônia com o susto.

— *A mensagem de Arecibo.*

— Faz menção a nós — Slanet lembrou. — Traktor não é tão distante daqui quanto Metalian, fica a vinte anos-luz. A transmissão levará vinte anos para chegar lá.

"Já se passaram nove."

EPÍLOGO

O MUNDO CINZA-AZULADO na tela principal era, a um só tempo, confortador e perturbador.

A visão do planeta natal atacava Slanet com sentimentos contrários. Era ainda de um povo-enxame, criaturas que não sobrevivem afastadas da colônia. Estar em casa era alegria e vida, estar longe era sofrimento e morte. Todos aqueles anos distante do lar foram uma provação, foram batalhas diárias contra a depressão, desalento, saudade; coisas muito capazes de adoecer, até matar, membros de sua espécie.

Mas sua parte racional estava em temor. Havia se rebelado contra a própria gente, contra a própria rainha-mãe. Ela e Kursor desafiaram abertamente a autoridade imperial, em nome de convicções pessoais. Em nome do que acreditavam.

Metalian não tinha métodos padrão para lidar com transgressores. No enxame não havia delinquência, não havia quem agisse contra a própria gente. De fato, apenas os avançados eram capazes de desobedecer. A sociedade ainda aprendia a lidar com eles.

Slanet não podia imaginar sua pena. Mas também não podia descartar que fosse a morte. Ou, na melhor hipótese, ser afastada da Frota.

— Olhinhos Azuis?

Slanet arregalou um olho em sinal de sobressalto. De onde estava, na porta, não havia percebido Daion na poltrona de comando. Este também levou alguns momentos para notar a entrada da jovem na ponte.

— Daion? Que faz ainda aqui? Pensei que houvesse desembarcado para cuidar da perna.

— Também pensei que você havia descido com os outros. Onde esteve esse tempo todo?

— Nenhum lugar especial — suspirou ela. — Flutuando sem rumo dentro da bionave. A propósito, a plataforma do propulsor de dobra está um caos total. De onde veio todo aquele lixo?

— Aquilo? Uma festinha em Turl-4, para melhorar as relações diplomáticas. Os turlianos são divertidos, enquanto não ficam bêbados e tentam incinerar você como oferenda ao deus-magma deles.

Slanet tentou rir, apenas por cortesia, mas não teve êxito. Atravessou a ponte e posicionou-se diante da poltrona de Daion, cruzando os braços. Tinha as asas fechadas.

— Não vou criticar o modo como cuida de sua bionave. Mas, em Vigilante, meu capitão transformou aquele local em mausoléu para Trahn. Acho que sempre vou considerar propulsores de dobra como lugares sagrados.

— Tá limpo, Olhinhos. Faço uma faxina depois de colar a perna nova.

A jovem assentiu.

— Daion, podemos conversar seriamente por cinco minutos?

— Dois minutos é o meu limite.

— Que seja. Quero falar sobre meu capitão. Sobre sua morte.

— Olhinhos Azuis, eu não...

Slanet ergueu uma mão apaziguadora.

— Você tentou detê-lo. Tentou dar sua vida pela dele.

— Não consegui. Ele me derrubou feito um saco de bosta.

— Culpa minha. Eu o distraí.

— Eu *não devia* me distrair.

— Pare.

A mão dela em seu ombro.

— Pare de acreditar que eu culpo você. Pare de acreditar que eu odeio você.

Nenhuma palavra de Daion. Apenas os olhos perguntavam. *Tenho algum motivo para não acreditar?*

— Pensei que odiava você. Pensei que o odiava, pelo que tentou me tomar. Pelo que tentou me impedir de ser. Mas foi meu capitão quem percebeu a verdade primeiro.

"Eu não o odiava, Daion. Eu *temia* você."

— Porque tentei afastar você de seu destino — Daion repetia a acusação que Slanet fez no passado.

A jovem negou com um meneio de cabeça.

— Eu temia você simplesmente pelo que somos. Pelo que fomos.

"Porque, quando vocês nos amam, quando vocês nos protegem, acabam nos fazendo sofrer. Acabam nos privando de quem queremos ser. Acabamos morrendo. *Vocês* acabam morrendo."

Daion ainda não entendia totalmente. Sem saber, estava sendo tragado para um mundo muito particular, povoado por apenas três pessoas.

— Você quis me proteger. Como um zangão, um soldado. Lutaria, mataria, morreria por mim. Tentaria me conter, me privar de liberdade, para me manter salva.

Em outros tempos, Slanet pensaria apenas estar repetindo as palavras de Trahn. Hoje, sabia não ser o caso. Eram *suas* palavras agora.

— Essa parte sua agrada uma parte minha. Me faz sentir segura, feliz. Mas são partes que precisamos superar.

Daion era brincalhão, imprudente, até irresponsável, mas não idiota. Com seu silêncio, ele demonstrou que entendera.

Slanet assentiu. Levou os olhos azuis de volta à tela principal. Ao planeta cinza-azulado.

— Amor romântico entre sexos. Somos ainda *tão* desastrados...

— Dryania disse que devíamos... que *eu* devia... aprender com os terranos.

— Ela pode ter razão.

— Nosso futuro, hein? — Daion estava desacordado quando Kursor disse aquilo, mas encontrou sua declaração no registro automático do computador. — Não parece um futuro muito ruim.

— Você, em especial, é muito próximo deles. Talvez o mais próximo entre todos nós.

— Quer dizer que sou o mais avançado dos avançados?

— Ou o mais louco dos loucos.

Desta vez o riso de Slanet saiu fácil. Riram juntos.

Então ela silenciou e respirou fundo — ou o equivalente.

— Obrigada, Daion. E peço desculpas por tornar tudo tão complicado entre nós.

Daion tremeu. Viu aquela cena muitas vezes em suas fantasias. Tinha muitas piadas preparadas para ela, mas nunca suspeitou que alguma chegaria a ser usada.

Resolveu optar pela mais tradicional.

Pulou da poltrona, agarrou Slanet pela cintura e jogou-a para o alto. Jogou uma vez, e outra, e outra. Tantas que, quando devolvida ao chão, a jovem parecia ter esquecido como se sustentar sobre as próprias pernas.

— Vou considerar como "desculpas aceitas" — ela, entre um tropeção e outro.

— Pode apostar, Olhinhos Azuis.

— Nesse caso, há outra pessoa a quem devo explicações. Peço permissão para deixar a ponte, capitão.

Daion torceu o focinho com a formalidade fora de lugar.

— Leva Kursor com você. Está fazendo um bom trabalho. Ele ia curtir.

— Ele me tocou. Eu o toquei. Nos mudamos. Por toda a vida.

Daion, um tanto resignado. Pensou em mencionar que sentia alguma falta da antiga Slanet, mas conteve-se a tempo.

Como que sentindo o comentário não feito, Slanet tocou rápido o focinho de Daion com a ponta do dedo — equivalente metaliano para um beijo no rosto — antes de ir.

— Fique bem, Daion.

Cuidem-se vocês também, pensou Daion, enquanto alguém ainda não familiar sumia pela porta.

— Os dois minutos já acabaram — riu para si mesmo. Desceria ao planeta para consertar a antena quebrada, curar a perna e voltar às aventuras espaciais. Certa pantera-do-vidro em Sottan-1 tinha filhotes loucos para brincar com o titio Daion.

•

O espaçoporto da lua Predakonn nunca ficava movimentado. Servia apenas a uma pequena população de técnicos, envolvidos em experiências que o Império considerava perigosas demais para serem realizadas no planeta-capital. A xenobiologia era uma delas.

Na plataforma de pouso, um robô aguardava no volante do turbo-jipe. Um transporte havia acabado de chegar de Metalian, uma grande nave cargueira. Hax mantinha os olhos tão presos à porta que dava a impressão de estar ansioso.

Talvez estivesse.

A porta abriu. Dryania desembarcou e acenou com um claro sorriso. Hax respondeu com outro aceno, mas a mão parou no ar: reparou que a doutora empurrava uma poltrona flutuante para inválidos. Sobre ela vinha uma figura humanoide, embrulhada em uma roupa isolante cheia de modificações.

Hax desceu do jipe e foi ao encontro deles. Antes que pudesse perguntar qualquer coisa, Dryania o sufocou com abraços que por pouco não amassaram seu casco.

— Hax, querido! Quase morri de saudades.

— Exagerando como sempre, doutora. Não morre-se de saudades de um robô.

— Não sei de robô nenhum. Estou falando com meu namorado.

Hax não entendeu como a palavra, ainda neologismo em Metalian, podia ser associada à relação entre ele e a mestra. Deixaria algumas sub-rotinas avaliando o problema.

— Deixe-me apresentar nosso novo hóspede. Este é Alexandre Dias Nascimento, ou Alex, de Drall-3. Vai passar algum tempo conosco. Alexandre, este é meu assistente Hax. Oh, desculpe; você não pode me ouvir.

Dryania apresentou Hax com gestos. Alexandre cumprimentou com a cabeça, do fundo de seu traje pressurizado. A lua Predakonn tinha apenas traços de atmosfera, não seria possível ao robô falar com ele ou ouvir sua voz — mesmo que tivesse alto-falante como aquele na garganta de Dryania.

— Vai ficar provisoriamente na redoma de Raida-2 — Dryania seguiu —, com os pássaros arco-íris. É o que temos de mais parecido com Drall-3. Enquanto isso, vamos preparar um viveiro terrano enquanto isso. Mal posso esperar!

Hax compreendia a excitação de Dryania. Era apaixonada pelo trabalho de reproduzir novos ecossistemas. Mas, mesmo temendo acabar com aquele entusiasmo, perguntou.

— Um espécime inteligente, doutora? O Império tem restrições quanto a manter cativos conscientes de sua condição. Houve muita polêmica com relação aos golfinhos sônicos, deve lembrar...

— Acalme-se, Hax. Ele não é um "espécime" e nem ficará "cativo". Alex está se recuperando de uma fratura, e o planeta-capital não tem instalações adequadas para hospitalizar biocarbônicos. Isso precisa ser feito aqui.

— Entendo. Sendo assim, estou à sua inteira disposição — Hax fez uma mesura a Alexandre. Ele abriu mais o sorriso, ainda maravilhado com o robô metaliano.

Hax tomou o controle da cadeira enquanto rumavam para o estacionamento.

— Suponho que a biologia do convidado seja extremamente complexa, ou que o planeta Drall-3 seja muito limitado em ciência médica, sem condições terapêuticas de lidar com ferimento tão simples.

Dryania entristeceu-se.

— Não, Hax. Pelo contrário, Alex estaria bem melhor se fosse tratado em um hospital da Terra. O fato é que, por seu envolvimento conosco, ele e a irmã agora são procurados por autoridades terranas. Precisa de proteção. Por isso escolheram abandonar Drall-3 e viver conosco. Um procedimento que chamam localmente "asilo político", eu acho.

— Isso é muito triste, doutora.

— Não de todo. Na verdade, estão satisfeitos e entusiasmados além do esperado. Em seu mundo nativo, Alex era astronauta — mas nunca selecionado por seus próprios governos para viajar ao espaço. Aqui, vai receber cargo elevado em nosso próprio programa espacial. Realizará antigos sonhos.

— Interessante.

— Pensava mesmo o que disse, Hax?

A cabeça do robô trepidou.

— "Isso é muito triste". Achava mesmo? — insistiu ela.

— É algo que posso apenas presumir. Posso simular emoções para melhor desempenho em convívio social. Já tivemos esta conversa numerosas vezes.

Exatas 263 vezes, Hax sabia. Mas havia aprendido que citar números exatos sem necessidade real causava desconforto.

— Ainda assim, sempre sabe elogiar um céu bonito e me confortar quando estou aborrecida.

Hax guardou a mala de Dryania e ajudou a embarcar a cadeira flutuante de Alexandre na traseira do turbo-jipe.

— Depois de acomodar Alex teremos que voltar aqui com caminhão — disse a xenobióloga, enquanto rumavam para o laboratório através das planícies lunares. — A fazenda de Alexandre e Stefanie forneceu muito material da Terra para o viveiro. Solo, atmosfera, vegetação, até animais de corte. Há uma variedade de búfalos fêmeas que os terranos chamam "vacas", e que produzem... o que é isto?

Dryania deslizou o dedo pelas costas da mão do robô. Ele voltou manchado com qualquer coisa branca e seca.

— Como sujou-se assim, Hax?

— Não me recordo, doutora.

— *Não se recorda?* — Talvez a mais deslavada mentira que uma mente digital pode oferecer.

Dryania pensou um pouco, sorriu e esfregou os dedos para limpar a sujeira.

— Está parecendo fezes secas de pássaros.

— Precisaria de uma análise detalhada para saber com certeza, doutora.

— Ou eu poderia apenas visitar o viveiro dos pássaros arco-íris e procurar por pegadas suas.

Dryania deitou a cabeça no ombro de Hax durante todo o caminho de volta. Este, por sua vez, mostrou-se tão constrangido quanto possível a um robô.

•

Flutuando na caverna-mundo de carne biometálica, os dois técnicos não podiam se deleitar com a dança dos fotóforos piscantes. Estavam ocupados discutindo com certa fervescência.

— A degeneração dos tecidos continua — relatou um deles, consultando um computador portátil em formato de prancheta. — Mantendo esse ritmo, a bionave não vai durar mais que duas ou três décadas.

Duas ou três décadas era tempo longo para metalianos, mas não para criaturas estelares cuja longevidade atinge milhões de anos.

Ciente disso, o outro massageou atrás do pescoço para aliviar o cansaço e tensão. Ambos haviam sido testados (ou diagnosticados, conforme alguns) como avançados. Não eram, entretanto, aptos à exploração espacial — podiam apenas permanecer em órbita por curtos períodos. E já estavam longe de solo metaliano há tempo demais, pensava.

— Péssimo. Realmente péssimo. Se essa perda de células continuar... — apontou, com o focinho, na direção onde sabia estar o vingador.

— O simbionte ataca apenas quando a bionave companheira é vítima de morte violenta — o outro argumentou.

— Isso é especulação. O evento foi testemunhado poucas vezes.

Verdade. Ninguém nunca viu uma portadora de simbionte morrer por doença ou morte natural. Ninguém sabe o que aconteceria.

O metaliano com a prancheta pegou, com as pontas dos dedos, um dos milhares de grânulos metálicos que pairavam à sua volta. Eram células mortas.

— Mesmo assim, teremos que relatar à Imperatriz. Sugerir que Quasar seja levada para longe e libertada.

— O que pode ser isso? — a expectativa de comunicar o fracasso à rainha-mãe, desapontá-la de qualquer forma, já enervava o outro.

De fato, vinham fazendo testes exaustivos há dias. Nenhuma das moléstias conhecidas havia sido detectada.

— Não acho que a causa seja fisiológica.

— Acha que seja psicológica.

O outro assentiu. Já discutiram aquela teoria antes. Bionaves domesticadas são muito dóceis, muito afeiçoadas a seus donos. Por vezes ficam doentes na ausência deles. Quasar, em especial, recebia tratamento muito afetuoso da antiga mestre, Trahn. Não se podia culpar a bionave por estar deprimida com a perda.

— Foi há muito tempo. Ela deveria ter superado o trauma.

— Apenas enquanto Kirov cuidava dela pessoalmente.

Ambos sabiam da extraordinária capacidade de Kirov para propulsionar o espírito de uma bionave com ofensas e palavrões.

— Por que não trazê-lo de volta? Já retornou da missão em Drall.

— Sim, mas foi logo designado para um novo projeto. Não sei dos detalhes. O fato é que ele pode não estar mais disponível...

— Estou chegando, paspalhos!

Os dois reconheceram o inconfundível esbravejar de rádio, chegando de fora da bionave. Também perceberam o quase instantâneo aumento de luminosidade na carne de Quasar.

Um deles sorriu, tomou a prancheta do outro e confirmou. A degeneração de células começava a cessar.

Lá fora, um mal-humorado pacote de papel-alumínio esvoaçava em círculos perto da bionave. A causa era uma séria diferença de opinião entre ele e seu cinto propulsor.

A bionave não teve receios. Esticou a aura, agarrou Kirov com um feixe de transporte. Era sua forma de abraçá-lo, dizer que teve saudades. O engenheiro-médico tentava se livrar desferindo socos e palavrões, debatendo-se até chegar ao interior da bionave, onde foi recebido pelos técnicos.

— Sua chegada é verdadeiro milagre, Kirov. Quasar estava muito mal.

— Vocês mimam demais a grandalhona — reclamou ele, abanando os grânulos diante do rosto como quem tenta livrar-se de algum mau cheiro. — Ela só funciona com bons chutes na bunda. Agora vamos em frente, temos muito trabalho!

— Vai trabalhar conosco? Mas ouvi que...

— E ouviu direito. Um novo projeto. Uma nova frota de naves estelares. Também precisamos aprontar instalações para o novo astronauta consultor. Biocarbônico humanoide. Cheio de frescuras ambientais.

"Mas, antes, preciso deixar Quasar pronta para sua Cerimônia de Despedida amanhã."

— Amanhã? Um novo capitão será designado? — espantou-se um.

— Temos dúvidas de que qualquer outra pessoa, exceto Trahn, poderá devolver a esta bionave a alegria de servir.

Kirov olhava a criatura em volta, enquanto aplicava seus peculiares tapinhas no focinho.

— Não será Trahn. Mas será o mais parecido que existe na bosta do universo.

•

A Cidade Imperial era cidade, nação e mundo. Era onde vivia a maior parte dos metalianos, quase não havia outras comunidades — exceto com propósitos de extração mineral ou pesquisa. Ainda que povo exame, ainda que império expansionista, seu avanço sobre o planeta era lento. Apenas recentemente, em termos históricos, haviam derrotado as demais colônias e unificado a espécie. E o crescimento populacional, dependente de uma única pessoa, era baixo.

Além disso, eram sociais. Queriam estar uns com os outros. Quanto mais deles no mesmo lugar, melhor.

Mesmo sem problemas de espaço ou superpopulação, os edifícios chegavam a dois ou três quilômetros de altura. Erguer tais colossos seria difícil em planetas de gravidade pesada — mas não quando metais como aço e titânio são matéria-prima abundante. Edificações em formas orgânicas fluíam pela paisagem, luz jorrando e correndo, transportes deslizando, multidões imersas em suas tarefas.

Tudo convergindo na direção de uma estrutura maior. O centro do universo. O Palácio Imperial.

Ali, uma jovem dourada aguardava.

Não sabia, mas estava na mesma câmara onde a Imperatriz reuniu Daion, Dryania e Kirov para ordenar a caçada de seu capitão, pouco tempo antes. Brancura calmante, cortinas luminosas, jardins musicais. Lugar de paz e serenidade — mas não agora. As estátuas de besouros-das-cavernas, em vez de evocar beleza clássica, tentavam lançar sombra ainda mais negra sobre o destino que aguardava.

Dois guardas imperiais entraram, exibindo lanças com pontas brilhantes. Slanet criticou, com o olhar, suas posturas firmes e rostos disciplinados. Pobres caricaturas do capitão Kursor.

A seguir, a Imperatriz entrou.

Veio acompanhada pelo médico pessoal, Jaiman. Havia certa expectativa. Nenhum membro da espécie esteve tão afastado Dela por tanto tempo e viveu. Temeu-se que aquele reencontro pudesse causar a Slanet algum tipo de colapso, algum choque emocional, ou mesmo físico.

— Ela está bem — o médico disse, avaliando com o olhar.

— Ela está bem — repetiu a Imperatriz, sendo portanto, verdade.

Com um pedido e um gesto, Primária dispensou o médico. Também dispensou os guardas. Aquele momento pertencia apenas às duas.

— Majestade — Slanet quis muito evitar, mas a voz saiu embargada.

Ainda era metaliana, ainda era povo enxame. Estava diante Dela, a rainha, a mãe, a deusa. Aquela que seu próprio código genético ordenava servir, proteger, amar com todas as forças. Estar de volta a Ela era realização, era felicidade completa. Não era apenas o mesmo que voltar a viver — era *melhor* que viver.

Mas Slanet também era avançada. Era capaz de questionar, enfrentar, desafiar a ordem estabelecida. Em milhões de gerações metalianas, estava entre os poucos capazes de questionar, discordar da Imperatriz. Os poucos capazes de receber Suas palavras apenas como possibilidade, não como verdade absoluta ou realidade plena.

Primária estava ali para decretar seu destino. Um destino que Slanet talvez não pudesse evitar. Mas *podia* recusar. *Podia* protestar.

— Slanet — a matriarca respondeu, após o que pareceu um longo momento. Mesmo os avançados eram afetados pela impressão de que Primária fazia o tempo parar ou correr. Para Slanet, era apenas sensação. Para outros metalianos, era física básica.

Primária veio em sua direção. O véu e as antenas balançavam lentos, parecia flutuar mais do que andar.

Quando juntas, as duas lembraram que tinham a mesma altura.

Slanet armava-se de força, de vontade, de argumentos. Não aceitaria, passiva, ser afastada da exploração espacial. Não aceitaria descontinuar o trabalho, a vida, de seus dois mestres; aquele com quem viveu, aquela que nunca conheceu, aqueles que tanto amou.

— Aguardo conhecer a medida disciplinar que me reserva, Majestade — adiantou-se, em desafio. Recusava deixar o tempo seguir apenas quando Ela permitia.

— Medida disciplinar... — Primária repetiu, devagar.

Só então Slanet percebeu estar usando termos não existentes em Metalian. O afastamento, a vigilância, a imersão na cultura terrana, haviam mudado seus modos mais do que pensava.

Primária pareceu pensar profundamente naquelas palavras. Então, um sobressalto. Dilatou os olhos de cor sem nome, demonstrando imensa surpresa. Estaria, se tivesse anatomia própria, boquiaberta.

— Você acredita que vai ser... — deixou a frase suspensa no ar rarefeito, por não ser ainda capaz de terminá-la. Por ainda não ser capaz de *acreditar* nela.

O espanto da Imperatriz tornou-se também espanto para Slanet. Pois a jovem entendeu, enfim, o destino que a esperava. A punição que receberia. O tipo de condenação que a matriarca tencionava aplicar por sua rebeldia.

Nenhuma.

— *Você acredita que vai ser castigada!* — Primária foi enfim capaz de completar.

A rainha-mãe parecia sinceramente chocada. Slanet não entendia o motivo. Não haveria punição? Não era o motivo de estar ali?

— Majestade... está *totalmente* ciente do ocorrido em Drall-3? — Slanet não podia imaginar outra hipótese, exceto que a rainha não havia sido informada de coisa alguma.

— Trahn esteve no planeta. Encantou-se com sua vida dominante, acreditou em sua amizade. Retornou mais tarde com Kursor, quando caiu vítima de armadilha. Sem conhecer ainda a verdade sobre o infiltrado estrangeiro, Kursor culpou os nativos. Ao testemunhar seu avanço rumo às estrelas, viu ameaça. Manteve o planeta sob cerco. Você, por lealdade e convicção, o apoiou.

Palavras tão claras, diretas. Limpas. Nem pareciam descrever tantos anos de atribulação. Tantos anos de culpa.

— Fala como se não fosse algo errado — Slanet duvidava, por ser capaz.

— Acredita ter sido errado?

Slanet sentia-se alienígena no próprio mundo. Não entendia o que estava ocorrendo, não entendia aquele procedimento, aquela atitude. A Frota tinha regulamentos claros quanto ao trato com outras culturas — regulamentos que eram, em verdade, transcrições do desejo da Imperatriz. O Império procurava aliados, *amigos*. Atos hostis que pudessem ser evitados estavam fora de questão.

Para Kursor e Slanet, atacar o programa espacial terrano *não era* ato hostil evitável. Mas nunca tiveram ilusões de que o Império partilhava dessa visão.

Ainda, os terranos *não eram* os verdadeiros responsáveis, a verdadeira ameaça. Foram manipulados, usados.

— Fizemos *guerrilha* contra um povo inocente! — Slanet lembrava, muito ciente do absurdo; não devia ela *defender-se* de acusações? — Estivemos detendo seu progresso natural, estagnando seus avanços.

— Não foi o que eu soube — Primária era paz. — Os terranos prosperam na adversidade. O confronto com vocês levou a novos desenvolvimentos. Os atrasos reais em sua evolução foram poucos ou nenhum.

— *Lutamos* contra eles. *Matamos*. A espada sagrada bebeu seu sangue — Slanet nunca chegou a lutar ou matar, mas aceitava os atos de Kursor também como seus.

— Para então proteger e salvar toda a vida no planeta, detendo o vingador.

— Que não estaria ali em primeiro lugar, não fosse por nossa culpa!

— Culpa...

Outra vez a Imperatriz repetia a palavra não inteiramente familiar. Pensava sobre ela.

— Você acha que sou *capaz* de culpar você? Capaz de culpar *qualquer* de vocês?

— A senhora *deveria*. Nós a desapontamos.

— Vocês apenas me orgulharam.

— Mandou-nos às estrelas para procurar outros povos. Para levar amizade e paz. Levamos *guerra*.

— Reagiram ao perigo, ao mal. O que fizeram, fizeram pelo bem de seu povo. Pelo meu bem.

— Sabíamos de Seu desejo, Sua vontade. Recusamos obedecer.

— Chega.

Slanet calou. Aquela palavra, tão pequena, veio carregada de dor.

— Por favor, chega.

Slanet começava a ganhar vislumbre do que estava realmente acontecendo.

Ela esteve longe por muito tempo. Longe Dela, longe dos seus, longe da própria sociedade. Longe da normalidade — ela própria uma avançada, alguém divergente da espécie padrão. Por anos esteve exposta a outras culturas, outros costumes, outras visões de mundo.

Voltou a Metalian esperando receber condenação por crimes. Como ocorria na Terra.

Esqueceu o que era ser metaliano. Cometeu, talvez, o pior erro de julgamento possível para sua gente.

Slanet acreditou não ser amada por sua rainha-mãe.

Absurdo. Impossível. Impensável.

— Majestade. Mãe. Perdão.

Sem perceber como havia acontecido, estavam abraçadas, chorando juntas. O tempo parou, pois agora ambas queriam assim. Tentavam que o toque físico pudesse reaproximar mãe e filha, rainha e rebelde, por tanto tempo afastadas. Tornadas tão diferentes.

— Você é exatamente como Kursor.

— Por que diz isso? — Slanet, surpresa.

— Porque ele fez o mesmo que você faz agora. Duas vezes.

Primária desenlaçou o abraço. Tomou Slanet pela mão, trouxe-a até perto de um jardim. Vida vegetal metaliana emanava luzes, cores, ondas que nenhum terrestre poderia sentir.

— Anos atrás. Aqui, nesta mesma câmara. Após Traktor. Após tentar amizade com eles, e falhar.

— Ele não teve culpa.

— Repetiu muitas vezes como foi apressado, descuidado, imprudente. Como deveria ter investigado melhor, antes do primeiro contato. Despertou neles a ambição, a cobiça por nossos segredos. Criou nosso pior inimigo.

— Ele não teve culpa — Slanet insistia. — Foi enganado, atraído pelo computador administrador planetário...

Slanet calou. Percebeu o paralelo.

— Ele tinha certeza absoluta de sua culpa. Como você, agora.

"E também como você, ele veio a mim procurando punição. Acreditando que devia ser castigado.

"Acreditando que me desapontou."

Rosa pulsando suave sob o peito, como em qualquer metaliano emocionado. Primária era rainha, era deusa, era eterna. Era a fonte de toda a vida, era tudo que importava, era o mundo. Mas era, antes de tudo isso, uma pessoa. Mãe. Mulher. Humana.

— Também nos abraçamos e choramos juntos.

— Nunca vi meu capitão chorar.

— Tive que insistir muito — a matriarca enxugava as próprias lágrimas. — Ele quase nunca o fazia, pensava ser mostra de fraqueza.

— Disse que foram duas vezes. Aconteceu de novo?

— Sim. Você sabe quando.

Claro que Slanet sabia. A lembrança de Trahn veio forte.

— Vocês estão visitando as estrelas — Ela seguiu. — Estão crescendo. Estão experimentando, descobrindo. Vão cometer erros, *precisam* cometer erros. Sem erros não há aprendizado, não há maturação.

— Erros resultam em dano. Em dor.

— Dor é parte do aprendizado. Kursor provou isso. Você provou isso.

Slanet anuiu. A punição por erros, por crimes, chegaria. Mas não seria sua mãe a aplicá-la.

— Você tem a espada de Trahn. Aceite, também, sua bionave.

— Majestade?! — Slanet, olhos enormes, apanhada de surpresa. — Eu não...

— Ela precisa de você. Não a rejeite.

— Ela tem um vingador! Não teme que se repita...?

— *Você* teme que se repita — Primária interrompeu de novo, suave. — Por isso, você é ideal.

Erros cometidos. Dor. Aprendizado.

— Se não tivesse aprendido essa lição, apenas *nesse* caso, estaria me desapontando.

Quase por instinto, Slanet buscou a espada. Esteve evitando o pensamento, mas esperava ser separada dela. Separada do artefato que a ligava àqueles que amou.

— Obrigada — não conseguiu dizer mais.

— Tem o direito de recebê-la propriamente. Sua Cerimônia de Despedia está sendo preparada para amanhã.

— Já passei pela Cerimônia — Slanet, aflita.

Primária torceu a cabeça, confusa por um instante.

— Kursor?

— Ele foi meu pai. Meu herói. Meu mundo — tentava explicar, alarmada. Lembrava que Kursor mencionou ser proibido, profano, outra pessoa conduzir o ritual.

— Não será desfeito — Primária acalmou. — Mantenha a espada. Mas ainda haverá Cerimônia, ainda haverá a entrega da bionave. Insisto.

Insistir. Algo a que a matriarca não era habituada, sempre tratando com seres que cediam ao menor desejo seu.

— Majestade — diante de tanta bondade, Slanet sentiu-se culpada por trazer de volta o assunto. — Os terranos precisam de nossa proteção.

— Eles terão. Está sendo feito.

Slanet seria informada, mais tarde, sobre grandes mudanças na Frota — não mais totalmente exploratória. Naves de combate, não biológicas. Procura por mais indivíduos avançados, capazes de viajar, capazes de lutar.

— Vamos à guerra — Primária esteve perto de chorar.

Erros. Dor. Aprendizado.

Slanet teve raiva. Raiva dos traktorianos, os fanáticos traidores e trapaceiros, os únicos culpados por tudo. Por enganá-los repetidas vezes. Por usar inocentes em seus planos. Por entristecer a matriarca.

Pelas mortes das duas pessoas mais importantes em sua vida.

Naquele instante, Slanet não era avançada, não era vanguarda. Era zangão, soldado. Era morte aos inimigos da rainha.

— Nenhum robô de Traktor tocará nosso mundo. Nenhum deles tocará nossos protegidos. Eu prometo.

Despediram-se com abraço terno. Voltariam a se encontrar no dia seguinte, para nova separação. Agora capitã, agora comandante, Slanet voltaria às estrelas. Como aqueles antes dela, para buscar aliados. Como aqueles antes, para caçar inimigos. E diferente daqueles antes, para proteger amigos.

Agora comandava a própria nave. Bionave. Simbiótica.

Teme que se repita. Recordava as palavras da Imperatriz sobre uma possível libertação do vingador.

Temia, sim. Era verdade. Mas não uma verdade total.

Conhecia um planeta que *merecia*.

•

Mudanças aconteciam. A Academia de Exploração Espacial, outrora modesta, recebia novos recursos. A entidade era agora também destinada a combater os inimigos declarados do Império Metaliano.

Ainda, caberia à Academia identificar e selecionar metalianos avançados, capazes de lutar na guerra. Sempre foi permitido aos avançados escolher o próprio destino, a própria maneira de servir ao Império. Nem todos podiam, ou queriam, lutar. Mas muitos queriam.

Uma sala grande e vazia. Cinco jovens metalianos sentados no chão, sobre os calcanhares. Quatro masculinos, uma feminina. Saídos do casulo semanas antes. Testados como avançados dias antes.

Cochichavam rádio.

— Então o sacrifício é *mesmo* praticável.

— Com a espada, sim. Um objeto feito de matéria deve penetrar o ventre com rapidez.

— Atingir os antiprótons antes da deterioração. Provocar a reação.

— Era apenas teoria. Dizem ter sido feito antes, por outros exploradores. Mas nunca foi testemunhado.

— Kursor foi o primeiro caso confirmado.

— É como pretendo morrer. Levando muitos inimigos comigo.

— Protegendo fracos. Aprazendo à Imperatriz.

— Ouvi que estão cogitando *outras* armas da Galáxia. Adagas. Lanças.

— Faz sentido. Usam menores quantidades de aço nuclear.

— Confirma as notícias de que mais avançados vão à guerra.

Todos dizendo as mesmas coisas, sabendo as mesmas coisas, ao mesmo tempo. Eram, ainda, mais enxame do que pessoas. Ainda muito jovens, ainda sem individualidade, sem personalidades próprias. Tais coisas viriam com o tempo.

— As aulas, os treinos, foram mudados.
— O quadro de disciplinas é diferente das turmas anteriores.
— Considerável aumento na carga de treinos com espada.
— Confirma. Guerra.

Um deles, apenas, olhou em volta.

— Esta sala é incomum.

Outros o acompanharam.

— Tem razão. Atmosfera diferente.
— Pressurizada. Mais densa. Pelo menos cinco vezes.
— Composição diferente, também. Leve irritação nos olhos.
— Oxigênio? Umidade?
— Talvez ambos.
— Gravidade também. Fora do padrão. Mais fraca.
— Simulação de ambiente alienígena?
— Não — outra voz solitária, agora feminina, se levantava. — No caminho até aqui, passei por corredores nas mesmas condições. Paredes magnéticas contendo atmosfera densa. Equipamento Contra-G no piso.
— Contragravidade é tecnologia proibida no planeta — a voz coletiva.
— Talvez estejamos em sala errada.

De novo — e isso seria cada vez mais frequente —, um aluno agiu por iniciativa própria. Pressionou o dedo sobre o pulso esquerdo, ativando o implante eletrônico que transformava a pele em tela digital, revelando o horário das aulas.

— A sala é correta, mas houve mesmo um engano. Não diz "treino com espada".

Outros o imitaram.

— Não reconheço a palavra.
— Nem eu. Nenhum de nós.
— Talvez um novo idioma alienígena.
— *Kendô*.

A porta deslizou, roubando a atenção de todos.

Surgiu uma figura vestida em traje nunca visto em Metalian. O rosto coberto sob uma máscara gradeada, que lembrava um grande olho de inseto. As mãos, pulsos, ventre e flancos protegidos por peças de armadura acolchoadas. Por baixo, um tipo de jaleco branco descia até o chão. Quando andava, podia-se ver os pés descalços.

Pés rosados de cinco dedos.

Stefanie removeu o elmo e soltou uma tira de tecido que envolvia os cabelos.

— Olá, classe — disse, ajeitando os fones de ouvido e o microfone próximo à boca, que a deixavam parecida com um piloto de jato comercial.

"Sou sua nova instrutora de kendô. A palavra, como provavelmente não sabem, significa 'caminho da espada' em um idioma terrano chamado japonês.

"Em meu planeta, as pessoas são frágeis. Sangram. *Vazam*. O efeito das armas brancas sobre a carne é *muito* mais decisivo do que acontece com vocês. Nos combates entre samurais e ninjas em nosso Japão feudal, bastava um único golpe para decidir vida ou morte. Por isso, nosso povo desenvolveu técnicas de esgrima muito profundas, complexas. Muito mais do que vocês conhecem.

"Venho aqui trazer essas técnicas. Para que tirem melhor proveito de suas Espadas da Galáxia."

O aparelho de tradução simultânea funcionava bem. Stefanie falou ainda por muito tempo, sem que nenhum dos cinco metalianos tirasse olhos arregalados dela.

Sorriu por dentro. Tinham o porte físico de jovens de dezesseis anos — mas a mentalidade de crianças de onze. Dentro da faixa etária com que estava acostumada. Queria muito treiná-los. Ver esgrimistas, pessoas, crescendo naqueles olhos coloridos.

Treiná-los para a guerra que salvaria a Terra.

Nem precisava temer que se ferissem, como os antigos alunos. Eram fortes demais. Mas, pelo modo intenso como os masculinos a olhavam, talvez tivesse que lidar com alguém apaixonado.

Poucos na Terra abandonariam tudo — carreira, família, amigos, vida e mundo como conhecem — para viver aquela aventura.

Mas era humana. Podia divergir.

POSFÁCIO

Já mencionei, em algum lugar, que *Espada da Galáxia* foi um livro nascido da dor. Meio dramático, mas verdadeiro.

Toda criança gosta de desenhar. A maioria, em algum momento, abandona a brincadeira. Outros seguem desenhando ao longo de toda a vida. Após anos de treino, acabam se tornando competentes e, com sorte, profissionais. Essa trajetória resume bem minha infância e adolescência — nunca tive dúvidas sobre a profissão que gostaria de ter, nunca tive dúvidas de que seria desenhista. Cheguei a cogitar uma faculdade de Biologia, assunto que me interessava — mas acabei sem concluir nenhum curso superior. Não nasci para qualquer outra coisa, simples assim.

Aos quatorze, após uma (felizmente) curta experiência como auxiliar de escritório, comecei como assistente de animação nos Estúdios Mauricio de Sousa. Aos dezoito seria desenhista de quadrinhos na antiga Abril Jovem. Desenhava, apenas. Tinha meus personagens e histórias inventados na infância (alguns de vocês talvez tenham visto algo chamado *Agente Cãofidencial*), mas demorei a escrever roteiros próprios. Mesmo assim, roteiros para quadrinhos também precisam ser desenhados. Desenhar é o que me definia, é o que vivia para fazer.

Podem imaginar meu pânico, então, quando não pude mais desenhar.

Uma quarta-feira à tarde (estranho eu me lembrar desse detalhe). Enquanto terminava mais uma página de *As Aventuras dos Trapalhões*, veio uma forte dor de cabeça. Veio para ficar.

Persistiu até o fim do dia. Persistiu pelos dias seguintes, semanas seguintes. Não cedia a analgésicos, nem qualquer outro medicamento — incluindo alguns de tarja preta, para traumatismo craniano. Acompanhada de apito agudo, constante, nos ouvidos. Começava menos de um minuto após despertar, continuando até o sono. Visitas a diferentes médicos, diferentes exames. Nenhuma causa ou cura encontrada. Assim seria pelos anos seguintes.

Perto de quinze anos.

"Eu me mataria", ouvi de alguns. Nunca cogitei isso. Não tenho grandes convicções quanto à existência de pós vida — suspeito que este mundo, esta vida, são tudo o que temos. E minha opinião é que viver com dor ainda é muito melhor que *não* viver.

Com o tempo a enxaqueca crônica sumiria, aos poucos, sem que eu jamais soubesse a razão. Mas aqueles primeiros meses, primeiras semanas, quando a dor era mais intensa — e piorava *muito* diante da página em branco, diante da tarefa de desenhar — foram um pesadelo. Se não pudesse mais desenhar, o que faria? O que seria?

Alguma outra coisa. Porque a vida é curta e valiosa demais para desperdiçar sem fazer nada. Sem deixar nada que perdure.

Escreveria um livro. Não era o mesmo que desenhar, o mesmo que quadrinhos. Mas era também uma forma de contar histórias.

Em minha reclusão nerd, sabia pouco sobre o mundo real — mas bastante sobre ficção científica. Era consumidor voraz de Isaac Asimov, *Jornada nas Estrelas* e *Perry Rhodan*, então esse seria o gênero. Também sabia pouco sobre pessoas, então a história não seria exatamente sobre pessoas, não seria sobre seres humanos normais. Os protagonistas seriam extraterrestres. Assim, qualquer atitude ou comportamento muito estranho podia ser desculpado, eu pensava.

(Eu era um jovem nerd no final dos anos oitenta. Tinha o *direito* de ser ingênuo.)

Metalianos. Eu os inventei ainda no colégio, juntamente com outras criaturas antropomórficas que costumava desenhar em poses sensuais (Boris Vallejo e puberdade, vocês foram os culpados). Os seres-inseto prateados tiveram duas inspirações principais. Uma delas, impossível disfarçar, foi *Alien* — eu morria de medo dos Aliens, tinha pesadelos, e mesmo assim não conseguia evitar o tema. Não conseguia ficar longe dos filmes, livros, quadrinhos, games. Amava/odiava aqueles bichos. Em minha imaginação, procurava formas de humanizá-los, torná-los familiares, menos assustadores. Veio a pergunta: "e se uma espécie como os Aliens, com zangões e rainha-mãe, se torna inteligente e civilizada?"

A outra fonte inspiradora foi o livro *Civilizações extraterrestres*. Asimov apontava a presença de água (ou outro meio líquido) como elemento indispensável ao aparecimento de vida como nós conhecemos. Em meio sólido, as moléculas ficam muito "presas" em seus lugares, quase sem fazer novas combinações, quase sem reações químicas. As chances de ocorrência de vida seriam muito menores, improváveis. Mas improvável é diferente de impossível.

Os metalianos já existiam como personagens de quadrinhos — eu tentava publicar histórias sobre eles na antiga revista *Aventura & Ficção*, sem muito sucesso. Mas quando comecei o romance, percebi o abismo entre HQs e livros; estes últimos precisavam de mais detalhes, mais desenvolvimento. Não que os quadrinhos fossem de alguma forma mais "pobres" ou não aceitassem trabalhos complexos — mesmo naquela época já havia excelentes obras provando o contrário. Mas a raça que inventei tinha uma "origem legal", como qualquer super-herói, e não muito mais. Havia muito trabalho pela frente, muitas lacunas a preencher.

Jogos de RPG me ajudaram muito. Especialmente *GURPS*, famoso por seu realismo e acurácia — seus acessórios eram completos, precisos e leais a seus temas. *GURPS Space* funcionava não apenas para jogos, mas também como verdadeiro guia de referência para ficção científica. Nunca vou deixar de recomendar manuais de RPG para aqueles que buscam ser melhores em contar histórias.

Quando *Espada da Galáxia* estava completo, eu já não trabalhava mais apenas como desenhista de quadrinhos. Acabei me tornando mais ou menos competente em desenhar e *também* escrever. Isso, e meus passatempos como jogador de RPG e videogames, me levaram a ser redator e ilustrador em várias revistas sobre jogos. Logo atuava também como editor — de algum tipo, pois teoricamente não poderia ocupar esse cargo sem um diploma de jornalismo. Muitas vezes meu nome aparecia como "editor executivo". Nunca entendi a diferença.

Em 1995, *Espada da Galáxia* foi publicado.

Vinte anos depois, aquela primeira e única tiragem estava esgotada há tempos. Muita coisa aconteceu em minha vida profissional desde então, muitas revistas, quadrinhos e jogos — mas pouca literatura. Exceto por *Lua dos dragões*, não voltei a publicar outro romance. Os metalianos, no entanto, eu ainda usaria muitas vezes — em contos, quadrinhos e materiais de campanha para RPG. Seriam meus "aliens de estimação", aqueles que sempre aparecem em minhas histórias quando não há motivo para usar outros.

Hoje, neste novo mundo de redes sociais, recebo muitas mensagens de fãs. Perguntam onde achar o livro. Colocam entre seus preferidos. Pedem uma republicação. Dizem que um exemplar atinge preços altíssimos em sebos.

Tudo isso eu acho difícil de acreditar. Porque, relendo agora, acho o romance original *muito ruim*.

Ouvi de amigos da área, como J. M. Trevisan e Leonel Caldela, que é normal. Ouvi que quase nenhum artista gosta de seus trabalhos antigos — afinal, espera-se que artistas *evoluam*. Mas eu não poderia republicar *Espada da Galáxia* exatamente como era. Os fãs mereciam algo melhor. *Eu* merecia algo melhor.

Talvez pudesse fazer uma revisão ligeira, mudar algo aqui e ali? Acabei abrindo os velhos arquivos de texto, cheios de poeira digital. Lia um parágrafo, torcia o nariz, reescrevia. Fazia o mesmo com o seguinte. E o seguinte. O que devia ser ligeiro arrastou-se por meses. O que devia ser revisão tornou-se edição, e depois tornou-se... sim, tornou-se *reescrever tudo!*

Um ano de trabalho em minhas horas de folga — praticamente o mesmo tempo que o livro original consumiu. No final, apenas a trama básica se manteve. Não restou quase nenhum parágrafo, nenhuma frase da história antiga. Além disso, para minha surpresa, o "novo" romance ficou perto de 30% *maior*.

De onde veio aquilo? Como já disse, após *Espada*, continuei usando os metalianos em outras histórias. Tive novas ideias sobre sua cultura, personalidade, comportamento. Quase tudo isso acabou reunido em meu próprio acessório GURPS não oficial. Cheguei a acreditar que *GURPS Espada da Galáxia* seria de fato publicado. Infelizmente, apesar de um interesse inicial, a representação brasileira de GURPS não levou avante o projeto. O próprio GURPS praticamente desapareceria do Brasil pouco depois. Pena.

(Ouvi teorias engraçadas de que GURPS sumiu do país porque perdeu público para *3D&T*, jogo inventado por mim, como vingança por recusarem meu livro. Queria que fosse verdade. Teria sido um plano maligno muito bem-sucedido!)

Uma grande mudança nesta "versão revisada e ampliada" é a introdução dos metalianos *avançados*. O romance original já sugeria indivíduos mais evoluídos que o padrão da espécie — mas não havia um termo próprio, oficial, para designá-los. Achei importante estabelecer essa diferença porque os personagens principais metalianos parecem muito humanos e pouco insetos sociais, pouco enxame. Não parecem alienígenas, não parecem ter psicologia muito diferente da nossa. Isso agora se explica porque são indivíduos especiais, são aqueles que mais se destacam de sua sociedade, aqueles mais próximos de uma convergência na direção da raça humana.

No original, os metalianos tinham dois nomes. Slanet Starx, Kurson Krion, Daion Dairax. Não me lembro de nenhum motivo especial para dar-lhes sobrenomes. Seu povo não tem famílias, clãs ou linhagens — o próprio uso de nomes seria costume recente, veio com a noção de individualidade. Além disso, metalianos avançados são poucos, sendo improvável que tenham primeiros nomes repetidos. Então, agora, os sobrenomes sumiram.

Temos um sistema de numeração decimal (de base dez) porque aprendemos a contar usando os dedos das mãos. Supondo que também foi assim como os metalianos, seu sistema numérico seria heximal — de base seis. Por isso, quando um metaliano cita algum número casualmente ("eu podia incinerar sua cabeça a sessenta anos-luz daqui"), é um múltiplo de seis. Parece óbvio agora, mas não pensei em usar a ideia antes.

Não inventei alfabetos, idiomas ou sistemas de medidas para os metalianos — como Tolkien certamente teria feito. Horas, dias, anos, quilômetros, quilos, toneladas, anos-luz (que medem distância, e não tempo, como alguns parecem imaginar), todos aparecem como usamos na Terra. O livro presume que tudo foi traduzido em idioma e termos familiares ao leitor; fazer diferente com certeza traria um clima exótico, alienígena, mas também muita confusão.

Tive que repensar alguns insultos metalianos — inventar palavrões que funcionem para eles nunca foi fácil. Coisas como "merda" e "bosta" não fazem sentido, já que eles não produzem esse tipo de excreção. O mesmo vale para "foda-se" e suas variantes ligadas a penetração e cópula; metalianos não têm os órgãos e orifícios exigidos. Claro, ameaçar ou ofender a mãe de um metaliano é *extremamente efetivo* quando vem de outras espécies — mas eles próprios não o fariam entre si, já que partilham a mesma progenitora. No fim, acabei optando por "demônios" (que existem em praticamente todas as culturas) e "trevas" (por sua necessidade de luz, é natural que a escuridão seja aflitiva para eles). Ou então tomam palavrões emprestados de outros povos, como faz Daion e, às vezes, Kirov.

Azul-cobalto. Vermelho-cádmio. Cinza-chumbo. Amarelo-ouro. Branco-titânio. Ao colorir os olhos e outras partes metalianas, foi conveniente para mim que muitas cores da vida real tenham metais em seus nomes. No passado, grande parte das tintas usava esses metais como pigmento (o que causou a morte prematura de muitos pintores clássicos por envenenamento). A cor nos olhos de Daion, verde-cobre, na verdade não existe — em estado natural esse metal é avermelhado, alaranjado ou castanho. Mas grandes construções feitas de cobre, como a Estátua da Liberdade, podem adquirir tom esverdeado. É também uma referência oculta a *Star Trek*: a raça vulcana do personagem Spock tem sangue verde, à base de cobre.

Os personagens, em si, mudaram pouco — Slanet deve ter sido aquela mais profundamente transformada. Antes era muito tímida, insegura e submissa a seu capitão Kursor, quase uma serva. Isso não combina com alguém qualificada para uma tarefa perigosa como a exploração espacial. Pior ainda, não combina com uma raça matriarcal, em que os machos supostamente seguem ordens das fêmeas. Agora, embora ainda tenha docilidade, Slanet é muito mais firme em suas atitudes e convicções, desafiando Kursor seguidas vezes.

Alguns personagens humanos foram baseados em pessoas reais que eu admirava, e tinham os mesmos nomes. Um grande descuido, pois nunca pedi permissão a essas pessoas. Agora seus nomes foram mudados.

Tive a oportunidade de consertar algumas incorreções científicas — pelo menos aquelas que tenho instrução suficiente para ver. Soldador usa como ferramenta um maçarico de plasma de hidrogênio. Não sei se um artefato assim é viável — já ouvi que os sabres de luz de *Star Wars* são impossíveis, porque ferveriam o ar em volta e matariam o espadachim. Mas na história original, quando a arma liberava seu conteúdo, o plasma se comportava de forma errada, como um líquido. Isso, pelo menos, eu consegui arrumar.

Outras incorreções, não tive como resolver direito. Imaginei que a pele metaliana pudesse coletar luz ambiente, como as plantas, usando essa energia em seu metabolismo. Acho que pensei assim por lembrar dos painéis solares de satélites e estações espaciais, que pareciam prateados. Hoje sei que, para melhor absorver luz e calor, uma superfície precisa ser escura e opaca — justamente o oposto da pele metaliana. Acabei mencionando em algum ponto que metalianos absorvem "luz saudável" e refletem "energias nocivas", mesmo sem ter muita ideia do que isso significa.

E muita coisa, claro, ficou intencionalmente inalterada. Eu não tentaria, por exemplo, afastar os traktorianos de sua óbvia fonte inspiradora, *Transformers* — os antigos, da série *G1*, que conheci pela tevê e uns poucos quadrinhos publicados no Brasil. Gosto muito de pensar em Traktor como um planeta inteiro de Decepticons.

Não deveria ser livro de época, mas tornou-se um. A parte "atual" da história acontece quando foi escrita, na virada das décadas de 80-90. Sem celulares, DVDs ou Internet para o grande público. Telejornais ainda eram a fonte de informação mais rápida. *Arquivo X* não existia (se existisse, é claro que teria influenciado este livro, como fez mais tarde com o RPG *Invasão*). *Star Trek: Deep Space Nine* estava em andamento — mas a exibição no Brasil ainda demoraria, episódios originais só podiam ser obtidos de gravações em fitas VHS diretamente da tevê norte-americana. E exceto por mísseis balísticos, não havia drones e outras armas de controle remoto que pudessem ser usadas contra o vingador.

Espada da Galáxia acabou se tornando uma história sobre crescimento, amadurecimento. Sobre libertar-se do lar, da família, da coletividade, para tornar-se indivíduo — libertar-se, *não* abandonar. Continuar amando a família, continuar apoiando e protegendo. Mas, ainda assim, ser capaz de tomar as próprias decisões. Lidar com esses laços, pesar sua influência sobre nós. Confiar nas próprias escolhas, decidir o próprio destino, com ou sem a aprovação de outros. Ser verdadeiramente livre. Comigo, aconteceu muito cedo. Mas muitos de nós nunca conseguem.

A história tem final aberto, escancarado, para uma continuação — que eu não tinha nenhuma intenção de escrever, porque tudo já parecia bem previsível. Os povos extraterrestres descobrem um ao outro, entram em guerra, alguém ganha, alguém perde. Chato. Ou, pelo menos, era minha visão na época. Não conseguia imaginar outros finais, outros eventos interessantes. Hoje poderia ser diferente.

Não costumo me deixar guiar pelas opiniões do público — pessoas muito mais bem-sucedidas que eu, como Steve Jobs e George. R.R. Martin, não o fizeram. Mas talvez abra uma exceção neste caso. Talvez, conforme o que vocês pensarem, eu decida continuar. Vamos ver.

Por agora, deixo meus agradecimentos a todos vocês, que me motivaram a revisitar esta obra. Tentarei fazê-lo mais vezes.

— Marcelo Cassaro

Copyright © 2015 Marcelo Cassaro

Revisão: Leonel Caldela

Ilustração da capa: Eduardo Francisco e Stefani Renée

Imagens internas: Nebulosa de ETA Carina / Observatório Europeu do Sul

Projeto gráfico e diagramação: Samir Machado de Machado

Editor-chefe: Guilherme Dei Svaldi

JAMBÔ
Livros divertidos

Rua Sarmento Leite, 627 • Porto Alegre, RS
CEP 90050-170 • Tel (51) 3012-2800
editora@jamboeditora.com.br • www.jamboeditora.com.br

Todos os direitos desta edição reservados à Jambô Editora. É proibida a reprodução total ou parcial, por quaisquer meios existentes ou que venham a ser criados, sem autorização prévia, por escrito, da editora.

1ª Edição: dezembro de 2015
ISBN: 978858365028-7

Dados Internacionais de Catalogação na Publicação
Bibliotecária Responsável: Denise Selbach Machado CRB-10/720

C343e	Cassaro, Marcelo Espada da Galáxia / Marcelo Cassaro; capa de Eduardo Francisco e Stefani Renée — Porto Alegre: Jambô, 2015. 352p. 1. Literatura brasileira — Ficção. I. Cassaro, Marcelo. II. Francisco, Eduardo. III. Renée, Stefani. IV. Título. CDU 82-91(084.1)